Das Buch:
William Blessing ist besessen von Edgar Allan Poe. Wie Poe schreibt der 47-jährige Professor dunkle Horrorgeschichten, an denen die ›Gothiques‹, eine Gruppe ausgeflippter Horrorfreaks, höchstes Interesse haben. Sie wollen die Geschichten von Blessing für ihren Verlag Tome Press. Doch Blessing weigert sich, nicht zuletzt, weil die Mitglieder der Gruppe zunehmend Fiktion und Realität vermischen und kriminelle Handlungen begehen.
Um Blessings Wohlwollen zu erlangen, schleusen die ›Gothiques‹ einen Verbündeten bei Blessing als Sekretär ein, doch der Professor bleibt standhaft. Schließlich täuschen die Horrorfans einen Überfall vor, in dessen Verlauf sie als Retter in letzter Not einschreiten sollen, doch Mick Prince, ihr Anführer, dreht durch und tötet Blessing, vergewaltigt dessen Frau Amy und stiehlt die Poe-Sammlung. Um den Vorfall zu vertuschen, soll in Zukunft Donald Marquette, der Sekretär, die Rolle von Blessing einnehmen und auch dessen Frau heiraten. Ein Fall für die dunklen Flügel von ›The Crow‹ und so wird Blessing wieder zum Leben erweckt, um Rache an seinen Mördern und den Vergewaltigern seiner Frau zu nehmen.

Der Autor:
David Bischoff ist ein bekannter amerikanischer Science-Fiction-, Fantasy-, Horror- und Mystery-Autor, der bereits über 50 Bücher veröffentlicht hat. Darunter befinden sich Bestseller wie diverse Star Trek-Romane oder die Romane zu den Filmen ›Wargames – Kriegsspiele‹ und ›Hackers‹. Im Wilhelm Heyne Verlag erschien von ihm zuletzt die Trilogie DIE UFO-VERSCHWÖRUNG (01/10530, 01/10531, 01/10532). Er lebt in Eugene, Oregon.

DAVID BISCHOFF

THE CROW™

Der Unsterbliche

Roman

Nach einer Serienvorlage
von James O'Barr

Aus dem Amerikanischen
von H. Roberts

WILHELM HEYNE VERLAG
MÜNCHEN

HEYNE ALLGEMEINE REIHE
Nr. 01/13135

Die Originalausgabe erschien 1998 unter dem Titel
QUOTH THE CROW
bei HarperPrism, a division of HarperCollins*Publishers*,
New York

Umwelthinweis:
Das Buch wurde auf
chlor- und säurefreiem Papier gedruckt.

Deutsche Erstausgabe 8/2000

http: //www.heyne.de
Printed in Germany 2000
Umschlagillustration: Cliff Nielson
Umschlaggestaltung: Nele Schütz Design, München
Satz: Pinkuin Satz und Datentechnik, Berlin
Druck und Bindung: Pressedruck, Augsburg

ISBN 3-453-16941-7

Für Dean Koontz,
den früheren, jetzigen und zukünftigen
Meister aller Klassen

Ein dankbarer Flügelschlag gebührt
Jimmy Vines, Martha Bayless, Robin Shurtz,
John Douglas und Jeff Conner

Ich war krank, sterbenskrank und innerlich zerbrochen durch das Entsetzen der Todesangst, und als sie mich zuletzt von den Ketten befreiten und mich niedersitzen hießen, verlor ich das Bewusstsein. Der Urteilsspruch, dieser grauenhafte Urteilsspruch, der mir den Tod verhieß, war das Letzte, das mein Ohr deutlich zu unterscheiden vermochte …

… Ganz allmählich, gleichsam heimlich nahm diese Idee Besitz von mir, und es währte eine ganze Weile, ehe sie feste Form annahm. Endlich aber, als mein Geist imstande war, diesen Gedanken zu erfassen und zu verarbeiten, schienen sich die Gestalten der Richter in Luft aufzulösen, als hätte ein Zauber sie verschwinden lassen, die hohen Kerzen wurden zu Nichts, ihre Lichter verloschen und die Schwärze der Dunkelheit verschlang alles. Alle Empfindungen schienen durch einen jähen Sturz meiner Seele in die Unterwelt zu entschwinden, und dann war alles Schweigen und Stille, und das Weltall schien von Nacht erfüllt.

Edgar Allan Poe, *Die Grube und das Pendel*

Das Haus stieß einen Schrei aus.

Es war einer jener markerschütternden Schreie, durch die Kinoheldinnen aus Horrorfilmen Berühmtheit erlangen. Der Schrei rüttelte an den Fenstern des kleinen Ruderhauses und brachte dessen Wände zum Wackeln. Der Bassanteil in der Stimme erschütterte das Fundament, während die hohen Kopftöne bis zu dem Flachdach aufstiegen, wo sie die Kieselsteine, die die Teerpappe bedeckten, erbeben ließen.

Hört sich nach Jamie Lee Curtis an, dachte Graf Mishka.

Und es war tatsächlich Jamie Lee Curtis' Stimme, künstlich verstärkt und verzerrt, bis sie die Lautstärke eines Tarzanschreis erreicht hatte; eine digitale Mischung aus den schon klassisch gewordenen Entsetzensschreien in *Terror Train* und *Prom Night – Die Nacht des Schlächters*.

Der junge Mann war ganz in Schwarz gekleidet: schwarzes Hemd, schwarze Stiefel, schwarze Jeans, schwarzes T-Shirt, schwarzer Ohrring, schwarzer Nasenring, schwarzer Lidstrich, schwarzstummeliger Messerschnitt, schwarzer Schal, schwarze Jacke – all dies nicht einfach nur schwarz, sondern in einem modischen *Gothic*-Schwarz mit glänzenden Streifen an den Säumen sowie Spuren von Glitter um die abstehenden Ohren, die an Alfred E. Neumann und Prinz Charles erinnerten.

Der junge Mann kicherte vor sich hin, dann drückte er erneut auf seine neu installierte Klingel.

Wieder war der Schrei einer Frau zu hören, der diesmal allerdings etwas kürzer war und ziemlich abrupt unterbrochen wurde, als ob der Ärmsten gerade in diesem Moment ein Killer die Kehle durchgeschnitten hätte.

Gehörte die Stimme Brinke Stevens oder Linnea Quigley? Auf jeden Fall einer von beiden. Richtig schön sexy, sogar noch in allergrößter Panik. Oder gerade deswegen. Auf jeden Fall ein echter Genuss.

Die herbstlich kühle Dämmerung senkte sich über diesen idyllischen Teil Baltimores. Irgendwo bellte ein Hund. Eine Frau, gekleidet in einen langen Mantel mit Kapuze, eilte zu Fuß die Straße entlang. Von einer nur wenige Häuser entfernt liegenden Baustelle wehte Teergeruch herüber. Eine Möwe, die sich von ihrem eigentlichen Revier, dem Hafen, entfernt hatte, zog ihre Kreise über den kleinen Bootshäusern von Fells Point.

Seine Beute unter den linken Arm geklemmt, steckte Graf Mishka, der auf den bürgerlichen Namen Richard Mark Henneman getauft worden war, den Schlüssel ins Schloss der Eingangstür zu seinem Haus.

Der Schlüsselbund rasselte, als die Tür aufschwang. Die von dem jungen Mann selbst aufgezeichneten Klingelschreie lösten sich in der undurchdringlichen Finsternis auf wie dunkler Rauch.

Plötzlich war ihm so, als ob ein kühler Hauch durch das Haus wehte. Henneman kroch eine Gänsehaut über den Rücken, die nicht allein von der Kälte herrührte.

Was, zum Teufel, geht hier vor?, fragte er sich verblüfft. *Sollte es im Haus etwa spuken?*

Cool!

Seine Clique wäre sicherlich begeistert.

Seit einem Jahr gehörte Richard Henneman einer Gruppe an, die sich die Schwarzen Dämonen nannte und als eine Art Elite betrachtete: Anhänger einer aus der Punk-Bewegung hervorgegangenen Subkultur, die sich mit Friedhofsgirlanden schmückte, den kommerziellen Massengeschmack strikt verdammte und narzistischen Körperkult betrieb; eine verschworene Clique, die schwarzen Nagellack als anbetungswürdigen Fetisch verehrte. Seit kurzem waren die Schwarzen Dämonen allerdings noch enger miteinander verbunden, denn sie wurden nun nicht nur durch ihre Blutsbrüderschaft zusammengeschweißt, sondern durch einen sehr viel stärkeren Halt: durch Geld, und zwar sehr viel Geld. Dabei befand sich alles erst noch im Anfangsstadium. Ja, die Schwarzen Dämonen hatten wirklich eine großartige Zukunft mit enormen wirtschaftlichen Wachstumschancen vor sich. Sie entwickelten sich mehr und mehr zu einem regelrechten Industrieunternehmen.

Und das alles nicht zuletzt wegen eines kleinen, unbedeutenden Mordes.

Wirklich anheimelnd, das Ganze!

Die Flurwände von Graf Mishkas Haus waren über und über mit Blut bedeckt: mit künstlichem Blut, das auf den überall angebrachten Filmplakaten in Strömen floss. Blutverschmierte Draculas, verkörpert von Bela Lugosi bis Gary Oldman. Bedauernswerte Frauen, die – hin und her gerissen zwischen Faszination und Grauen – in theatralischer Pose abwehrend die Arme hoben und vor Panik schrien. Neben diesen Postern befanden sich an den Wänden Collagen, die Henneman mit Farbkopien aus seinen Lieblingszeitschriften *Fangoria, Shivers, Midnight Marquee, European Trash Cinema* und einigen weniger bekannten Blättern angefertigt hatte. Auf ihnen waren ausgefallene Filmmasken und Ekel erregende Deformationen zu sehen: abgeschlagene Köpfe und verstümmelte Körper, sabbernde Monster, Eingeweide hinter sich herschleifend, die sicherlich nicht ihre eigenen waren.

Bei all dem handelte es sich um ebenso einfach wie wirkungsvoll gestaltete Kunstwerke, Momentaufnahmen von Produktionen des Unterhaltungskinos in seiner reinsten Form.

Graf Mishka schmunzelte, als er das Wohnzimmerlicht einschaltete, die Tür mit dem Fuß hinter sich zustieß und sich direkt zu seinem Heiligsten begab: dem audiovisuellen Unterhaltungszentrum. Er verneigte sich leicht vor der Abbildung eines dicken Buddha, die über dem Fernseher an der Wand hing.

»Heute wird der Weihrauch in dichten Schwaden aufsteigen, o du Licht der Welt!«, verkündete Graf Mishka, stellte seine Schätze auf dem Sofa ab und kramte die neue Iggy-Pop-CD hervor. Eigentlich war sie gar nicht so neu, denn es handelte sich um einen *Raw Power*-Remix: eine technisch überarbeitete Neuausgabe des bereits zwanzig Jahre zuvor erschienenen Originalalbums, das – zumindest in den Augen von Puristen – durch David Bowie ›ruiniert‹ worden war, als dieser versucht hatte, Iggy Pops Musik dem Massengeschmack anzupassen. Der Graf legte die CD ein und stellte auf Zufallswahl (Random Play galt für ihn als wichtigste Erfindung im Elektronikbereich seit der Fernbedienung). Im selben Augenblick erfüllte ohrenbetäubender Proto-Punk aus den neuen Bose-Satellitenlautsprechern den Raum.

»Rock my world, Iggy!«, rief der Graf aus. Er durchquerte das Esszimmer mit tanzenden Schritten und betrat die kleine Küche, wo er sich direkt zum Kühlschrank begab und eine große Büchse australisches Bier herausholte. Er öffnete sie lässig, wobei er – wie in Australien üblich – den Schaum herausspritzen ließ. Früher einmal hatte er sich mit herkömmlichem Bier abgeben müssen, inzwischen jedoch trank der Graf nur noch das Beste vom Besten.

»Na komm schon, Iggster, leg richtig los!«

Er lachte laut, während ihm das Bier über Kinn und Hemd rann.

Die Band gehorchte.

Zum Dröhnen der Bässe gesellte sich das Kreischen der Gitarrensaiten; und auch der Schlagzeuger hämmerte erbarmungslos seinen Rhythmus. »I am the world's forgotten boy!«, brüllte Iggy ins Mikrofon. »Die Welt hat mich vergessen!«

Seine Musik ergoss sich über die Wände, die mit Postern von Gothic-Rock- und Dark-Wave-Ikonen gepflastert waren: The Sisters of Mercy, The Cure, The Mission, The Damned, Bauhaus sowie aktuellere Bands wie Switchblade Symphony, Laibach, Chem Lab, Attrition, Lycia, Dorian Gray, Die Laughing und London after Midnight. Dazwischen waren angestaubte Rock-Opas wie David Bowie, Kiss und nicht zuletzt auch Alice Cooper zu sehen (Marilyn Manson müssten eigentlich Lizenzgebühren dafür aufgebrummt werden, schamlos seine Auftritte zu kopieren!). Diese Vielfalt sollte einen Beweis für Graf Mishkas geschmackliche Toleranz darstellen.

Iggys Musik drang auch bis zum Bücherregal vor, in

dem neben einigen wenigen Horrorgeschichten Bücher über Film und Fernsehen gestapelt waren. Daneben bogen sich die Regalbretter unter unzähligen Comics, die in Plastikhüllen steckten. Andere beherbergten endlose Reihen an CDs und Schallplatten. In der Nähe des kostspieligen Sony-Fernsehers stand ein Regal mit Hunderten von Videokassetten und mehreren Videorecordern, auf denen weitere Videobänder, Laserdiscs und DVDs lagen.

Iggy machte vor niemandem Halt.

Graf Mishkas Archiv der Pop-Kultur erstreckte sich vom Wohnzimmer über Esszimmer und Flur bis ins obere Stockwerk hinein, wo ebenfalls Comics, Poster, Figuren, japanische Roboter und andere Kultobjekte angehäuft worden waren. Ein großer Teil dieser Dinge war Diebesgut.

Richard Henneman war ein überaus talentierter Ladendieb. Nachdem er bereits in frühester Pubertät herausgefunden hatte, dass sein enormer Bedarf an Comics nicht mit seinem mageren Taschengeld zu finanzieren war, hatte er eine weitere Entdeckung gemacht: Dank seiner geschickten Finger, seiner schnellen Füße und seines weiten Mantels verfügte er über alle Voraussetzungen, die ein Dieb braucht. Sie waren ihm bei seiner weiteren Berufskarriere mehr als nützlich gewesen. Was er selber nicht mehr gebrauchen konnte, verkaufte oder tauschte er; auf diese Weise hatte er es bald zu einer stattlichen Sammlung gebracht. Im Alter von vierzehn Jahren war er eines Nachts in einen Comic-Laden eingebrochen und hatte wertvolle, zum Teil sogar aus den fünfziger Jahren stammende Raritäten mitgehen lassen. Mit achtzehn besaß er eine so umfangreiche Sammlung von Büchern, Videos, CDs und Schallplatten, dass er in seinem kleinen Apartment auf dem College-Campus eine Art Laden aufmachen konnte. Besonders mit Comics (Was für eine unglaubliche Vielfalt an Titelblättern!) machte er blendende

Geschäfte, da viele von ihnen einen sprunghaften Wertanstieg erzielten.

Leider war er bereits während seines ersten Studienjahres wegen undisziplinierten Verhaltens vom College geflogen. Nichtsdestoweniger hatte er mit unverminderter Energie seine Geschäfte weitergeführt; im Lauf der Zeit vervollkommnete er dabei sowohl sein Verhandlungsgeschick als auch seine Sammlung. Sein leidenschaftlicher Hunger nach immer neuer Beute ließ ihn allerdings auch immer mehr zu einem Sklaven seiner ungezügelten Besitzgier werden.

In dieser Phase war er auf die Schwarzen Dämonen gestoßen, oder besser gesagt: auf deren Versammlungsort – jenes Kellerlokal, das von einem gewissen Baxter Brittle betrieben wurde.

Brittle war zum einen Chef des kleinen Tome Press-Verlages, der die Szenezeitschrift *The Tome* herausgab. Zum anderen galt Brittle als stadtbekannter Saufbold, der die Cork'd Sailor-Bar geerbt hatte, in der sich auch der besagte Kellerraum befand. Und Brittle erkannte sehr bald die Talente Richard Hennemans. Dieser stieg mit seiner Unterstützung vom pickeligen Jüngling, der eine glückliche Hand mit seinen Geschäften hatte, zum Grafen Mishka auf.

Doch trotz seiner Aufnahme in den erlauchten Kreis um Baxter Brittle war es mit Graf Mishkas finanzieller Situation erst im Laufe des letzten Jahres spürbar bergauf gegangen. Er hatte sich daraufhin ein kleines Stadthaus in Fells Point gekauft und seine gesamte Habe aus seinem alten Apartment und diversen Lagerräumen herübergeschafft. Schon jetzt war allerdings absehbar, dass auch hier bald alles aus den Nähten platzen würde. Aber die Menge des Materials, das durch seine Finger ging (und das er mittlerweile zumindest teilweise auf ehrliche Weise *kaufte*) war so groß, dass er regelrecht Handel damit treiben konnte. Auf diese Weise verdiente er sich ein willkommenes Zubrot zu seinem Gehalt, das er für seine Arbeit bei Tome Press erhielt.

Iggy Pop ließ auch den Raritätenschrank erzittern.

Das außergewöhnliche Möbel war ein aus massiver Eiche gefertigtes, antikes Stück, das Graf Mishka von Tome Press geschenkt worden war (›Als Anerkennung für außerordentliche Verdienste‹, wie Baxter Brittle gesagt hatte). Den Schrank hatte man mit modernen Schlössern versehen und so bearbeitet, dass er luftdicht war und keinerlei Feuchtigkeit eindringen ließ: ein perfekter Ort, um kostbare Bücher aufzubewahren und vor weiterem Verfall zu schützen.

Während Iggy Pop weiterhin in die Vollen ging, lachte Graf Mishka vor sich hin, führte kopfschüttelnd den magnetischen Schlüssel in das auf den ersten Blick altertümlich wirkende Schloss und drehte ihn herum. Dann öffnete er den Schrank und betrachtete seine kostbarsten Schätze.

Immer wieder ein erhebender Anblick, dachte er entzückt. Alles Erstausgaben, und zwar zum Teil sogar vom Autor signiert! Von Stephen King über Anne Rice und Clive Barker bis hin zu Dean Koontz, Ramsey Campbell oder auch Robert Bloch, Shirley Jackson und Richard Matheson war alles vertreten, was Rang und Namen hatte. Und gut erhaltene handsignierte, am besten sogar ungelesene Erstausgaben waren für jeden Sammler die beste Garantie, dass der Wert seiner Kollektion beständig stieg.

Besonders stolz war Graf Mishka auf eine signierte Erstausgabe von Bram Stokers *Dracula* sowie zahlreiche schöne Ausgaben von Ambrose Bierce und Lovecraft. Jedes einzelne Buch eine Kostbarkeit für sich.

Die zweifellos wertvollsten und ältesten Stücke seiner Sammlung waren ihm jedoch erst vor kurzem in den Schoß gefallen: ein wahres Juwel von geradezu magischer Ausstrahlung – und er hatte nicht einen müden Dollar dafür bezahlt!

Es handelte sich dabei um eine makellose Erstausgabe der Werke Edgar Allan Poes, die vormals im Besitz von Professor William Blessing gewesen war: Bücher aus einer Zeit, in der eine Erstauflage allenfalls ein paar hundert Exemplare umfasst hatte und häufig genug gar nicht erst in den Handel gekommen, sondern nur an Privatinteressenten abgegeben worden war. Doch jetzt gehörte sie ihm, und er konnte lachend die Früchte jener Nacht genießen, die nun vier Monate zurücklag.

Wie an jedem der seither vergangenen Abende ließ Graf Mishka seine Finger über das Leder der maßgefertigten Schutzhüllen gleiten, die ihrerseits kostbare Antiquitäten darstellten. Ihre Aufgabe bestand darin, die empfindlichen Bände vor dem verderblichen Einfluss von Licht und Luft und unachtsamer Behandlung zu schützen. Und wie an jedem Abend zuvor konnte Graf Mishka auch jetzt wieder beim Berühren der Bücher geradezu körperlich spüren, welch fantastische Energie in diesen Werken voller Magie schlummerte.

Wie hätte er vorhersehen können, dass nur durch einen simplen Einbruch und einen Mord diese Kostbarkeiten in seine Hände fallen würden?

Im Augenblick konnte er wirklich nicht klagen. Bei Tome Press lief alles wie am Schnürchen, und da Graf Mishka zum harten Kern um Baxter Brittle gehörte, war er inzwischen zum stellvertretenden Chefredakteur der Zeitschrift aufgestiegen und für die Betreuung von Sonderprojekten zuständig. Auf diese Weise war er maßgeblich daran beteiligt, dass der einst kleine Verlag immer stärker expandierte und das Unternehmen Neuland in bisher unerkundeten Wachstumsbereichen betrat. Als einem musikverrückten Filmnarren lag es für Graf Mishka auf der Hand, selbst einen Film zu produzieren. Gemessen an dem, was eine ganze Reihe von Idioten auf die Beine stellte, konnte die Sache nicht allzu schwer sein. Erst heute hatte er mit zwei Studenten von der Filmhochschule über die Absicht von Tome Press gesprochen, einen Horrorfilm zu produzieren. Und er war zudem sicher, dass es ihm gelingen würde, eine von diesen Ein-Mann-Studio-Bands wie Trust Obey zu engagieren, um die Untermalungsmusik einzuspielen. Anschließend wollte Graf Mishka mit einer Firma wie Projekt, Tess oder Cleopatra einen Vertrag über den Vertrieb des Soundtracks schließen.

Das Projekt würde wie eine Bombe einschlagen.

Über diese Lederrücken zu streichen war wirklich ebenso anregend, als hätte er ein paar Stromstöße abbekommen.

Mann, die Schwarzen Dämonen hatten ohne Zweifel eine unglaubliche Zukunft vor sich und konnten durchaus nach den Sternen greifen.

»Und wir sind zum Start bereit, was, Iggy?«, frohlockte Graf Mishka, während er den Schrank wieder sorgfältig verschloss.

Iggys Antwort bestand in markerschütterndem Gebrüll, durchdringendem Stöhnen und ekelhaftem Würgen, als müsse der Sänger sich übergeben.

»Give me danger, little stranger«, grölten beide unisono.

Graf Mishka gönnte sich einen weiteren Schluck Fosters und tänzelte dann ins Wohnzimmer. Dort legte er den Kopf in den Nacken und kippte die halbe Dose hinunter, um sich anschließend auf die Couch fallen zu lassen.

Er langte nach einer der Fernbedienungen und drückte auf einen Knopf. Schluss mit Iggy!

Ein anderer Knopf, und *Interview mit einem Vampir* flimmerte über den großen 80-cm-Bildschirm. Graf Mishka sprach einige von Brad Pitts Sätzen mit, bevor er die Dose erneut an die Lippen setzte.

Nach einem anstrengenden Tag hatte er es sich verdient, alle fünfe gerade sein zu lassen und erst einmal ein Nickerchen einzulegen. Er durfte nur nicht zu spät wach werden, damit er rechtzeitig ins Fletcher's kam, um sich dort Death On Two Legs anzuhören: eine neue Band, auf deren Auftritt er neugierig war. Bei der Gelegenheit würde er auch einen Blick auf die Mädchen werfen, sich ein paar Drinks einverleiben und sich einen netten Abend machen.

Wer weiß … vielleicht fand sich ja etwas Passendes (am liebsten wäre ihm eine von den Miezen gewesen, die mit ihrem Kann-denn-Liebe-Sünde-sein-Blick als ›Mädchen der Woche‹ auf den Websites des Clubs posierten)! Es müsste doch mit dem Teufel zugehen, wenn es ihm nicht gelingen sollte, eins von den süßen Dingern aufzureißen und auf seine Junggesellenbude abzuschleppen. Dort würden sie sich dann mit Horrorfilmen aus den Sechzigern in Stimmung bringen und sich anschließend wilden Sexspielen hingeben.

Mann, ein wirklich wunderschöner Abend lag vor ihm!

Trotz der Angst einflößenden Musik, die den Vampirfilm unterlegte, spürte Graf Mishka, wie eine Welle der Entspannung über ihn hinwegschwappte. Seine Erschöpfung und das Bier taten ein Übriges. Zwar war Schlaf für ihn eigentlich eine coole Sache, aber er zog es doch vor, sich meist nur tagsüber ein paar Stunden hinzulegen. Denn die Nächte bargen so viele aufregende Möglichkeiten, die er sich auf keinen Fall entgehen lassen wollte.

Er schlief ein und träumte davon, auf dem Rücken eines riesigen schwarzen Vogels dahinzufliegen. Die unheimliche Kreatur tauchte hinab durch dichte Wolken, die über geheimnisvolle Burgen und Schlösser hinwegzogen, hinter denen sich Regenbögen über den Himmel spannten. Aus dunklen Höhlen drang unter Blitz und Donner dröhnende Heavy-Metal-Musik an sein Ohr.

Nur immer weiter, dachte er, *das ist ja der helle Wahnsinn! Träume waren immer faszinierend, sogar Albträume.*

Oder gerade Albträume!

»Schließlich verdiene ich mit ihnen meinen Lebensunterhalt«, murmelte Graf Mishka, als er sich nach seinem Nickerchen träge erhob.

Ohne hinzusehen, streckte er die Hand nach der Bierdose aus, um seine Lebensgeister mit einem Schluck Hopfensprudel in Schwung zu bringen. Doch seine Hand griff an der Stelle, wo er die Dose abgestellt hatte, nur ins Leere.

»Wo ist die verdammte …«, fluchte er vor sich hin, während er sich mit der anderen Hand den Schlaf aus den Augen rieb.

»Suchen Sie das hier?«, fragte eine Stimme.

Eine dunkle Gestalt löste sich aus der Finsternis und drückte Graf Mishka eine Dose in die Hand.

»Ich habe Ihnen ein frisches Bier geholt, Graf. Warmes Bier ist einfach ungenießbar, wenn man gerade erst wach geworden ist.«

Ein Fremder im Haus …

Wer, zum Teufel …?

Graf Mishka starrte von der Couch aus in die Dunkelheit. Vor dem Hintergrund des aus dem Esszimmer einfallenden Lichtes nahm er schemenhaft die Umrisse eines menschlichen Körpers wahr. An der Stelle, an der sich der Kopf befinden sollte, stieß sein Blick allerdings nur auf tiefe Finsternis.

Von irgendwoher – kam das Geräusch wirklich aus dem oberen Stock? – war Flügelschlagen zu hören.

Bei Graf Mishka machte es *Klick!*

Mit einem Mal erwachte der Überrumpelte aus seiner Erstarrung.

»Hören Sie, bei mir ist nicht viel zu holen. Ich habe nur ein bisschen Bargeld in meiner Hosentasche … und den Fernseher und …«

Er wandte sich um und deutete auf den Turm seiner Audio-Video-Anlage. Dort, wo er seinen brandneuen Sony-Fernseher vermutete, herrschte jedoch nur gähnende Leere.

»Hey! Sie haben ihn sich ja schon geholt!?«, rief Graf Mishka verblüfft und versuchte, sich aufzurichten.

In dem Augenblick beugte sich die dunkle Gestalt vor und bohrte ihm eine Heckler und Koch HK-4 in die Nase. Daraufhin sank der Graf zurück auf sein Lager. Er hatte keine Mühe, die Maschinenpistole zu erkennen, schließlich gehörte sie ihm.

»Na gut! Sieht so aus, als hätten Sie gewonnen. Also nehmen Sie sich schon, was Sie wollen.«

»Ich will nur eins, Mr. Henneman. Das ist doch Ihr Name, oder nicht? Richard Mark Henneman.«

Die Stimme des Mannes klang nach unterdrückter Wut, gleichzeitig aber auch rau und metallisch, als käme sie aus weiter Entfernung … beinahe wie eine elektronisch veränderte Filmstimme.

»Ja. Ja, das bin ich.«

Die Mündung der Waffe fühlte sich kalt und hart an und verursachte Henneman große Schmerzen.

»Hören Sie, es tut mir Leid, dass ich Ihnen in die Quere gekommen bin. Nehmen Sie sich nur, was Sie wollen. Ich habe nichts dagegen. Nur tun Sie mir nichts!«

»Nein?«

»Nein. Das wäre doch … wirklich sehr dumm von Ihnen.«

»Wäre es das?«

»Was soll überhaupt das ganze Gerede? Wollen Sie mir Angst machen? Ich habe Ihnen doch gesagt, dass Sie nehmen können, was Sie wollen. Ich zeige Ihnen sogar, was sich für Sie lohnt. Nur nehmen Sie die verdammte Waffe weg!«

Der Druck auf Hennemans Nase verschwand und die Gestalt wich zurück.

Bei näherem Hinsehen erkannte Henneman, dass der Mann einen dunklen Mantel und eine dunkle Sonnenbrille trug. Außerdem war er – der ledrig wirkenden Gesichtshaut zufolge – offensichtlich älter, als Henneman angenommen hatte. War etwa ein Rentner bei ihm eingebrochen?

Wirklich geil, das Ganze!

»Hör mal, Opa! Ich verspreche dir, dass ich dein Spielchen mitspielen werde. Du kannst sogar die Kanone haben, obwohl sie mich eine hübsche Stange Geld gekostet hat ...«

Und ich wünschte, ich hätte sie vorher zur Hand gehabt. Dann könnte man dein Hirn längst von den Wänden kratzen!

Graf Mishka hatte noch nie in seinem Leben mit einer Waffe geschossen. Aber die Vorstellung, es zu tun, gefiel ihm und half ihm dabei, die in ihm aufkeimende Panik zu unterdrücken. Mick Prince hatte ihm die Kanone beschafft und wollte ihm zeigen, wie man mit ihr umging. Von Mick konnte man überhaupt eine ganze Reihe nützlicher Dinge lernen.

Graf Mishka wünschte sich nur, dass Mick jetzt da wäre. Er hätte bestimmt gewusst, was in einer solchen Situation zu tun war.

»Sie haben keine Ahnung, wer ich bin, nicht wahr?«, schrie der Mann. »Nicht die geringste Ahnung!«

Blitzartig fegte der rechte Arm des Unbekannten über den Tisch und schleuderte die dort liegenden Bücher, Videokassetten, Drogenschächtelchen und sonstigen Gegenstände in hohem Bogen beiseite. Zwei Gläser zerbarsten an der gegenüberliegenden Wand.

Der verdammte Mistkerl war allem Anschein nach wirklich noch sehr kräftig für sein Alter.

Graf Mishka spannte seinen Körper an und stemmte die Füße gegen die Couch, um sich mit einem Sprung in Sicherheit zu bringen und dann das Weite zu suchen. Doch mit überraschender Behändigkeit schnellte die Linke des Fremden vor und packte einen Zipfel von Graf Mishkas Hemd. Ehe dieser erkannte, wie ihm geschah, wurde er in die Luft gehoben und krachte rücklings auf den Tisch.

Graf Mishka war so benommen, dass er das Nachfolgende kaum mitbekam. Doch als er sich aufzurichten versuchte, musste er feststellen, dass dies unmöglich war. Mehrere Gurte fesselten ihn an den Tisch. Alles, was er noch bewegen konnte, waren der Kopf, die Hände und die Füße.

»Was soll der Quatsch?«, jammerte er, alles andere als begeistert von dieser Entwicklung der Dinge, die die Furcht in ihm immer größer werden ließ. »Wie soll ich Ihnen so zeigen, wo die interessantesten Sachen sind?«

»Keine Sorge, Graf. Ich weiß genau, was ich will und wo ich es finden kann«, erwiderte die mysteriöse Gestalt. »Es handelt sich dabei um ein paar Dinge, die in Ihrem Hirn gespeichert sind.«

»Wie? Ich verstehe nicht ...! Sie wollen irgendwelche Informationen von mir? Was, zum Teufel ...?«

Alles an dem Fremden wirkte finster und undurchschaubar. Überall im Raum waren die von Henneman aufgestellten Messkerzen angezündet worden. Dennoch lag die Zimmerdecke über Hennemans Kopf in völliger Dunkelheit. Der Gefesselte spürte allerdings, dass sich dort über ihm irgendetwas befand: etwas Großes und Mächtiges, das er nicht näher bestimmen konnte.

Einen endlos scheinenden Augenblick lang verharrte der Eindringling in Schweigen – vielleicht nur, damit Graf Mishka immer mehr in Panik geriet. Dann kniete der Fremde neben ihm nieder.

»Ich verfüge mittlerweile über gewisse Fähigkeiten und Kräfte ... wahrhaft unerklärliche Kräfte ... und ich nehme Dinge um mich herum wahr, die ich früher nicht wahrgenommen habe ... – damals ... im Leben«, flüsterte der Mann in nüchternem Ton. »*Im Leben,* Mr. Henneman! Jetzt aber stelle ich fest, Mr. Henneman ... Graf Mishka ... dass Sie über die von Ihnen bisher begangenen lässlichen Sünden und weniger bedeutsamen Vergehen hinaus zu wahrhaft scheußlichen Untaten berufen sind. Können Sie mir folgen, Graf? Ich will Ihnen ein Beispiel geben. Stellen Sie sich doch einmal vor, dass jemand erkannt hätte, was für ein Schurke Joseph Goebbels war, *bevor* dieser all seine Verbrechen beging! Was alles wäre der Welt erspart geblieben, wenn diese Bedrohung der Menschheit rechtzeitig ausgetilgt worden wäre? Schnipp, schnapp – irgendwann kappt die Schere des Schicksals bei jedem von uns die Fäden, an denen wir zappeln. Aber manchmal kommt der Schnitt zu spät, um die Welt vor Unheil zu bewahren. Deshalb überlege ich im Augenblick, ob ich dem Schicksal heute Nacht ein wenig auf die Sprünge helfen soll.«

Plötzlich hielt der Mann eine große Schere in der Hand, deren glänzende Klingen im Kerzenlicht funkelten.

»Herr im Himmel, was haben Sie vor?«, stieß Graf Mishka mit Mühe hervor. »Ich habe Ihnen doch gesagt, dass ich …«

»Sie wissen wirklich nicht, wer ich bin?«, vergewisserte sich der Fremde erneut. »Dann will ich es Ihnen verraten.« Er trat langsam näher. »Ich bin Doktor Phibes, der geschmähte Shakespeare-Darsteller, den Vincent Price in *Theater des Grauens* verkörperte. Vielleicht bin ich auch Peter Cushing in *Geschichten aus der Gruft,* oder Claude Rains im *Phantom der Oper*. Ich könnte endlos fortfahren, Graf. Und ich hoffe, ich treffe mit dieser cineastischen Sprache bei Ihnen den richtigen Ton?«

»Wer sind Sie? Ich verstehe nicht … Was Sie sagen, ergibt keinen Sinn!«, wimmerte Graf Mishka.

Schnipp-schnapp machte die Schere.

Wieder kniete der Mann neben dem hilflos Gefesselten nieder. Diesmal setzte er jedoch seine dunkle Brille ab, und das Kerzenlicht spiegelte sich auf seiner grauen, schuppigen Haut. Ein leichter Verwesungsgeruch, wie er ihn von überfahrenen Tieren her kannte, stieg Graf Mishka in die Nase. Schließlich sah er in die Augen des Mannes. Sie erinnerten ihn an etwas, das sich erst vor wenigen Monaten zugetragen hatte.

Mit einem Schlag erkannte er die Augen.

O Gott ... Herr im Himmel, das darf ... das kann doch nicht ...

»Ich sehe, dass der Groschen bei Ihnen gefallen ist, Richard«, sagte die dunkle Gestalt. Langsam setzte er die Brille wieder auf und erhob sich vom Boden. »Sie glauben gar nicht, wie gut das meiner Seele tut. Es lässt mich hoffen, dass mein Tod doch noch etwas Gutes bewirken kann. Deshalb bin ich schließlich hier. Verstehen Sie, es geht mir nicht nur um Vergeltung oder Buße, sondern darum, dass zukünftige Generationen in Frieden leben können.«

Noch immer gelähmt vor Furcht und Entsetzen, verfolgte Graf Mishka, wie der grauenhafte Alte einen Gegenstand aus seiner Manteltasche zog. Es handelte sich um die Fernbedienung für den Fernseher. Was in aller Welt ...?

Es klickte zweimal, und der dunkle Gegenstand, den Graf Mishka über sich in der Luft mehr vermutet als gesehen hatte, begann zu leuchten.

Das massive Fernsehgerät, dessen Strom- und Antennenkabel irgendjemand mit dem Lichtanschluss in der Decke verbunden hatte, schwebte in ungefähr zwei Meter Höhe über Graf Mishkas Kopf. In strahlendem Technicolor hielt der von Peter Cushing verkörperte Van Helsing einen Holzpflock in der Hand, den er Dracula alias Christopher Lee ins Herz trieb.

Unvermittelt begann die finstere Gestalt zu rezitieren: »›Auf einmal gewahrte ich – mit welchem Grauen, muss ich wohl nicht betonen – den riesigen, bronzenen Pendelstab über mir, der in einer aus glänzendem Stahl gearbeiteten, mehr als dreißig Zentimeter langen Sichel endete. Beide Enden des massiv und schwer wirkenden Instrumentes wiesen nach oben, während die dem Augenschein nach rasiermesserscharfe Unterseite zischend die Luft über mir durchtrennte ...!‹ Und nun machen wir ein kleines Quiz, Graf Mishka. Aus welchem Text stammte das Zitat?«

»Ich ... ich weiß es nicht«, keuchte der Gefragte.

»Vielleicht finden Sie die Antwort, wenn Sie einen

Blick auf den Fernseher werfen, da Sie mit diesem Medium ja offensichtlich vertrauter sind.«

Im selben Augenblick flimmerten Szenen eines Films über den Bildschirm, den Graf Mishka kannte. Vincent Price in einer Mönchskutte … eine Steintreppe, die in ein Kellergewölbe führt … eine vollbusige Frau …

Dann der Bursche aus *Millennium (wirklich ein cooler Typ!)* ebenfalls in einer Kutte. Wieder ein Keller … eine nackte Frau …

»Grube …«, murmelte Graf Mishka, *»Grube und Pendel.«*

»Richtig, Graf«, lobte der Fremde. Er reckte seine rechte Hand mit der Schere in die Höhe und versetzte dem Fernseher einen Stoß, woraufhin dieser hin und her schwang … hin und her.

»Sie kennen natürlich Roger Cormans klassische Verfilmung und vermutlich auch die spätere Fassung von Stuart Gordon«, fuhr der Mann fort. »Und sicherlich ist Ihnen auch nicht neu, dass Dario Argento in seinen Bildern aus dieser Erzählung zitierte?«

Hin und her.

Hin und her.

Das flackernde Licht des Bildschirms zuckte über die fahle, zersprungene Haut des Mannes und dessen Brillengläser.

»Was ist das hier für eine Schmierenkomödie?«, schrie Graf Mishka. »Baxter, steckst du dahinter? Spielst du mir diesen miesen Streich? Jetzt reicht's langsam!«

Hin und her schwang der Fernseher, immer wieder neu angetrieben durch die mächtige Schere in der Hand des Mannes.

Hin und her.

Der Kathodenstrahl zeichnete immer neue Bilder auf die mächtige Bildröhre: Szenen aus *Die Nacht der lebenden Toten;* aus alten Horror- und Monsterstreifen, die in den fünfziger Jahren gedreht worden waren; aus Billigproduktionen der achtziger Jahre, Stephen-King- und Clive-

Barker-Verfilmungen sowie aus vielen drittklassigen Streifen, deren Titel Graf Mishka vergessen hatte.

Sie alle schwangen unter der Decke hin und her.

»Was für ein Quell des Entzückens, Graf! Schmerz und Blut und Grauen im Neunzig-Minuten-Rhythmus. Finden Sie nicht, dass diese Art des Amüsements ein bisschen dekadent ist? Und dass es viel spannender ist, hier in der von mir arrangierten melodramatischen Todesszene selbst die Hauptrolle zu spielen? Stimmen Sie mir nicht zu, dass es viel aufregender ist, auf den von mir in Gang gesetzten Zug aufzuspringen, um geradewegs in die Hölle transportiert zu werden?«

»Hören Sie auf damit«, flehte Graf Mishka, »und lassen Sie mich gehen.«

»Vielleicht lasse ich Sie wirklich laufen, Graf. Vielleicht – wenn Sie mir verraten, wo sich Ihre übrigen Kumpane aufhalten. Zum Beispiel der … wie nennen Sie ihn doch gleich … der Marquis?«

»Er wird im Cross Club sein«, beeilte sich Graf Mishka zu erklären. »Ja, bestimmt. Um diese Zeit ist er meistens dort.«

»Vielen Dank für Ihre bereitwillige Auskunft, Graf.«

Doch der Angst einflößende Mann, der vorgab, William Blessing zu sein, machte keinerlei Anstalten, die Fesseln seines Opfers zu lösen.

»Hmm, wie ich sehe, sammeln Sie zudem auch die herausragendsten Erzeugnisse unserer modernen Kultur – nämlich Comics«, höhnte der Mann und griff wahllos einen Stapel Hefte, die in einem Regal lagen.

Hin und her.

Zisch … zisch … machte der Fernseher über ihm.

»Oh, was entdecke ich denn da? Den *Sandmann* von Neil Gaiman.« Er wandte sich zur Seite und deponierte den Stapel auf Graf Mishkas Brust. »Wenn ich mich recht erinnere, geht es in diesen Ausgaben um jene miesen kleinen Lockvögel, mit denen der Tod seine Opfer ködert.

Wissen Sie was, Graf? Wir beide werden einen Handel abschließen. Wenn es Ihnen gelingt, mir zu erklären, was genau die Geschichten in diesen kleinen Heftchen aussagen sollen, werden Sie mit heiler Haut davonkommen.«

»Wie?«

»Für mich liegt die Antwort klar auf der Hand, aber ich bin schließlich auch Professor für englische Literatur. Möglicherweise kann mir jedoch ein eingefleischter Fan wie Sie noch etwas mitteilen, was mir bisher entgangen ist, hmm?«

Graf Mishka starrte den unheimlichen Eindringling entgeistert an. Wie sollte er sich auf die Beantwortung von diesen idiotischen Quizfragen konzentrieren können, solange ein hundert Pfund schwerer Fernseher über ihm hin und her schwang?

»Der Sandmann ist, äh ... wie dieser Prinz der Träume ... und er, äh ... bewegt sich hin und her ... zwischen verschiedenen Sagenwelten ... und er ... äh ... er ist ... echt cool und ...«

»Tut mir Leid, Graf«, fiel ihm der Mann beinahe traurig ins Wort, »aber ich fürchte, Sie können mir nichts Neues sagen. Nur – warum sammeln Sie Dinge, die Sie nicht verstehen? Besteht der Reiz für Sie etwa nur darin, dass Sie etwas besitzen, was andere haben wollen? Verstehen Sie, worauf ich hinauswill? Nein? Nun, gleich werden Sie es verstehen!«

Die dunkle Gestalt reckte sich nach oben und durchtrennte mit der Schere die Kabel, an denen der Fernseher hing.

Schnipp.

Das riesige Gerät verharrte in seiner Pendelbewegung und rauschte mit geradezu unnatürlichem Tempo auf Graf Mishka zu, so als falle es aus großer Höhe herab.

Ohne ein Gefühl der Freude oder Genugtuung, aber auch ohne jedes Bedauern verfolgte der geheimnisvolle

Mann, wie der Fernseher das Gesicht des Gefesselten zerschmetterte. Als zermalme ein Amboss einen faulen Apfel, spritzten Blut und Hirnmasse in alle Richtungen, bevor das schwere Gerät auch den Tisch durchschlug, der zusammen mit dem an ihn gefesselten Körper splitternd und krachend zerbarst.

Glasscherben schwirrten durch die Luft, und einige von ihnen zerschnitten die Beine des unheimlichen Beobachters, der dies jedoch kaum registrierte.

Funken stoben aus dem zerstörten Fernseher, dann sorgte ein Kurzschluss dafür, dass die Stromversorgung unterbrochen wurde, und Rauch breitete sich über den Trümmern und dem Blut am Boden aus. Ein letztes Mal zuckten die Füße des Grafen, bevor der verstümmelte Leichnam erschlaffte.

Einen Augenblick lang blieb der geheimnisvolle Mann regungslos stehen, bevor er schließlich in die Innentasche seines Mantels griff und eine einzelne schwarze Feder hervorzog, die Feder einer Krähe; er legte sie in die Hand des Toten.

»Nun fahr dahin«, murmelte der Mann, »in das Reich, das weder dir noch mir bekannt ist.«

Schließlich wandte er sich ab und machte sich auf den Weg zu seinem nächsten Stelldichein – begleitet von all den grässlichen Erinnerungen.

... die erste Kugel trifft ihn in die Brust. Ihre Durchschlagskraft ist erstaunlich. Unaufhaltsam dringt sie durch seine Haut und eine Rippe in den rechten Lungenflügel ein, durchtrennt Venen und Arterien, bevor sie durch sein Hemd und den Kaschmirpullover wieder austritt. Er hat das Gefühl, als habe ihn ein grinsender Dämon mit einem rot glühenden Feuerhaken durchbohrt und dabei eine sengende Spur der Verwüstung hinterlassen.

Der Dämon ist allerdings durchaus irdischen Ursprungs. Er hat das verzerrte Gesicht und den irren Blick eines Wahnsinnigen. Und er hält eine großkalibrige Waffe in den Händen.

Die dunkle Gestalt schritt durch die nächtlichen Straßen Baltimores, auf dem Weg zu ihrem nächsten Ziel. Diese Männer hatten ihn getötet und ihm alles genommen, was ihm heilig gewesen war. Nun sollten sie dafür bezahlen, was sie ihm angetan hatten.

Wieder holten ihn die Erinnerungen ein.

... Amy! O mein Gott! Amy! Lasst sie in Ruhe!

... Ihr Diebe! Ihr Wahnsinnigen! Ihr Mörder! Hilfe! Herr Jesus, hilf mir!

Sein ganzer Körper besteht nur aus glühendem Schmerz, während er rückwärts gegen das Bücherregal geschleudert wird. Einige der wunderschönen antiquarischen Bände purzeln zu Boden. Der Geruch von Leinen und altem Papier vermischt sich mit dem Geruch von Wachs und frischem Blut.

Das Bild seines Mörders prägt sich unauslöschlich in sein Hirn: jeder Zug und jede Falte des vor Erregung geradezu entstellt wirkenden Gesichts. Die harten, dünnen Lippen ... die dichten Augenbrauen ... die leblosen, an Granit erinnernden Augen ... und das ölige schwarze Haar, das mit einem aus Knochen gefertigten Ring zu einem Pferdeschwanz zusammengebunden ist ...

Aus den Augenwinkeln erhascht er auch einen Blick auf den zweiten Täter, der seine Frau festhält. Ein muskelbepackter Gorilla mit kurz geschorenem Haar und einem ekelhaft lüsternen Blick in seinen kleinen Schweinsaugen.

Der tödlich Getroffene wird gegen sein eigenes Blut geschleudert, versucht noch einmal voller Verzweiflung, auf die Beine zu kommen, um Amy und die Sammlung zu retten, doch vergebens.

Er hört den Schützen verächtlich schnaufen und weiß im selben Augenblick, dass er sich in das Unausweichliche fügen muss.

Die dunkle Gestalt eilte durch die Straßen Baltimores, der Heimat des Mannes. Hier war er geboren worden und aufgewachsen, erfüllt von einem tiefen Gefühl für die Geschichte und die Zukunft der Stadt. Der Geruch des Binnenhafens, der zu den größten der Welt zählte, stieg ihm in die Nase. Die Stadt lag am Patapasco River, der hier zwei Drittel seines Weges zur Chesapeake Bay zurückgelegt hatte. Die größte Stadt im Bundesstaat Maryland war ein Wahrzeichen des amerikanischen Wachstums, der amerikanischen Architektur und der amerikanischen Geschichte. Während er den Straßen folgte, konnte er buchstäblich den Gestank und die Feuchtigkeit in der Luft spüren, ebenso den Geruch von gedünsteten Krabben, billigem Bier und scharfen Gewürzen.

Baltimore.

Ein guter Ort, um zu sterben, aber nicht, um in Frieden zu ruhen.

Noch nicht.

Die dunkle Gestalt folgte den düsteren Nebenstraßen von Little Italy.

Wieder Erinnerungen …

Die Waffe gibt einen weiteren Schuss ab. Wie in Zeitlupe sieht er das Projektil durch das Mündungsfeuer hindurch auf sich zufliegen – vermutlich eine Folge der unerträglichen Schmerzen, die seine Sinne überreizt haben. Er hört sich selbst ›Nein!‹ rufen und spürt, wie sein Körper die letzten Kraftreserven mobilisiert, um in einem verzweifelten Versuch die kleine Metallkugel abzuwehren, die ihm nach dem Leben trachtet.

Die Wucht beim Aufprall des Geschosses schleudert ihn erneut gegen das Regal. Entschlossen bahnt sich das Projektil seinen Weg durch das bereits blutgetränkte Hemd hinein in seinen Unterleib und spuckt dabei achtlos rohe Fleischfetzen auf den Fußboden. Er spürt, wie es sich durch seinen Solarplexus hindurch in ihn hineinbohrt, voller Gleichgültigkeit einige innere Organe zerreißt und das letzte bisschen Leben auffrisst, das noch in ihm steckt.

Der Schütze sagt etwas, aber er kann die Worte nicht mehr

verstehen. Plötzlich fällt ihm ein, dass der Kerl schon die ganze Zeit über geredet hat, Beschuldigungen ausgestoßen hat, die jedoch nicht mehr in sein Bewusstsein vorgedrungen sind und für ihn keinen Zusammenhang ergeben.

Seine Gedanken kreisen nur noch um Amy, seine Frau, die er über alles liebt …

Gott, wie matt und kraftlos fühlt er sich, und wie stark wütet der Schmerz in ihm!

Blut … überall Blut, Blut …

Er sinkt zu Boden, hinein in sein eigenes, schwarzes Blut, in dem sein Bewusstsein ertrinkt und das schließlich auch seinen letzten Gedanken erstickt: Amy!

Die finstere Gestalt durcheilte eine Straße nach der anderen. Vorbei an den neuen, noch unbeschmierten Wänden, vorbei auch am Aquarium und den prachtvollen Hotelbauten und vorbei am Mond, der sich in den dunklen Bürofenstern spiegelte.

Aber er ist noch nicht tot.

… noch nicht.

Unter unendlich großen Mühen kämpft er sich zurück aus der Finsternis, um Amy zu retten … um seine Sammlung zu retten … um zu retten, was zu retten ist …

Er öffnet seine Augen, stöhnt … und dann blickt er in das Angesicht des Grauens selbst …

Der Mann befand sich auf dem Weg zum Cross Club.

Er hörte das Flügelschlagen, blickte auf und sah den dunklen Schatten, der hoch über den Autos und Nachtschwärmern durch die Straßenschluchten flog.

Ohne zu fragen, folgte er der Krähe. Und während er ihr folgte, erinnerte er sich an seinen Traum.

Er hatte von Edgar Allan Poe geträumt.

1

Zu Gott, dem Herrn, bet' ich hienieden,
sie möge ruh'n in ewigem Frieden …
Und dass im dunklen, kalten Wald
ihr das Gewölbe öffne bald
seine Grabespforten zum Empfang,
kühl-schwarz wie ein Vampirumhang.
Noch im Tode voller Anmut
sie dort bei ihren Ahnen ruht.

»Irene«
Edgar Allan Poe, *An das menschliche Herz*

8. Dezember 1811

Da war ein Vogel im winterlich verschneiten Wald gewesen.

»William!«, hatte Edgar gerufen. »William! Sieh mal, der Vogel!«

Er hatte einen großen Vogel gesehen, so dunkel wie der Keller unter der Theaterbühne, in dem William und er immer Verstecken spielten, während Mutter probte. So finster wie die von ihnen bewohnte Pension, nachdem dort des Nachts alle Kerzen gelöscht worden waren und Wolken die Sterne und den Mond verhüllten. So schwarz wie der Rock des Arztes, der am Vortag nach Mutter gesehen hatte.

»Wo?« Sein Bruder William erhob sich von seinem Platz auf dem Boden und spähte aus.

»Dort! In dem Baum …«

Aber an der Stelle, auf die Edgar deutete, waren nur Zweige zu sehen: dürre Skelettzweige, die nun im kalten Dezember kaum ahnen ließen, dass sie bis in den Herbst hinein grüne Blätter und reife Früchte getragen hatten.

»Ich sehe keinen Vogel, Edgar«, erwiderte William und wandte sich wieder seinen Spielzeugsoldaten zu. Doch Edgar verharrte am Fenster; hinter ihm stand das Kindermädchen, das sich um die erst einjährige Rosalie kümmerte. Außer ihr und den Kindern waren noch eine Reihe von Freunden der Familie im Raum, zumeist handelte es sich um Theaterleute, die im Hintergrund um ein Bett herumstanden.

William klammerte sich mit ausdruckslosem Gesicht an eine Frau, die die ganze Nacht am Lager seiner Mutter gewacht hatte.

Edgar jedoch blieb vor dem Fenster sitzen, zappelte unruhig auf seinem Platz hin und her und starrte hinaus auf die Bäume. Der große Vogel hatte ihn fasziniert. Mit seinem durchdringenden Krächzen, den wissenden Augen, dem scharfen Schnabel und den mächtigen Krallen wirkte er fremdartig und zugleich selbstbewusst – wie ein Mysterium, das die Antwort zu einem Rätsel darstellte.

Ein weiterer Grund dafür, dass Edgar unverwandt nach dem Vogel Ausschau hielt, war die Tatsache, dass die Gespräche der Erwachsenen ihn ängstigten, auch wenn er nicht alles verstand, was sie sagten, zumal sie meistens flüsterten.

»Sie wird es nicht mehr lange machen.«

»Was soll nur aus den armen Kindern werden?«

»Ich kann sie jedenfalls nicht aufnehmen. Ich habe schon mit meinen eigenen alle Hände voll zu tun.«

»Man wird sie wohl oder übel trennen müssen. Dabei scheinen sie so sehr aneinander zu hängen.«

»Ach, die arme Frau. Und sie hat so viel Talent und eine so wunderbare Stimme. Vielleicht ruft unser Herr sie so früh zu sich, damit sie nur für ihn allein singt.«

»Auf jeden Fall wird sie dort, wohin sie geht, ihren Frieden finden.«

Mama geht weg?, dachte Edgar. Aber das war doch völlig unmöglich! Sie trug doch nur ihr Nachthemd und lag warm eingepackt im Bett. Nein, die Erwachsenen mussten sich täuschen. Denn auch wenn Edgar erst drei Jahre alt war, wusste er sehr wohl, dass man sich erst etwas anziehen musste, bevor man irgendwohin ging. Vor allem, wenn man vorher im Bett gelegen hatte. Aber Mama lag nun schon seit vielen Tagen im Bett …?

Sie hatte sich ziemlich verändert. Früher hatte sie nie den ganzen Tag lang im Bett gelegen. Schließlich war sie eine berühmte Schauspielerin, zumindest hatte William das gesagt. Sein fünfjähriger Bruder hatte ihm erklärt, dass ihre Mutter auf allen großen Bühnen zwischen Richmond und Boston zu Hause war und mit ihrer lieblichen Stimme selbst die kalten Herzen der New Yorker im Sturm erobert hätte. »Sie ist einfach die beste Schauspielerin und Sängerin aller Zeiten.«

Edgar war sich auf jeden Fall sicher, dass seine Mutter das wundervollste Wesen auf der Welt war, die Einzige, die ihm in seinen Mantel half, ihm die Schuhe zuband und ihn tröstete, wenn er gestürzt war und sich die Knie aufgeschlagen hatte. Die Frau, die sich ihr Gesicht aufwendig schminkte, extravagante Kostüme anzog und auf der Bühne sang, tanzte, weinte und lachte, war ihm jedoch stets ein wenig fremd geblieben.

Ein Flügelschlag … ein verschwommener schwarzer Fleck …

Dort … dort am Horizont dieses trüben Sonntagmorgens: War das der seltsame Vogel?

»Ich frage mich nur, ob ihr Mann weiß, wie es um sie steht?«

»David Poe? Dieser elende Tunichtgut! Niemand hat mehr etwas von diesem Trunkenbold gehört, seitdem er letztes Jahr seine Familie verließ.«

»Ein Rabenvater.«

Edgar konnte sich kaum an seinen Vater erinnern. Zwar waren tief in ihm noch vage Gefühle für ihn vergraben, aber der Junge war jetzt weit mehr daran interessiert, einen Blick auf den gefiederten Abgesandten einer geheimnisvollen, fernen Welt zu erhaschen. Wo steckte der Vogel nur?

»Edgar? Edgar, komm bitte mal hierher. Deine Mutter möchte mit dir und deinem Bruder sprechen.«

Edgar erkannte die Stimme. Sie gehörte Fanny Allan, die sich immer sehr um das Wohl der Familie gesorgt hatte. Er mochte Fanny sehr gern, denn sie war eine wirklich liebenswürdige Frau. Ihr Mann John war jedoch sehr schroff und abweisend. Edgar hatte stets ein bisschen Angst vor ihm und war sich nicht sicher, ob er ihn mochte.

»Ich versuche gerade, den Vogel wieder zu finden«, erwiderte Edgar. »Er muss irgendwo da draußen sein.«

»Der Vogel kann warten, mein liebes Kind«, beharrte Fanny. »Aber deine Mutter möchte dich jetzt sofort sehen.«

Seufzend rutschte Edgar von dem Stuhl, der vor der Fensterbank stand, und ging widerwillig zum Bett hinüber. Sein Bruder William war schon dort und hielt die Hand seiner Mutter. Er wirkte sehr traurig und verwirrt. Eine Frau hielt Rosalie im Arm, die mit ihren großen, dunklen Augen die im Bett liegende Kranke anstarrte, ohne einen Mucks von sich zu geben.

Edgar trat an die freie Seite des Bettes und beugte sich weit hinüber.

»Edgar?«, fragte eine matte, rasselnde Stimme. »Bist du es, Edgar?«

»Ja, Mama.«

Ihr Tonfall behagte ihm gar nicht. Die Stimme seiner Mutter klang normalerweise sehr weiblich, obwohl sie ein durchdringender Sopran war. Diese scheinbar vor Schmerz erstickte Stimme hörte sich jedoch an, als käme sie vom Geist seiner Mutter.

Stöhnend schreckte William Blessing aus dem Schlaf auf.

Die von seinem Schweiß durchnässten Laken klebten ihm am Körper und er schnappte keuchend nach Luft.

»Hattest du wieder diesen schrecklichen Poe-Albtraum?«, fragte die verschlafene Stimme seiner Frau Amy, die ihm tröstend eine Hand auf die Schulter legte.

»Ja«, gestand William Blessing. »Es war wieder dieser Traum mit der Krähe …«

»Vielleicht solltest du das nächste Mal besser einen richtig schönen Liebesroman schreiben.«

2

Ein Ritter kam
Mit edlem Nam'
Durch Sonne und durch Schatten;
Er suchte lang
Mit Lied und Klang,
Er suchte El Dorado.

Edgar Allan Poe, *El Dorado*

Mick Prince trat die Tür mit Gewalt ein.

Der Gestank nach billigem Fusel, Drogen, vergammelten Lebensmitteln und Erbrochenem traf ihn nicht unerwartet. Durch die zerborstenen Fensterläden fielen vereinzelte Strahlen der Morgensonne auf die noch betäubten Körper, die reglos auf dem Teppich und auf einigen Sofas herumlagen, als befänden sie sich im Koma.

Der groß gewachsene, kräftige Mann mit dem langen Mantel machte nicht viel Federlesens, sondern schnappte sich den nächstbesten Burschen der noch jugendlichen Gang, die hier eine exzessive Party gefeiert hatte. Er riss ihn am Ohr hoch und rammte ihm den Lauf seiner Maschinenpistole zwischen die Zähne.

»Wo finde ich Grimsley?«, knurrte Mick Prince.

Zuerst lief dem Jungen nur Speichel über die Lippen, dann verdrehte er jedoch die Augen und begann zu würgen. Der Mann in dem langen dunklen Mantel zog darauf die Waffe zurück, damit der Junge reden konnte.

»Keine Ahnung«, lallte der nach Urin und Schweiß stinkende Halbwüchsige.

Prince platzierte den MP-Lauf wieder an seinem alten Ort, wobei er dem Jungen einen Zahn ausschlug.

»Fällt es dir jetzt vielleicht wieder ein?«

Tränen und Blut flossen über das schmerzverzerrte Gesicht. »Auf der Toilette. Ich glaube, ich habe ihn zur Toilette gehen sehen.«

Als Prince hinter sich plötzlich ein verdächtiges metallisches Klicken hörte, nahm er sich nicht die Zeit, erst nach der genaueren Ursache zu forschen. Blitzartig fuhr er herum und begann zu feuern.

Die ersten Kugeln trafen einen langhaarigen, weißen Jungen, der auf einer Couch schlief und gerade noch rechtzeitig erwachte, um seinen Tod mitzuerleben. Aus den beiden faustgroßen Löchern in seiner Brust sprudelte das Blut, während Prince den Lauf etwas anhob und höher zielte, um den Cowboy zu treffen, der hinter seinem Rücken die Waffe gezogen hatte. Zwei Projektile verfehlten ihr Ziel und zerschmetterten lediglich einen pinkfarbenen Plastikgong und eine Feinwaage, die auf dem Tisch in der Mitte des Raumes standen. Die fünfte Kugel bohrte allerdings ein respektables Loch in den Schädel seines Gegenübers, durch das Blut und Hirnmasse austraten. Im Todeskrampf zuckte die Hand mit der Waffe zur Seite und jagte noch ein paar Schüsse in die Wand, woraufhin feine Gipswolken zu Boden rieselten.

Durch das Geballer waren mittlerweile die restlichen drei zugedröhnten Gangmitglieder zwischen dem unentwirrbaren Gemisch aus verschimmelten Pizzakartons, leeren Cola-Flaschen, benutzten Fixernadeln, Knochensplittern und Fleischfetzen hochgefahren, um erschrocken den feinen Nebel aus Blut und Kordit zu inhalieren, der in der Luft hing. Einer von ihnen trug einen Schulterhalfter, in dem ein Revolver steckte; die anderen waren augenscheinlich unbewaffnet. Das allerdings machte für Mick Prince keinen Unterschied. Ohne zu zögern richtete er seine Waffe auf die neuen Ziele.

Der Mann in dem langen Mantel erinnerte sich daran, einmal irgendwo gelesen zu haben, dass die Armeen der römisch-katholischen Kirche im späten Mittelalter eine Stadt belagert hatten, in der sich Abtrünnige verschanzt hatten. Der damalige Papst war gefragt worden, ob bei der Erstürmung zumindest die Seine Heiligkeit anerkennenden Gnostiker verschont werden sollten. »Tötet sie alle«, hatte die Antwort von Gottes irdischem Stellvertreter gelautet. »Der Herr wird die Seinen schon zu erkennen wissen.«

Jener Papst war wirklich ein weiser Mann mit einem ausgeprägten Sinn fürs Praktische, dachte Mick Prince.

Aus ebensolchen praktischen Erwägungen leerte er den Rest seines Magazins in die drei noch halb betäubten Gestalten, ehe diese recht wussten, wie ihnen geschah. Als hingen die Sterbenden an unsichtbaren Fäden, zuckten sie wie spastische Marionetten hin und her. Erst als Prince auch die letzte Patrone verschossen hatte, kehrte Ruhe ein, und der Pulverdampf legte sich wie segnender Weihrauch auf die Leichen, deren Blut die Wände ringsum in ein grelles Karmesinrot getränkt hatte.

Ohne sich eine Pause zu gönnen, griff der Bote des Todes in seine Manteltasche, zog ein frisches Magazin hervor und schob es in seine Waffe. Man hatte ihn angeheuert, um den Anführer der Gang zu töten. Und obwohl seine Arbeitgeber sicherlich von der abschreckenden Wirkung des von ihm veranstalteten Massakers angetan sein würden, hatte Prince seinen Job noch nicht erledigt. Entschlossen eilte er in das benachbarte Zimmer und hielt nach dem Bad Ausschau.

Mick Prince hatte den größten Teil seines Lebens in irgendwelchen Heimen, Besserungsanstalten und Gefängnissen verbracht. All diese Institutionen hatten über Bibliotheken verfügt, mit deren Beständen er sich intensiv beschäftigt hatte. Das meiste davon waren Taschenbuchromane gewesen. Falls Prince seine Zeit nicht mit diesen Büchern, sondern vor dem Fernseher verbracht hätte, wäre wahrscheinlich Clint Eastwood sein Vorbild geworden; in dem Fall hätte er vermutlich die zynische und äußerlich ausdruckslose Haltung des Westernhelden nachzuahmen versucht. So aber wandelte er auf den Spuren von Parker, dem Helden in den Kriminalromanen, die Donald E. Westlake unter dem Pseudonym Richard Stark schrieb. Und Parker war eiskalt, aalglatt, blitzschnell – und tödlich.

Hoppla, hier kommt Parker, dachte Prince. *Hip und modern, als wäre er gerade einem rabenschwarzen Reißer von Quentin Tarrantino entstiegen. Und sein einziges Ziel besteht darin, genug Geld zu verdienen, um für ein paar Monate auszusteigen und sich einen postmodernen Traum zu erfüllen. Und ich bin ein Über-Parker. Ein Top-Killer allerersten Güte und – ein professioneller Krimi-Autor.*

Darin bestand Mick Prince' eigentliche Berufung: Er wollte nur genug kassieren, um sich für eine Weile mit seinem Notebook an ein ruhiges Plätzchen zurückziehen zu können und dort ein paar knallharte Horrorgeschichten zu schreiben, die die Leser mit nacktem Grauen erfüllen würden. Obwohl Parker Menschen tötete, war er eigentlich kein Killer. Genau das unterschied ihn von Mick Prince, der hauptsächlich in der Drogenszene arbeitete, weil dort das meiste Geld zu machen war. Vielleicht würde er sogar noch dann und wann einen Job übernehmen, wenn er längst zu einem berühmten Autor geworden war, nur um nicht aus der Übung zu kommen. Aber es bestand kein Zweifel daran, dass er seinen Arbeitsschwerpunkt so schnell wie möglich auf die Schriftstellerei verlegen wollte.

Er fragte sich, was sein Dozent an der Autorenschule wohl zu seinem letzten Text sagen würde? Prince spürte selbst, dass sein Entwurf gewisse konzeptionelle Probleme aufwies und vermutlich durch eine Kürzung gewinnen würde. Dass es sich dabei um Horror vom Feinsten handelte, würde zumindest nach dem vorhersehbaren Urteil des Dozenten angesichts der gegenwärtigen Marktlage keine besondere Rolle spielen. Aber nur in diesem Genre wollte sich Prince später künstlerisch verwirklichen.

Er ließ die baufällige Küche links liegen und folgte einfach dem bestialischen Gestank, der ihn unweigerlich zur Toilette führen musste. Schließlich fiel sein Blick auf die Wasserlache, die sich im Flur vor einer geschlossenen Tür gebildet hatte. Da alle angrenzenden Räume offensichtlich leer standen, konnte kein Zweifel daran bestehen, dass er Grimsleys letzten Aufenthaltsort erreicht hatte.

Der Über-Parker und Neo-Nietzsche-Mann streift durch das nächtliche Gemäuer. Er ist der belesenste Insasse des Gefängnisses und deshalb in der Lage, aus dem Gedächtnis Verse und ganze Absätze berühmter Philosophen, Poeten und Groschenheftautoren zu zitieren. Jetzt, wo sich die Spannung ihrem Höhepunkt nähert, wirft er allen Ballast über Bord. In diesem Moment der intensivsten Meditation wird er wie ein Samurai eins mit seiner Waffe und seiner Mission.

Er wird zur Inkarnation des Kriegers.

Noch kostet sein Geist von der Gegenwart, doch er bereitet sich bereits auf das Zukünftige, das Jenseitige vor.

Und der zu allem entschlossene Gegner liegt auf der Lauer.

Während er die Waffe in Anschlag brachte, reduzierte er gezielt seine Atemfrequenz. Dann hob er wie ein Karatekämpfer seinen mit Stahl verstärkten Stiefel vom Boden und trat genau auf Höhe des Drehknaufs gegen die morsche Tür, die krachend nachgab. Ein weiterer Tritt, und sie polterte gegen die dahinter liegende Wand.

Im selben Augenblick richtete Mick Prince die MP nach unten, um eine ganze Salve abzugeben, doch etwas hielt ihn davon ab.

Das Badezimmer war auf altmodische Weise mit schwarz-weißen Kacheln gefliest, die Wände voll geschmiert mit Graffiti, der Spiegelschrank seit langem gesprungen und die Wasserleitungen geborsten. Das vorhangslose schmale Fenster stand halb offen.

Inmitten dieser Szenerie saß ein Mann, bekleidet mit einem zerrissenen T-Shirt, auf der Toilette; seine Boxershorts waren auf die Knöchel herabgerutscht, und er hatte sich mit nur einen Spaltweit geöffneten Augen gegen die Wand hinter ihm gelehnt.

Ein breites Gummiband war um seinen linken Oberarm gewickelt, und eine Injektionsnadel ragte aus seiner Armbeuge heraus; der gesamte Arm war blau angelaufen. Speichel tropfte dem Mann, dessen Atmung sehr flach war, aus den Mundwinkeln, doch er war zweifellos am Leben und schien unbewaffnet.

Mick Prince erkannte ihn sofort aufgrund des Fotos, das man ihm gegeben hatte.

Grimsley.

Während der Mann im langen Mantel noch den erbärmlichen Gestank registrierte, durchfuhr ihn unvermittelt eine böse Vorahnung. *Irgendetwas* war hier in der Nähe, das er aus seinen Albträumen in den Zellenblocks der Gefängnisse kannte.

Der Andere. Er war hier gewesen.

Der Mann auf der Kommode hob den Kopf an. Seine Augen waren so weit aufgerissen, dass es aussah, als ob er keine Lider mehr hatte. Außerdem war die Gesichtshaut so stark angespannt, dass Prince das Gefühl hatte, einen lebenden Totenschädel mit hervorquellenden Augen vor sich zu haben.

»Mick«, sagte der Mann, »der … der *Satan* ist … *hier!* Ich bin der Satan!«

»Nein, das bist du nicht«, schrie Mick Prince, von Panik ergriffen.

Er hob die Maschinenpistole und krümmte den Finger um den Abzug. Die Mündung der Waffe spuckte Feuer und jagte Kugel um Kugel in den Mann, der auf der Toilette hockte. Als sei eine unsichtbare Kraft am Werk, wurde der Leib wieder und wieder hochgeschleudert und wies immer mehr Risse und Löcher auf, aus denen Knochensplitter und Blutfontänen herausspritzten. Obwohl Grimsley längst tot war, feuerte Mick Prince noch immer auf den durchsiebten Körper. Eines der hervorquellenden Augen zerplatzte, und die Nase wurde in den Schädel hineingepresst. Schließlich explodierte der Schädel wie ein Frosch, dem man einen Feuerwerkskörper in den Hintern geschoben hat. Doch Ruhe trat erst ein, als auch der letzte Schuss aus dem Magazin verfeuert war.

Das, was von dem Körper des Drogenbosses übrig geblieben war, schien einen letzten verzweifelten Augenblick lang seine ehemalige Gestalt aufrechterhalten zu wollen, dann sank der deformierte Fleischklumpen jedoch auf den von Blut und Urin überschwemmten Boden.

Der Mann in dem langen Mantel hielt einen Moment inne und spürte sein Herz wie wild schlagen, während er seinem eigenen rasselnden Atem lauschte.

Der Satan!

Der gottverdammte *Andere!*

Hier in Baltimore?

Er musste ihn finden … ihn zur Strecke bringen … ihn vernichten …

Ein dunkler Schatten, der zunächst den Eindruck vermittelte, als habe sich eine Hand voll Ruß zu einer lebendigen Kreatur verdichtet, ließ sich auf dem Fenstersims nieder. Dann wurde ein Schnabel sichtbar, Flügel spreizten sich auseinander, um den Körper im Gleichgewicht zu halten, und Krallen zerkratzten das Holz. Der Kopf schob sich vor, und ein einzelnes Auge musterte Mick Prince mit düsterer Intensität.

Er starrte den Vogel verblüfft an.

Eine Krähe!

Was hatte dieses Vieh hier verloren?

Da Prince als Kind einige Zeit auf einer Farm verbracht hatte, wusste er, dass Krähen Aasfresser waren.

Noch immer hielt die Krähe unverwandt ihr Auge auf ihn gerichtet und schien ihn förmlich mit ihrem Blick zu durchbohren, so als könne sie ungehindert durch seine äußere Hülle direkt in seine Seele blicken.

Ich kenne dich, schien ihr Blick außerdem zu sagen.

Mick Prince verharrte wie erstarrt an seinem Platz. Er hatte genug Bücher gelesen, um zu wissen, dass Krähen stets Boten kommenden Unheils waren.

»Zur Hölle mit dir!«

Derartige Dinge zu lesen bedeutete ja noch lange nicht, dass man sie glauben musste!

Er ließ die Maschinenpistole fallen und griff in seinen Gürtel, um die 32er Beretta zu ziehen, die mit einem handgefertigten Schalldämpfer versehen war. Doch im selben Augenblick, als er die Waffe berührte, spreizte die Krähe ihre Flügel und schwang sich in die Luft. Das Bündel aus schwarzen Federn und glühenden Augen schoss mit vorgestreckten Krallen direkt auf Mick Prince' Gesicht zu.

Hätte der Mann in dem langen Mantel nicht über so hervorragende Reflexe verfügt, hätte ihn die Attacke leicht ein Auge kosten können. So aber erwischte ihn nur eine Kralle der Krähe am oberen Rand der Stirn, riss ihm ein Haarbüschel aus und ritzte ihm die Kopfhaut.

Blitzartig zog Prince die Waffe, entsicherte sie und begann zu schießen. Die kaum hörbar abgefeuerten Hohlmantelgeschosse rissen Mörtel aus der Decke, der auf den Schützen herabregnete, doch die Krähe flatterte unverletzt davon.

»Verdammt!«

Mick Prince nahm die Verfolgung auf und eilte dem Vogel nach, der durch die Tür in Richtung Wohnzimmer flog.

Die Drogenhöhle glich angesichts der Zahl der Toten und des Blutes überall einem Schlachthaus. Zuerst dachte Prince, die Krähe sei endgültig verschwunden. Aber dann – so als wolle sie sagen: »Schau nur, hier bin ich!« – landete sie auf einer Couch, krächzte und starrte ihren Widersacher trotzig an, wobei sie gelassen die Flügel spreizte.

Sein gesunder Menschenverstand riet ihm, das Weite zu suchen. Zuvor hatte er bei der Durchführung seines Jobs nur instinktiv und reflexartig gehandelt. Dabei war ihm die Krähe mehr oder weniger zufällig in die Quere gekommen. Doch nun …?

Er hatte seinen Auftrag erledigt. Je länger er noch hier am Tatort blieb, desto größer wurde die Gefahr, dass man ihn schnappen würde – selbst in diesem ausgebombten Teil der Stadt. Er musste nur durch jene gottverdammte Tür ins Freie treten. Sollte die Krähe doch ihren Schmaus halten. Was kümmerte es ihn?

Doch etwas … irgendetwas an dieser Kreatur ließ ihm keine Ruhe. Ohne Zweifel war dies die größte Krähe, die er jemals gesehen hatte. Und sie hatte etwas undefinierbar Fremdartiges an sich.

Noch schlimmer, sie schien mit *dem Anderen* im Bunde zu stehen. Mit dem *Satan!*

Solange Mick Prince zurückdenken konnte, war er sich der Gegenwart des Satans bewusst gewesen. Prince hatte gespürt, wie er in seine Träume eingedrungen war, wie er sich tagsüber in dunklen Schatten verbarg, und er hatte ihn erkannt in den sadistischen Motiven derer, die ihn gequält und ihm das Leben zur Hölle gemacht hatten. Als sei seine Seele weit älter als sein Körper, schien sie durch die Unendlichkeit der Zeit gereist zu sein, gehetzt von einem mysteriösen Wesen, das Prince als den Satan ausgemacht hatte.

Dieser Todfeind wollte ihn *vernichten* und *auffressen*.

Jahrelang hatte Prince sich von seiner Furcht vor dem unheimlichen Gegner beherrschen lassen, doch seit einiger Zeit verfolgte er eine andere Taktik. Nun war er fest entschlossen, zum Gegenangriff vorzugehen und seinen Gegner zu stellen ... ihn zu *töten*.

»Wer bist du?«, fragte er den Vogel.

Die Krähe plusterte ihr Federkleid auf, hüpfte auf die Armlehne der Couch und reckte den Schnabel in die Luft, als lausche sie irgendwelchen geheimnisvollen Signalen.

»Warum bist du nicht so ein gottverdammter *Rabe?*«, brüllte der Mann im langen Mantel. »Warum bist du nur eine verfluchte stinkende Krähe?«

Der Vogel hob die Schwanzfeder an, als wolle er auf diese Weise seine Ratlosigkeit zeigen.

»›Sprach der Rabe, Nimmermehr.‹ Du glaubst wohl, ich hätte nicht Poe gelesen, was?«, fragte Mick Prince. »Dieser überschätzte Zeilenschinder! Er hat einfach zu viel gesoffen, und dann ist ihm die Fantasie durchgegangen, diesem Jerry Lewis der Literatur. Ich sage dir, dass Rufus Griswold Recht hatte. Poe war nichts weiter als ein versoffener Bastard.«

Mick Prince tippte sich mit der Waffe auf die Brust.

»Glaub mir, wenn ich erst einmal zu schreiben beginne, werde ich nicht auf seinen Spuren wandeln.«

Die Krähe stieß ein Krächzen aus und starrte ihn an, ohne auch nur ein einziges Mal mit den Augen zu blinzeln.

»Fahr zur Hölle!«, sagte Prince beinahe sanft. Dann hob er die Waffe und zielte sorgfältig. Vor seinem geistigen Auge sah er bereits, wie das Projektil in die Brust des Vogels einschlug, um ihn in ein Feuerwerk aus Blut und Federn zu verwandeln.

Sein Zeigefinger suchte gerade den Druckpunkt des

Abzugs, als der Mann den Raum betrat. Er trug ausgebeulte Hosen, ein zerrissenes T-Shirt und eine verkehrt aufgesetzte Baseball-Kappe. In seiner rechten Hand hielt er eine Walther PPK.

»Du mieser …«

Ohne nachzudenken gab Mick Prince zwei Schüsse auf den Mann ab, die zwei große rote Flecken auf dessen Hemd zauberten und ihn einen Schritt zurücktaumeln ließen. Dann stolperte er über eine am Boden liegende Leiche und ruderte mit den Armen in der Luft, um sein Gleichgewicht wieder zu finden. Mick Prince schoss ein drittes Mal auf ihn, woraufhin der Kopf des Mannes beinahe in zwei Teile gespalten wurde. Hirnmasse und Blut sorgten für ein ungewöhnliches, neues Tapetenmuster.

Flügelschlagen lenkte die Aufmerksamkeit des Schützen zurück auf die Krähe, die sich bereits in die Luft geschwungen hatte und in den Hausflur flog. Prince feuerte auf den Vogel, traf aber nur ein Fenster.

Daraufhin machte die Krähe plötzlich kehrt und schlug einen Zickzackkurs ein. Zuerst schien sie Mick Prince erneut attackieren zu wollen, tauchte dann aber im letzten Augenblick weg und landete auf dem Fenstersims. Dort drehte sich der Vogel um und starrte seinem Verfolger wie zuvor direkt in die Augen.

Irgendetwas im Blick der Krähe hielt Mick Prince davon ab, wieder zu schießen. Der Blick des Tieres war so *intensiv,* so *durchdringend …!*

Dann glaubte Prince einer Sinnestäuschung zu unterliegen. Er war sich nicht sicher, ob die Laute, die er hörte, vom Wind erzeugt wurden, der in die maroden Leitungen des Hauses gefahren war. Die Krähe jedenfalls konnte sie nicht ausgestoßen haben, denn Krähen konnten doch nicht reden, oder? Allerdings war nicht zu übersehen, dass der Schnabel des Vogels sich bewegte.

Nicht jetzt, sagte der Wind in den Rohren. *Noch nicht. Aber bald!*

Dann hob sich die Krähe in die Lüfte und spreizte die Flügel.

»Nein!«, brüllte Mick Prince ihr nach. Er hob die Beretta und feuerte, doch der Vogel war längst fort.

Verzweifelt fluchend stürzte er ans Fenster.

»Komm zurück, du Höllenbrut!«, schrie er. Die Krähe war jedoch nur noch ein Fleck am Horizont und flog in einen Morgenhimmel hinein, der wie eine frisch geschlagene Wunde aussah.

3

Einst, von Mitternacht beschattet,
    saß ich, müd und geistermattet,
Über alten Weisheitsquellen,
    drin mein Sinnen sich verlor –
Schlaf verwirrte mich im Kopfe;
    plötzlich war es mir, als klopfe
Jemand leis ans Tor, als klopfe
    einer draußen an mein Tor.
»Wird Besuch sein«, sprach ich murrend,
    »klopft da spät noch an mein Tor –
    Einer, der sich her verlor.«

Edgar Allan Poe, *Der Rabe*

Da war etwas auf dem Dach, etwas Großes und Lärmendes, das William Blessing furchtbar auf die Nerven ging.

Schon in der vergangenen Nacht – als er noch spät in seinem Arbeitszimmer, das sich im fünften Stock seiner großen Stadtvilla in Baltimore befand, an seinem neuesten Roman gearbeitet hatte – waren ihm die Geräusche auf dem Dach aufgefallen.

... Klappern ...

... Kratzen ...

... Schlagen ...

Ein Vogel?, fragte er sich, als er von der Tastatur seines Computers aufsah. Hatte sich dort oben ein Vogel sein Nest gebaut? Immerhin war es Frühling, also hatte die Paarungszeit begonnen. Blessing hatte keineswegs etwas gegen Vögel, sondern hielt sie vielmehr für eine wertvolle Bereicherung der Städte. Nachtigallen, Kardinäle, Eichelhäher, Spatzen – sie alle brachten ein wenig Natur in das graue Einerlei. Das galt selbst für Tauben und Möwen. Und wenn es etwas gab, das seinem geliebten Baltimore fehlte, dann waren es Bäume. Zumeist hatte man bei der Neuerrichtung der unzähligen hässlichen Reihenhäuser in der Stadt den alten Baumbestand einfach abgeholzt und dadurch viele Viertel in öde Steinwüsten verwandelt. Glücklicherweise waren vor allem in den letzten Jahren verschiedene Förderprogramme ins Leben gerufen worden, die darauf abzielten, gerade die hässlichsten Viertel neu zu begrünen. Im Übrigen war es ja auch keineswegs so, dass es in Baltimore überhaupt keine Bäume mehr gab. In den großen Parks der Stadt standen prächtige Eichen, Pinien und Zypressen: Sie alle gehörten zu Marylands grünen Schätzen, die allerdings immer mehr der Industrialisierung zum Opfer gefallen waren. Blessing hatte jedoch in zweierlei Hinsicht Glück gehabt. Zum einen konnte er ein großes, bereits 1890 erbautes Haus sein Eigen nennen, zum anderen grenzte das Haus unmittelbar an den riesigen Stadtpark an, der zumeist aus alten Eichen bestand und einen willkommenen Schutzwall gegen die voranschreitende Verödung der Stadt bildete.

Was also sollte Blessing schon gegen einen Vogel auf seinem Dach haben? Den Geräuschen nach musste es sich allerdings um einen *außergewöhnlich großen* Vogel handeln!

Entnervt legte er das Manuskript aus den Händen und sah zum Dach hinauf.

Hopsen.

Flattern.

Knistern.

Verflucht, ausgerechnet jetzt. Er hatte gehofft, einen angenehmen und ruhigen Morgen verbringen zu können. Das Wetter hatte tatsächlich wunderbar mitgespielt und ihm einen milden Frühlingstag beschert, mit einer leichten Brise, nur geringer Pollenbelastung, warmem Sonnenschein und malerischen Kumuluswolken, die über den tiefblauen Himmel dahinzogen.

Amy besuchte gerade ihre samstäglichen Vormittagskurse und der neue Doktorand würde erst im Laufe des frühen Nachmittags auftauchen. Vor allem aber hatte Stephen King ihm den Vorabdruck seines neuesten Buches zugeschickt. Laut beigefügtem Begleitschreiben hoffte er keinesfalls auf das wohlmeinende Urteil seines Kollegen, sondern war durchaus auf – so wörtlich – ›ätzende Kritik‹ gefasst: »Dies würde die schwere Last von meinen Schultern nehmen, zu viele Exemplare meines neuesten Werkes verkaufen zu müssen.«

Nach Blessings erstem Eindruck stand ein Verriss keineswegs zu befürchten, da das Buch ausgezeichnet war und Lob verdiente. Blessing hoffte, seine mehr als nur wohlwollende Rezension in der Literaturbeilage der *New York Times* unterbringen zu können. Das Problem bestand nur darin, dass er im Augenblick bis über beide Ohren in Arbeit steckte und genug anderes zu tun hatte. Doch Kings Manuskript war so spannend, dass Blessing es einfach nicht aus der Hand legen konnte.

Nach dem Erfolg mit seinem dritten Roman – einer düsteren Fantasy-Geschichte mit dem Titel *Höllenfahrt einer schwarzen Seele* – hatte er einige Teile seines Hauses selbst renoviert. Besonders stolz war er auf eine Art Balkon, den Blessing auf dem höchsten Teil des Daches errichtet hatte. Er schuf die Verbindung zu einer kleinen Kuppel, die im imposanten gotischen Stil des neunzehnten Jahrhunderts gehalten war. Versteckt hinter den wunderschönen Giebeln, die das Haus besaß, bot der Balkon die einzigartige Chance, sich zusammen mit ein paar Freunden oder Kollegen ein Bier oder eine Tasse Tee zu gönnen und dabei den herrlichen Ausblick über die Dächer der alten Stadtviertel zu genießen. Vor allem die altehrwürdigen viktorianischen Gebäude der John-Hopkins-Universität, an der Blessing als Professor Vorlesungen über englische Literatur hielt, bildeten einen pittoresken Blickfang.

Versorgt mit einer Kanne kenianischem Kaffee, frischer Milch, Toast und Marmelade, hatte William Blessing es sich an diesem lauschigen Zufluchtsort seines Hauses gemütlich gemacht, um sich voll und ganz in das Reich der Fantasie Stephen Kings entführen zu lassen.

Kratzen.

Schaben.

Scharren.

Prinzipiell hielt Blessing sich durchaus für einen Vogelfreund, doch war nicht zu leugnen, dass dieser eine Vogel einen riesigen Lärm verursachte und es ihm unmöglich machte, konzentriert zu lesen oder zu schreiben.

Seufzend erhob sich der Professor von seinem Stuhl und trat an die Stelle, an der die aus Holz gefertigte Außenfront in Ziegel überging und das Dach schräg nach oben zum First anstieg, auf dem sich zahlreiche Schornsteine reihten. Blessing beugte sich über einen Pfeiler hinaus, um nach dem Störenfried Ausschau zu halten.

Muss wohl auf der anderen Seite sitzen, dachte er, da er weder Zweige noch Dornengestrüpp erspähen konnte oder was immer Vögel benutzten, um ein Nest zu bauen. Im ersten Augenblick war die Versuchung sehr groß, einfach das Feld zu räumen und unten in die Bibliothek zu gehen, um dort Bach oder vielleicht auch Chopin aufzulegen und ungestört weiterzulesen. Dagegen sprach jedoch die Tatsache, dass Blessing für die darauf folgende Woche zu einer Party eingeladen hatte. Zweifellos würden seine Freunde darauf drängen, hier draußen unter freiem Himmel ein Plauderstündchen zu verbringen. Ob es nun einen Vor- oder Nachteil bedeutete, einen Vogel in offensichtlich unmittelbarer Nachbarschaft zu haben, vermochte Blessing nicht abschließend zu beantworten, auf jeden Fall aber wollte er sich nicht die Blöße geben, nichts über seinen gefiederten Untermieter in Erfahrung gebracht zu haben. Der Professor war stolz darauf, nicht nur auf seinem beruflichen Betätigungsfeld über profunde Kenntnisse zu verfügen, sondern auch noch auf vielen anderen Gebieten. Er liebte es geradezu, stundenlang über die Dinge zu reden, die er durch seine unstillbare wissenschaftliche Neugier in Erfahrung gebracht hatte. Zweifellos würde Lincoln Holmes, der ebenfalls zu der Party eingeladen war, beim ersten Geräusch des Vogels danach fragen, welche Kreatur sich erdreistet habe, sein Nest ausgerechnet auf dem Haus des berühmten William Blessing zu bauen. Und Blessing wäre nicht Blessing gewesen, wenn er sich damit abgefunden hätte, nicht detailliert Auskunft geben zu können. Fraglos hätten in diesem Falle einige seiner Kollegen hinter vorgehaltener Hand gespottet, dass er wohl langsam seinen intellektuellen Biss verlor.

Er wusste einiges über Vögel. Ein Blick würde reichen, um zu sehen, um welche Spezies es sich handelte. Außerdem konnte er die Gelegenheit nutzen, den Vogel zu vertreiben, falls dieser wirklich gerade erst *begonnen* hatte, sein Nest zu bauen. Sollte der Vogel jedoch bereits Eier gelegt haben oder sogar schon brüten, würde Blessing nichts Derartiges unternehmen. Doch je schneller er wusste, was eigentlich los war, desto besser.

Obwohl er siebenundvierzig Jahre alt war, befand Blessing sich noch in vergleichsweise guter körperlicher Verfassung. Was also hätte ihn daran hindern sollen, sich über das Balkongeländer zu schwingen und an der Dachrinne entlang auf den First zu klettern? Die Ziegel waren relativ neu und noch recht griffig, und der Aufstieg zum First zwar sehr steil, aber keineswegs schwierig. Also stieg Blessing mit der gebührenden Vorsicht über das Geländer und suchte probehalber Halt auf den unteren Ziegeln.

Im Nu hatte er den First erklommen, ein Bein auf die andere Seite geschwungen und war rittlings zur Dachmitte gerutscht, wo er sich aufrichtete. Von hier aus konnte er nicht nur bis hinüber nach Camden Yards blicken, wo die Baltimore Orioles spielten, sondern auch auf die großen Büro- und Hotelgebäude der Innenstadt, die sich um den Binnenhafen, das eigentliche Zentrum Baltimores, erstreckte. Bürgermeister Scheafer hatte ihn ausbaggern lassen und dann einen Architekten geholt, der dem Stadtbild den richtigen Schliff verpasst hatte. Am Ende hatte die zwischenzeitlich ziemlich heruntergekommene Stadt ein mehr als sehenswertes Zentrum erhalten und war zu einem regelrechten Anziehungspunkt für Touristen geworden.

Blessings Augen wanderten nach Osten hinüber zu den Restaurants von Little Italy, zu dem großen Aquarium und zum jenseits der Wasserfläche gelegenen Naturwissenschaftlichen Museum. Da es ein Samstag war, umlagerten Dutzende von Ruder- und Paddelbooten das alte koloniale Kriegsschiff *U.S.S. Constellation,* das für unzählige Kameralinsen und neugierige Kinderaugen restauriert und auf Hochglanz poliert worden war.

Während Blessing den vom Wind herübergetragenen Geruch von Kirschblüten, Geißblatt und Teer wahrnahm, blickte er nach unten auf die Straße, die siebzehn Meter unter ihm lag. Auch wenn diese Zahl nicht besonders eindrucksvoll schien, so blieb der Blick vom First des fünfstöckigen Gebäudes hinab in die Tiefe doch nicht ohne Folgen.

Unvermittelt erlitt Blessing einen Anfall von Höhenangst. Er fühlte sich schwindlig und musste sich festhalten, um nicht das Gleichgewicht zu verlieren. Mit einem tiefen Atemzug versuchte er sich wieder zu fangen.

Vielleicht war es doch keine so gute Idee, hier heraufzuklettern, dachte er bei sich. Warum hatte er das Ganze nicht einfach einem anderen überlassen? Viel Geld zu besitzen bot schließlich den Vorteil, es sich leisten zu können, andere dafür zu bezahlen, dass sie ihren Kragen riskierten. Warum hatte er nicht einfach einen Handwerker bestellt, um nachzusehen, was hier oben los war – zum Beispiel einen Dachdecker, der keine Höhenangst kannte?

Glücklicherweise ließ der Anfall so schnell wieder nach, wie er gekommen war.

Nun ja, wo ich schon mal hier oben bin ..., dachte Blessing. Direkt vor ihm befand sich der größte Schornstein auf dem Dach: ein massives, aus alten, ausgeblichenen Backsteinen gemauertes Monstrum, das stolz über allen anderen Erhebungen auf dem First thronte. Unüberhörbar kam das Scharren und Kratzen von der Blessing abgewandten Seite des Schornsteins.

Er tastete sich einen Schritt weiter vorwärts. Nur ein bisschen näher noch an den Schornstein heran, und er konnte sich vorbeugen, um auf die andere Seite zu spähen. Dann würde er endlich erfahren, ob sich dort nun ein Nest befand oder nicht. Sollte dies nicht der Fall sein, dann konnte er den Vogel auf der Stelle verjagen und so endlich für Ruhe sorgen. Auf diese Weise würde es überflüssig sein, doch noch einen Handwerker zu bestellen, und er könnte Amy überdies von seiner Heldentat berichten.

Als Blessing den Schornstein erreicht hatte, stieg ihm der Geruch nach Ruß und Asche in die Nase. Doch noch immer war die Ursache des Lärms nicht auszumachen, fast sah es so aus, als ob der verdammte Vogel sich bewusst im toten Winkel hinter dem Schornstein niedergelassen hatte.

Für einen Experten wie Blessing würde es genügen, nur die Nasenspitze hinüberzurecken. Selbst wenn er dann noch immer nicht den ganzen Vogel zu Gesicht bekäme, so würde es reichen, wenigstens eine Feder oder zumindest einen Blick auf das Nest zu werfen, um die gefiederte Nervensäge zu identifizieren, die sich bei ihm eingenistet hatte. Nun wollte er die Sache auch rasch zu Ende bringen, um sich anschließend endlich wieder seiner Stephen-King-Lektüre widmen zu können.

Plötzlich zog vor seinem geistigen Auge ein Bild auf: das Gesicht Stephen Kings – verzerrt, als sei es durch ein Fischaugen-Objektiv aufgenommen worden. Die Augen des berühmten Autors schienen durch die Gläser der Hornbrille hindurch direkt in Blessings Leben zu schauen.

Geh nicht in den Keller, Bill!

»Wieso in den Keller? Ich bin doch auf dem Dach!«, knurrte Blessing mit zusammengebissenen Zähnen. »Außerdem geht es im richtigen Leben anders zu als in einem Horrorfilm.«

Indem Blessing sich mit den Fingern in den Rissen festkrallte, die sich im Laufe der Jahrzehnte im Schornstein gebildet hatten, zog er sich langsam nach oben, um sicheren Stand zu gewinnen. Aus den Augenwinkeln bekam er dabei mit, wie jemand vom Bürgersteig aus die Treppen zum Eingang hinaufstieg. Kurz darauf läutete die Glocke.

Wer, zum Teufel, wollte ausgerechnet jetzt etwas von ihm?

Abgelenkt durch die Überlegung, wer der ungebetene Besucher sein mochte, fasste Blessing nach dem oberen Rand des Schornsteins, ohne dabei zu bemerken, dass der Stein, an dem er Halt suchte, durch Wind und Wetter bröckelig geworden war. Als er sich emporziehen wollte, zerbrach der Stein ohne Vorwarnung.

Wild mit den Armen rudernd, hing Blessing in der Luft und versuchte krampfhaft sein Gleichgewicht wiederzugewinnen, während der Stein über das Dach schlitterte, gegen die Dachrinne schlug, eine Ecke des Gasgrills demolierte, der auf dem Balkon stand, und schließlich nach unten in den Garten fiel. William Blessing stürzte hingegen in die andere Richtung.

Verzweifelt versuchte er, sich mit der rechten Hand an der Blechkante des Firsts festzuklammern, doch vergebens. Sein Körper schlug hart auf den Ziegeln auf und begann die Dachschräge hinabzurutschen. Der Neigungswinkel war auf dieser Seite sogar noch steiler als auf der anderen, von der aus er hinaufgeklettert war, und Blessing machte sich keinerlei Illusionen: Die Dachrinne war keineswegs stabil genug, um sein Körpergewicht zu tragen, – sofern es ihm überhaupt gelingen würde, sich an ihr festzuhalten.

Mit aller Kraft stemmte er die Sohlen seiner Schuhe gegen die Ziegel und es gelang ihm tatsächlich, seine Abwärtsbewegung abzubremsen und zumindest vorübergehend zum Stillstand zu bringen.

Seine linke Hand schnellte zur Seite und krallte sich um die Oberkante des Abschlussbleches, wobei jedoch sein linker Fuß den Halt verlor. Mit einem Ruck rutschte Blessing ein Stück weiter ab, bevor sein gesamtes Gewicht nunmehr an seinem linken Arm hing und sein drohender Sturz im letzten Augenblick abgefangen wurde.

Obwohl die prekäre Entwicklung seiner Lage ihn ziemlich viel Luft gekostet hatte und er alle Kraftreserven darauf konzentrierte, nicht den Griff der linken Hand zu lockern, versuchte er, auch mit der rechten Hand Halt zu finden. Der erste Versuch scheiterte zwar, doch beim zweiten Mal war er erfolgreich.

Ohne sich zu bewegen, schöpfte Blessing zunächst einmal Atem und versuchte sich zu beruhigen. Er hatte Glück im Unglück gehabt und machte sich klar, dass es nunmehr nicht allzu schwer sein konnte, mit Unterstützung seiner Schuhsohlen und seiner Jeans wieder nach oben zu kommen. Dort konnte er seine Arme über den First legen, um endgültig festen Halt zu finden. Anschließend würde es kein Problem mehr darstellen, kriechend zum Balkon zurückzukehren und wieder in Sicherheit zu sein.

Als Blessing sich gerade Gedanken darüber machte, wie er sich am geschicktesten wieder nach oben ziehen konnte, bemerkte er das Flügelschlagen und das Krächzen.

Erschrocken blickte er nach oben.

Neben dem Schornstein wurde einer der größten Vögel sichtbar, die William Blessing jemals in freier Wildbahn gesehen hatte.

Zuerst hatte er den Eindruck, es handle sich nur um eine schwarze Fläche: um ein Überbleibsel der nächtlichen Finsternis, das auf mysteriöse Weise den Anbruch des Tages überdauert hatte. Die Spannweite musste beinahe einen Meter betragen, wenn nicht sogar mehr, wie Blessing erkannte, als der Vogel näher kam. Er hockte sich auf den First, nicht weit von Blessings Fingern entfernt. Dann streckte der Vogel seinen Kopf vor, als wolle er den Eindringling in sein Revier einer genaueren Musterung unterziehen.

Es handelte sich um eine Krähe, daran bestand für Blessing nun kein Zweifel mehr. Ein Exemplar dieser Größe hätte er jedoch allenfalls in den ländlichen Weiten Marylands erwartet, nicht aber mitten in der Stadt. Nun, aus allernächster Nähe, konnte Blessing auch erkennen, dass der Vogel keineswegs nur schwarz war: Seine Füße waren grau, die Krallen weiß und die Augen karmesinrot.

»Schschhhh!«, zischte Blessing. »Los, hau ab!«

Doch anstatt sich in die Lüfte zu schwingen und die Flucht zu ergreifen, pirschte sich der Vogel weiter heran, wobei seine scharfen Krallen über das Blech kratzten. Dann öffnete die Krähe ihren scharfen Schnabel und starrte Blessing an, während sie sich weiter seinen Händen näherte.

4

Doch sieh, es drängt sich in den Ring
Der Mimen ein Ungeheuer,
Ein kriechendes, schleichendes, blutrotes Ding
Wie schlängelndes, fressendes Feuer.
Es windet sich! Windet sich ins Gedränge,
Wo die Mimen vergehen in Angstgefühlen,
Und die Engel schluchzen, da seine Fänge
Sie sehen in menschlichem Blute wühlen.

Edgar Allan Poe, *Überwinder Wurm*

Als Baxter Brittle gegen Mittag erwachte, erstaunte ihn vor allem die Tatsache, über und über mit Blut besudelt zu sein. Dabei handelte es sich zu seiner Beruhigung offensichtlich nicht um sein eigenes.

Es war klebrig, schmeckte süßlich und verkleisterte seine langen Haare. Die Kopfschmerzen, die mit seinem Kater einhergingen, verschlimmerten sich spürbar, als er stirnrunzelnd auf seine verschmierten Hände starrte und die Ereignisse der Nacht zu rekonstruieren versuchte. Nein, es konnte sich nicht um echtes Blut handeln, dessen war er sicher. Aber hatten sie sich wirklich mit irgendeiner künstlichen Halloween-Tunke eingesprüht, als wollten sie ein Konzert der Insane Clown Posse imitieren?

Im Hintergrund des Kellerraums – dem Treffpunkt der Schwarzen Dämonen – war eine Aufnahme der Gruppe Lustmord zu hören.

Zum Teufel mit den Bastarden, dachte Brittle. *Ich muss mir endlich mal abgewöhnen, den CD-Player immer auf Endlosbetrieb zu stellen.*

Die nervenzerrüttenden Klänge hallten durch den gesamten Keller. Obwohl Brittle nichts unversucht gelassen hatte, um das Lokal von Grund auf zu säubern und neu einzurichten, nachdem er es von seinen Eltern geerbt hatte *(Ich hatte ihnen immer wieder gesagt, dass sie dringend neue Reifen bräuchten!),* und obwohl die Clique bei jedem Treffen Weihrauchfässchen abbrannte, stank es nach wie vor erbärmlich nach Schimmelpilzen und Feuchtigkeit. Überall an den Wänden hingen Poster, Schwerter, Dolche, wallende Schals aus weißem Musselin und mächtige Kerzen (Das Stimmungsvollste, was es außer Fackeln gab!) in dem erfolglosen Bemühen, so etwas wie eine feierliche Atmosphäre zu erzeugen. Verschiedene Gänge führten in ein geheimnisvolles, noch tiefer liegendes Kellergewölbe, das nur teilweise ausgebaut worden war: ein Relikt aus den Zeiten der Prohibition, als hier illegal schwarz gebrannter Schnaps ausgeschenkt worden war. Zu den sonstigen Absonderlichkeiten zählten vor allem noch die viel zu niedrigen Raumdecken und ein Altar, für den offensichtlich ein zweitklassiges Horrorvideo als Anregung gedient hatte.

Alles nur Schund und Müll, dachte Brittle. Falls es ihm jemals gelingen sollte, genügend Geld zusammenzukratzen, würde er die ganze Höhle entweder von Grund auf renovieren lassen oder aber fortziehen und den ganzen Gothic-Quatsch mit den Schwarzen Dämonen abhaken. Dann doch lieber aussteigen, sich in Südfrankreich niederlassen, Rotwein trinken, Schnecken und Trüffel genießen und dazu ein wenig Chopin hören.

Stöhnend gelang es ihm, sich hinzuknien. Er trug seinen langen Mantel, der außen glänzend schwarz und innen blutrot war. Erst langsam realisierte Brittle, dass seine Schmerzen weniger eine Folge seines Katers waren, sondern ihre eigentliche Ursache in seinem Mund hatten. Fluchend entfernte er die künstlichen Dracula-Zähne und legte sie auf einen antiken Mah-Jongg-Spieltisch, den er bei Goodwill gekauft hatte. Er konnte sich gar nicht daran erinnern, die verdammten Zähne gestern Abend eingesetzt zu haben.

Es gab allerdings eine ganze Reihe von Dingen, an die er sich nicht mehr erinnerte. Barney und Wilhelmina hatten die Bar um neun Uhr übernommen, danach hatte Brittle mit einigen der bereits früh eingetroffenen Mitgliedern seiner Clique an einem der schwarzen Tische herumgehangen. Es war eine der ›klassischen Schauernächte‹ gewesen. Vor allem Bauhaus, The Cure, Sisters of Mercy und The Mission hatten für die musikalische Untermalung gesorgt. Zu Brittles Kummer musste er ständig mit dem Orpheus und dem Hepburns – zwei viel zu nahe gelegenen Bars – um die Gunst der ohnehin recht schmalen Fan-Schar von schwarzer Schauerromantik konkurrieren. Von purer Neugier getriebene Studenten gehörten ebenso zu diesem seltsamen Haufen wie abtrünnige Heavy-Metal-Anhänger oder Ex-Punker. Was Brittles Gewinnerwartungen darüber hinaus trübte, war die Tatsache, dass zwei seiner Discjockeys, die tagsüber in CD-Läden arbeiteten, gerade im Begriff waren, nach gleichem Muster eine eigene Bar aufzumachen.

Kopfschüttelnd erinnerte er sich nur noch daran, gestern irgendetwas Grünes mit blauen Streifen getrunken zu haben: zweifellos eine Art von Melonen-Cocktail. Ach ja, richtig – da war doch dieses neue Mädchen gewesen, das so unglaublich viel Mascara und Lidschatten aufgelegt hatte! Sie hatte beinahe wie ein einer Schauergeschichte entstiegener Waschbär ausgesehen. Blondierte, in alle Himmelsrichtungen drapierte Haare sowie ein zerrissenes *Siouxsie-and-the-Banshees*-T-Shirt, das nur von ein paar Sicherheitsnadeln zusammengehalten wurde, hatten ihr Outfit komplettiert. Sie war bestimmt noch keine achtzehn, aber sie wirkte so verdammt anziehend, dass Brittle keinem anderen den Vortritt gönnte. Deshalb hatte er Baron DeBaskerville den Auftrag gegeben, sie ebenfalls nach unten zu schicken, als Brittle und die anderen in den Keller gegangen waren. Ab diesem Zeitpunkt lösten sich seine Erinnerungen allerdings in Rauch und das Dröhnen elektrischer Gitarren auf.

Der Rest ...

Der Rest versank in Dunkelheit.

Entschlossen raffte Baxter Brittle sich auf und quälte sich hoch. Es half nichts, er musste die Bar aufmachen, schließlich hatte er die Nachmittagsschicht übernommen. Und wenn er die Besucher, die regelmäßig tagsüber hereinschneiten, nicht einließ, würden sie eben in eine der anderen Myriaden von Bars in Little Italy gehen; genau das aber konnte sich Brittle zur Zeit wirklich nicht leisten.

Um eine Dusche nehmen zu können, hätte er sich in seine Wohnung begeben müssen, die sich über der Bar befand. Sehr viel näher war jedoch das Becken, in dem die Gläser gespült wurden. Dorthin schleppte er sich und wusch sich das Gesicht mit dem abgestandenen, schalen Wasser. Noch immer hämmerte es wild in seinem Schädel und er nahm alles um sich herum nur verschwommen wahr. Voller Hoffnung kehrte er zu dem antiken Mah-Jongg-Tisch zurück. Tatsächlich, da lag ja noch ein Tütchen Koks. Für eine Prise würde es schon reichen.

Nachdem Brittle die dünne Linie des weißen Pulvers mit einem Strohhalm durch die Nase inhaliert hatte, klärte sich sein umwölktes Hirn ein wenig. Dennoch wollte er zunächst einmal nur raus aus diesem verfluchten Kellerloch und sich erst später Gedanken über das Blut, oder was immer es auch sein mochte, das an ihm haftete, machen. Vorher schien jedoch noch ein kleiner Abstecher zum Kabinett des Dr. Caligari lohnenswert, das sich neben der Kammer mit dem Horror-Altar befand, denn dort musste eigentlich noch ein Fläschchen mit französischem Napoleon-Cognac stehen. Ein Schlückchen davon konnte nicht schaden, um das unangenehme Kneifen in seinem Gedärm zu bekämpfen. Nicht ohne Mühe wankte der angeschlagene Barbesitzer zu seinem Ziel, wobei er nur kurz stehen blieb, um Mr. Lustmord endlich den Saft abzudrehen *(Gepriesen sei die himmlische Ruhe!)*. Dann trat Brittle an den aus Walnuss-Imitat gefertigten Schrank und stieß tatsächlich voller Freude auf die gesuchte Flasche, auch wenn diese fast leer war. Doch in seinem Zustand brauchte er ohnehin nicht viel. Er öffnete die Flasche, setzte sie an die Lippen und nahm einen ordentlichen Schluck.

Eine atemberaubende Mischung aus Feuer und Wein!

Die Flüssigkeit versengte ihm beinahe die Gurgel, entfaltete weiter unten in seinem Magen allerdings eine durchaus wohlige Wärme. Brittle spürte, wie der Alkohol nach und nach seinen gesamten Körper liebkoste und schließlich auch die bohrenden Kopfschmerzen beseitigte. Das Glücksgefühl war so berauschend, dass er sich eine weitere Portion gönnte. Diesmal war die Wirkung nicht ganz so orgiastisch, aber dennoch …

Er stellte die Flasche zurück, wandte sich um – noch immer ein wenig unsicher auf den Beinen – und machte sich auf den Rückweg, als er beinahe über den am Boden liegenden Körper stolperte.

Es handelte sich um eine nackte Frau.

Er hatte sie zuvor nicht bemerkt, da sie halb unter dem Tisch verborgen war, auf dem eine Reihe sakraler Gegenstände lagen, zum Beispiel diverse Kelche und sonstiger Schnickschnack, den man für das Zelebrieren schwarzer Messen benötigte. Die Frau lag ausgestreckt da. Ihre Haare, die steil nach oben standen, sahen so aus, als seien sie elektrisch aufgeladen: wie bei einer Toten, deren Haare sich weigerten, unter der Erde zu bleiben.

»Nun mach aber mal 'nen Punkt«, stöhnte Brittle. »Hey, Mädchen, du solltest wirklich nicht mehr hier sein …!« Er konnte wegen des Mädchens eine Menge Ärger bekommen. »Also komm, steh auf.«

Er bückte sich, packte sie und zog sie zu sich heran. Verwundert stellte Brittle fest, dass ihr Körper keinerlei Widerstand bot. Ihr Mascara und das übrige Make-up sahen so aus, als seien sie geschmolzen und dem Mädchen über Wangen und Schläfen gelaufen. Und ihre rotgeschminkten Lippen wirkten wie zermanschte Kirschen.

Sie sah überhaupt nicht mehr sexy aus, sondern nur noch wie ein kleines, totes Mädchen.

Zwischen ihren kleinen, noch unterentwickelten Brüsten steckte eine Klinge mit silbernem Griff. Trotz seines rapide wachsenden Entsetzens entging Brittle nicht, dass es sich bei der offenkundigen Mordwaffe um ein Zeremonienmesser der Clique handelte.

Es war vermutlich, wie viele andere der Gegenstände auch, irgendwann einmal in einem der weniger renommierten Pfandhäuser der Stadt erstanden worden. Dessen ungeachtet hatte das Messer zuvor stets zu den wenigen Accessoires gehört, auf die Brittle regelrecht stolz gewesen war. Einige Jungs aus der Clique und er waren nicht müde geworden, immer neue fantastische Geschichten über die sagenhafte Herkunft einzelner Kultgegenstände zu erfinden. Dabei war das mit Perlen und einem goldenen Griff versehene Messer einer ihrer Favoriten gewesen. Stammte es etwa aus den Folterkammern der spanischen Inquisition? Oder hatte es vielleicht doch eher einem der Soldaten gehört, der in Transsilvanien gegen die Horden der Barbaren gekämpft hatte? Möglicherweise war es auch aus einem alten, in Nepal gelegenen buddhistischen Kloster der Mysterien gestohlen worden.

Doch wie auch immer, in diesem Moment war es nichts

weiter als ein Stück scharfes Metall, das in einem nackten Mädchen steckte.

Erst jetzt fiel ihm auf, dass sich unter dem Körper des Mädchens eine große Blutlache gesammelt hatte, die bereits zu gerinnen begann. Überhaupt befand sich überall im Raum Blut. Und zwar das Blut – so schlussfolgerte Brittle mit einiger Verzögerung –, das auch ihn über und über besudelt hatte.

Wider besseres Wissen versuchte Brittle am Hals des Mädchens einen Puls zu ertasten, aber seine Finger berührten lediglich kaltes, totes Fleisch. Dennoch zog er sie hastig zurück, als habe er sie sich an einem heißen Gegenstand verbrannt. In seinem Hirn drehte sich alles, und einen Augenblick lang erlitt er einen Schwächeanfall. Er stieß gegen den Tisch, wobei einer der Pokale umstürzte. Klumpiges, kaltes Blut ergoss sich über das Tischtuch mit dem fünfeckigen Emblem der Clique.

Voller Panik fuhr Brittle wieder herum, öffnete erneut den Schrank mit dem Cognac und schüttete auch die letzten Tropfen in sich hinein. Danach ließ er die Flasche fallen und schleppte sich unter großer Mühe weg von der Szene des Mordes und des in Unmengen vergossenen Blutes.

Es gab wahrhaft angenehmere Umstände, unter denen man einen Tag beginnen konnte.

5

Der Gardinen Seidenfalten
bauschten sich wie Schreckgestalten,
Raschelten wie Nachtgewalten;
ich erschrak, wie nie zuvor.
Um des Herzens Sturm zu stillen,
sprach ich, seiner Ängste willen:
»Lass dich nicht von Furcht erfüllen,
ein Besucher, hört mein Ohr,
Ein Besucher Einlass fordernd,
klopft zur Nachtzeit an mein Tor –
Einer, der sich her verlor.«

Edgar Allan Poe, *Der Rabe*

Donald Marquette drückte nun schon zum dritten Mal auf den Klingelknopf.

Er konnte deutlich hören, wie das Summen im ganzen Haus ertönte. *Laut genug, um einen Toten aufzuwecken,* dachte er. *Wo steckte der Professor nur? Er hatte doch gesagt, dass er ab Mittag zu Hause zu erreichen sei, und jetzt war es …*

Marquette warf einen Blick auf seine Armbanduhr.

Sieben nach zwölf.

Langsam wurde er nervös. Marquette war sicherheitshalber überpünktlich erschienen. Bisher hatte er mit William Blessing nur brieflich korrespondiert und am Telefon gesprochen, war ihm aber noch nie persönlich begegnet. Deshalb wollte er bei ihrem ersten Treffen unbedingt einen guten Eindruck hinterlassen, damit die weitere Zusammenarbeit mit dem berühmten Schriftsteller, Gelehrten und Edgar-Allan-Poe-Experten unter einem günstigen Vorzeichen stand. Immerhin hatte kein geringeres Blatt als die *New York Times* Blessing als den einzigen Verfasser von Unterhaltungsliteratur gefeiert, der ›zugleich renommierter Wissenschaftler und begnadeter Autor‹ sei. Mit einem solchen Mann zusammenzuarbeiten …!

»Du bist ein Versager!«, hatte sein Vater getobt. »Zu nichts bist du zu gebrauchen. Du kannst nur in diesem stinkigen Keller sitzen und lesen. Großer Gott, das soll wirklich mein Sohn sein? Du bist doch nichts weiter als … als ein erbärmlicher Irrtum!«

Nach diesen bitteren Vorwürfen hatte Donald Marquette zum ersten Mal den Wunsch verspürt, seinen Vater zu töten. Und wann immer grässliche Dinge in den Horrorgeschichten geschahen, wünschte sich der Junge, dass sie seinem Vater zustoßen mochten.

Marquette atmete tief durch, um seinen nach oben geschnellten Blutdruck und seinen rasenden Puls zu beruhigen. Dies war der Augenblick, auf den er seit Monaten gewartet hatte und er war nicht gewillt, diese einmalige Chance leichtfertig zu verspielen.

Nun beruhige dich erst einmal, alter Junge. Mit achtundzwanzig Jahren sollte man eigentlich noch keinen Herzinfarkt bekommen, sagte er sich. *Du bist einfach nur aufgeregt … Dabei kocht auch ein William Blessing nur mit Wasser und hat die Weisheit nicht mit Löffeln gefressen. Er mag noch so brillant sein, aber auch er wird – wie jeder andere Mann – meistens vergessen, den Toilettendeckel herunterzuklappen. Also mach dir jetzt nicht ins Hemd und denk nicht zu viel daran, dass dieser Mann einem Landei aus Dubuque in Iowa den Weg zu schriftstellerischem und akademischem Ruhm ebnen kann. Natürlich bewunderst du seine Romane und seine Kurzgeschichten, seine geistreichen Rezensionen und seine großartige wissenschaftliche Studie über ›Die Geschichte des gotischen Schauerromans: Von Walpole bis Stephen King und darüber hinaus‹. Halt den Kopf hoch, denn immerhin hat dieser Mann gesagt, dass er sich auf das erste Treffen mit dir freut und dass er dich nachmittags zu einem Drink (einem Drink!) in Fells Point einladen will, wo kein Geringerer als Edgar Allan Poe mit schäumendem Mund zu Boden stürzte und verstarb.*

Donald Marquette war ein hoch aufgeschossener, schlaksiger junger Mann, der so aussah wie der junge James Stewart. Er hatte lange dunkle Haare, die am Hinterkopf von einem Lederband zusammengehalten wurden, ernste Augen, eine fein geschnittene Nase und dünne Lippen. Seine Ohren waren ein wenig zu groß für seinen Kopf, was durch seine Frisur noch betont wurde. Erleichtert hatte Marquette vor ein paar Jahren das Abklingen seiner Jugendakne registriert. Seither hatte er sich einen Schnurrbart stehen lassen und trug eine dunkle Metallbrille, um sein jungenhaftes Aussehen ein wenig zu korrigieren und sich einen intellektuellen Anstrich zu geben. Weder Pfeife noch Zigaretten hatten je sein Interesse gefunden, und die seit seiner Kindheit gepflegte Angewohnheit, Kaugummi zu kauen, hatte er seit seiner ersten Teilnahme an einer Tagung zum Thema Fantasy-Literatur aufgegeben.

Und jetzt stand er auf der wunderschönen Baltimore Avenue, die links und rechts von frisch erblühten Tulpen und Büschen gesäumt wurde, und betrachtete all die geschichtsträchtigen Gebäude, die es in seiner Heimatstadt nicht gab. Eine leichte Brise spielte mit seinem Haar, und Bienen summten zwischen dem Löwenzahn, der auf dem üppigen Rasen vor dem aus altem, roten Backstein erbauten Haus wuchs.

Plötzlich fiel ein Zweig direkt neben ihm auf die Stufe

des Treppenaufgangs. Unmittelbar darauf folgte ein Stück Ziegelstein, das Marquettes Kopf nur knapp verfehlte.

Verwundert blickte er nach oben, wobei er wegen der Sonne die Augen mit seiner linken Hand abschirmte.

Nichts Auffälliges zu sehen.

Mehr zufällig fiel sein Blick auf die Digitaluhr an seinem Handgelenk, die mittlerweile zwölf Uhr neun anzeigte und …

Gütiger Himmel …!

Marquette hatte völlig vergessen, dass Blessing ihn darum gebeten hatte, das ursprünglich für zwölf Uhr vorgesehene Treffen auf eins zu verschieben. Wie hatte ihm nur dieses Missgeschick passieren können?

Er war bereits im Begriff, kehrtzumachen und sich so schnell wie möglich zu verdünnisieren, bevor Blessing – möglicherweise noch tropfnass, nur mit einem um die Hüften geschlungenen Handtuch – ein Fenster aufriss, um wutentbrannt herunterzubrüllen, welcher gottverdammte Idiot ihn zu stören wage. Doch noch ehe er auch nur einen Schritt getan hatte, öffnete sich plötzlich die Tür.

»Ja?«

Donald Marquette wandte sich um.

Er erkannte den Mann, der vor ihm stand, auf den ersten Blick, denn er hatte dessen Foto oft genug auf den Umschlagseiten der von ihm verfassten Bücher gesehen. In Natura sah William Blessing allerdings weit legerer aus als auf den Hochglanzabbildungen. Seine Haare standen wirr durcheinander, das Flanellhemd war aus der Hose gerutscht, und er wirkte so, als sei er irgendwie … irgendwie aus dem Gleichgewicht geraten, sowohl körperlich wie psychisch.

Er war knapp einen Meter achtzig groß und pflegte offenkundig – obwohl er kein Übergewicht hatte – keinerlei körperliche Betätigung außer dem täglichen Fußweg zur

Universität. Blessing hatte helle Augen und ein ebenmäßiges, offenes Gesicht. Und obwohl der Professor im Augenblick ein wenig geistesabwesend wirkte, konnte Marquette doch erkennen, dass er es mit einem nachsichtigen, aufgeschlossenen Menschen zu tun hatte. Diese Erkenntnis beruhigte ihn ein wenig.

»Leider habe ich eben erst bemerkt, dass ich zu früh gekommen bin. Ich bin Donald Marquette, Sir. Ich werde später wiederkommen. Und es tut mir sehr Leid, Sir, dass ich Sie gestört habe. Ich hoffe, Sie werden mir …«

»Ach, Sie sind es, Donald«, erwiderte Blessing. Seine gerunzelte Stirn glättete sich zu einem angedeuteten Lächeln. Er stieß die Tür ganz auf und streckte dem jungen Mann seine Rechte entgegen. »Ich habe Sie zwar noch nicht so früh erwartet, aber das ist schon in Ordnung. Ehrlich gesagt, bin ich im Augenblick ausgesprochen froh, dass ich jemanden habe, der mir Gesellschaft leistet. Denn ich bin noch ein bisschen wacklig auf den Beinen.«

»Fühlen Sie sich nicht wohl, Mr. Blessing?«

»Nennen Sie mich bitte Bill. Ich weiß, ich werde Sie zwar bei Ihrer Doktorarbeit betreuen, aber schließlich sind wir doch als Autoren bereits Kollegen, stimmt's?«

Blessing betonte das Wort ›Autoren‹ mit unüberhörbarer Selbstironie.

»Und außerdem werden wir uns heute Nachmittag ein paar Drinks genehmigen. Herr im Himmel, nach dem, was mir vorhin passiert ist, könnte ich jetzt schon einen Schluck vertragen. Aber nun kommen Sie erst einmal herein. Möchten Sie vielleicht einen Kaffee? Oder lieber einen Tee? Ich kann Ihnen meine Kenia-Mischung empfehlen, von der ich noch eine halbe Kanne übrig habe. Und machen Sie sich keine Sorgen, ich bin schon okay; nur die Knie zittern noch ein bisschen. Kommen Sie am besten mit mir in die Küche, Donald. Hier geht's lang.«

Marquette wurde zunächst in die Eingangshalle geführt. Schon von außen hatte ihn das Haus mit der erst kürzlich gestrichenen Eingangstür, den geschmackvoll gestalteten Blumenkübeln und den roten Backsteinfassaden sehr beeindruckt. Innen übertraf es jedoch all seine Erwartungen. Es sah aus wie eines jener Prunkstücke, die man sonst nur in einem Wohndesignjournal bewundern kann. William Blessings Haus verriet jedoch weniger den Reichtum des Eigentümers als vielmehr dessen Geschmack, denn es war mit wunderschönen Antiquitäten, stilvollen Gemälden an den Wänden und üppigen orientalischen Teppichen eingerichtet, die über den sorgfältig renovierten Holzfußboden ausgebreitet lagen.

Die silbernen Wandbeschläge und die Kristallspiegel funkelten in makellosem Glanz. Darüber hinaus bestaunte Donald Marquette einen gewaltigen Kronleuchter, der in einem riesigen Esszimmer über einer auf Hochglanz polierten Festtafel hing. Was für einen Unterschied stellte dieses Haus im Vergleich zu demjenigen dar, in dem Marquette in seiner Heimatstadt gelebt hatte?

»Ein wirklich ... wunderschönes Haus«, hörte er sich sagen.

»Freut mich, dass es Ihnen gefällt. Meine Frau hält es in Schuss. Aber um die Wahrheit zu sagen: Wenn ich vor zehn Jahren nicht plötzlich über Nacht als Autor solchen Erfolg gehabt hätte, wäre es mir nicht möglich gewesen, das ganze Heer an Handwerkern und Haushaltshilfen zu bezahlen. Das Haus ist einfach zu groß, als dass ich mich selbst darum kümmern könnte. Nehmen Sie auch einen Kaffee?«

»Gern. Vielen Dank.«

In der großen, modern eingerichteten Küche trat Blessing an einen Schrank und nahm zwei saubere Tassen heraus, in die er den Kaffee einschenkte.

»Nehmen Sie Milch? Oder Zucker?«

»Nur Milch.«

»So mag ich ihn auch am liebsten. In den wesentlichen Punkten scheinen sich alle großen Geister zu ähneln. Sehen Sie, Donald, bevor ich meine Frau kennen lernte, hatte ich keines dieser modernen Geräte hier. Ich besaß nur das Haus und eine ganze Menge Antiquitäten, hatte mir allerdings nie die Mühe gemacht, sie passend zusammenzustellen. Das war dann das erste, was meine Frau in Angriff nahm. Ich vermute, Frauen haben einen natürlichen Drang dazu, so etwas zu tun, vielleicht um andere zu beeindrucken. Auf jeden Fall ist es so sehr viel ansehnlicher und bequemer geworden. Manchmal vermisse ich allerdings ein wenig das alte Durcheinander, das doch unleugbar so etwas wie eine ... individuelle Note hatte – wenn Sie verstehen, was ich meine?«

»Nun, da ich nicht gerade in wohlhabenden Verhältnissen aufgewachsen bin, haben auch meine Lebensumstände stets eine überaus ›individuelle Note‹ gehabt.«

»Das haben Sie schön gesagt, aber das muss unter uns bleiben, Donald. Erwähnen Sie Amy gegenüber niemals ein Wort von dem, was ich gerade gesagt habe. Sie verzweifelt schon an meinem Arbeitszimmer, das wirklich so aussieht, als hätte eine Bombe eingeschlagen. Aber das ist nun einmal mein Heiligtum, zu dem sie keinen Zugang hat. Finden Sie, dass ich dafür einen Tadel verdient habe?«

»Nun, ich glaube, die Psychologen bezeichnen so etwas als ›Abgrenzen des eigenen Reviers‹.«

»Ach, dieses typische Psycho-Blabla! Aber ich liebe die herrlichen Wortschöpfungen, die dabei zustande kommen! In mein neuestes Buch habe ich deshalb eine Talkmasterin eingebaut, die ebenfalls ständig nur über solches Zeug redet«, grinste Blessing. »Am Ende wird sie mit einem Telefonkabel erhängt und gleichzeitig mit einem Stromschlag getötet. Und wehe, jemand behauptet, meine Bücher hätten kein literarisches Niveau!«

Donald Marquette musste unwillkürlich lachen, denn ihm war ein riesiger Stein vom Herzen gefallen. Und außerdem schmeckte der Kaffee auch noch ausgezeichnet. Normalerweise trank er nur Instant-Kaffee: morgens, um den Kreislauf anzukurbeln, und abends, wenn er müde wurde und Mühe hatte, noch weiterzuarbeiten. Dieser Kaffee hier aber schmeckte aromatisch und dennoch mild.

»Kochen alle Bestsellerautoren so guten Kaffee?«

»Nein. Das ist bestimmt keine besondere Qualifikation von uns. Aber dennoch vielen Dank für das Kompliment. Ich mag ihn so. Und um die Wahrheit zu sagen, habe ich im Augenblick auch eine anständige Tasse Kaffee nötig. Vielleicht sogar mit einem zusätzlichen Schuss Hochprozentigem. Würden Sie mir bitte hier entlang folgen.«

Blessing nickte in die gegenüberliegende Richtung und ging von der Küche in Richtung Esszimmer. Am entgegengesetzten Ende des lang gestreckten Raumes – in dem vor allem ein imposantes Walnuss-Sideboard sowie ein atemberaubender Esstisch auffielen, an dem insgesamt zwölf Personen Platz hatten – befand sich eine komplette Bar, die perfekt zu dem Ensemble der übrigen antiken Einrichtungsgegenstände passte. Blessing stellte seine Tasse auf den Tresen und öffnete einen Schrank; mit dem dahinter verborgenen Flaschenarsenal hätte man mühelos einer anspruchsvollen Cocktailbar Konkurrenz machen können. Blessing wählte eine Flasche aus und wandte sich zu seinem Besucher um.

»Wie wär's mit einem kleinen Schuss Bushmills, Donald?«

»Hhm … vielen Dank. Ich werde später gerne ein Bier mittrinken, aber ich nehme niemals harte Sachen zu mir.«

»Das spricht für Sie.« Blessing schraubte die Flasche auf und goss sich eine anständige Portion in den Kaffee. »Normalerweise trinke ich auch nicht zu dieser frühen Stunde, aber im Augenblick bin ich nervlich doch ein bisschen angeschlagen.«

Er nippte an seiner randvollen Tasse, taxierte den Geschmack der Mischung und schüttelte sich dann. Blessing – so schoss es Marquette durch den Kopf – sah aus wie jemand, der … der gerade mit einer übersinnlichen Erscheinung konfrontiert worden war; das würde immerhin seine offenkundige Verwirrtheit erklären.

»Geht es Ihnen wirklich gut, Bill?«

»Keine Sorge, nach dem nächsten Schluck bin ich wieder ganz der Alte.«

Er setzte die Tasse erneut an die Lippen, trank und stellte sie ab.

»Von einem Poe-Experten würden Sie wahrscheinlich erwarten, dass er seine Finger vom Whiskey lässt, nicht wahr?« Blessing richtete seinen nervös und verunsichert wirkenden Blick auf Marquette. »Da war vorhin eine unglaubliche Krähe auf dem Dach.«

»Eine Krähe? Kein Rabe?«

»Nein. Es handelte sich eindeutig um eine Krähe, wie man sie sonst nur auf dem Land antrifft und wegen denen die Farmer Vogelscheuchen aufstellen. Nur, dass dieses Exemplar sehr viel größer war. Wissen Sie, ich saß gerade oben auf dem Balkon, um ein wenig das schöne Frühlingswetter zu genießen und einen Vorabdruck von Stephen Kings neuestem Buch zu lesen, als ich seltsame Geräusche hörte. Ich muss völlig von Sinnen gewesen sein, jedenfalls kam ich auf die Idee, bis auf den Dachfirst hinaufzuklettern, um nachzusehen, was dort oben los war. Dabei habe ich den Halt verloren und wäre um ein Haar in die Tiefe gestürzt … vielleicht sogar auf Sie drauf!«

Blessing grinste und nahm einen weiteren Schluck.

Deshalb der Stein, der herabfiel, dachte Marquette.

»Im letzten Augenblick konnte ich mich mit einer Hand festklammern. Doch als ich mich wieder hochziehen wollte, sah ich plötzlich diese Krähe, die mich unverwandt mit ihren großen roten Augen anstarrte. Dann hüpfte sie auf meine Hände zu, und einen schrecklichen Augenblick lang dachte ich, sie wollte mir mit ihrem scharfen Schnabel in die Hände hacken!«

»Heiliger Strohsack!«

»Nun, in dem Augenblick gingen mir weit kräftigere Ausdrücke durch den Sinn! Aber diese Krähe ... sie *musterte* mich regelrecht. Sie wirkte dabei ausgesprochen intelligent. Nur ein paar Sekunden lang starrte sie mich an, aber diese Sekunden kamen mir wie eine halbe Ewigkeit vor. Dann krächzte sie, spreizte die Flügel und flog davon. Nach wie vor weiß ich noch immer nicht, ob es da oben nun ein Nest gibt oder sonst irgendetwas. Ich werde wohl besser jemanden damit beauftragen, diese Sache zu klären.«

»Ich hoffe nur, Sie denken dabei nicht an mich!«, winkte Donald Marquette ab. »Für so etwas besitze ich nämlich kein Geschick.«

Während der Professor erneut einen Schluck Kaffee zu sich nahm, entstand eine Gesprächspause, in der er den jungen Doktoranden nachdenklich betrachtete. Schließlich lächelte Blessing.

»Keine Sorge, Donald. Ich erwarte nicht von Ihnen, dass Sie auf irgendwelche Dächer klettern, deshalb habe ich Sie wirklich nicht hergebeten.« Er legte väterlich seine Hand auf die Schulter des Jüngeren. »Sie sind hier, weil Sie als mein Assistent arbeiten werden und eine Anthologie mit herausgeben sollen.«

Er drohte ihm spielerisch mit dem Zeigefinger.

»Unterstehen Sie sich, irgendwelches Federvieh von meinem Hausgiebel zu jagen!«

»Das erleichtert mich sehr. Sollte dies jedoch die Vorbedingung dafür sein, dass ich für einen Mann wie Sie arbeiten darf, dann würde ich keine Sekunde zögern«, erklärte Marquette.

»Um Gottes willen! Sie sollen nur lesen und schreiben und forschen! Und Sie werden sich Ihre Hände allenfalls an alten Büchern und mit Tinte schmutzig machen. Dabei fällt mir gerade ein: Haben Sie Ihre Sachen bereits zu Ihrer neuen Behausung geschafft?«

»Das habe ich, Sir. Vielen Dank nochmals dafür, dass

Sie mir das Zimmer besorgt haben. Ich werde mich in der Pension sehr wohl fühlen.«

»Ich habe gewusst, dass es Ihnen gefallen wird. Als Doktorand sollte man jemanden haben, der für einen kocht und das Zimmer sauber hält. Ich habe eine ganze Reihe von Leuten kennen gelernt, die glaubten, alles allein machen zu können. Aber am Ende fehlte es ihnen immer an der nötigen Zeit. Und wenn Sie überdies noch an Ihrem Roman weiterschreiben wollen ... und möglicherweise ein Seminar halten werden? Nein, nein, bei Mrs. McDonalds sind Sie ohne Zweifel in den besten Händen. Außerdem sind es von ihr aus zur Universität nur wenige Minuten Fußweg. Und hier bei mir sind Sie genauso schnell.«

»Ich bin Ihnen wirklich sehr dankbar.«

»Schon gut, nicht der Rede wert. Ich werde mich eben noch mit etwas Nachschub versorgen, und dann beginnt die Besichtigungstour.«

»Werden Sie mir zeigen, wo ich arbeiten soll?«

»Sie meinen Ihren Platz an den Ruderdollen der altehrwürdigen Galeere, die sich ihren Weg durch die unruhige See der Literatur bahnt? Meinetwegen! Alle meine Sklaven haben das Privileg, in ihren Massenquartieren über einen eigenen Computer-Terminal zu verfügen.«

Blessing musste lachen, als er den Gesichtsausdruck des jungen Mannes sah.

»Das sollte nur ein Witz sein. Nein, um den meisten Papierkrieg und die Büroarbeit zu erledigen, beschäftige ich stundenweise ein paar Studenten. Meine Frau Amy hilft mir auch von Zeit zu Zeit. Na ja, sich mit der Schriftstellerei zu beschäftigen produziert schon eine Menge Papier.«

»Das glaube ich gern, Sir! Wahrscheinlich wird einer ihrer Mitarbeiter schon alle Hände voll damit zu tun haben, allein Ihre Fanpost zu verwalten!«

Blessing lachte gut gelaunt. »Ich sehe schon, Sie verstehen sich zweifellos auf die gute alte Kunst der Schmeichelei, Donald, heutzutage eine wahrhaft außergewöhnliche Gabe. Aber warten Sie erst einmal ab.« Der Professor zog ironisch eine Augenbraue in die Höhe. »Schreiten Sie nun durch das Tor, das Sie in das Reich Edgar Allan Poes und William Blessings führen wird. Doch bedenken Sie: Lassen Sie alle Hoffnung auf Erlösung fahren, sobald Sie dieses Reich betreten haben.«

Voller Neugier folgte ihm Marquette, der sein Glück gar nicht fassen konnte, hier an diesem Ort zu sein.

Wie hätte er denn jemals ahnen können, dass ausgerechnet diese Kurzgeschichten, die er in den College-Kursen über ›Kreatives Schreiben‹ verfasst hatte, ihn hierher führen würden? Immer schon hatte seine ganze Liebe der Literatur gegolten, unabhängig davon, ob es sich dabei um zerfledderte Groschenromane aus einem Second-Hand-Shop handelte, oder um qualitativ wertvolle Bücher aus einer Leihbibliothek. Für ihn als einem nimmersatten Leser, dessen Herz vor allem für spannende Unterhaltungsromane entflammt war, bestand nicht der geringste Zweifel, dass er eines Tages selbst versuchen würde, auf den Spuren seiner Idole zu wandeln. Diese Zielsetzung hatte ihn an die Universität von Iowa geführt, wo er einen Abschluss in englischer Literatur – und nebenbei auch eine Lehrbefähigung – erworben hatte. Deshalb bekam er nach dem Examen in Dubuque eine Anstellung als High-School-Lehrer, was seinen Lebensunterhalt sicherte. Abends und nachts arbeitete er jedoch daran, sich für höhere Aufgaben zu qualifizieren. Darüber hinaus hatte Marquette angefangen, auch mit seinem Hobby nebenbei ein paar Dollar zu verdienen: nämlich mit dem Verfassen von Kurzgeschichten. Er hatte zwar auch einige Kriminal- und Science-Fiction-Geschichten geschrieben, doch er selbst wusste am besten, dass sein wahres Talent auf dem Gebiet der Schauerliteratur lag. Die meisten seiner Erzählungen waren nur in kleineren Magazinen und Fachzeitschriften erschienen, einige jedoch auch in bedeutenderen und auflagenstarken Blättern wie zum Beispiel dem *Magazine of Fantasy and Science fiction*. Er hatte sogar die Drehbuchvorlage für eine Folge der bekannten TV-Horrorserie *Dark Sunset* verfasst. Unglücklicherweise war sein Text jedoch so stark verändert worden, dass am Ende ein Einheitsbrei herausgekommen war, der nur wenig mit Marquettes Vorlage und praktisch nichts mehr mit guter Unterhaltung zu tun hatte. Und damit seine Kurzgeschichten in andere Sprachen übersetzt wurden, was für ihn ausgesprochen lukrativ gewesen wäre, hätte er ein wirklich bekannter Autor sein müssen; das aber war er leider nicht. *Noch nicht*, wie er sich immer wieder sagte.

Seine Magisterarbeit verfasste er zu dem Thema ›William Blessing und der amerikanische Schauerroman‹. Marquette hatte es kaum glauben können, als der berühmte Autor tatsächlich alle seine Fragen beantwortete, die er ihm per Post zugeschickt hatte. Und als er Blessing seine fertige Arbeit zusandte, war dieser so begeistert davon gewesen, dass er seinen Einfluss geltend gemacht hatte, damit sie von einem Universitätsverlag veröffentlicht wurde. Seither standen beide per E-Mail in Kontakt. Schließlich war dann das Unmögliche möglich geworden: Donald Marquette hatte in einer seiner Mails erwähnt, dass er mit dem Gedanken spiele zu promovieren. Da Blessing nicht nur die wissenschaftlichen Arbeiten, sondern auch die Kurzgeschichten des jungen Mannes gelesen hatte, unterstützte er dessen Pläne vorbehaltlos. Er schlug ihm vor, nach Baltimore an die John-Hopkins-Universität zu kommen, zumal Blessing ihm dort ein Stipendium verschaffen könne. Der Professor stellte ihm außerdem in Aussicht, an der Herausgabe einer dreibändigen Anthologie mit Schauererzählungen mitzuarbeiten: ein Band mit Texten nordamerikanischer Autoren, der zweite mit britischen, der dritte mit Verfassern aus den übrigen Literaturen der Welt.

Marquette hatte nicht lange überlegen müssen, um die

ihm gebotene Chance beim Schopf zu fassen. Auf High-School-Niveau unterrichten zu müssen wurde ihm immer mehr zur Qual. Mit einer Promotion an der angesehenen John-Hopkins-Universität in der Tasche würde es ihm möglich sein, zumindest an einer Provinzhochschule eine Stelle als Assistenzprofessor zu erhalten. Darüber hinaus konnte ihm der Kontakt zu einem Mann vom Kaliber Blessings auch im Hinblick auf seine schriftstellerische Karriere nur von Vorteil sein.

Mit der Rückendeckung des Professors würde man ihn in Baltimore akzeptieren. Und er war extra vor Semesterbeginn in die Stadt gekommen, um sich ein wenig einzuleben, vor allem aber, um sich in seine zukünftigen Aufgaben einzuarbeiten. Allein die Vorstellung, jetzt von Blessing persönlich in dessen Bibliothek herumgeführt zu werden, raubte ihm förmlich den Atem. Diese Privatsammlung umfasste nicht nur Erstausgaben der Werke Edgar Allan Poes, sondern eine unglaubliche Vielfalt an unterschiedlichsten Werken der Schauerliteratur.

Abgesehen von dieser seltsamen Geschichte mit dem Vogel schien dieser Samstag für Marquette ein wahrer Glückstag zu sein. Obwohl Blessing wegen der Krähe (und verständlicherweise wegen seines beinahe tödlichen Sturzes) noch immer ein wenig mitgenommen wirkte, handelte es sich bei ihm allem Anschein nach um einen wohlwollenden und aufgeschlossenen Menschen. Zwar hatte Donald Marquette seine Nervosität noch immer nicht ganz abgelegt, aber die Herzlichkeit, mit der er empfangen worden war, hatte seine anfänglichen Bedenken längst verdrängt.

Welche literarischen Schätze mochten ihn erwarten?

Blessing machte noch schnell einen kurzen Abstecher zur Bar.

»Na, dann wollen wir mal«, rief er, während er sich noch einmal eine Portion in seine Kaffeetasse nachschenkte. Dann strich er sein Haar zurück und deutete nach oben. Ein leidenschaftlicher Glanz trat in seine Augen. Offensichtlich genoss er es, jemanden durch sein Heim und seine Bibliothek zu führen – vor allem jemanden wie Donald Marquette, der sich für die ihm erwiesene Ehre dankbar zeigen würde.

»Lassen Sie uns sehen, was ich Ihnen bieten kann.«

»Ich nehme an, eine Menge Bücher, Sir«, erwiderte der junge Mann.

Als beide in den Flur traten, um zur Treppe nach oben zu gehen, wurde die Eingangstür geöffnet.

»Ah, das ist meine Frau!«, rief Blessing. Schnell kippte er den Whiskey hinunter und wischte sich mit dem Hemdsärmel über den Mund. Dann drückte er Marquette die Tasse in die Hand.

»Tun Sie mir bitte einen Gefallen und lassen Sie das Beweisstück verschwinden!«

Er zog ein Hustenbonbon aus der Tasche, wickelte es aus dem Papier und steckte es sich in den Mund.

»Okay«, stimmte Marquette zu. Er dachte einen Augenblick nach, bevor er zur Küche zurückging und dort die Tasse unter heißem Wasser ausspülte.

Als er sich umwandte, hörte er aus dem Nebenraum die Stimme eines Mannes und einer Frau.

»Ich bin nur froh, dass dir nichts passiert ist.«

»Und ich verspreche dir, dass mich keine zehn Pferde mehr dort oben auf das Dach bekommen. Aber jetzt komm erst einmal mit, ich möchte dir nämlich Donald Marquette vorstellen.«

»Was für eine schöne Überraschung. Ich habe mich schon so darauf gefreut, ihn endlich kennen zu lernen.«

Die Stimme der Frau klang sehr sanft und wohltönend.

Marquette wischte sich noch rasch die Hände an seinem Hemd trocken, bevor er die Küche verließ, in der Erwartung, einer Frau zu begegnen, die ihn mit einem ebenso freundlichen wie natürlichen Lächeln begrüßen würde. Wahrscheinlich hatte sie schon ein paar graue Strähnen im Haar und bewies die würdevolle Haltung, die in der rauen Wirklichkeit nötig war, um ihrem Mann, dem großen Schriftsteller, für dessen künstlerisches Schaffen den Rücken freizuhalten.

»Donald, ich habe schon so viel über sie gehört«, rief sie ihm entgegen, als er ihr auf dem Flur begegnete.

Donald Marquette blieb verblüfft stehen und blinzelte, als leide er unter Sehstörungen.

Amy Blessing war eine der schönsten und umwerfendsten Frauen, die er in seinem ganzen Leben gesehen hatte.

Und sie war auf keinen Fall älter als fünfundzwanzig Jahre.

6

Zu Ende. Aus. Verloschen sind die Lichter
Und über alle zuckenden Gestalten
Senkt sich der Vorhang und verhüllt sie dichter
Als je ein Tuch die Menschen, die erkalten.
Die Engel, bleich und fahl, erheben sich,
Der Vorhang rauscht herab. Es klingt wie Sturm –
Sie nennen ›Mensch‹ dies Stück, so fürchterlich,
Und seinen Helden den Allsieger Wurm.

Edgar Allan Poe, *Ligeia*

In seinem Keller lag ein Mädchen, aus dessen Brust ein Messer herausragte!

Irgendwie gelang es Baxter Brittle, seine zitternden Hände so weit unter Kontrolle zu bringen, dass er sich einen ordentlichen Schuss französischen Cognac in seine Cola kippen konnte.

Und das Mädchen war tot! Mausetot!

Dankbar registrierte Brittle, dass der Alkohol eine Pufferzone zwischen ihm und diesem bohrenden Problem schuf. Dass er nicht in Panik geriet, hatte er darüber hinaus vor allem der ihm vertrauten Umgebung, dem Nachgeschmack des letzte Nacht überreichlich genossenen Bieres und dem noch in der Luft hängenden Zigarettenqualm zu verdanken.

Glücklicherweise war Ed, der Hausmeister, pünktlich erschienen, und hatte die Bar von den Ausschweifungen der letzten Nacht gereinigt. Unter der Woche waren Brittle und die Barkeeper, die für ihn arbeiteten, durchaus in der Lage, allein aufzuräumen und den Laden halbwegs in Schuss zu halten, aber am Wochenende brauchten sie unbedingt professionelle Hilfe. Die leeren Bierdosen standen also beruhigenderweise draußen in einem schwarzen Müllsack auf der Straße, zusammen mit den sonstigen Überresten des nächtlichen Treibens – bis auf eine Ausnahme.

Schade, dass man bei den Sammelstellen für Gartenabfälle nicht auch Leichen abgeben kann, dachte Brittle.

Es war ein wunderschöner Frühlingstag – leider. Das beste an seiner Bar war, dass vor jedem Fenster Rolläden angebracht waren. Auf diese Weise konnte man den Einfall von Tageslicht sehr gut kontrollieren, doch meistens ließ Brittle die Rolläden den ganzen Tag über dicht geschlossen. Er war sehr stolz darauf, dass in seinem Refugium stets Nacht herrschte: auch jetzt, in diesem Augenblick. Licht wurde nur von ein paar schummrigen Deckenleuchten gespendet, außerdem von den Lampen an der Bar und dem beleuchteten Hinweisschild für den Notausgang. In seinem angeschlagenen Zustand war ihm jedoch selbst dies noch zu grell. Deshalb war Brittle froh, seine Sonnenbrille zu tragen (die häufig keineswegs den Zweck erfüllte, ihn vor zu grellem Licht zu schützen, sondern in erster Linie dazu diente, seine angeschwollenen und blutunterlaufenen Augen zu verbergen).

Brittle schüttete den restlichen Inhalt des Glases in sich hinein, genoss erneut das wohlige Brennen des Alkohols und schenkte sich nochmals nach, bevor er die Flasche wieder in dem Regal über dem Ausschanktresen verstaute. Dann ließ er seine Blicke über sein Refugium streifen.

Gott sei Dank waren keine Gäste da, dachte er.

Natürlich war ihm durchaus bewusst, dass jede Sekunde jemand hereinschneien konnte, aber er war für jeden Augenblick dankbar, den er in Ruhe gelassen wurde, zumal er krampfhaft versuchte, sich an die Ereignisse der letzten Nacht zu erinnern.

Nach der bösen Überraschung mit dem Mädchen hatte er es schließlich hinauf in sein Apartment geschafft und sich erst einmal unter die Dusche gestellt. Mit Hilfe einer Bürste, Shampoo und viel heißem Wasser hatte er nicht nur das Blut von seinem Körper und aus den Haaren gewaschen, sondern war auch zu einem Entschluss gelangt: Was immer letzte Nacht geschehen sein mochte, er musste dringend etwas unternehmen.

Mittlerweile war genug Zeit vergangen, damit Brittle wenigstens ein paar vereinzelte klare Gedanken fassen konnte. So erinnerte er sich mit einiger Sicherheit zumindest daran, dass das Mädchen nicht aus der Stadt stammte, sondern von außerhalb – von einem weit entfernten Ort. Wenn ihn der Rest seiner übrig gebliebenen grauen Zellen nicht täuschte, war sie von zu Hause weggelaufen und gerade erst nach Baltimore gekommen; folglich konnte sie bisher kaum Kontakte geknüpft haben. Niemand würde sie daher vermissen. Darüber hinaus war es nach Brittles Einschätzung auch den anderen Mitgliedern der Clique am heutigen Morgen kaum anders ergangen als ihm selbst. Und selbst wenn einige in der Lage sein sollten, sich an die letzte Nacht zu erinnern, so würden sie dennoch nicht zur Polizei gehen – dessen war er sich ziemlich sicher. Seine Autorität war so groß, dass seine Leute erst zu ihm gekommen wären, um mit ihm alles zu besprechen. Auch dass sich bisher niemand bei ihm gemeldet hatte, erstaunte ihn nicht weiter. Die meisten der eingeschworenen Truppe standen erst *nach Sonnenuntergang* auf, wie es sich für einen echten Vampir oder Dämon gehörte.

Nach dem Duschen schlüpfte Brittle in frische Kleidung und öffnete dann die Eingangstür. Die Bar heute geschlossen zu lassen wäre allzu auffällig gewesen. Nein, er musste halt die Zähne zusammenbeißen und den Tag überstehen. Die Leiche des Mädchens würde er nicht vor heute Nacht, vielleicht sogar erst Morgen beseitigen können, deshalb hatte er sorgfältig die Kellertüren verriegelt. Falls tatsächlich die Polizei auftauchen sollte, waren die Cops natürlich in der Lage, die Tür einfach aufzubrechen. Aber für den Fall würde Brittle schon etwas einfallen. Im Augenblick kam es nur darauf an, keinen Fehler zu machen und sich genügend Drogen und Alkohol einzuverleiben, um einen normalen Eindruck zu machen.

Er hatte gerade damit begonnen, seinen Vorsatz in die Tat umzusetzen und sich erfolgreich mit der täglichen Routine abzulenken, als der in Schwarz gekleidete Mann eintrat.

Er war hoch aufgeschossen und ausgesprochen kräftig gebaut, wie sein v-förmiger Oberkörper bewies. Über seiner hellblauen Jeans trug er einen teuren schwarzen Mantel, der bis zu den Absätzen seiner ebenfalls schwarzen Stiefel reichte. Sein langes, natürlich gelocktes Haar umrahmte ein Gesicht, das aus Stein gemeißelt zu sein schien. Aus seinen tief liegenden Augen musterte er Brittle mit beunruhigender Intensität.

»Hey, Brittle!«, rief er und entblößte seine kräftigen weißen, beinahe wolfsähnlichen Zähne, als er seine Lippen zu einem raubtierhaften Lächeln verzog. »Bringen Sie mir einen Wodka-Martini. Erschüttert, aber ungerührt – genauso wie Sie.«

Das Lächeln wurde zu einem anzüglichen Grinsen.

Brittle starrte den Mann an. Er kannte ihn von irgendwoher. Ja, er hatte diesen Kerl schon einmal …

Plötzlich fiel der Groschen.

Letzte Nacht.

Dieser Mann war letzte Nacht in der Bar gewesen.

Aber war er auch nach unten in die Clubräume gegangen?

Brittle gab sich wirklich alle Mühe, konnte sich aber beim besten Willen nicht erinnern; doch das spielte im Augenblick auch keine besondere Rolle. Dieser Mann strahlte auf jeden Fall etwas aus, das ihn wichtig erscheinen ließ. Vielleicht sogar *überlebenswichtig!* Wie dieser Eindruck zustande kam, vermochte Brittle nicht genau zu erklären. Er konnte jedoch zumindest durch das Mixen des Wodka-Martini ein bisschen Zeit gewinnen.

Brittle grinste ebenfalls. »Hey, Mann! Als erster Gast heute kriegen Sie 'nen extra großen Drink zum kleinen Preis.«

»Für einen Martini zahlt man immer mehr als nur Geld«, erwiderte der Fremde. Er hatte eine tiefe, dröhnende Stimme, die ausgesprochen ironisch klang.

Brittle rang sich mit Mühe ein Lachen ab. »Da haben Sie Recht. Aber dafür geht so ein Wodka-Martini einfach wunderbar mild runter.«

Er nahm den Edelstahlshaker aus dem Regal, gab etwas zerstoßenes Eis, eine kräftige Portion Wodka und einen Schuss Wermut hinein. Dann verschloss er den Becher und schüttelte ihn – nicht zu lange, damit das Eis nicht schmolz. Schließlich füllte er das Endprodukt in ein klassisches Martini-Glas, das er auf einem Tuch vor dem seltsamen Besucher abstellte. Das Ganze war eine viele tausend Male geübte Zeremonie, die Brittle als vertraut und wegen seiner tiefen Besorgnis in diesem Moment als überaus wohltuend empfand.

»Was möchten Sie dazu: Olive? Oder einen Lemon Twist?«

»Olive? Twist?«, wiederholte der Mann. »Ist das nicht der Titel eines Buches, das Charles Dickens geschrieben hat?«

»Wie? Ach ja. Sie haben Recht.« Brittle zwinkerte dem Mann zu. »Ein wirklich gutes Wortspiel. Zu dieser frühen

Stunde bin ich meistens noch ein bisschen schwer von Begriff.«

»Das kann Ihnen niemand verübeln«, beschwichtigte ihn der Mann scheinheilig, »nach allem, was gestern Nacht geschehen ist.« Er lehnte sich über den Tresen zu Brittle hinüber, noch immer das fratzenhafte Jack-Nicholson-Grinsen auf dem Gesicht. »Ich nehme sowohl die Olive als auch die Zitrone – bitte.«

Brittle nahm einen Zahnstocher und durchbohrte mit ihm eine spanische Olive von enormem Umfang, dann schnitt er aus einer frischen Zitrone einen Schnitz heraus. Anschließend gab er beides in den Martini.

»Ich bin mir nicht sicher, ob ich verstehe, was Sie meinen«, sagte er vorsichtig.

Er erforschte das Gesicht des Mannes und versuchte, sich an ihn zu erinnern, aber außer dem unbestimmten Eindruck, dass der Kerl auch am gestrigen Abend die Bar besucht hatte, blieb es bei den Gedächtnislücken.

Der mysteriöse Fremde rührte einen Augenblick mit der Olive am Zahnstocher seinen Drink, bevor er sie in den Mund steckte und genüsslich zerkaute. Dann genehmigte er sich einen anständigen Schluck aus seinem Glas, ohne auch nur einen Augenblick lang seinen durchbohrenden Blick von Brittle zu nehmen.

»Ich hoffe, Sie haben längst gemerkt, Baxter, dass ich Ihr Freund bin? Offen gesagt, liege ich mit Ihnen völlig auf einer Linie, was Ihre Art der Lebensführung betrifft. Und ich bin mir sicher, dass ich Ihnen genau die Art von Hilfe bieten kann, die Sie sich im Augenblick dringend ersehnen.«

»Tut mir Leid. Aber ich kann Ihnen wirklich nicht ganz folgen.« Brittle hatte Angst, fühlte gleichzeitig aber auch Ärger in sich aufsteigen. »Okay, ich gebe zu, dass ich gestern Abend zu viel getrunken habe. Und ich habe einen absoluten Filmriss, der alles betrifft, was nach 22.00 Uhr geschehen ist.«

»Aber Sie haben mich wiedererkannt?«

»Nur vage.«

»Gut. Das genügt völlig. Aber gönnen Sie sich doch auch einen Drink – auf meine Rechnung.«

»Das lasse ich mir nicht zweimal sagen.«

Brittle schnappte sich ein normales Glas, schenkte sich Cognac ein und nahm einen Schluck. Danach ging es ihm wieder ein bisschen besser.

»Worauf läuft das Ganze hier hinaus?«, fragte er und ging in die Offensive. »Wollen Sie etwa versuchen, mich zu erpressen?« Er seufzte kopfschüttelnd. »Tut mir Leid, aber wenn Sie auf Geld aus sein sollten, dann sind Sie bei mir an der falschen Adresse.«

Seine Augen nach wie vor auf Brittle gerichtet, nippte der Unbekannte an seinem Martini. Er sah aus wie eine riesige Schlange, die in einer Hecke versteckt nur auf die passende Gelegenheit lauert, sich ihr Opfer zu schnappen.

»Ich glaube vielmehr, dass wir beide auf Geld aus sind«, erwiderte er. »Und vielleicht wird sich dieses Problem von ganz allein lösen, wenn wir erst einmal zusammenarbeiten.«

Der Fremde lehnte sich entspannt zurück.

»Wenn Sie heute Morgen so aufgewacht sind, wie ich es vermute, dann dürfte das, was Sie plötzlich gesehen haben, ein ziemlicher Schock für Sie gewesen sein, stimmt's? Genau in diesem Punkt will ich Ihnen helfen, Baxter Brittle.«

Der Angeredete kippte den restlichen Inhalt seines Glases hinunter. »Ich habe keine Lust mehr, noch länger um den heißen Brei herumzureden. Was wollen Sie?«

»Haben Sie den Film *Pulp Fiction* gesehen, Baxter?«

»Klar. Wieso?«

»John Travolta und Samuel L. Jackson schießen versehentlich auf dem Rücksitz ihres Wagens einem Kerl das Hirn aus der Birne. Ergebnis: eine versaute Rücksitzbank. Sie bringen den Wagen daraufhin in Quentin Tarantinos

Werkstatt. Dieser ruft Harvey Keitel an, der sich überlegen soll, was zu tun ist, bevor Tarantinos Frau wieder nach Hause kommt. Keitel wird von allen ›Mr. Saubermann‹ genannt.«

»Worauf wollen Sie damit hinaus?«

»Nennen Sie mich einfach *Harvey*.« Der Fremde zeigte wieder sein wölfisches Lächeln. »Sie haben sich in eine dumme Lage hineinmanövriert und ich kann Sie daraus befreien. Das ist alles.«

Brittle schüttelte den Kopf. »Wenn Sie tatsächlich so sicher sind, dass ich in einer dummen Lage stecke, dann können Sie mir doch bestimmt auch sagen, was gestern Nacht eigentlich geschehen ist?«

»Vielleicht ist es besser für Sie, Baxter, wenn Sie es *nicht* wissen. Ich könnte mir vorstellen, dass Sie dann in Zukunft vermutlich besser schlafen werden. Vertrauen Sie mir einfach und überlassen Sie es mir, diese kleine Betriebspanne zu beheben. Ich verspreche Ihnen, ich werde Sie von diesem … *toten Ballast*, den Sie im Augenblick mit sich herumschleppen, ein für alle Mal befreien. Und niemand wird etwas davon erfahren, Baxter – zumal es niemanden gibt, der dem Opfer auch nur eine Träne nachweint. Sie werden sehen: Ich verfüge über die Gabe und die Macht, alle Spuren zu tilgen, die hierher in Ihre Bar führen könnten.«

Brittle war verdammt froh, dass keine weiteren Gäste in der Bar waren. Seit seinem schockierenden Fund am Vormittag, seit dem Anblick des Messers, das in der Brust des Mädchens steckte, war nichts mehr so, wie es vorher gewesen war. Nun schien sich am Horizont plötzlich ein Hoffnungsschimmer abzuzeichnen. Natürlich war er sich der Gefahr bewusst, dass der Mann vor ihm möglicherweise nur ein Lockvogel der Polizei war. Möglicherweise ein verdeckter Ermittler, der sich auf Verbrechen im Sekten- und Kult-Milieu spezialisiert hatte und nun dem Club der Schwarzen Dämonen auf den Zahn fühlen wollte. Vielleicht hatte der Bursche mit seinen Andeutungen bisher nur ins Blaue gezielt und aus reinem Zufall ins Schwarze getroffen?

Nein, unmöglich! Als Baxter Brittle erneut das schroffe Gesicht des Mannes musterte, entdeckte er lediglich Anzeichen für eine absonderliche Leidenschaft und Faszination: Wesenszüge, die Brittle nur zu gut von sich selbst kannte.

Er zog ein Päckchen französischer Zigaretten aus der Brusttasche, von denen er sich eine zwischen die Lippen steckte.

»Verraten Sie mir, wie Sie heißen«, forderte er und hielt seinem Gegenüber die Schachtel hin. »Ich muss zuerst wissen, mit wem ich es zu tun habe.«

Der Mann nahm sich eine Gauloise, dann fischte er ein Feuerzeug aus seiner voluminösen Manteltasche und zündete sie sich an. Als er daraufhin auch Brittle Feuer anbot, konnte dieser erkennen, dass das Feuerzeug aus Metall und Holz hergestellt war, in das eines dieser berühmten Scheusale geschnitzt war, die man am Portal von Notre-Dame sehen kann.

»Prince. Mein Name ist Mick Prince.«

Mick Prince? Ja, diesen Namen hatte er doch schon früher einmal gehört oder gelesen. Gestern Nacht? ... ja, auch gestern Nacht ... aber mit Sicherheit auch schon früher!

»Sie sind ein Abonnent! Ein Abonnent von *The Tome*. Und Sie ...«

Und Sie haben uns immer wieder Geschichten und Gedichte zugeschickt ... die krankhaftesten und bösartigsten Zeilen und Verse, die ich in meinem ganzen Leben gelesen habe ... Bisher habe ich mich standhaft geweigert, auch nur eine Zeile davon zu drucken.

Er versuchte, sich zusammenzureißen.

»... und Sie haben uns Material zugeschickt, glaube ich.«

Der Mann glühte geradezu vor infernalischer Freude.

»Das habe ich. Allerdings nichts, was sich für Ihre Zwecke verwenden ließ. Aber darüber können wir ja später diskutieren. Sie sehen schon, Baxter, Ihnen und *Tome Press* werden sich bald ganz andere Perspektiven eröffnen.«

Eine Wolke von Zigarettenrauch bildete sich vor seinem Gesicht und machte es teilweise unsichtbar.

»Und ich würde Ihnen gerne den Weg dorthin zeigen.«

Schlagartig begriff Brittle, worauf alles hinauslief. Um Zeit zu gewinnen, inhalierte er tief den Rauch seiner Zigarette und stieß ihn langsam durch Mund und Nase wieder aus, während er den Krebsstängel nachdenklich betrachtete.

Dieser Bursche war einer von den krankhaften Typen, die sich unvermeidlicherweise unter den Lesern der von Brittle veröffentlichten Zeitschrift und der von ihm herausgegebenen Bücher befanden. Zwar hatte Brittle immer gewusst, dass es dort draußen solche Leute wie Mick Prince gab, aber es war ihm bisher stets gelungen, einen weiten Bogen um sie zu machen. Jetzt gab es jedoch keine Fluchtmöglichkeit mehr und er musste das Beste aus der ganzen Sache machen.

Was war letzte Nacht nur geschehen?

Wenn er sich doch wenigstens erinnern könnte, dann wäre es viel einfacher gewesen, darüber zu entscheiden, ob er diesem finsteren Kerl vertrauen konnte oder nicht.

Wieder versuchte Brittle, sich zu konzentrieren und die gestrigen Ereignisse zu rekonstruieren. Ohne Mühe sah er vor seinem geistigen Auge die genusssüchtigen Nachtschwärmer hereinflattern, die nur darauf aus waren, sich mit Alkohol und Drogen vollzudröhnen. Und dann? Der Zeremoniendolch, dieses tödliche Spielzeug … irgendwie steckte er plötzlich in dem Mädchen drin … und dieser dumme, kleine Betriebsunfall konnte nun leicht dazu führen, dass die Bar geschlossen wurde und möglicherweise

Baxter Brittle den Rest seines Lebens hinter schwedischen Gardinen verbringen musste!

Ob die Hand dieses Mick Prince den Dolch geführt hat?

War dieser Wahnsinnige vielleicht gerade deshalb in Ekstase geraten, weil er lieber auf diese Weise in das Mädchen *eindringen* wollte?

Nein. Das alles ergab keinen Sinn. Falls dieser Mann wirklich für den Tod des Mädchens verantwortlich gewesen wäre, hätte er längst über alle Berge sein können. Stattdessen saß er hier und bot sogar an, die Leiche an irgendeiner neugeteerten Autobahnbaustelle oder mit einem Anker an den Füßen als Krabbenfutter in den Tiefen der Chesapeake Bay verschwinden zu lassen.

Warum eigentlich nicht? Welchen Grund hätte Brittle gehabt, die mehr als willkommene Hilfe abzulehnen?

Oder schloss er in diesem Augenblick etwa einen Pakt mit dem Teufel höchstpersönlich?

Unsinn! Es gab keinen Gott, also konnte es auch keinen Teufel geben!

Außerdem ... welche Wahl blieb Brittle denn schon, wenn er nicht gesiebte Luft atmen, die Gastfreundschaft einer staatlichen Beherbergungsgesellschaft in Anspruch nehmen und seinen Arsch zur Zielscheibe von diversen Hinterladern machen wollte?

»Warum wollen Sie das tun?«, fragte er. »Aus welchem Grund?«

»Ich möchte mich in Baltimore niederlassen und Mitglied Ihres Clubs werden.«

»Aber wieso? Jeder, der auch nur einen Funken Verstand und ein bisschen Ehrgeiz besitzt, würde zusehen, Baltimore so schnell wie möglich hinter sich zu lassen. Wenn ich nicht diese Bar hätte, wäre ich längst über alle Berge.«

Prince verdrehte seine glühenden, achatfarbenen Augen. »Weil ich davon überzeugt bin, dass Ihr Club und Ihr Verlag über sehr gute Entwicklungsmöglichkeiten verfügen. Und ich könnte der Motor für diese Entwicklung sein.«

Wieder zog Prince die Lippen auseinander und zeigte sein bedrohliches, wölfisches Grinsen.

Baxter Brittle lief bei diesem Anblick ein kalter Schauer über den Rücken. Der finstere Abgrund in diesem Mann schien einfach bodenlos. Brittle versuchte, sich die Geschichten und Gedichte zu vergegenwärtigen, die Prince ihm im Laufe der Zeit zugeschickt hatte. Dunkel erinnerte er sich an herausgerissene Eingeweide, verweste Leichen, abgehäutete Kinder, Bittgesänge an längst vergessene Götter – in vieler Hinsicht die übliche Litanei pubertärer Todesverehrung. Aber die Texte dieses Burschen waren anders gewesen. Sie hatten eine ungewöhnliche Intensität besessen, eine durch keinerlei Skrupel eingeschränkte Ruchlosigkeit, die wirklich beängstigend gewesen war. Wären die Manuskripte auch nur von einem Hauch literarischer Inspiration erfüllt gewesen, hätte Brittle vermutlich nicht gezögert, sie zu veröffentlichen. Aber das Ganze war von einer kindlichen Unreife gewesen, ohne jedes Gespür für Struktur und Stil, für einen nachvollziehbaren Handlungszusammenhang oder glaubhafte Charaktere. Nur eines war wirklich mehr als eindrucksvoll gewesen: diese brutale, aggressive und unter die Haut gehende *Intensität* der Darstellung.

Kein Zweifel, Mick Prince' animalische Wildheit jagte ihm Angst ein. Zugleich faszinierte ihn dieser Mann jedoch auch. Und falls er ihm wirklich aus dem Schlamassel heraushelfen wollte, in dem er zur Zeit steckte …? Was sprach dagegen?

Brittle gab sich keinerlei Illusionen hin, worin der Preis für diesen ›Gefallen‹ bestand. Der Mann schrieb, als sei er von einem Dämon besessen, und er überschätzte seine eigenen schriftstellerischen Fähigkeiten. Doch er hatte zweifellos große Ambitionen, sich als Autor einen Namen zu machen. Es würde nicht leicht werden, ihn auf den

Boden der Tatsachen zurückzuholen: ›Aber ja, Sir, Ihre Gedichte sind eigentlich sehr ordentlich gelungen. Und die Erzählungen … nun, ich denke, sie könnten noch ein wenig Schliff vertragen, vor allem was den Stil und den roten Faden in ihnen betrifft. Aber all das kann man entwickeln. Warum die Änderungen? Nun, ich denke, dass wir die Leserschaft von *The Tome* nicht überfordern sollten. Aber es gibt ja auch noch andere Möglichkeiten. Wir könnten Ihre Werke zum Beispiel als limitierte und handsignierte Sammlerausgabe auf den Markt bringen. Mit Illustrationen von … wie wär's mit Alan Clark oder Harry O. Morris? Beide wären hervorragend geeignet, den Einband zu gestalten, vielleicht in Zusammenarbeit mit einem dieser jungen Horror-Grafiker von *Chaos*. In den Text bauen wir dann ein paar geile Comics mit ein. Keine Sorge, wir verstehen unser Geschäft und werden Sie groß herausbringen! … Ach ja, übrigens noch einmal herzlichen Dank dafür, dass Sie das splitternackte tote Mädchen aus meinem Keller geschafft haben. Ehrenwort, wenn wir das nächste Mal bei mir einen Do-it-yourself-Kurs in Chirurgie organisieren, nehmen wir den Fusel nur zum Desinfizieren, haha …!‹

»Hmm. Nun ja, die Clique sucht ständig frisches Blut!«, sagte Brittle laut.

Prince streckte ihm seine Hand entgegen. Er trug Lederhandschuhe, von denen er die Finger abgeschnitten hatte. Schmale Armbänder funkelten an seinem Handgelenk.

Brittle schüttelte die behandschuhte Hand. »Willkommen im Club.«

»Keine Partys heute Abend, Baxter«, verlangte Prince. »Und bleiben Sie so nüchtern wie möglich. Sie haben wirklich unheimliches Glück. Niemand erinnert sich an das, was gestern Nacht geschehen ist.«

»Wie können Sie sich da so sicher sein?«, hakte Brittle nach, obwohl ihm dieser Punkt noch die wenigsten Kopfschmerzen bereitete. Zum einen waren die Mitglieder seiner Clique allesamt Blutsbrüder und zum anderen wahrscheinlich genauso zugedröhnt gewesen wie Brittle, folglich also würden alle – so wie Brittle auch – unter einer Gedächtnislücke leiden, sofern sie überhaupt bei der ›Opferzeremonie‹ dabei gewesen waren. Auf jeden Fall würde keiner von den anderen so dumm sein und zur Polizei laufen.

»Vertrauen Sie einfach meinem Wort, Bruder.« Prince sah sich um. »Kommen um diese Zeit gewöhnlich Gäste in die Bar?«

»Ja. Sie müssten jeden Augenblick aufkreuzen.«

»Das habe ich mir gedacht. Sorgen Sie nur dafür, dass niemand Zutritt zum Keller hat. Ich werde die Sache heute Nacht erledigen, sobald Sie die Bar geschlossen haben.«

Der lange Mantel des Mannes bauschte sich wie ein Vorhang auf, hinter dem sich Geheimnisse verbargen. »Ich werde gegen Mitternacht herkommen. Seien Sie dann auch hier.« Er ging auf die Tür zu. Dort drehte er sich noch einmal um und bedachte Brittle mit diesem wahnsinnigen Grinsen. »Ist es nicht wunderbar, ein Teil der finsteren Horrorszene zu sein, Baxter?«

Dann war er mit einem Mal verschwunden: ein dunkler Schatten, der sich kaum gegen das morgendliche Sonnenlicht abhob.

7

Bei Gott! Nervös, furchtbar nervös bin ich gewesen und bin es noch; doch warum wollt ihr mich für wahnsinnig halten?

Edgar Allan Poe, *Das verräterische Herz*

Sie nahm seine Hand auf so betörende Weise, dass ihm beinahe Hören und Sehen verging; diese Hand mit den langen, schlanken Fingern fühlte sich so sanft an, dass er sich danach sehnte, ihre Berührung an seinem ganzen Körper zu spüren.

»Ähm ... Es ... es ist mir wirklich eine große Ehre, Sie kennen zu lernen, Mrs. ...« Donald Marquette war so verwirrt, dass er nach dem Namen suchte. »Amy. Ja, Amy.«

»Ich wollte Donald eben durch die Bibliothek führen«, erklärte Blessing.

Amy Blessing zwinkerte ihm zu und verzog ihr Gesicht zu einem verschwörerischen Lächeln. »Sie sollten ihm dafür auf jeden Fall zehn Dollar in Rechnung stellen, Donald«, forderte sie den jungen Mann auf. »Der ganze alte Krempel ist nämlich ziemlich schwer zu ertragen.«

Marquette lachte und gab nur zögernd ihre Hand frei. »Sie können sich gar nicht vorstellen, wie lange ich mich schon freue, endlich diesen ›alten Krempel‹ sehen zu dürfen.«

Er war selbst erstaunt, dass er wieder halbwegs vernünftig reden konnte, denn innerlich fühlte er sich so unsicher wie ein Teenager bei seinem ersten Rendezvous.

»Hier bei Ihnen beiden zu sein ... überhaupt hier in Baltimore an der Universität – das alles ist wie ein Traum für mich.«

Sie lachte mit beinahe kindlicher Freude. »Eine schöne Vorstellung, Teil eines wunderbaren Traumes zu sein.«

Noch nie zuvor war Donald Marquette einer Frau wie Amy Blessing begegnet. Ihr Anblick traf ihn so unvermittelt wie der Hieb einer Faust, die in einem Seidenhandschuh steckte. Sie war mit ihren ein Meter fünfundsechzig zwar alles andere als groß, doch ihre natürliche Vitalität wirkte einfach überwältigend. Ihre schulterlangen blonden, perfekt frisierten Haare fielen auf die schlichte schwarze Bluse, unter der sich ihre wohlgeformten Brüste abzeichneten, die weder zu groß noch zu klein waren. Außerdem trug sie eine blaue Jeans, die sich an ihre schmale Taille anschmiegte. An Amy Blessing sahen selbst die unauffälligen schwarzen Reebok-Sportschuhe ausgesprochen feminin aus. Und ein Minimum an Make-up genügte bereits, um ihr keckes Näschen noch vorteilhafter erscheinen zu lassen; zudem trugen ihre hohen Wangenknochen und ihr zwar energisches, aber keineswegs unansehnlich geschnittenes Kinn noch zu ihrer Attraktivität bei. Am faszinierendsten waren jedoch ihre großen haselnussbraunen Augen, in denen ein kaum gezügeltes Feuer glomm und hinter deren unschuldigen Blicken sich Temperament und Sinnlichkeit verbargen. Jeder Quadratzentimeter an dieser Frau offenbarte ihr aufgeschlossenes und lebendiges Wesen. Darüber hinaus sah sie einfach so unglaublich gut aus, dass ihr Anblick beinahe schmerzte.

Und sie musterte ihn mit unverhohlenem Interesse. ›Wer bist du?‹, schienen ihre Augen zu fragen. ›Ich will mehr über dich erfahren, denn du erregst meine Aufmerksamkeit.‹

Aufmerksamkeit!

Davon hatte Donald Marquette in seinem bisherigen Leben nicht allzu viel erfahren.

»Nichts da!«, fuhr der Professor mit gespielter Barschheit dazwischen. »Hier ist nicht der Platz für wunderbare Träume – höchstens für Albträume. Denn nur auf diesem Weg bringt man es in unserem Geschäft zu Geld und Ruhm.« Er lachte selbstironisch.

»Gefällt Ihnen das Zimmer in der Pension?«, fragte Amy Blessing. »Falls es Ihnen nicht zusagen sollte, können wir Ihnen eines unserer Gästezimmer anbieten.«

»Vielen Dank, aber das ist nicht nötig«, beeilte sich Donald Marquette zu erklären. »Ich bin bereits gestern eingezogen, und meine Wirtin bemuttert mich wirklich nach Strich und Faden. Zum ersten Mal in meinem Leben gibt es jemanden, der mir das Frühstück macht.«

»Sie Ärmster«, spottete Amy Blessing lächelnd. »Aber Sie werden ein noch schwereres Los erdulden müssen und hier in diesem Haus so manches Mahl zu sich nehmen. Es werden nämlich einige Einladungen auf Sie zukommen, die Sie einfach nicht ablehnen können. Schließlich ist das Projekt, an dem sie zusammen mit meinem Mann arbeiten werden, unglaublich *fesselnd.*«

Ihre Augen glühten vor Begeisterung.

»Auch ich arbeite in jeder freien Minute daran mit, zumindest im Rahmen meiner Möglichkeiten, schließlich bin ich selbst ziemlich beschäftigt.«

»Sie müssen wissen, Donald, dass meine Frau selbst an einigen Publikationen arbeitet, wenn ihr Examen, das sie gerade in Musik ablegt, ihr dazu Zeit lässt. Sonst – so fürchte ich – hätten Sie den Job nicht bekommen.«

»Außerdem werden Sie sich damit abfinden müssen, dass ich während Ihrer Arbeitszeit hier im Haus auf meinem Instrument übe«, fügte Amy Blessing drohend hinzu. »Und was sowohl meine musikalischen Fähigkeiten als auch die Kompositionen betrifft, die ich spiele … nun, ich kann für nichts garantieren.«

»Welches Instrument spielen Sie denn?«

»Klavier.«

»Konzertklavier«, korrigierte der Professor. »Manchmal glaube ich, dass sie mich nur wegen meines Steinway-Flügels geheiratet hat.«

Er legte den Arm um seine Frau, und sie schmiegte sich mit katzenhafter Geschmeidigkeit an ihn. Dabei sah sie ihn voller Liebe und Bewunderung an, wobei etwas noch Intimeres aus ihrem Blick herauszulesen war.

»Ehrlich gesagt, bevorzuge ich deine Orgel«, gestand sie und errötete lächelnd. »Sie müssen nämlich wissen, dass William ein großes Instrument besitzt, auf dem man alle Register ziehen kann.«

Auch Blessing errötete leicht und warf ihr einen etwas anzüglichen Blick zu. »Und ich wäre am liebsten immer dein Flötist«, knurrte er mit übertrieben heiserer Stimme, bevor er wieder einen normalen Ton anschlug. »Und jetzt sollten wir endlich aufhören, unseren Gast von einer Verlegenheit in die andere zu stürzen.«

Donald Marquette sah nur verwundert von einem zum anderen. »Tut mit Leid«, entschuldigte er sich, »aber all Ihre feinsinnigen Anspielungen sind für mich ein Buch mit sieben Siegeln.«

Das Ehepaar lachte. Nun schien endgültig das Eis zwischen ihnen und dem neuen Mitarbeiter des Professors gebrochen. Blessing legte Donald Marquette eine Hand auf die Schulter. Der junge Mann bemerkte jedoch weniger die Berührung seines neuen Chefs als vielmehr den Blütenduft, den Amy Blessings Haare verströmten.

»Machen Sie sich keine Sorgen, mein Junge. Es wird nicht lange dauern, und Sie werden sich an unsere kleinen Sticheleien und Anzüglichkeiten gewöhnt haben. Aber wie wär's jetzt mit unserer geplanten Besichtigungstour?«

»Das ist das Stichwort für mich, in die Küche zu entschwinden und mich um das Essen zu kümmern«, erklärte Amy Blessing. »Sie bleiben doch zum Essen, Donald?«

Ihr Mann legte mit theatralischer Pose die Hand gegen seine Stirn. »Seufz! Nun ist das Geheimnis verraten, mein Ruf ruiniert. Ich bin ein Scheusal, das seine Frau dazu zwingt, das Essen zu kochen.«

Sie zog eine Augenbraue in die Höhe und stemmte angriffslustig die Hände in die Hüften. »Solange du mich nicht schwängerst und anschließend barfuß auf die Straße schickst, will ich dir die Bemerkung noch mal durchgehen lassen. Also sagen Sie schon ja, Donald. Es kann nämlich todlangweilig sein, allein mit einem Professor speisen zu müssen.«

»Vielen Dank, ich nehme die Einladung gerne an.«

»Großartig!« Bevor sie ganz verschwand, winkte Amy Blessing ihnen noch einmal zu. Marquette musste sich dazu zwingen, ihr nicht allzu offensichtlich nachzustarren und sich wieder auf das zu konzentrieren, was der Professor sagte, der vor ihm die alten Treppenstufen hinaufstieg. Doch Amy Blessings Duft und ihre erotische Ausstrahlung lagen immer noch verführerisch in der Luft.

»Sie beide sind einfach wunderbar. Sollte es sich herumsprechen, wie herzlich man bei Ihnen empfangen wird, dann wird wohl bald jeder einen Doktortitel an der John Hopkins erwerben wollen.«

»Ich denke, wir haben bereits genug von Ihnen gelesen und gehört, um beurteilen zu können, dass Ihre Arbeit erfolgreich sein wird, Donald«, beteuerte Blessing wohlwollend. »Sie sind ein intelligenter, fleißiger und talentierter Bursche. Ich kann mit Fug und Recht voraussagen, dass Ihnen eine viel versprechende Karriere bevorsteht. Sie besitzen darüber hinaus eine wichtige Eigenschaft: Sie sind ehrgeizig.«

Marquette nickte zustimmend. »Ich würde sogar sagen, dass ich bedingungslosen Ehrgeiz besitze.«

Blessing blieb auf dem obersten Treppenabsatz stehen und drehte sich um. Die Intensität und Ernsthaftigkeit, mit der sein neuer Mitarbeiter die Worte betont hatte, versetzten ihn offenbar in Erstaunen.

»Nun denn! Ich werde mein Möglichstes tun, um diesen neuen Stern am literarischen Firmament aufsteigen zu lassen.«

Marquette reagierte mit einem Lächeln auf Blessings unüberhörbare Ironie. Innerlich spürte er jedoch, wie ein leichter Ärger in ihm aufstieg.

Warte nur ab, du eingebildeter Affe.

Ich werde es dir schon zeigen.

Euch allen werde ich es zeigen.

»Ich bin mir sicher«, bemerkte Marquette ruhig, »dass Edgar Allan Poe bereits als Teenager seine große Karriere als Schriftsteller vorausgesehen hat. Und ich erinnere mich an einige Aussagen in Ihren frühen Arbeiten, in denen Sie etwas über Ihre Lebensaufgabe gesagt haben. Deshalb bin ich hier, Professor Blessing … Bill. Wegen der Inspiration, die ich sicherlich durch Sie erfahren werde.«

»Komplimente sind durchaus willkommen, solange sie ehrlich gemeint sind«, schmunzelte Blessing geschmeichelt. »Sie denken dabei sicherlich an den Aufsatz aus meiner Studienzeit: ›Von Poe beflügelt‹.«

»Genau den meine ich.«

»Damals war ich noch jung und einfältig. Ich war von meinen Ansichten so felsenfest überzeugt, wie es nur junge Menschen sein können. Und heute? Heute bin ich nur noch einfältig.«

»Sie sahen in Poe Ihre Muse und schrieben, dass Sie manchmal das Gefühl hätten, als seien sie sogar dessen Reinkarnation. Und selbst wenn dies nicht der Fall sein sollte, so würden Sie zumindest seinen Geist wieder zum Leben erwecken. Es schien beinahe so, als ob Poe von Ihnen Besitz ergriffen hätte. Es war ein wahrhaft meisterhafter Essay, höchst erstaunlich. Macht und Leidenschaft

– und beides kunstvoll gezügelt. Mein Gott, der Aufsatz hat mich absolut in seinen Bann gezogen.« Marquette schüttelte den Kopf in ehrlicher Bewunderung. »Literatur hat erstaunlich viel Macht.«

»Ja, damit haben Sie Recht. Weit hinaus über den Geist, über die Kunst, über die Zeit und all die lächerlichen Dinge, mit denen wir uns in unserem alltäglichen Leben herumschlagen müssen«, stimmte Blessing ihm zu.

Einen Moment lang sannen beide über diesen Gedanken nach.

Donald Marquette bemerkte, wie ihn sein neuer Mentor mit einem eigenartigen Blick intensiv musterte. Einnehmend, kritisch, eindringlich ... ein dunkler und gleichzeitig greller Schauder durchfuhr ihn bis ins Herz. Er fühlte eine *Verbindung*. Aber gleichzeitig auch eine *Gefahr*. Diese seltsame Kombination war ebenso aufregend wie die Vorstellung, Amy Blessings Lippen zart an seinem Ohrläppchen zu spüren.

Blessings Grinsen brach den Bann. »Ja, ja, unser Poe! Aber lassen Sie uns nun mehr tun, als nur seinen Geist zu beschwören. Lassen Sie uns lieber auf seinen großartigen Spuren wandeln!«

Er deutete Marquette mit einer lebhaften Geste an, ihm zu folgen. Dann zog er einen Schlüsselbund hervor. Die Tür vor ihnen war mit einer Alarmanlage gesichert; Blessing tippte eine Nummer ein, woraufhin das Licht an der Oberseite eines Kastens von Rot auf Grün umsprang und ein Klicken ertönte.

Blessing steckte einen der Schlüssel von dem klirrenden Schlüsselbund ins Schloss. Als er die Tür öffnete, verspürte Marquette einen kühlen Lufthauch.

»Hmm ... sind Sie sicher, dass dies nicht der H.-P.-Lovecraft-Raum ist?«, erkundigte er sich scherzend.

»Du liebe Güte, Sie können wohl gar nicht anders, als geistreich sein. Nein, natürlich nicht, aber es ist besser, die Raumtemperatur niedrig zu halten – um die Bücher zu schonen. Sie verstehen.« Blessing deutete auf seine Sammlung, wobei er Vincent Price imitierte. »Wollen Sie nicht eintreten, verehrter Gast? Bitte verzeihen Sie, dass ich keine Laterne mit mir führe, aber sie wird gerade gereinigt.«

Blessing langte in den dunklen Raum und betätigte einen Lichtschalter. Sogleich wurde der Raum in ein dämmriges Licht getaucht. Mit einem merkwürdigen Funkeln in den Augen forderte er Marquette zum Eintreten auf.

Unglaublich, dachte dieser, als er den Raum betrat.

Es war im ersten Moment gar nicht so sehr der Inhalt des Zimmers, als vielmehr die penible Ordnung, die hier herrschte. Der Raum war groß und mit viktorianischen Filigranarbeiten verziert; die Einrichtung jedoch bestand aus modernen Tischen, Bücherregalen und Glasvitrinen, die so gekonnt ausgeleuchtet waren, dass die dort ausgestellten Dinge eine ungeheuer plastische Wirkung erhielten. Unter den Stücken befanden sich Kleidungsstücke, Brillen, Füllfederhalter, Kämme, Gläser, Flaschen, Schuhe, Möbel, Zeichnungen, Gemälde sowie zumeist alte Fotos, die sämtlich perfekt präsentiert und beschriftet waren.

Den meisten Platz allerdings nahmen die zahlreichen Bücher ein.

Bücher, Zeitschriften, Manuskripte, aber auch Briefe und handschriftliche Notizen.

Der Raum, dessen Zentrum eine Pallasbüste bildete, auf der ein ausgestopfter Rabe saß, war bis zum Bersten gefüllt. Über der Büste hing ein aufwendig gerahmtes, großes Porträt mit der vertrauten gewölbten Stirn, den schmalen Lippen, dem Schnurrbart, der dandyhaften Kleidung und den nachtschwarzen Augen. EDGAR A. POE stand auf der Plakette, die unterhalb des beeindruckenden Porträts angebracht war.

»Sie werden noch ausreichend Zeit haben, um sich alles ganz in Ruhe anzuschauen«, sagte Blessing. »Eine

Sammlung von Kleidungsstücken und persönlichen Dingen, die entweder Poe selbst gehörten oder aus seiner Zeit stammen …«

Er durchschritt langsam den Raum, wobei seine Finger zärtlich über die Glasflächen strichen. »Briefe, Notizen, alles Mögliche. Dinge aus dem Leben dieses bemerkenswerten Mannes. Und natürlich sämtliche publizierten Werke, inklusive aller bedeutenden internationalen Ausgaben, Raubdrucke und unautorisierten Übersetzungen. *Tamerlane, Al Araaf, Die gesammelten Erzählungen, Heureka,* – alles Erstausgaben.«

Er gab seine Erläuterungen voller Nachdruck und mit größter Begeisterung, aber Marquette hörte kaum zu, sondern ging direkt zur verglasten Bücherwand hinüber. Blessing deutete nur schweigend auf die dort aufbewahrten Bände. Sie wirkten eher unscheinbar und waren offensichtlich ziemlich alt, aber für den Professor und seinen Schüler schien von ihnen eine enorme Faszination auszugehen.

Die Erstausgaben von Edgar Allan Poes Werken.

Hatte der Meister sie in seinen eigenen, zitternden Händen gehalten? Hatte er sie für Bewunderer handsigniert? Hatte er Wein darüber verschüttet? Dies waren die Kinder seines Geistes, deren Geburt er noch hatte miterleben dürfen. Doch selbst in seinen wildesten Träumen hatte Poe wohl niemals geahnt, dass er einmal eine solche Berühmtheit erlangen würde.

»Die wertvollsten Ausgaben sind selbstverständlich mit Schubern geschützt, die zum größten Teil aus den großen zeitgenössischen Privatbibliotheken Baltimores stammen. Ansonsten war es für Verleger durchaus üblich, wohlhabenden Buchliebhabern noch ungeschnittene Druckbögen zur Verfügung zu stellen, die diese sich von besonders begabten Buchbindern persönlich binden ließen. Dabei kamen oftmals wahre Prachtstücke heraus, die gewissermaßen als Statussymbole galten.

Es ist mir außerdem gelungen, sämtliche Artikel von Poe zu sammeln, die in zeitgenössischen Zeitschriften veröffentlicht wurden. Dazu gehörten nicht nur *The Southern Literary Messenger, Burton's, The Mirror* und *The Broadway Journal,* sondern auch alle weiteren Magazine, für die er schrieb oder die er herausgab. Ich habe sogar eine Auswahl von Zeitschriften, in denen er einige Beiträge möglicherweise unter Pseudonym veröffentlichte. Es ist bekannt, dass er dies häufig getan hat. Ich bin sogar der Meinung, dass ich auf einige Erzählungen und Gedichte gestoßen bin, von denen man bis jetzt noch nicht wusste, dass sie von Poe stammen.« Blessings Augen glühten vor Begeisterung. »Ich sitze gerade an einem Aufsatz darüber, dem ein Buch folgen soll. Stellen Sie sich nur einmal vor, Donald! Bisher unbekannte Erzählungen und Gedichte von Edgar Allan Poe!«

Marquette blieb der Mund offen stehen. Das war tatsächlich eine unerhörte Neuigkeit. Unzählige Gelehrte hatten bereits in Poes Leben und Werken geforscht. Falls wirklich noch bisher unbekannte Werke existierten, hätten sie daher eigentlich längst entdeckt werden müssen, deshalb reagierte Marquette zunächst einmal ziemlich skeptisch. Der Poe-Enthusiast in ihm war jedoch aufs Höchste erregt.

»Was Sie hier sehen, Donald«, fuhr Blessing fort, »ist die größte Privatsammlung über Edgar Allan Poe, die es weltweit gibt. Sie ist auch der Grund, weshalb ich kein Sommerhaus in den Hamptons besitze.« Er lächelte. »Dafür habe ich viel zu viel Zeit und Geld in diese Sammlung gesteckt. Andererseits sind es auch die Früchte meiner Vorfahren, denn ich reihe mich in die lange akademische Tradition meiner Familie ein, die bis auf die Zeit vor dem Bürgerkrieg zurückgeht. Zahlreiche Stücke der Sammlung habe ich – ebenso wie das Haus – der Weitsichtigkeit meiner Vorfahren zu verdanken. Denn trotz der mir zur Verfügung stehenden Forschungsgelder wäre es mir sonst niemals gelungen, eine solche Sammlung zu realisieren.«

Sein Blick richtete sich in die Ferne und verschwamm, so als lasse er sich von seinen persönlichen Gedanken hinwegtragen. Doch nach wenigen Sekunden drehte er sich wieder lächelnd zu Marquette um.

»Ich … ich fühle mich immer wieder dadurch inspiriert, dass ich hier so viele Dinge über Poe zusammengetragen habe. Und es ist gut zu wissen, dass ich nur eine kurze Strecke zurücklegen muss, um zu seinem Grab mit seinen sterblichen Überresten zu gelangen. Es kommt mir manchmal so vor, als seien all diese Sachen eine Art geheimnisvolles Mikrofon, durch das sein Geist zu mir spricht und mich unterstützt, so wie ich mich für die Stimme einsetze, die die sorgenvolle und grausige Botschaft überbringt.«

Blessing lächelte ironisch.

»Die Sammlung ist natürlich auch eine verdammt gute Wertanlage.«

»Nein«, widersprach Marquette mit weicher, aber fester Stimme. »Das ist nicht der Grund, warum Sie das hier aufgebaut haben. Der wahre Grund ist, dass die Begeisterung hierfür in Ihrem Blut liegt.«

Der Professor nickte.

»Und ich hatte die Möglichkeiten, weil ich … nun, sagen wir, weil ich den Blessing-Segen hatte. Ich habe übrigens noch mehr Manuskripte und Bücher hier im Haus und an anderen sicheren Orten verstaut, denn die Bibliothek platzt jetzt bereits aus allen Nähten.«

Er ging zu der Büste hinüber und berührte den eindrucksvoll ausgestopften Vogel, der darauf saß.

»Die Sammlung ist mein einziges Hobby. Ich war früher noch viel besessener davon – bis ich Amy kennen lernte.«

»Besessen? Aber ich habe den Eindruck, dass es sich bei der Sammlung um ein überaus nützliches und Gewinn bringendes Hobby handelt?«, wandte Marquette ein. »Und Sie sagten doch selbst, Sie hätten die nötige Zeit und das Geld …«

»Ja, Geld genug habe ich. Und Amy weiß meine Sammlung durchaus zu schätzen, andererseits hat sie wieder mehr Normalität in mein Leben gebracht.«

Blessing schüttelte den Kopf und lächelte.

»Nicht, dass ich vorher nicht *normal* gewesen wäre, aber ich war sicherlich völlig einseitig auf Edgar Allan Poe fixiert.«

Er hob seine Hände vor dem Porträt des Dichters.

»O mein Gott, ich bin *glücklich! So überglücklich!* Ich weiß gar nicht, weshalb gerade ich so viel *Zufriedenheit* verdient habe. Nein, *zufrieden* ist nicht das richtige Wort. *Glückseligkeit,* Donald! *Glückseligkeit* ist das richtige Wort! Wie gut, dass Zeus und seine Spießgesellen nicht hinter dem Olymp hervorschauen – sie wären sonst eifersüchtig auf mich!«

Er spürte Marquettes Blick auf sich ruhen, drehte sich zu ihm um und zeigte mit dem Finger auf ihn.

»Ich weiß, was Sie jetzt denken. Wie in aller Welt konnte ein derart verschrobener Junggeselle und Professor ein so wunderbares Mädchen wie Amy finden?« Seine Augen leuchteten. »Ein so wunderbares und blutjunges Mädchen. Sie ist erst fünfundzwanzig, müssen Sie wissen. Fünfundzwanzig Jahre jung!«

Verdammter Angeber, dachte Marquette bei sich.

»Als ich sie kennen lernte, war sie ganze zweiundzwanzig, und ich befand mich auf einem internationalen Fantasy-Symposium in Provence, Rhode Island. Sie war gerade zu Besuch bei Verwandten dort und hatte gelesen, dass ich eine Signierstunde für mein Buch gab. Eigentlich war sie gar kein so großer Fantasy-Fan und ich war damals eher als Kritiker und Autor von Kurzgeschichten bekannt denn für meinen soeben erschienenen Roman. Da das Buch damals noch alles andere als ein Renner war, hielt mein Verleger es für eine gute Idee, ein wenig nachzuhelfen, auch wenn das Symposium nur 750 Teilnehmer hatte. Aus irgendeinem Grund war Amy durch die Lektüre meiner Werke neugierig genug auf mich geworden, um den Wunsch zu verspüren, mich bei dieser Gelegenheit einmal persönlich kennen zu lernen.« Er lächelte verschmitzt. »Ich war natürlich sofort Feuer und Flamme von ihr. Aber wer hätte gedacht, dass Sie diese Gefühle erwidern würde?«

Es entstand ein Moment des Schweigens zwischen ihnen, in dem Blessing in angenehmen Erinnerungen schwelgte und seine Augen wieder einen verträumten Ausdruck annahmen. Marquette fiel es schwer, etwas Neutrales zu sagen, denn der Eindruck, den Amy Blessing auf ihn gemacht hatte, fesselte ihn noch immer.

»War Sie damals schon Pianistin?«, fragte er schließlich.

»Hmm? O ja, und zwar eine sehr gute. Aber was mich an ihr am meisten beeindruckte, war die Tatsache, dass sie auch komponierte. Ihre Kreativität! Die größte Gabe, über die wir Menschen verfügen – neben der Fähigkeit zu lieben.«

»Und zu sammeln!«, fügte Marquette hinzu.

»Richtig. Amy war von Anfang an fasziniert von meiner Sammlung, aber sie hat mich auch darauf gebracht, mich mehr und ernsthafter um die kreative Seite meiner Karriere zu kümmern.« Er grinste. »Gegen Ende nächsten Jahres – wenn Sie hoffentlich Ihre Dissertation fertig gestellt haben und zumindest ein Band unserer Anthologie druckreif ist – werde ich ein Urlaubssemester nehmen. Vielleicht werde ich mich sogar ganz von meiner Lehrtätigkeit zurückziehen. Wir werden ein Haus am Mittelmeer mieten, wo Amy sich dem Komponieren widmen kann, und ich zwei …« – Blessing hob zwei Finger – »… zwei Romane schreiben werde. Ich habe bereits einen Vertrag über drei Romane in der Tasche, von denen ich den ersten fast beendet habe. Noch in diesem Sommer wird er fertig sein. Dann drei weitere Semester intensiver akademischer Arbeit … und anschließend nur noch Seligkeit.«

»In diesem Jahr lacht das Glück uns allen«, bemerkte Marquette. »Noch nie in meinem Leben war ich so voller Vorfreude auf das, was mich erwartet.«

»Dann passen wir ja bestens zusammen, Donald. Ein gutes Team.« Er blickte sich zufrieden um und rieb sich die Hände. »Lassen Sie mich Ihnen eben noch zeigen, wo wir gemeinsam arbeiten werden, bevor wir zum Essen hinuntergehen.«

»Das klingt viel versprechend.«

Am anderen Ende des geräumigen Flurs befand sich ein Wohnzimmer. Donald schaute hinein, als sie an der Tür vorbeigingen. Er erblickte Gardinen aus Chiffon, eine dekorative Tapete, antike Stühle und eine Couch. An einer Seite des Raumes stand ein Steinway-Flügel – tiefschwarz, glänzend, elegant. Der Raum duftete nach frisch geschnittenen Blumen.

»Das Musikzimmer, wenn ich mich nicht täusche?«, erkundigte sich Donald.

»Genau. Ich wollte es Amy überlassen, es Ihnen zu zeigen. Sie wird Ihnen gewiss auch ein paar Stücke vorspielen. Ich bin mir sicher, dass Sie Ihrem Spiel noch häufig lauschen werden. Aber jetzt folgen Sie mir bitte. Ich habe meine Sekretärin gebeten, diesen Raum speziell für Sie einzurichten, und bin gespannt darauf, was Sie sagen werden.«

Donald folgte ihm eine Treppe hinauf. »Wie viele Stockwerke hat denn dieses Haus?«, fragte er.

»Fünf, wenn Sie das Erdgeschoss nicht mitrechnen. Unsere privaten Räume befinden sich im vierten Stockwerk und meine Arbeitsräume im fünften. Das Herauf- und Hinabsteigen der Treppe gehört neben dem Fußweg zum Campus zu meinem persönlichen Trainingsprogramm.«

Sie waren im vierten Stockwerk angelangt. »Hier befinden sich auch unser Büro und zwei Gästezimmer. Sie können gern davon Gebrauch machen, wenn Sie nachts lange arbeiten wollen.« Er wies auf einen der beiden Räume. »Oder wenn Sie einmal zu viel gezecht haben sollten und nicht mehr nach Hause finden.«

Marquette schenkte ihm ein dankbares Lächeln. »Das ist gut zu wissen.«

Blessing geleitete ihn in ein geräumiges Zimmer, das mit Schreibtischen, Aktenschränken, Regalen und Computern ausgestattet war. Auch hier lag der Duft von frisch geschnittenen Blumen (Waren es Lilien?) in der Luft, mischte sich jedoch mit dem Geruch nach Papier, Druckertoner und Klebestiften. Marquette konnte sich des Eindrucks nicht erwehren, als schmecke der Raum regelrecht nach Arbeit – und nach Erfolg.

Als Blessing ihn mit dem Zeigefinger in eine Ecke des Raumes winkte, bemerkte Marquette im Vorbeigehen auf einem der Schreibtische einen Stapel Taschenbuchausgaben von Blessings zweitem Schauerroman.

Jahrelang hatte Blessing sich auf die Welt der ›seriösen‹ Sachbuch-Schriftstellerei beschränkt und wohl durchdachte, intellektuell anspruchsvolle, aber entsetzlich trockene und emotionslose Werke verfasst, die sich sogar als gebundene Ausgaben durchaus gut verkauften. Dann hatte er damit begonnen, Kurzgeschichten nach dem Vorbild Poes zu schreiben. Was zunächst nur dazu gedacht war, sich selber zu beweisen, dass er es konnte (Wer nicht selbst schreiben kann, lehrt eben nur!), nahm bald professionelle Formen an. Mit zunehmend gestärktem schriftstellerischen Selbstbewusstsein wagte Blessing sich schließlich auch an Größeres. Bereits *Höllenfahrt einer schwarzen Seele* enthielt alle Elemente, die seiner Meinung nach zu einer gelungenen Schauergeschichte gehörten. Der Roman brachte ihm denn auch den Durchbruch und wurde – sehr zu seinem Erstaunen – ein regelrechter Knüller. Offenbar war er direkt in eine Marktlücke gestoßen.

William Blessings Werk erweckte bei einer breiten Leserschicht ein wachsendes Interesse an der Tradition der Schauerliteratur. Seit Stephen King hatte es keine vergleichbare Begeisterung über einen neu entdeckten Autor gegeben. Anders als bei King fanden auch die Literaturkritiker weltweit nur lobende Worte für Blessings Romane und Erzählungen.

Auf die häufig gestellte Frage, was das Geheimnis des Erfolges seiner Werke sei, antwortete er stets nur: »Die für jeden nachvollziehbare literarische Qualität meiner Bücher.«

Bei einer Auflage von sieben Millionen allein in den USA haben sich die zehn Jahre alle Mal gelohnt, dachte Donald Marquette.

»Bitteschön«, ließ sich Blessing vernehmen. »Was sagen Sie dazu?«

Aus seinen Gedanken gerissen, wandte Donald Marquette seine Aufmerksamkeit wieder ihm und dem Raum zu. In einer Ecke des Zimmers befanden sich ein nagelneuer Schreibtisch mit einem ebenso brandneuen Compaq-Computer, ein Aktenschrank, ein Bücherregal, ein Drucker sowie ein ergonomisch geformter Bürostuhl, der äußerst bequem aussah.

An der Wand hing ein geschmackvoll gerahmtes Porträt von Edgar A. Poe neben einem Picasso-Druck, und auf dem Schreibtisch stand ein Blumenstrauß mit einer Karte, auf der geschrieben stand: »Willkommen, Donald, in diesem Tempel literarischer Gedankenflüge … und aller Computerspiele, nach denen es Sie gelüsten sollte! William und Amy Blessing.«

»Ich bin sprachlos«, entfuhr es Marquette. Er ging zur Arbeitsecke hinüber. »Computer-Spiele! Wirklich?«

»Ja, auch das. Wir haben an alles gedacht. Ich erinnere mich daran, dass Sie sich selbst als eine chaotische Seele bezeichnet haben. Selbst als ich Amy noch nicht kannte, war mir schon klar, dass ein gut geordnetes Büro die wichtigste Voraussetzung dafür ist, den Kopf für kreative Arbeit frei zu haben. Wir haben uns deshalb erlaubt, Ihren Arbeitsplatz für Sie entsprechend auszustatten. Sie dürfen hier auch gerne für sich privat arbeiten. Das sollte sich natürlich möglichst nicht negativ auf unsere gemeinsamen Projekte auswirken, aber wenn Sie Nutzen daraus ziehen können …«

Blessing schüttelte den Kopf, so als ob ihn gerade eine Muse intensiv geküsst hätte. »Kreativität. Inspiration. Das sind für uns heilige Wörter, Donald. Ohne sie wären wir nichts. Deshalb vergöttern wir sie. Verstehen Sie, Donald? Wir *vergöttern* sie. Viele Menschen glauben, dass Schriftsteller sich nur hinzusetzen brauchen, Wörter aneinander reihen und *Puff!* – schon ist der Text perfekt. Wir wissen beide nur zu gut, dass dem keineswegs so ist!«

»O ja!«, bestätigte Donald Marquette. »Ich stimme Ihnen hundertprozentig zu. Darüber hinaus …« Er brach mitten im Satz ab, als sein Blick auf ihm wohl bekannte Zeitschriften und ein Taschenbuch fiel, alles ordentlich zwischen zwei Buchstützen in Löwenform gestapelt. Das Wiedererkennen war wie ein kleiner Schock für ihn, und es verschlug ihm die Sprache.

»Schreiben ist harte Arbeit«, sagte Blessing. »Und man muss sich immer wieder ermutigen, einen erneuten Anlauf zu wagen, nicht wahr?«

»Die von mir veröffentlichten Erzählungen!« Donald Marquette lachte laut auf. »Und meine stümperhafte *Dark Sunset*-Geschichte. Auch die haben Sie?«

»Ich sagte Ihnen doch, dass ich ein Sammler bin. Ich habe meine Quellen. Und sie sind nicht nur zum Ansehen hier. Sie gehören mir, und ich hoffe, dass Sie während Ihrer Zeit hier die Muße finden, Ihre Werke für mich und Amy zu signieren.« Blessing lächelte freundlich.

»Selbstverständlich! Aber Sie beschämen mich!«, erwiderte Marquette geschmeichelt.

Blessing langte nach einigen Heften und blätterte sie

suchend durch. Dann zog er ein ordentlich gedrucktes Magazin mit festem Einband hervor, das so aussah wie eine Mischung aus Literaturzeitschrift und Taschenbuch.

»*The Tome*«, murmelte er. »Sie haben in diesem Magazin eine Reihe von Erzählungen und einige Gedichte veröffentlicht«, sagte er leise.

»Ja. Und der Verlag scheint daran interessiert zu sein, einen Sammelband mit meinen Erzählungen herauszugeben«, ergänzte Marquette.

»Und Tome Press sitzt auch noch direkt hier in Baltimore«, meinte Blessing.

»Richtig. Ich habe mir gedacht, dass es wohl nicht schaden würde, wenn ich mich dort mal blicken lasse. Sie wissen schon, um mich mal ein bisschen näher mit dem Verleger bekannt zu machen.«

Blessing warf einen Blick auf das Heft.

Das Titelbild zeigte eine Abbildung im mittelalterlichen Stil, auf der Satan als Ziege in einem Pentagramm hockte, das mit *Barbie*- und *Ken*-Puppen dekoriert war, die in verschiedenen Positionen kopulierten. Die satanische Ziege hatte Vampirklauen und trug einen Dracula-Umhang aus Samt. In der einen Klaue hielt sie eine elektrische Gitarre, in der anderen einen riesigen, zigarrengroßen Joint.

Donald Marquette spürte die Ablehnung, die von Blessing ausging.

»Das sind diese Leute, die sich bei Fantasy-Symposien als Vampire oder ähnliches verkleiden«, stellte der Professor trocken fest.

»Nun, ich bin mir nicht sicher, ob diese Leute überhaupt zu Symposien fahren«, bemerkte Marquette. »Aber sie sind ohne Zweifel Anhänger der Schauerromantik.«

»Ich halte diese Leute für eine faszinierende, aber unbedeutende Subkultur.« Blessing blätterte durch das Magazin. »Düsterer britischer Rock 'n' Roll … europäisches Modegehabe … zentimeterdickes Make-up … Angeberei … Leder. Ja, das Leder nicht zu vergessen. Und … hhmm … und jede Menge Dekadenz. Das ist das Wort, das ich gesucht habe: Byroneske Dekadenz.«

»Na ja, das Ganze ist ja nur Schauspielerei.«

»Oh, natürlich, Sie haben Recht. Ich denke, das Problem der amerikanischen Subkultur besteht darin, dass sie einfach langweilig ist. Deshalb erfinden die Jugendlichen sich ihre eigene, bei der sie ihren Individualismus durch Gruppenrituale und spezielle Verhaltensmuster definieren.« Blessing bemerkte zu spät, dass seine Stimme den belehrenden Vorlesungstonfall angenommen hatte. »Ich hoffe, sie zahlen wenigstens gut. Das Magazin, meine ich.«

»Ein paar Cents pro Wort.«

»Hmmm. Das ist mehr, als einige Literaturmagazine geben.« Blessing schien eine Idee durch den Kopf zu gehen. »Interessant. Darüber könnte man direkt einmal einen Artikel schreiben …«

Er warf einen Blick ins Impressum.

»›Herausgeber und Redakteur: Baxter Brittle.‹«

Ein neuer Gedanke schien ihm in den Kopf zu kommen; er runzelte die Stirn.

»Ich kenne diesen Namen irgendwoher … ach ja, dieser Mann hat mich mehrmals angerufen und mir geschrieben. Er wollte mit mir über Edgar Allan Poes Einfluss auf Aleister Crowley und den modernen Satanismus reden. Absurd! Ich habe ihm höflich mitgeteilt, dass ich das Ganze für ziemlichen Unsinn hielte, woraufhin ich einen frechen Antwortbrief bekam. Das war zum Glück das Letzte, was ich von ihm gehört habe.« Blessing schauderte. »Diese extremen Fanatiker haben etwas Unangenehmes an sich.«

»Wie meinen Sie das?«

»Diese Leute wirken auf mich einfach unheimlich. Seien Sie bitte vorsichtig, wenn Sie sich mit ihnen treffen. Es ist ja nichts dagegen zu sagen, dass man mit ihnen Geschäfte macht, aber es gibt sehr merkwürdige Typen unter ihnen. Zum Glück kümmert sich meine Sekretärin um meine Korrespondenz, deshalb habe ich wenig mit diesen Herrschaften zu tun. Trotzdem – ich würde diesem Baxter Brittle an Ihrer Stelle mit Vorsicht begegnen, Donald.«

Marquette zuckte mit den Achseln. »Das Ganze interessiert mich ja auch nur am Rande. Schließlich bin ich nicht wegen Tome Press hierher nach Baltimore gekommen.«

»Nein, natürlich nicht«, bekräftigte Blessing. »Aber kommen Sie, ich möchte Ihnen mein *Sanctum sanctorum* zeigen. Dafür reicht die Zeit vor dem Mittagessen gerade noch.«

»Ihr Arbeitszimmer?«

»Jawohl! Ich meine mich zu erinnern, dass Sie in einem Brief erwähnt haben, es gerne einmal sehen zu dürfen.«

»Allerdings. Ich glaube ... nun, ich bin sicher, es wird mich inspirieren.«

»Vielen Dank für die Blumen, aber ich wünschte viel mehr, es würde *mich* mehr inspirieren.«

Blessing lachte und ging voran. Er hatte die Ausgabe von *The Tome* auf dem Schreibtisch liegen lassen. Donald Marquette nahm sie zur Hand. Er spürte ein Gefühl der Dankbarkeit für diesen großzügigen und schriftstellerisch höchst talentierten Mann. Gleichzeitig stieg jedoch ein merkwürdiger Zorn in ihm auf.

Du besserwisserischer Bastard!, sagte eine Stimme, die tief aus seinem Inneren zu ihm sprach. *Ich werde nur das tun, was ich für richtig halte und ich werde mich treffen, mit wem ich will!*

Er schob das Magazin ordentlich an seinen Platz zurück und folgte seinem Mentor.

8

Die Stunde des alten Mannes war gekommen. Mit einem wilden Schrei riss ich die Laterne auf und drang ein in das Zimmer. Er tat einen Schrei – es war sein letzter.

Edgar Allan Poe, *Das verräterische Herz*

Hoch über den schlafenden Häusern zog die Krähe ihre Kreise.

Wolken verschleierten den Halbmond, während die Dunkelheit durch jeden Winkel der Straßen von Baltimore kroch, so als besäße sie flüssige Finger, die alles auslöschten, was sie berührten.

Der Vogel blinzelte mit seinen schwarzbraunen und zugleich rot gefleckten Augen. Kaum unterscheidbar vom Himmel, mit dem er eins zu sein schien, kreiste und flatterte der Bote des Schicksals auf der Suche nach der geeigneten Landestelle.

Dort unten bewegte sich etwas.

Der Wind zerrte an ihren Federn, als die Krähe in die Tiefe abtauchte. Schließlich ließ sie sich auf dem Dach einer alten, halb zerfallenen Kirche nieder. Überall stank es nach Taubenmist, doch schenkte die Krähe diesem Umstand keine Beachtung. Stattdessen reckte sie ihren Kopf vor und konzentrierte sich mit geschärften Sinnen auf das Geschehen.

Dort.

Gestalten, die sich kaum von den Schatten ringsherum abhoben.

Wie eine jener hässlichen Kreaturen, die von alten Kirchenportalen herunterstarren, beugte sich die Krähe hinab und verfolgte den Weg der wankenden und torkelnden Gestalten. Eine leere Bierdose schepperte zu Boden, und das Gelächter der Betrunkenen brach sich an den zerborstenen Fenstern der Kirche.

Einen Augenblick lang riss die Wolkendecke auf, und ein silbern glänzender Strahl des Mondlichtes erfasste die Krähe, die vor Schreck ein lautes Krächzen ausstieß.

»Hey!«, grölte eine Stimme. »Was, zum Teufel, ist denn das?«

»Ein böses Omen.«

Ein Pfiff ertönte. Dann polterte eine leere Dose gegen das verrostete Gitter, auf dem die Krähe hockte. Ihr aus uralter Vorzeit gespeister Instinkt siegte über das Pflichtbewusstsein, die unbestimmte Mission weiter durchführen zu müssen. Deshalb breitete der Vogel erneut seine großen Schwingen aus und erhob sich in die Lüfte, um sich in Sicherheit zu bringen. Immer höher stieg der Reisende zwischen den Welten und verschwand schließlich zwischen den Sternen.

Vorerst.

»Verfluchtes Himmelsungeziefer!«, knurrte Mick Prince und fuhr mit seinen behandschuhten Händen über den Mantel, um jeden Schmutzrest, der möglicherweise an ihnen haftete, zu beseitigen.

Kichernd sah Baxter Brittle mit verschleiertem Blick dem Vogel nach, als dieser sich angesichts der drohenden Gefahr in die Höhe katapultierte. Vor dem Hintergrund des hellen Mondlichts deutlich sichtbar, schwebte eine einzelne Feder der Krähe zu Boden. Währenddessen polterte die leere Dose herab auf das Kopfsteinpflaster und kam vor Graf Mishkas Füßen zu liegen.

»Kommt, wir spielen 'ne Runde Fußball!«, rief die ganz in schwarzes Leder gekleidete Gestalt, deren Augen ebenfalls schwarz geschminkt waren und deren schmales Gesicht von langen Haarsträhnen verdeckt wurde. Er trat gegen die Dose.

»Hey, pass doch auf!«, schimpfte der Marquis de la Cinque, als er die leere Büchse gegen den rechten Arm bekam.

Doch Graf Mishka hob sein blasses Gesicht zum Mond empor und stieß nur ein wildes Lachen aus. Dieser Ausbruch schien ihn allerdings seine letzten Kraftreserven gekostet zu haben, denn er sackte plötzlich in sich zusammen und musste sich an der Kirchenwand festhalten, um nicht zu Boden zu fallen.

Der verdammte Bastard ist noch durchgeknallter, als ich es bin, dachte Baxter Brittle.

»War doch nur 'ne Krähe!«, lallte er, nachdem er den Vogel, der von der Dunkelheit verschluckt worden war, aus den Augen verloren hatte. »Was ist so schlimm daran?«

Zu einer Statue erstarrt, stand Mick Prince auf der Straße, die zu Fäusten geballten Hände vor der Brust, als hätte er die Grundstellung für eine martialische Kampfsportübung eingenommen.

Ein Windzug fuhr unter seinen langen Mantel, der sich aufblähte wie das Segel eines altertümlichen Phantomschiffes.

»Ich verabscheue Krähen!«, stieß er zwischen seinen zusammengepressten Zähnen hervor.

Die Intensität, die in jeder Geste und jedem Wort dieses Mannes lag, war wirklich atemberaubend, dachte Baxter Brittle, der die Wirkung der Drogen immer stärker spürte. Sein Gehirn schien die Größe eines Heißluftballons angenommen zu haben und sanft nach oben in den Himmel zu entschweben, um von dort oben auf diesen einzigen Witz herabzublicken, der sich Erde nannte.

Sachte, sachte!, sagte Brittle zu sich selbst. *Nicht so schnell, sonst wirst du noch von einem Stern aufgespießt.*

»Ich wünschte, ich hätte meine Kanone bei mir«, ließ sich Mick Prince vernehmen. »Dann hätte ich das Mistvieh von dem verdammten Dach heruntergepustet.« Er spie die Worte aus, als handele es sich dabei um rohe Fleischfetzen.

Die Ruhe, die dieser Mann ausstrahlte, war reines Entzücken. Seine Gegenwart eine Erlösung, dachte Brittle. Mit einem Mal spürte er, dass die Wirkung der Drogen wie eine Welle über ihn hinwegschwappte.

Immer höher und höher wurde sein Bewusstsein gerissen, hinein in einen Strudel ungeahnten Erkennens. Brittle hatte das Gefühl, auf den Schwingen der Krähe immer weiter emporgetragen zu werden, über die Planeten des Sonnensystems und alle Sternbilder hinaus hin zu den Toren, hinter denen Olymp und Walhalla zu finden waren, immer weiter hinauf, vorbei an den Schwindel erregenden Vorhöfen des Kosmos …

Begleitet wurde die rasende Fahrt von dem lieblichen Geruch nach verfaulenden Orangenschalen und abgestandenem Whiskey sowie von dem hämmernden Rhythmus zwanzig Zentimeter langer Nägel, die in seinen Schädel gehämmert wurden.

Brittle schmeckte Blut in seinem Mund; ob es sich dabei um die Folge eines irrsinnigen Genusses oder Schmerzes handelte, war nicht zu unterscheiden. Aber das Gefühl war einfach einzigartig.

Sein Herz schlug wie rasend, und wie die Krähe schwebte er in einer Schwindel erregenden Höhe, emporgeschossen von einem Ecstasy-Morphium-Cognac-Cocktail, den er sich zusammen mit den anderen einverleibt hatte.

Sein Blick glitt über die anderen umherziehenden Rächer der Schwarzen Dämonen, die morgens gegen halb vier die Straßen Baltimores unsicher machten, in denen die erste herbstliche Kühle zu spüren war. Angeführt wurden sie von Mick Prince, dem Erzdiakon selbst. Und obwohl Brittle quasi neben sich selbst stand, hatte er in diesem Augenblick jedes Detail der vergangenen Monate vor Augen und konnte die kristalline Klarheit erkennen, die durch die Adern der Nacht strömte.

Was für ein Geist!

Was für einen finsteren und machtvollen Geist hatte Mick Prince, dieser edle Gefolgsmann!

Er war ein Mann, auf dessen Wort man bauen konnte. Das hatte er bewiesen, als er die Leiche des Mädchens auf Nimmerwiedersehen hatte verschwinden lassen. Brittle wusste, dass er sich in der Hinsicht völlig auf Prince verlassen konnte. Noch Wochen nach dem Vorfall hatte Brittle in den Zeitungen nach einem Hinweis auf die Tote gesucht, war jedoch nicht einmal auf die kleinste Notiz gestoßen. Der Barbesitzer war also ein freier Mann, dem allem Anschein nach keinerlei Gefahr durch die Polizei drohte. Nach wie vor seltsam war jedoch, dass Brittle sich keinen Reim darauf machen konnte, wie das Mädchen in jener Nacht getötet worden war.

Auf jeden Fall war Mick Prince ein Geschenk der Götter gewesen, auch wenn Baxter Brittle sich nicht sicher war, welcher Gott der Finsternis ihm diesen Mann gesandt hatte. Aber das interessierte ihn ehrlich gesagt auch nicht. Mit einem Schlag wurde seine Bar mit den besten Drogen versorgt, die man für Geld bekommen konnte, und die Geschäfte liefen plötzlich so hervorragend, dass er mehrere neue Leute einstellen musste. Jetzt konnte Brittle sich sogar einen Manager leisten, sodass er selbst sich nun ganz und gar seiner Tätigkeit als Autor, Herausgeber und Publizist widmen konnte. Seinem Verlag ging es so gut wie nie zuvor. Das erste neue Buch, das er veröffentlicht hatte, war Mick Prince' *Der Hass in deinen Augen, Baby* gewesen: eine Sammlung jener Erzählungen und Gedichte, die Brittle zuvor kurzsichtigerweise abgelehnt hatte. Nicht nur, dass Prince die Druckkosten selbst vorgeschossen hatte, mittlerweile war sogar die limitierte Erstauflage – eine von T. M. Caldwell illustrierte Luxusausgabe – völlig vergriffen; auch die normale Taschenbuchversion verkaufte sich ganz gut. Gewiss würde das Buch kein breites Massenpublikum erreichen und ein Bestseller werden, aber damit hatte Baxter Brittle auch niemals gerechnet.

Inzwischen hatte Mick Prince mit *Kopf-ab-Nation* seinen ersten Roman beendet, der als Taschenbuch veröffentlicht werden sollte. Brittle hatte deswegen bereits mit der Vereinigung der Ostküsten-Verleger verhandelt. Mit den zu erwartenden Einnahmen würde es sich Brittle demnächst leisten können, auch anspruchsvollere Romane verlegen zu können.

Nachdem Tome Press nun über ein richtiges Verlagsprogramm verfügte, hatten sich die unabhängigen Buchläden auch wesentlich interessierter gezeigt, die Titel in ihren Bestand aufgenommen und sogar pünktlich bezahlt. Brittle hatte auch großen Wert darauf gelegt, dass die von ihm herausgegebenen Bände bei den großen Händlerketten im Internet-Versandhandel zu bekommen waren. Seither wurden die Bücher zum Teil sogar rezensiert und in studentischen oder alternativen Magazinen vorangekündigt.

Von all diesen Aktivitäten abgesehen, konnte Baxter Brittle sich nun voll und ganz seiner Lieblingsbeschäftigung widmen: orgiastische Partys feiern, und zwar auf Teufel komm raus!

Heiliger Strohsack, was hatten sie für Nächte in Brittles Keller verbracht, und zwar ohne sich den Kopf über irgendwelche toten jungen Ausreißerinnen zerbrechen zu müssen. Stattdessen vergnügten sie sich jetzt mit einer ganzen Reihe von anderen irrwitzigen Beschäftigungen. Vor allem Mick Prince hatte neuartige Rituale eingeführt, die nicht nur höchst seltsam waren, sondern zugleich auch eine ziemliche Sauerei. Anfangs war es ihnen schwer gefallen, sich mit der ganzen Geschichte anzufreunden. Zuerst waren deshalb auch nur ein paar Hühner dabei draufgegangen, dann Kaninchen, ab und zu ein Schwein, schließlich Ziegen und Schafe. Es hatte zwar hier und da ein paar kleinere Zwischenfälle gegeben, doch was immer Mick Prince auch vor sich her murmeln mochte, wenn er gerade ein Vieh tötete und zerteilte, sie, die Engel der Finsternis, sie alle waren jedenfalls stets bis über beide Ohren zugedröhnt und genossen den Erfolg des Verlages, den Gewinn mit der Bar und das Leben überhaupt.

Als er damals völlig verkatert das tote Mädchen gefunden hatte, war Baxter Brittle auf dem Tiefpunkt angelangt gewesen. (Und um was für eine Verschwendung hatte es sich bei dem jungen Ding gehandelt! Wie gut hätte man mit ihr noch seinen Spaß haben können!) Doch jetzt, gerade in diesem Augenblick, befand er sich kurz vor dem Höhepunkt seines atemberaubenden Aufstiegs.

»Baxter!«, knurrte Mick Prince.

Noch immer auf seinem Ausflug zu den Sternen und in Gedanken nicht auf dieser Welt, gelang es Brittle nur mit Mühe, wieder in irdische Gefilde herabzusteigen und sein grenzenloses Bewusstsein in die Enge seines Schädels einzuzwängen.

»Hhm?«

Er wandte sich Mick Prince zu und versuchte blinzelnd, seine Augen auf ihn zu fokussieren. Der Anblick seines Gesichts war allerdings Furcht einflößend. Die Augen waren hervorgequollen, die Venen zeichneten sich pulsierend an beiden Schläfen ab, die Nackenmuskulatur wirkte verkrampft, und er knirschte laut vernehmlich mit den Zähnen. Dann schnellte ohne Vorwarnung seine rechte Hand vor und krallte sich in Brittles Hemd, um ihn näher zu sich und zu dem Gestank nach Knoblauch und französischen Zigaretten heranzuziehen.

»Ich kann seine Nähe spüren«, rief er aus. »Baxter, ich kann seine Nähe spüren.«

Selbst in dem blassen Mondlicht konnte Brittle sehen, dass Mick Prince' Augen blutunterlaufen waren.

»Der Erzfeind, Mick?«, kreischte Graf Mishka.

»Ich weiß, dass er da ist. Er will meine Seele verschlingen. Doch ich werde schneller sein und ihm sein verdammtes Herz herausreißen. Mit meinen Zähnen werde ich es zermalmen und in den Dreck spucken, denn ich muss sicher sein, dass sein Geist vernichtet wird und in das Nichts aus der Vorzeit der Schöpfung versinkt.«

Mit einem Mal erinnerte sich Brittle.

Ach ja. Das war ja der Grund gewesen, warum sie mitten in der Nacht in die Stadt hinausgezogen waren. Nachdem sie zuvor zu den dröhnenden Klängen von Usherhouse und Sleep Chamber stundenlang Alkohol und Drogen in sich hineingeschüttet hatten, war Mick Prince plötzlich aufgesprungen.

»Er ist dort draußen!«, hatte er gebrüllt. Er, der *Andere*. Der Erzfeind. Der Anti-Mick.

Mochte es sich dabei nur um reine Einbildung gehandelt haben oder nicht, jedenfalls hatte Prince einen ziemlich mitgenommenen Eindruck gemacht. Er fühlte sich offensichtlich verfolgt und schwor, dem anderen zuvorzukommen. Baxter Brittle hatte zwar seit jeher an die prophetische Bedeutung von Wahnvorstellungen geglaubt (schon damals, als er ein schlechtes Gefühl gehabt und seinen Eltern vor der verhängnisvollen Fahrt gesagt hatte, dass sie sich dringend neue Reifen besorgen müssten), doch Mick Prince schien wirklich in Gefahr zu schweben, durch seine Paranoia eines Tages den Verstand zu verlieren.

»Das ist der eigentliche Grund, warum ich hierher zu

euch gekommen bin«, hatte er einmal mit weit aufgerissenen Augen zugegeben. »Ich habe seine Nähe mein ganzes Leben über gespürt und bin immer schon vor ihm fortgelaufen. Ich weiß nicht, wer oder was er ist. Ich weiß nur, dass ich es leid bin, länger vor ihm zu fliehen. Deshalb werde ich mich dem Bastard stellen und reinen Tisch machen. Endlich werde ich über meinen eigenen Schatten springen und meinem Schicksal entgegentreten. Verstehst du das, Baxter? Und du wirst mir dabei helfen. Das verstehst du doch?«

Natürlich verstand Brittle. Er verstand nur zu gut, dass alles bestens lief, solange Mick Prince gut drauf war. Doch wenn Prince von seinen Visionen heimgesucht wurde, war mit ihm nicht gut Kirschen essen. Als er daher vorgeschlagen hatte, eine kleine Jagd durch die nächtliche Stadt zu veranstalten, um seinen von Drogen vernebelten Albträumen hinterherzuhetzen, hatte Baxter Brittle es für das Beste gehalten, ihm seinen Willen zu lassen und ihm zu folgen.

»Dort!«, stieß Mick Prince hervor und deutete mit dem Finger über die Straße hinweg. »Dort neben der Ruine! Ich spüre seine Nähe. Folgt mir, ihr schwarzen Ritter. Vorwärts!«

Sein großer schwarzer Mantel bauschte sich auf, und mit einem Satz stürmte er los.

Wie die anderen folgte auch Brittle dem Davoneilenden nach, in der Hoffnung, dass er nicht allzu viel Unheil anrichten würde. Zu allem Übel spürte Brittle, wie er langsam, aber sicher von seinem Höhenflug zur Landung ansetzte und von grässlichen Kopfschmerzen heimgesucht wurde. Besonders schlimm daran war, dass er wegen des überstürzten Aufbruchs nicht mit den notwendigen Medikamenten ausgestattet war, um den vorhersehbar unsanften Aufprall zu dämpfen.

Na ja, bringen wir die Sache lieber schnell zu Ende, dachte er. *Und dann rasch zurück zur Opiumpfeife.*

Mit geradezu unglaublichem Tempo hatte Mick Prince die Straße überquert und schlich nun mit steifen Schritten an einer Ziegelmauer entlang, selbst nur ein Schatten in der Finsternis.

Keuchend und schnaufend erreichte Brittle mit den anderen das verfallene Gebäude und starrte in das Dunkel. Plötzlich hatte er das Gefühl, als krieche eine fette Spinne sein Rückgrat entlang. Irgendetwas stimmte hier nicht – und zwar ganz und gar nicht.

»Hierher!«, schrie Mick Prince' verblüfft klingende Stimme. »Kommt alle hierher!«

Ein Rascheln und Schaben von Kartons war zu hören.

»Da bist du ja!« Prince' Stimme klang nun hart und brüchig wie zersprungenes Glas. »Endlich habe ich dich gefunden!«

Eine elektrische Taschenlampe flackerte auf. Ihr Lichtkegel tastete sich durch die Finsternis und verharrte plötzlich an einer Stelle. Daraufhin ertönte ein unwilliges Gebrabbel, dem das Scheppern von Flaschen und Dosen folgte. Schließlich meldete sich eine verschlafene Stimme zu Wort, die unter einem Haufen von Lumpen vergraben war.

»Hey, was soll das? Ich will hier doch nur ein bisschen pennen. Also schert euch zum Teufel und lasst mich gefälligst in Ruhe!«

»Pennen?«, schrie Mick Prince mit sich überschlagender Stimme. »Du hast mich lange genug an der Nase herumgeführt, du mieses Schwein! Doch jetzt werde ich dich in den Hades zurückschicken, denn dort gehörst du hin!«

Brittle und die anderen waren jetzt nahe genug, um die Lage überblicken zu können. Mick Prince hielt seine Taschenlampe auf den Treffpunkt zweier Grundmauern gerichtet, an dem mehrere größere Kartons standen. Zwischen Bündeln von Lumpen und alten Zeitungen wälzte sich ein Obdachloser, der mit seinem langen Mantel und dem struppigen Bart wie tausend andere Vagabunden aussah, die Baxter Brittle zuvor gesehen hatte. Herr im Himmel, warum konnten diese Penner nicht einfach alle auf den Mond geschossen werden, wo sie hingehörten?

»Wovon, zum Teufel, reden Sie eigentlich …?«, fragte der übel riechende und offensichtlich unter Rheuma leidende Mann. Nur mit Mühe kam er auf die Beine, wobei er gegen eine leere Schnapsflasche stieß.

»Mick!«, rief Brittle. »Das ist doch nur ein harmloser Stadtstreicher.«

Doch es war bereits zu spät.

Mick Prince machte einen Schritt nach vorn und trat zu.

Die Spitzen seiner wadenhohen Stiefel waren mit Metallkappen verstärkt, die im Lichtschein der Taschenlampe glänzten. Man hörte ein widerlich dumpfes Geräusch.

Der Stadtstreicher schnappte krampfhaft nach Luft, würgte und spie seinen Mageninhalt auf den mit Unrat übersäten Boden. Wein und Erbrochenes mischten sich mit verrottenden Brotresten – und mit Blut.

In Brittles Kopf ging eine Alarmsirene an. Er trat näher an Prince heran und legte eine Hand auf dessen Arm, um ihn zurückzuhalten.

»Hey, hör mal, Mick. Nur ruhig Blut!«

Doch Prince stieß ihn zurück und deutete auf den sich am Boden wälzenden Mann.

»Siehst du. Er hat versucht, sein Gift auf mich zu spucken. Du darfst niemals die heimtückischen Tricks des Bösen unterschätzen. Und jetzt musst du mir dabei helfen, *meinen* Feind zu beseitigen. Halt mal!«

Er drückte Brittle die Taschenlampe in die Hand. Dann zog er aus einer der Taschen seines Mantels einen Gegenstand, der den zitternden Lichtschein hart und unnachgiebig reflektierte. Es handelte sich um ein schwarzes Springmesser mit einer zwanzig Zentimeter langen Klinge.

»Fahr zur Hölle, du mieses Stück Dreck!«, knurrte Mick Prince.

Bevor Brittle etwas dagegen tun konnte, tauchte die Klinge tief in den Körper des Mannes ein. Dem Opfer gelang es noch, einen einzelnen Schrei auszustoßen, bevor rote Fontänen aus seinem Hals und Leib sprudelten.

Mick Prince trat einen Schritt zurück. Blut tropfte von seinen Händen und dem Messer, während der Sterbende sich am Boden wand, röchelnd nach Luft schnappte und am ganzen Körper zitterte.

»Jetzt ist es an euch«, wandte Prince sich an die übrigen Gang-Mitglieder, »mir eure Loyalität zu beweisen. Also schickt diesen Mistkerl endgültig zur Hölle. Tretet ihn zusammen und zermalmt ihn unter euren Füßen, damit er endlich auf Nimmerwiedersehen verschwindet.«

»Mick … Mick …!«, begann Brittle. Alles um ihn herum drehte sich, und er war sich nicht sicher, ob das, was er gerade gesehen hatte, Realität oder nur ein Albtraum gewesen war. »Ich kann doch nicht …«

»Klar, warum nicht, Mick!«, stimmte Graf Mishka zu.

»Echt geile Idee!«, jubelte der Marquis.

Ohne zu zögern, traten sie auf den Kopf des am Boden Liegenden ein, doch Brittle war zu keiner Bewegung fähig. Er stand noch immer regungslos da, als sei er zu Eis erstarrt.

»Was ist denn los mit dir?«, fragte Prince. »Was, zum Teufel, hast du denn bloß?« Die Klinge des Springmessers wirbelte wild durch die Luft und bespritzte dabei auch Brittle mit Blut. »Nun komm schon, Baxter. Mach!«

Furcht umklammerte Brittles Gedärm. Er wollte am liebsten davonlaufen, um diesem Irrsinn zu entfliehen, doch er traute sich nicht, denn er wusste viel zu gut, dass Prince ihm im selben Augenblick das Messer in den Rücken stoßen würde. Er spürte schon beinahe, wie die Klinge in die Nervenbahnen seines Rückgrats eindrang …

Um ihm Platz zu machen, traten der Graf und der Marquis einen Schritt beiseite. Was blieb Brittle also anderes übrig? Er schaltete den Rest seines gesunden Menschenverstandes ab und befahl seinem Körper, gegen die Leiche zu treten. Das malträtierte, tote Fleisch gab widerliche glucksende Geräusche von sich.

»Hinab mit dir auf den tiefsten Grund der Schattenwelt«, knurrte er. »Auf dass du bald in Vergessenheit versinken mögest.«

Prince grunzte zufrieden. »Du Bastard!«, fluchte er erneut und spuckte auf die Leiche, trat danach zurück und holte ein paarmal tief Luft. »Frei! Endlich bin ich frei!«

Dann folgte Schweigen.

Ein bedrückendes Schweigen, das erst gebrochen wurde, als im Hintergrund Flügelschlagen zu hören war.

»Gib mir die Lampe zurück!«, verlangte Mick Prince.

Brittle tat, wie von ihm verlangt, woraufhin Prince den blutigen Fleischklumpen auf dem Boden beleuchtete und plötzlich stöhnte.

»Er hat uns reingelegt«, sagte er schließlich. »Dieser Bastard hat uns wirklich reingelegt.«

»Wie?«

Prince zuckte mit den Achseln. »Ich habe ihn nicht erwischt«, gestand Prince. »Nicht den Erzfeind.« Er fuhr mit einer ungestümen Gebärde durch die Luft. »Aber irgendwann werde ich dich kriegen, du Bastard.« Er wandte sich unvermittelt zum Gehen. »Kommt jetzt. Ich brauche dringend etwas zu trinken.«

Er fuhr herum und eilte davon. Kichernd folgten ihm der Graf und der Marquis auf dem Fuße. Obwohl er zögerte, blieb Baxter Brittle nichts anderes übrig, als den anderen ebenfalls zu folgen. Dabei schien die Luft über ihm sanft von ein paar mächtigen Schwingen bewegt zu werden, aber er traute sich nicht, hinauf in den nächtlichen Himmel zu starren.

9

Ich trug allein
Die Last der Pein.

Edgar Allan Poe, *Eulalie*

… Schwingen schlagen sanft im nächtlichen Himmel …

Weit entfernt von der verfallenen Kirche fliegt die Krähe zum Hafen hinüber, wo die Positionslichter der Boote durch den aufziehenden Nebel hindurchschimmern. Immer dichter werden die nach dem Meer und nach totem Fisch riechenden Schwaden.

… Schwingen schlagen sanft im lichten Himmel des Tages …

Auf dem Weg zu ihrem nächsten Bestimmungsort kreist die Krähe durch das Sonnenlicht langsam herab, lässt sich dann auf dem Schornstein eines Daches nieder. In der Luft liegt der Geruch nach Teer.

Der Vogel verfolgt, wie der Mann namens Marquette die Cork'd Sailor-Bar betritt. Blinzelnd harrt die Krähe als einsamer Wächter auf ihrem Posten aus, als die Sonne längst wieder untergegangen ist und die Sterne aufgezogen sind. Der Verkehrslärm bricht sich in den Straßen und schallt zu ihr herauf, vermischt mit Musik sowie lauter und leiser werdendem Lachen.

Erst tief in der Nacht, nachdem der Vollmond seinen höchsten Punkt erreicht hat, verlässt der Schriftsteller namens Marquette die Bar wieder. Er trägt ein paar Bücher unter dem Arm …

… wiegen stets so leicht …

Krächzend schwingt sich die Krähe auf und nimmt Kurs auf das Reich zwischen den Sternen.

… Schwingen schlagen sanft im sommerlichen Himmel …

Der schwarze Vogel taucht in die Tiefe, fliegt am Washington-Monument und der John-Hopkins-Universität vorbei und lässt den Geruch nach Hotdogs und Salzbrezeln ebenso hinter sich wie das Rauschen der Eichenblätter.

Er landet auf dem Dach einer prächtigen Stadtvilla und späht hinunter auf einen Balkon. Dort sitzen sich Donald Marquette und Amy Blessing an einem Tisch gegenüber, essen Salat und trinken Wein. Beide unterhalten sich einen Augenblick lang angeregt miteinander. Dann lacht die junge Frau und berührt die Hand des jungen Schriftstellers. Dieser tätschelt ihre Hand, lächelt und gibt sie dann frei.

Wieder hebt sich die Krähe in die Lüfte, hin zu den Wolken, und fliegt weiter, immer weiter …

… Schwingen schlagen sanft im herbstlichen Himmel …

Die altehrwürdigen und massiven Gebäude der Universität heben sich deutlich von den bunten Herbstblättern ab. Eine kühle Brise trägt die Krähe, als sie zu dem Gehweg hinabgleitet.

Dort geht gerade Professor Blessing entlang. Er trägt einen warmen Wollpullover, raucht Pfeife und hat eine große Aktentasche unter dem Arm.

Als die Krähe sich auf einer Parkbank niederlässt und den Professor mit durchdringendem Blick anstarrt, bleibt er verwundert stehen und betrachtet den Vogel.

»Du schon wieder?«

Die Krähe erwidert nichts.

»Du bist doch die Krähe, die seit dem Frühjahr immer in der Nähe meines Hauses herumhängt, stimmt's?«

Wieder keine Reaktion.

»Na ja, wenigstens bin ich froh, dass du kein Rabe bist«, lacht Blessing und schüttelt den Kopf. Er holt ein halb aufgegessenes Käsebrot aus der Tasche, woraufhin der Vogel neugierig seinen Kopf vorreckt.

»Schon gut, schon gut. Ich weiß, dass ich ein paar schlechte Angewohnheiten habe. Aber vielleicht können wir ja ein Geschäft machen. Wenn du meiner Frau nichts verrätst, überlasse ich dir den Rest meines Frühstücks. Einverstanden?«

Er wirft das Brot auf den Rasen neben der Bank.

Zuerst beäugt die Krähe das Mahl misstrauisch, doch dann hüpft sie von der Bank herunter und lässt es sich schmecken.

»Wenn ich abergläubisch wäre, dann würde ich jetzt glauben, dass du mir irgendetwas mitteilen willst«, sagt Blessing. »Weißt du eigentlich, dass du in der Mythologie als Symbol eine große Rolle spielst?« Er verschränkte die Arme vor der Brust. »Auf jeden Fall scheinst du mich nicht töten zu wollen. Wenn das dein Ziel wäre, dann hättest du mir damals auf dem Dach nur in die Hände hacken müssen und ich wäre in die Tiefe gestürzt. Aber hast du mir nicht vielleicht doch etwas zu sagen?«

Doch der Vogel setzt sein Mahl ungerührt fort, wobei er den Professor allerdings nicht aus den Augen lässt.

Noch ist die Stunde nicht gekommen.

»Na schön, mein gefiederter Freund. Dann wünsche ich dir noch einen schönen Tag. Möge dein Leben so schön und erfüllt sein wie das meinige.«

Lachend wendet Blessing sich zum Gehen und setzt pfeifend seinen Weg nach Hause fort.

Die Krähe pickt noch weiter an dem Brot, bis der Professor um die Ecke verschwunden ist. Dann jedoch spreizt sie die Flügel, steigt flatternd auf und fliegt zwischen den viktorianischen Türmen des Universitätskomplexes hindurch.

... Schwingen schlagen sanft im winterlichen Himmel ...

Über einen verschneiten Januartag ist die Dämmerung hereingebrochen. Im Licht der Straßenlaternen glitzern Eiskristalle. Und der Geruch von gerösteten Kastanien steigt von diversen Verkaufsständen auf.

Wieder fliegt die Krähe zu der Stadtvilla, durch deren Fenster warmes Licht schimmert. Auf einem Fenstersims lässt sich der schwarze Vogel nieder und blickt in das dahinter liegende Zimmer. In dem großen Büro befinden sich drei Leute: Professor Blessing, Donald Marquette und Amy Blessing. Die drei unterhalten sich.

Und die Krähe verfolgt aufmerksam das Geschehen.

... Schwingen schlagen sanft in einem fernen, fremden Himmel ...

Bald.

Bald.

10

Wandrer, die das Tal durchziehn,
Jetzt nur Ungeheuer sehen,
Die zu grausen Melodien
Sich in tollen Tänzen drehen,
Während aus des Schlosses Tor,
Mit Gelächter, ungehemmt,
Herrast der Dämonen Chor –
Ihnen ist das Lächeln fremd.

Edgar Allan Poe, *Das verwünschte Schloss*

Die Faust landete mitten im Gesicht des Mannes.

Mick Prince konnte hören, wie mehrere Zähne herausbrachen. Speichel und Blut spritzten aus dem zerschmetterten Mund, bevor der Kopf des Mannes unter der Wucht des Schlages nach hinten flog. Der Stuhl, an den das Opfer gefesselt war, ächzte unter der Last und kippte schließlich krachend zu Boden. Prince vernahm das wimmernde Stöhnen des Mannes, roch dessen Angstschweiß und spürte geradezu körperlich Furcht und Schmerz des Misshandelten. Erregt durch diese Wahrnehmungen, blähte Prince die Nasenflügel auf.

Sein Hauptaugenmerk ruhte allerdings auf etwas anderem: auf dem Mann mit dem Schlagring. Irgendetwas an ihm …

Ein Farbiger, der einen italienischen Anzug trug, hob seine rechte Hand. Der Schlagring-Experte trat daraufhin einen Schritt zur Seite, damit der Maßanzug sich zu dem Misshandelten vorbeugen konnte, allerdings sorgsam darauf bedacht, sich nicht mit dessen Blut zu besudeln.

»Mein Freund! Du hast also auf eigene Rechnung Geschäfte gemacht, stimmt's?«

Die Szene ereignete sich im Schutz der Nacht in einem leer stehenden Lagerhaus. Während aus einem Ghettoblaster Westcoast-Gangsta-Rap dröhnte, ließ Mick Prince seinen Blick über die weiteren fünf Gang-Mitglieder wandern, die als Zuschauer dem Geschehen folgten. Zuerst hatte Prince sich noch gefragt, warum er hierher gebracht worden war, jetzt war ihm alles klar.

Die vor Schmerzen und Panik aufgerissenen Augen des Mannes quollen aus dem Schädel. Sein Gesicht begann bereits anzuschwellen. »Das ist doch gar nicht wahr, Cobra! Das ist doch blanker Unsinn!«

»Wirklich?«

Der elegante Farbige, der kurz geschnittene Haare hatte, trat an einen Tisch, der im Hintergrund aufgestellt war. Er nahm eine große Flasche Cobra-Malz-Likör aus dem mit Eis bestückten Kühler und füllte zwei langstielige Weingläser mit dem bernsteinfarbenen Getränk. Eines davon reichte er Mick Prince, der das Gesöff zwar hasste, aber ohne Widerspruch von dem Maßanzug entgegennahm. Wenn man mit jemandem Geschäfte machen wollte, dann musste man notgedrungen auch seine Drinks ertragen.

»Glaubst du, du kannst mich verarschen, du Wichser? Ich weiß, das Geld ist an allem Schuld. Geld verdirbt nun mal den Charakter und lässt einen Mann schon mal vergessen, für wen er eigentlich arbeitet.«

»Das habe ich nicht vergessen, Bruder«, winselte der

Gefesselte, dessen Stuhl wieder aufgerichtet worden war. »Mann, ich würde dich doch nie betrügen. Weißt du eigentlich, wie lange wir schon zusammenarbeiten?«

»Allerdings. Schon eine ganz schön lange Zeit. Deshalb werde ich dich auch nicht töten.«

Der Mann mit dem zerschlagenen Gesicht heulte auf, ob vor Schmerz oder Erleichterung war nicht zu sagen.

»Ich will dir nur ein wenig Feuer unter dem Arsch machen«, fuhr der Maßanzug fort und blickte zu einem hünenhaften Kleiderschrank hinüber. »Theodore, lass ihn noch ein bisschen Metall schmecken!« Dann wandte er sich mit nonchalanter Geste ab und nippte an seinem Glas.

Theodore trat vor.

Mick Prince schätzte ihn auf Ende zwanzig, Anfang dreißig. Das Gesicht des Mannes ließ ihn allerdings älter erscheinen, als er war. Es verriet, dass er eine harte Schule hinter sich hatte. Nach Mick Prince' Einschätzung konnte Theodore sehr gut ein ehemaliger Marineinfanterist sein. Die schwarzen Chinos und das Strickhemd passten zu seiner sportlichen Figur, an der vor allem die schmale Taille, der Bodybuilder-Oberkörper und die stahlharte Oberarmmuskulatur auffielen.

Wahrscheinlich hat er im Gefängnis jeden Tag dafür trainiert, dachte Prince.

Doch Theodore war nicht nur ein wandelndes Muskelpaket. Seine grimmig dreinschauenden Augen verrieten zum einen Intelligenz und zum anderen, dass der erfahrene Profi keinesfalls ein primitives Vergnügen an seinem Tun verspürte.

Er holte mit der Faust, über die er den Schlagring gestülpt hatte, kurz aus und rammte sie dem sitzenden Opfer in die Magengrube.

Der Getroffene klappte zusammen wie ein Taschenmesser. Dann spuckte er Blut und rang keuchend nach Atem, während Theodore erneut ausholte und diesmal offensichtlich die noch unversehrte Gesichtshälfte des Gefesselten anvisierte.

»Aufhören!«, schrie der Mann. »Ich habe genug. Ja, ich habe ein bisschen Stoff auf eigene Rechnung verkauft. Aber verdammt … ich habe es doch nur getan, weil DelRoy mich dazu angestiftet hat. DelRoy steckt hinter der ganzen Sache!«

»Fahr zur Hölle, du Mistkerl!«, fluchte einer der im Hintergrund stehenden jungen Männer, der Oversize-Klamotten und Tennisschuhe trug. Plötzlich hielt er einen Revolver in der Hand und trat einen Schritt zurück. »Von euch lasse ich mir nicht die Fresse polieren, also rührt euch nicht, sonst blase ich euch ein paar Löcher in den Pelz. Habt ihr verstanden?«

»Ich habe dich schon eine Weile in Verdacht gehabt, DelRoy«, sagte der Maßanzug leichthin. Er wirkte so ruhig, als gehörten solche Situationen zu seiner täglichen Routine. »Aber warum nur, DelRoy? Was ist der Grund dafür, dass du mich hintergehst?«

Mick Prince' Adrenalinspiegel schnellte in die Höhe. Zum Teufel, er hatte lediglich für die Schwarzen Dämonen ein paar Geschäfte mit den Homeboys machen wollen und war nun mitten in einen Familienkrieg hineingeraten.

»Weil du langsam durchdrehst, Cobra«, schrie DelRoy hektisch. »In letzter Zeit baust du einfach zu viel Scheiße. Du schleppst zum Beispiel einfach solche weißen Wichser an. Deshalb ziehe ich es vor, meinen schwarzen Arsch aus Baltimore zu entfernen. Vielleicht setze ich mich nach Miami ab. Aber ich will keinen Streit mit dir, Cobra. Lass mich einfach gehen, und ich werde keinem von euch ein Haar …«

Der Donnerhall des Schusses brach sich als vielfaches Echo an den Wänden des Lagerhauses.

In DelRoys Stirn klaffte plötzlich ein mächtiges Loch. Der hintere Teil seines Schädels bestand nur noch aus einem Gemisch von Knochen und blutiger Hirnmasse, über der eine feine rote Wolke schwebte, die langsam auf den Hallenboden herabrieselte. Aus DelRoys erstarrten Fingern polterte die Halbautomatik auf den harten, schmutzigen Untergrund. Erst dann sank der Farbige in sich zusammen.

Als Mick Prince überrascht herumfuhr, sah er die noch rauchende Coonan 357er Magnum in Theodores linker Hand.

»Das war gekonnt«, lobte Prince.

»Heiliger Himmel!«, lachte der Maßanzug gut gelaunt. »Du kostest mich zwar ein Heidengeld, Theodore, aber du bist wirklich jeden Cent wert.«

Er trat wieder an den Tisch und griff erneut nach der Flasche. »Was soll der Geiz«, rief er aus, warf sein Glas achtlos fort und setzte die Flasche direkt an die Lippen. Nachdem er sich eine ordentliche Portion gegönnt hatte, reichte er Prince den Rest.

»Vielen Dank, aber ich bin noch versorgt«, erwiderte dieser und deutete auf sein halb volles Glas.

Cobra zuckte mit den Achseln und nahm eine neue Flasche zur Hand. »Ich nehme an, Sie waren nicht unbedingt darauf gefasst, dass hier und heute jemand eine Waffe auf Sie richten würde? Vielleicht hat Sie die Sache ein bisschen nervös gemacht und ist Ihnen auf den Magen geschlagen?«

»Ich werde niemals nervös.«

»Ah, Sie sind also ein Mann ohne Nerven, wie? Ein zweiter Clint Eastwood?«

»Ich bin ein Mann ohne Namen.«

»Ich weiß. Das ist auch der Grund, warum ich in meine Patronen keine Namen einritze. Scheiße, ihr weißen Burschen müsst wohl immer durchblicken lassen, dass ihr mächtig was in der Hose habt, stimmt's? Welches Wort haben unsere lateinamerikanischen Brüder noch dafür? *Cojones? Huevos?*«

Er nahm einen großen Schluck und nickte dann den

anderen zu, die daraufhin ebenfalls an den Tisch traten und sich an den restlichen Flaschen bedienten.

»Also kommen wir langsam zur Sache, Mr. Eastwood. Was wollen Sie von mir?«

»Nichts als Frieden, Bruder – wie es in dem alten Song heißt. Ich habe mich gerade erst in Ihrer netten Stadt niedergelassen und denke zur Zeit nur über ein paar Möglichkeiten nach, wie wir alle ein bisschen mehr Geld verdienen könnten. Die Gruppe, mit der ich zusammenarbeite, ist nämlich im Augenblick dabei, gewaltig zu expandieren, zum Teil durch den Handel mit Drogen. Da ich gehört habe, dass Sie in Baltimore der entscheidende Mann in der Branche sind, wollte ich Ihnen einen Anstandsbesuch abstatten, um Ihnen meinen Respekt auszusprechen.«

»Das höre ich gerne. Aber was hat es mit der Gruppe auf sich, von der Sie sprechen?«

»Es handelt sich dabei um ein aufstrebendes Unternehmen aus der Unterhaltungsbranche, genauer gesagt um einen kleinen Verlag, der Magazine und Bücher herausgibt und im Begriff ist, auch in das Musik- und Filmgeschäft einzusteigen.«

»Habe ich richtig verstanden?« Cobra schüttelte ungläubig den Kopf. »Was für Magazine? Und was für Bücher? Doch wohl kaum Kinderkram, oder?«

Mick Prince musste sich wirklich zusammenreißen, um nicht laut loszulachen. »Keinesfalls«, erklärte er geduldig. »Es handelt sich um äußerst düstere Fantasy-Geschichten.«

»Um was?«

»Horrorgeschichten, wie Stephen King sie schreibt. Mit Monstern, Vampiren …«

»… und noch einer ganzen Menge mehr«, fügte Theodore hinzu, obwohl er nicht an dem Gespräch beteiligt war.

Prince wandte sich zu ihm um.

Der Hüne lächelte ihn an, wobei das Lächeln nicht recht zu dem Gesicht des imposanten Mannes passte.

»Sie wollen mich wohl auf den Arm nehmen«, grinste Cobra. »In Wirklichkeit verschachern Sie wahrscheinlich Pornos. Nun, wenn es das ist, könnte ich mir durchaus vorstellen, dass wir ins Geschäft kommen.«

Prince versuchte es noch einmal in aller Ruhe. »Auch wenn wir mit Dope handeln, meistens geht es dabei nur um relativ geringe Mengen, die wir uns in unserem Club und auf Partys gönnen. Der weitaus größte Teil unserer Geschäfte ist jedoch völlig legal und eröffnet die Möglichkeit, vergleichsweise große Geldmengen hin und her zu bewegen und auf diese Weise zu waschen, und zwar ohne dass das Finanzamt einem dabei auf die Schliche kommen kann. Außerdem wollen wir in einen äußerst interessanten und lukrativen Markt einsteigen: nämlich ins Showgeschäft.«

»Mit Horrorfilmen zu handeln kann ich mir ja noch vorstellen. Aber mit Büchern?« Cobra schüttelte erneut den Kopf. »Was soll dabei drin sein, Mann? Wie sollte man damit Geld machen können?«

»Ich verstehe Ihre Bedenken. Aber wie hat schon der gute Martin Luther King gesagt: ›Ich habe einen Traum‹. Ich sehe nämlich Gewinnmöglichkeiten, die noch niemand zuvor ernsthaft in Betracht gezogen hat.«

Mick Prince lächelte.

»Und das Beste daran ist, dass wir nicht mit der Waffe in der Hand offen auf der Straße arbeiten müssen, sondern ganz legal und ohne Gefahr.« Er tippte sich auf die Brust. »Bis auf meine Wenigkeit. Deshalb bin ich hier …«

»Hmm …!« Cobra zuckte mit den Achseln. »Das mit der Geldwäsche klingt interessant.« Er deutete auf den toten Verräter. »Sie sollten allerdings wissen, dass ich mich nicht gern an der Nase herumführen lasse.«

»Sonst wäre ich auch nicht zu Ihnen gekommen«, erklärte Prince grinsend.

»Okay, Clint. Versuchen wir es miteinander und besprechen die ganze Sache in Ruhe. Kommen Sie morgen zu mir. Und zwar – wie heißt doch das Stück von Thelonius Monk? – ›Gegen Mitternacht‹.

»Hey, Cobra!«, rief der nach wie vor an den Stuhl Gefesselte. »Jetzt ist doch alles wieder in Ordnung, nicht wahr?«

Der Angeredete hob nur einen Finger in Theodores Richtung. Der Hüne zog daraufhin den Schlagring ab, nahm die Waffe in die rechte Hand und feuerte.

Das Geschoss durchschlug nicht nur das Herz des Sitzenden, sondern auch die Lehne des Stuhls. Blut, Fleischfetzen und Holzsplitter wurden auf den Boden geschleudert.

»Ja«, sagte Cobra, »jetzt ist alles wieder in Ordnung, du miese Ratte.« Er wandte sich zu den anderen um, die ihn nervös anstarrten, voller Furcht, dass auch sie noch ihr Fett abbekommen würden. »Sieht fast so aus, als hätten wir einen kleinen Familienzwist hinter uns«, stellte Cobra fest und schnippte dann mit den Fingern. »Schafft mir diese Verräter aus den Augen und schmeißt sie irgendwo auf die Straße. Vielleicht schaffen sie es ja, die Schlagzeile in den Abendzeitungen abzugeben, damit ihre Mamas stolz auf sie sein können.«

Mick Prince verfolgte das ganze Treiben, ohne mit der Wimper zu zucken. Für ihn war es ausgesprochen spannend, das Geschehen nur als unbeteiligter Zuschauer zu verfolgen. Daran hatte er immer schon seinen Spaß gehabt.

Cobra klopfte ihm auf die Schulter. »Dann bis später, Clint.«

Er gab Theodore ein Zeichen, woraufhin dieser seine Waffe ins Holster schob und seinem Chef folgte. Als der Hüne an Prince vorbeikam, blieb er jedoch stehen.

»Horrorgeschichten, hm?«

»Ja.«

»Ich mag Horrorgeschichten. Auch Gruselfilme … oder Kriminalromane und dergleichen. Bei so etwas …« – er zuckte die Achseln – »… kann ich mich sehr gut entspannen.«

»Geht mir auch so.«

»Vielleicht können wir uns ja mal bei einem Drink darüber unterhalten«, schlug Theodore vor. »Nach dem Thelonius-Monk-Treffen.«

»Haben Sie Interesse an ein paar gebrauchten Taschenbüchern?«

»Sicher. Warum nicht.«

Mick Prince nickte lächelnd. »Es gibt nichts Besseres, um sich im Knast die Zeit zu vertreiben. Jedenfalls habe ich nichts Besseres ausfindig machen können. Also dann«, verabschiedete sich Prince.

Der muskulöse Hüne nickte, seltsam lächelnd. Dann folgte er Cobra.

Nachdem Prince überprüft hatte, dass sich weder auf seinen Hosen noch seinen Schuhen Blutspritzer befanden, schlenderte er zu dem gegenüberliegenden Ausgang, um nicht gemeinsam mit den Homeboy-Leuten das Lagerhaus zu verlassen.

Bücher können wirklich Menschen zusammenbringen, dachte er lächelnd.

11

Ich nehme an, dass mein Name hinlänglich bekannt ist. Ich bin Signora Psyche Zenobia. Nur meine Freunde nennen mich Suky Snobbs.

Edgar Allan Poe,
Wie man einen Blackwood-Artikel schreibt

»Das ist die lächerlichste Idee, von der ich jemals gehört habe!«

Professor William Blessing starrte auf den Brief, den er in der Hand hielt. Schließlich schlug er mit dem Handrücken gegen den Umschlag, so als ob er dem Schreiben damit mehr Sinn geben könnte.

»Da bin ich anderer Meinung, Liebling«, widersprach Amy lächelnd. »Donald hat mit mir darüber gesprochen und ich denke … nun, es ist zumindest eine *interessante* Idee.« Sie lachte ein wenig übermütig.

Blessing sah zu Marquette auf. Sein Assistent und Schützling lächelte ebenfalls, wenn auch ein wenig unsicher.

»Was haben Sie mit der ganzen Sache zu tun, Donald? Ich weiß, dass Sie mit diesen Leuten in Verbindung stehen, und die wissen offensichtlich auch, dass wir zusammenarbeiten. Trotzdem ist mir noch nicht klar, was das alles zu bedeuten hat.«

»Nun ... Bill ... vielleicht haben Sie den Brief noch nicht genau genug durchgelesen«, sagte Marquette zögernd. »Vielleicht werfen Sie noch einmal einen Blick hinein ...«

»Okay«, stimmte Blessing zu. Er war über Donald Marquette verärgert, und dieser Brief stimmte ihn nicht gerade freundlicher. Aber Amy hatte ihm oft genug vorgeworfen, dass er häufig vorschnell urteilte.

Er atmete tief durch.

»Nun gut«, sagte er, wobei er einen möglichst sachlichen Tonfall annahm, um nicht das geringste Anzeichen von Gereiztheit zu verraten. »Ich werde ihn laut vorlesen. Einverstanden?«

»Das ist eine fabelhafte Idee, Bill«, sagte Amy und legte einen Arm um ihn. »Und denke daran, dass du mir stets versprochen hast, mich einmal berühmt zu machen.«

»Berühmt!« Am liebsten hätte er laut geflucht, aber er biss sich noch rechtzeitig auf die Zunge. Statt eines weiteren Kommentars nahm er eine seiner zahlreichen Lesebrillen vom Schreibtisch, setzte sie auf, strich den Brief glatt und begann laut zu lesen:

Sehr geehrter Herr Prof. Blessing,

ich bin mir sicher, dass Sie schon von mir gehört haben – oder zumindest von der Buchreihe, die ich herausgebe. Mein Name ist Roscoe Mithers.

Ja! Der Roscoe Mithers, Herausgeber der Dark Sunset-*Buchreihe im* Paperback Gems-*Verlag. Wie Ihnen nicht unbekannt sein dürfte, basiert die Reihe auf der Fernsehserie und den Kino-Filmen (die sie zweifellos sehen, da ich vieles daraus in Ihren eigenen hervorragenden Werken wieder entdecke, obgleich ich finde, dass Sie sich die Vampire in* Dark Sunset *genauer ansehen sollten, um diese Nachtkreaturen besser zu ver-*

stehen!). Und Dark Sunset *findet sich regelmäßig gemeinsam mit Ihren hoch geschätzten Werken ganz oben in den Bestsellerlisten wieder.*

Einer unserer Autoren, Donald Marquette (Blumen des Grauens, *Nummer 20 der* Dark Sunset-*Reihe), hat mich darüber informiert, dass Sie ihn in die Geheimnisse des Schauerromans einführen und er Ihnen bei der Herausgabe einer neuen Anthologie von berühmten Horrorgeschichten zur Seite steht.*

Wie Sie zweifellos wissen, haben die Fernsehserie Dark Sunset *sowie deren Ableger* Dark Dawn *und* Dark Day Dawning *– zusammen mit den entsprechenden Kino-Filmen – während der letzten zehn Jahre das Interesse an Horrorgeschichten in den Köpfen der Menschen lebendig gehalten. Nicht zuletzt haben auch Ihre Werke dadurch ihre wohlverdiente Aufmerksamkeit gefunden.*

Sie waren natürlich einer der ersten, an den wir gedacht haben, um das folgende Projekt einer Dark Sunset-*Anthologie zu realisieren.*

Es handelt sich dabei um eine umfangreiche Taschenbuchausgabe, die ohne Zweifel über die Buchclubs große Verbreitung finden dürfte und somit sicherlich auch als gebundene Ausgabe auf den Markt kommen wird. Sie soll eine Sammlung von Erzählungen mit den bekanntesten Figuren der Fernsehserie enthalten: Rupert, der Zombie, Hilda, die Zauberin *und natürlich* Ricardo, der Vampir.

Wir würden es sehr begrüßen, wenn auch Sie zu dem Band eine Erzählung beisteuern würden. Falls Sie dazu bereit wären, könnten Sie die Handlung der Geschichte in der Welt einer unserer Romane ansiedeln.

Wir freuen uns natürlich auch auf Donald Marquettes Erzählung. Er hat mir darüber hinaus berichtet, dass Sie eine sehr charmante Ehefrau haben, die sich auch ein wenig mit Literatur beschäftigt. Wir würden auch eine Kurzgeschichte von ihr sehr begrüßen. Oder wie wäre es mit einem gemeinsamen Beitrag, da Sie so viel beschäftigt sind?

Wir, die wir uns für Dark Sunset *einsetzen, sind immer*

wieder überrascht, wie sehr die Dark Sunset-*Reihe Millionen von Zuschauern und Lesern in ihren Bann zieht. Erst kürzlich habe ich an einem* Dark Sunset-*Symposium teilgenommen und war wieder einmal sprachlos, wie mühelos es dieser phänomenalen Serie gelingt, die Schauer- und Horror-Tradition in unsere moderne Kultur zu übertragen!*

Ich hoffe, Sie bald in unseren Reihen begrüßen zu können, weil wir – im wahrsten Sinne des Wortes – ›frisches Blut‹ gebrauchen können.

Mit ergebenem Biss

Roscoe Mithers

P. S. Als Referenz (und zur Vervollständigung Ihrer Sammlung) übersende ich Ihnen gesondert die aktuellsten Dark Sunset-*Exemplare sowie das aufregende Startbuch zu unserer neuen Reihe* Gänsehaut pur *für jüngere Leser* (*Titel des ersten Bandes: Das Monster in meiner Frühstücksdose*).

Nachdem er den Brief zu Ende gelesen hatte, herrschte eine Weile unsicheres Schweigen.

Schließlich schmunzelte William Blessing ein wenig unsicher. »Okay, ich verstehe. Das Ganze ist ein Witz! Eine Art verfrühter Aprilscherz.«

Er bemerkte den verletzten Ausdruck auf Marquettes Gesicht.

»Nein, Bill. Es ist kein Scherz. Das ist der Verleger, der mein Manuskript gekauft hat. Und er bietet mir weitere Projekte an – für mehr als das Doppelte, was er mir zuvor gezahlt hat.«

Es fiel Blessing schwer, die Schärfe aus seiner Stimme zu nehmen. »Hmmm, nun gut! Ich hatte jedenfalls gehofft, dass es nur ein Scherz war. Das ist alles.«

Amy runzelte die Stirn. »Bitte, Bill! Das Buch ist für Donald ein wichtiger Schritt nach vorne gewesen. Und er hat bisher auch keinen anderen Verleger in Aussicht, der ihm ein Angebot für sein neuestes Buch machen würde.

Dies hier ermutigt ihn immerhin weiterzumachen. Urteile also bitte nicht so hart!«

Blessing riss sich zusammen. Was ihm auf der Zunge lag, waren vernichtende Kommentare wie ›kindisch‹, ›schwachsinnig‹ und auch ›größenwahnsinniger Witzbold‹. Eine kleine Stichelei konnte er sich allerdings nicht verkneifen.

»Es macht den Eindruck, als ob dieser ... Roscoe Mithers ... äh ... ziemlich ... hmm ... von seiner Sache überzeugt ist.«

»Oh, allerdings!«, stimmte ihm Marquette zu. »Sie müssen verzeihen, Bill. Roscoe ist von Anfang an ein begeisterter Fan der Serie gewesen, und für ihn ist mit der Realisierung der Buchreihe ein Traum in Erfüllung gegangen. Er ist mit ganzer Seele dabei.«

»Und er scheint wirklich ›Biss‹ zu haben.« Blessing schüttelte ungläubig den Kopf. Er hatte seinen Ärger überwunden, aber dafür fühlte er sich ziemlich niedergeschlagen. »Tut mir Leid, wenn mir vorhin der Kragen geplatzt ist. Selbstverständlich kannst du eine Geschichte beisteuern, Amy. Du hast in letzter Zeit große Fortschritte gemacht. Und Sie sollten natürlich ebenso die Chance ergreifen, Donald. Sie haben sich bereits zu einem guten Schriftsteller entwickelt. Ich hatte nur im Stillen gehofft, dass Sie Ihre Ziele ein wenig höher gesteckt hätten.«

»Bist du jetzt nicht ein wenig zu arrogant, Bill?«, widersprach ihm Amy, die vor Ärger die Hände energisch in die Hüften gestemmt hatte und dabei nicht nur hübsch, sondern sogar wunderschön aussah. »Komm endlich von deinem Elfenbeinturm herunter! Es geht hier um eine Unterhaltungsserie, um Unterhaltungsliteratur. Auch ich sehe mir das Programm ab und zu an, und den letzten Film haben wir uns sogar gemeinsam im Kino angeschaut!«

»Nur, weil du mich dazu überredet hattest!«, fiel Blessing ihr ins Wort. Er spürte, wie der Zorn erneut in ihm aufzusteigen begann. Er konnte es kaum fassen, dass seine eigene Frau ihm in dieser Angelegenheit vor Donald Marquette in den Rücken fiel. »Zufällig lehre ich Literatur! Ich weiß genug darüber. Hast du eine Vorstellung davon, wie viele Erzählungen im neunzehnten Jahrhundert publiziert wurden, die heute vergessen sind? Und das waren erheblich bessere Geschichten als irgendetwas, das in der *Dark Sunset*-Reihe erschienen ist. Meiner Meinung nach leistet dieses Überangebot an rein kommerziell ausgerichteten Büchern – herausgegeben von Verlegern, die sich an höchst zweifelhaften Trends orientieren – dem langsamen Verfall unserer westlichen Kultur Vorschub. Jawohl, Verfall und schließlich Untergang! Und ihr wollt diesen Wahnsinn auch noch unterstützen? Nun, für euch mag es vielleicht in Ordnung sein, aber allein die Vorstellung, dass jemand den Nerv besitzt, mich darum zu bitten, meinen Namen für diesen … *Schund* herzugeben, raubt mir den Atem!«

»Hmm … vielleicht erwähne ich das andere unter diesen Umständen lieber gar nicht erst, Amy«, ließ sich Marquette vernehmen, wobei er einen etwas dämlichen Ausdruck auf dem Gesicht hatte.

»Nein, sagen Sie es ruhig«, meinte Amy. »Es ist ihr gutes Recht. Sie haben versprochen, es zu tun.«

»Aber …«

»Na gut, dann werde ich es eben sagen.«

»Wovon in aller Welt redet ihr?«, erkundigte sich Blessing.

»Mr. Mithers hat vorgeschlagen, dass du, falls du für die Anthologie keine eigene Erzählung beisteuern willst, vielleicht einen kleinen Klappentext dafür schreiben könntest, Bill.«

»Wie bitte?«

»Du weißt schon. Irgendetwas Nettes über das Buch … oder vielleicht sogar über die Fernsehserie. Du machst das ja auch für deine anderen Freunde. Für Dean, Peter, Stephen und Clive schreibst du solche Texte jederzeit. Warum nicht auch für Donald und deine Frau? Hmm?«

Blessing sah rot.

Er drehte sich um und ging zum Bücherregal hinüber. Dann lehnte er sich dagegen und atmete langsam und tief ein, um sich wieder in die Gewalt zu bekommen.

Schließlich wandte er sich zu den beiden anderen um.

»Worauf ich bezüglich Edgar Allan Poes Leben stets hingewiesen habe, ist die Tatsache, dass er, obwohl er ein umfangreiches Werk hinterlassen hat, niemals ausreichend Zeit für das gehabt hat, was ihm wirklich wichtig war: nämlich seine Lyrik, seine Erzählungen, seine Essays wie zum Beispiel *Heureka* ... und vielleicht einige seiner Kritiken! Die meiste Zeit jedoch musste er mit irgendwelchem Stückwerk für diverse Zeitungen und Magazine vergeuden. Oh, welche Tortur muss es für den Mann gewesen sein, dessen Leben noch genügend andere Probleme hatte! Kannst du dir vorstellen, was er hätte vollbringen können, wenn sein entsetzlicher Stiefvater John Allan nur an ihn geglaubt hätte? Wenn er eine wirklich gute Ausbildung genossen und einen angenehmen Lehrerposten bekommen hätte wie Longfellow? Oder wenn wenigstens irgendwelche stinkreichen Kerle seinen Wert erkannt und ihn als Mäzene gefördert hätten? Aber nein, er musste für eine lächerliche und dämliche Einrichtung arbeiten, die nichts als sentimentalen Mist und literarischen Einheitsbrei hervorbrachte.

Poe hatte keine Wahl, und das wenige, was er dennoch während seiner kurzen Lebenszeit zu Papier brachte, war von wahrhaft triumphaler Güte.

Und hier nun dieses unsägliche Zeug, dieser dümmliche und sensationslüsterne Unsinn: angepasst an den breiten Massengeschmack engstirniger Geister und nichts anderes als eine Perversion der hehren Ziele jener Tradition, die Poe zeitlos bis in unser Jahrhundert herübergetragen hat. Was haben wir der Genialität Poes entgegenzusetzen? Vielleicht *Buffy, Xena* und – Gott steh uns bei – *Dark Sunset?*«

Blessing seufzte tief.

»Und du glaubst, ich würde meinen Namen unter so ein Zeug setzen, das ich zutiefst verabscheue?«

Blessing spürte, wie sein Blutdruck stieg. *Es war wie ein Sakrileg! Ein Verrat an allem, woran er glaubte!* Er konnte nicht anders, er musste seinen Gefühlen einfach Luft machen. *Sein ganzes Leben hatte er an sich selbst immer nur höchste Ansprüche gestellt. War ihnen das denn gar nicht bewusst, wenn sie so etwas Unzumutbares von ihm verlangten?*

Amy verdrehte die Augen. »Ach du liebe Güte, Bill! Mach dir keine Sorgen. Niemand wird jemals wieder versuchen, deine Integrität in Zweifel zu ziehen und dich lächerlich zu machen, – denn das verstehst du selbst am allerbesten. Vergiss das Ganze einfach, okay? Vergiss es!«

Der Zorn, der in ihren strahlenden Haselnussaugen funkelte, irritierte ihn.

»Verzeihung, Bill«, ließ sich Donald Marquette vernehmen. Er blickte starr auf den Boden und wirkte verlegen. Offenbar fühlte er sich äußerst unwohl, zugleich Zeuge und Anlass dieses Streites zu sein.

Kontrolliere deine Wut, Mann. Zähle bis zehn!

Während er still bis zehn zählte, entspannte Blessing seine Schultermuskulatur unter dem Kaschmirpullover und lockerte seine Krawatte, um die Blutzirkulation zu fördern. »Sie haben wohl leider einen wunden Punkt bei mir getroffen, Donald.«

»Es tut mir sehr Leid. Ich hatte vermutet, dass Sie von der Idee nicht gerade begeistert sein würden«, sagte Donald. »Aber ich hatte gedacht, nun … *wir* hatten gedacht, es wäre immerhin einen Versuch wert.«

Sein Gesichtsausdruck fügte stumm hinzu: *Wir haben nicht geglaubt, dass du derart ausflippen würdest.*

»Ich gebe zu, dass mich diese Sache sehr persönlich berührt«, sagte Blessing. »Ich befürchte, ich werde nicht über meinen Schatten springen können.«

Er räusperte sich und schaute seiner Frau direkt in die Augen.

»Es tut mir Leid, Liebling. Natürlich kannst du tun, was du für richtig hältst. Das ist dein gutes Recht. Ich möchte allerdings nicht in diese Angelegenheit mit hineingezogen werden. Ich kann meine Zeit weitaus sinnvoller nutzen, und ich bin nicht gewillt, meinen guten Namen und meinen durch harte Arbeit erworbenen Ruf als Wissenschaftler und Autor leichtfertig aufs Spiel zu setzen. Erfolg im Bereich der Unterhaltungsliteratur bedeutet nicht zwangsläufig, dass man sich auf die niedrigste Ebene hinabbegeben muss.«

»Für Normalsterbliche kann es das schon bedeuten, das wirst auch du nicht leugnen«, schnaubte Amy. »Du liebe Güte, Bill. Du kannst manchmal ein richtiges … Arschloch sein!«

Amy warf die Arme in die Luft, drehte sich um und stampfte aus dem Raum, durchquerte den Flur und stieg die Treppe hinauf.

Donald schaute ihr verwirrt nach und machte Anstalten, ihr zu folgen.

»Nein, lassen Sie nur«, stoppte ihn Blessing. »Sie wird sich schon wieder beruhigen. Sie wird einen Spaziergang machen oder ein ausgiebiges Telefonat mit einer Freundin führen. Ich werde nachher mit ihr reden.«

Marquette schien unentschieden, was er tun sollte.

»Schauen Sie, es tut mir Leid, dass ich so heftig reagiert habe. Bleiben Sie bitte noch einen Moment, Donald. Ich wollte sowieso noch etwas mit Ihnen besprechen.«

Blessing spürte noch immer, dass sein Adrenalinspiegel ein bedrohlich hohes Niveau hielt und wie scharfe Rasierklingen in seine Adern schnitt. Er ging zu seinem Schreibtisch hinüber, zog eine Schublade auf und holte eine Flasche Johnnie Walker und zwei Whiskeygläser hervor. »Trinken Sie einen Schluck mit mir?«

Zum ersten Mal schien Marquette einem harten Drink nicht abgeneigt zu sein. »Gern.«

Blessing schenkte eine anständige Portion in die Gläser ein und schob eins zu Marquette hinüber.

»Auf Poe!«, wiederholte er den Trinkspruch, den er und Marquette stets aussprachen, wenn sie zusammen etwas trinken gingen.

»Auf Poe!«, echote Marquette mit weniger Überzeugung in der Stimme als sein Gegenüber.

Dann gönnte Blessing sich einen gewaltigen Schluck. Die Flüssigkeit rann wie loderndes Feuer durch seine Kehle und in seinen vom Ärger aufgewühlten Magen. Sofort spürte Blessing, wie sich die Wärme wohltuend ausbreitete. Beruhigung und ein wenig sanftes Vergessen stellten sich ein.

Vergessen? War es das, was Poe versucht hatte? Hatte er nur deshalb getrunken, um seinen bedrängenden Sorgen zu entkommen?

Falls Blessing tatsächlich die Reinkarnation Poes gewesen wäre, hätte er sich diese Frage allerdings nicht stellen müssen.

Er blickte zu seinem Assistenten und Schützling hinüber. Auch Donald Marquette schien der Whiskey gut zu tun; er hatte sein Glas bereits zur Hälfte geleert.

Plötzlich überkamen Blessing doch Bedenken.

Und wenn das Gespräch nun den gleichen Verlauf nimmt wie vorhin?

Die neun Monate mit Donald Marquette waren eine höchst ertragreiche Zeit gewesen. Der Mann lernte unglaublich schnell, er saugte alles auf wie ein Schwamm und arbeitete darüber hinaus wie ein Tier. Der erste Band der Anthologie war bereits so gut wie abgeschlossen, Marquettes Doktorarbeit ging gut voran, und die Artikel, die er über die ›Einflüsse der Tradition des Schauerromans auf die zeitgenössische Prosa‹ verfasste, waren nicht nur wissenschaftlich fundiert, sondern bewiesen auch ein großes Verständnis der Materie. Darüber hinaus ging ihm die schriftstellerische Arbeit schnell von der Hand. Offensichtlich wurde er von Blessings Seminaren und Vorlesungen ebenso inspiriert wie von dessen eigenem Schreiben.

So wie ich früher war, dachte Blessing. *Nur dass er manchmal ein bisschen merkwürdig ist …*

Und dann seine letzte Erzählung …

Sie war nicht nur sehr gut, sondern ihr Stil und die gekonnt gewählten Tropen und Anspielungen, die den klaren und kraftvollen Handlungsaufbau raffiniert abrundeten, ähnelten sehr stark dem, was Blessing schrieb.

Das war zwar ein wenig überraschend, aber im Grunde genommen höchst erfreulich. Nein, es war etwas vollkommen anderes, was ihn beunruhigte.

Blessing nahm einen weiteren Schluck von dem Whiskey und stellte dann sein Glas ab, während Marquette es umklammert hielt, so als befürchte er, dass er etwas Unangenehmes zu hören bekommen würde. Blessings Assistent hatte noch einen Rest Whiskey in seinem Glas, aber er äugte zur Flasche hinüber, als ob er um ein weiteres Glas bitten wollte.

»Donald, erzählen Sie mir doch ein bisschen mehr von Ihren Zukunftsplänen«, forderte Blessing ihn ermunternd auf.

Ein intensives Leuchten kam in Donalds Augen. »Was meinen Sie? Literarische Unsterblichkeit?«

»Ja. Das ist nicht das schlechteste Ziel, oder? Es war auch Poes erklärtes Ziel, wie Sie wissen. Als er noch jünger war als Sie, wusste er bereits, dass er etwas Besonderes war. *Tamerlane* ist vielleicht noch kein herausragendes Gedicht, aber es verrät große Ambitionen, nicht wahr?«

Blessing nahm einen Schluck aus seinem Glas, setzte es ab und stieß einen tiefen Seufzer aus.

»Sie sind gut«, sagte er. Dann erhob er sich und ging zu

seiner dicken, ledernen Aktentasche hinüber. »Sie sind ein verdammt talentierter Autor, und Sie werden immer besser. Viel zu gut, um Ihr Talent an solchen kindischen Unsinn wie *Dark Sunset* zu verschwenden. Ich meine, wenn es daran liegt, dass Sie Geld brauchen … Wir können Ihr Gehalt erhöhen … Zur Hölle, ich würde auch für Kost und Logis und Ihre Computer-Ausstattung aufkommen, falls nötig. Aber *Dark Sunset …*«

»Das Angebot gibt mir das nötige Selbstbewusstsein«, beharrte Marquette. »Es verschafft mir die Möglichkeit, mich zu beweisen, und ich finde mich auf den Bestsellerlisten wieder … Das ist ein Teil meines Traums.«

»Hmm. Nun gut, wir können uns darüber gerne später noch einmal unterhalten.«

Blessing öffnete die Aktentasche und zog ein gebundenes Buch hervor.

»Ach, übrigens, ich gratuliere.«

Er legte das Buch auf den Tisch. *Träumende Dämonen* lautete der Titel. *Geschichten aus dem Reich der Grenzerfahrungen,* von Donald Marquette.

»Tome Press, wie ich sehe«, bemerkte Blessing.

»Ja. Sie haben also bereits eins, es ist gerade erst erschienen. Schade, ich wollte Ihnen und Amy eigentlich ein handsigniertes Exemplar überreichen«, beteuerte Donald, der sich offensichtlich ein wenig unwohl in seiner Haut fühlte.

»Sie sind dort gewesen, nicht wahr? Sie haben sich mit denen getroffen?«

Marquette zuckte mit den Achseln. »Ich habe einige geschäftliche Termine wahrgenommen.«

Blessing schüttelte den Kopf. »Okay. Ich frage mich nur, weshalb sie sich nicht nach einem anderen Verlagshaus umsehen.«

»Nun, um ehrlich zu sein, kein anderer kommerzieller Verlag würde einen Sammelband mit Horrorgeschichten akzeptieren.«

»Aber es gibt kleinere Verlage mit einem besseren Namen. Weshalb musste es gerade *dieser* sein?«

»Tome Press hat Interesse daran gezeigt, mein Werk zu publizieren.« Marquette trank den Rest seines Whiskeys aus. »Nichts weiter, Bill. Sie sind hier vor Ort. Auf diese Weise habe ich mehr Einfluss auf die Ausgabe. Außerdem haben sie auch keinen schlechteren Ruf als Necro, Subterranean oder Terminal Fright. Es gibt leider nicht mehr so viele kleine Verlage wie noch in den achtziger Jahren, als Scream/Press, Underwood/Miller, Dark Harvest und etwa ein Dutzend weitere sich für das Genre stark machten. Heute gibt es nicht mehr allzu viel Auswahl.«

»Nun, ich hoffe nur, dass es Ihrem Ruf nicht zu sehr schadet.« Blessing atmete tief ein. »Und ich hoffe, dass es auch meinem nicht schadet, da wir schließlich zusammenarbeiten.«

»Ich verstehe nicht ganz. Tome Press ist in der letzten Zeit überaus erfolgreich. Sie haben bereits die erste Hälfte der ersten Auflage verkauft und eine Taschenbuchausgabe ist in Arbeit. Was ist so schlecht daran?«

»Das ist das Gleiche, was im Bereich der Horrorliteratur schon einmal passiert ist«, antwortete Blessing. »Einige überspannte Autoren glaubten, sie könnten ihre psychischen Perversitäten auf diese Weise ausleben, und manche Verleger glaubten, dass es gerade das Scheußliche und Perverse sei, was die Leute an Schauerliteratur mögen. Diese gestörten, fehlgeleiteten Geister setzten es sich zum Ziel, die Leser zu verstören, indem sie ihre kranke, persönliche Hölle und ihre pornografischen Gewaltideen zu Papier brachten. Dieselben Befürchtungen habe ich, ehrlich gesagt, bezüglich dieser Tome Press-Leute. Ich darf hinzufügen, dass ich auch von anderer Seite schon äußerst beunruhigende Dinge über diesen Verlag gehört habe. Man sagt, dass sie blutige satanische Rituale feiern. Daraus erwächst nichts Gutes, Donald. Wir haben als seriöse Schriftsteller sicherlich viele Freiheiten, aber wir müssen auch Verantwortung zeigen – aus vielerlei Gründen.«

»Hmm. Auf mich wirken die Tome Press-Leute alle normal«, meinte Donald Marquette. »Vielleicht ein bisschen überdreht. Aber sie achten auf literarische Qualität und nehmen ihre Sache ernst.«

»Das bezweifle ich nicht. Aber dass sie ihre Ziele konsequent verfolgen, heißt noch lange nicht, dass die Absichten, die dahinter stehen, gute sein müssen.«

Blessing faltete die Hände und legte die Zeigefinger nachdenklich an die Lippen.

»Diese Leute … ich habe einfach ein ungutes Gefühl, was sie betrifft.«

»Und das nur aufgrund dessen, was Sie von einigen dumpfen und fantasielosen Spießern gehört haben?«, widersprach Marquette.

»Donald, ich denke, dass weder Ihre Arbeit für dieses Magazin noch dieses Buch Ihnen – und auch mir – ernsthafte Probleme bringen werden«, stellte Blessing fest. »Ihre Verbindung zu diesem Baxter Brittle kann jedoch für mich fatale Folgen haben. Mein guter Ruf ist überaus wichtig für mich. Und schon wegen der Materie, mit der ich mich befasse, muss ich sehr aufpassen, mit wem ich mich abgebe. So sehr ich Sie mag und respektiere, Donald: Wenn Sie weiterhin mit diesen Leuten Kontakt pflegen, müssten sich unsere Wege wohl oder übel trennen.«

Marquette machte zunächst den Eindruck, als wolle er sein Verhalten rechtfertigen und die Leute von Tome Press verteidigen. Dann aber schien er sich eines Besseren zu besinnen.

Er nickte. »Okay. Es tut mir Leid, dass Sie so denken, und ich halte Ihre Befürchtungen für leicht paranoid. Aber ich denke, ich verstehe, was Sie meinen.«

Marquette lächelte.

»Möchten Sie trotzdem, dass ich das Buch für Sie und Amy signiere?«

»Ich bitte darum! Es wäre eine große Ehre für uns!«

Blessing war heilfroh, dass Marquette seine Bitte akzeptiert hatte, denn er war keineswegs darauf aus gewesen, jemanden von Donald Marquettes Kaliber einfach gehen zu lassen, zumal er inzwischen schon beinahe zur Familie gehörte.

In einer Ecke des Büros standen zwei Designersessel mit Fußhockern und ein Beistelltisch. Blessing schnappte sich die Whiskeyflasche sowie sein Glas und winkte Marquette, ihm zu folgen.

»Ich muss zugeben, dass ich sehr erleichtert bin, Donald, denn ich möchte Sie nur sehr ungern verlieren. Und ich bin sicher, dass Amy ebenso unglücklich darüber wäre.«

»Ich wäre auch sehr unglücklich«, gestand Marquette.

Blessing ging zu der Stereoanlage hinüber und stellte das Radio an, das auf einen Klassiksender eingestellt war. Leise Bach-Melodien erfüllten den Raum. Er schenkte Donald einen weiteren Whiskey ein und bat ihn, sich zu ihm zu setzen.

»Ich arbeite an einem brandneuen Projekt. Jetzt, wo das Problem gelöst ist, habe ich das Gefühl, dass ich mit Ihnen offen darüber sprechen kann«, begann Blessing.

»Das interessiert mich sehr«, erwiderte Marquette enthusiastisch.

»Ja, es ist auch eine hochinteressante Sache, mit der sich zuvor noch nie jemand beschäftigt hat. Falls ich Erfolg damit haben sollte, wird es die Gemüter sehr erhitzen und es würde nicht nur in akademischen Kreisen weltweit Beachtung finden.«

»Das klingt ausgesprochen spannend. Es geht sicherlich um Poe, nicht wahr?«

»Selbstverständlich.«

Blessing lehnte sich in seinem bequemen Ledersessel zurück.

»Donald, wir haben doch mehrmals über Poes Faszination für Geheimschriften und Rätsel gesprochen, erinnern Sie sich?«

»Natürlich. So, wie sie zum Beispiel im *Goldkäfer* zum Ausdruck kommt.«

»Genau. Nun, lassen Sie mich deutlicher werden. Wissen Sie etwas über die erst kürzlich aufgekommenen Theorien bezüglich des jüdischen Mystizismus in Zusammenhang mit dem Alten Testament – die so genannte Bibel-Code-Geschichte?«

»Nein, ehrlich gesagt, weiß ich darüber nicht viel.« Er nippte an seinem Whiskey. »Aber es klingt interessant.«

»Nun, es ist nicht viel mehr als pseudowissenschaftlicher Gesprächsstoff für Hollywoods Cocktail-Partys. Es hat mich allerdings bezüglich Poes Werk auf eine Idee gebracht.«

»Aber dieser Code – oder was immer es auch sein mag – dieser ganze esoterische Kram reicht doch Tausende von Jahren zurück. Wie ist da eine Verbindung zu Poe möglich?«

»Verborgene Botschaften, Donald. Schauen Sie, wahrscheinlich gibt es haufenweise verborgene Botschaften und Prophezeiungen in der Bibel, die das von einigen Wissenschaftlern entwickelte Computerprogramm durch vielfältige Arten der Textanalyse herausfiltern konnte. Die Tatsache, dass solche nebensächlich erscheinenden Dinge wie zum Beispiel Seitenzahlen zum Enträtseln eines Geheimcodes von großer Bedeutung sind, ist von den Kritikern dieser Theorie einfach ignoriert worden.

Ich könnte jetzt noch genauer ins Detail gehen, aber das ist im Moment zunächst einmal uninteressant. Alle esoterischen Gruppen – vom Templerorden bis zu den diversen Rosenkreuzern – haben stets von ihren verschlüsselten Schriften berichtet. Sie brauchen nur *Das Foucaultsche Pendel* von Umberto Eco zu lesen. Nach diesem Buch werden aktuelle Ereignisse, wie zum Beispiel die Ermordung des israelischen Ministerpräsidenten Rabin im Jahre 1995, bereits in jenen alten Schriften verschlüsselt angekündigt. Das ist natürlich lächerlich, aber wie ich schon sagte, hat es mich auf die Idee gebracht, noch einmal über Poes Begeisterung für solche Phänomene nachzudenken.«

»Ich nehme an, Sie haben sich Poes Werk auf ähnliche Weise vorgenommen«, fiel Marquette ein, der ungeduldig darauf wartete, dass Blessing endlich die Katze aus dem Sack ließ.

»Ja. Ich habe mir eine Version dieses Decodierungsprogrammes besorgt, es ein wenig verändert und damit ganz erstaunliche Dinge herausgefunden. Sobald ich noch ein wenig mehr Erfahrung mit dem Programm gesammelt habe, werde ich einen Aufsatz darüber veröffentlichen, der möglicherweise sogar zu einem ganzen Buch werden könnte.«

»Haben Sie tatsächlich etwas entdeckt? Geheime Botschaften von Edgar Allan Poe?«, erkundigte sich Marquette, dessen Aufmerksamkeit nun ganz auf sein Gegenüber gerichtet war.

Etwas Kaltes, Schlangenartiges schien plötzlich Blessings Kehle hinaufzukriechen; unwillkürlich schauderte er.

Dann beugte er sich vor und berichtete Donald Marquette, was er entdeckt hatte.

12

Eines Nachts saß ich in halb blödsinnigem Zustande in einer mehr als verrufenen Kaschemme, als plötzlich mein Blick angezogen wurde von irgendetwas Schwarzem, das oben auf einem der ungeheuren Gin- und Rumfässer ruhte, welche die Hauptausstattung des Raumes ausmachten. Ich hatte mehrere Minuten lang auf das Fass hingestarrt, und mein Erstaunen kam eigentlich davon her, dass ich das Ding oben auf dem Deckel anfangs nicht wahrgenommen hatte. Ich ging heran und rührte es mit der Hand an. Es war ein schwarzer Kater, ein sehr großes Exemplar –

Edgar Allan Poe, *Der schwarze Kater*

»Bete für mich«, jammerte Donald Marquette, »denn meine Seele ist verdammt, wie noch nie die Seele eines Sterblichen verdammt war!«

Seine Zuhörer brachen in schallendes Gelächter aus.

Marquette grinste, nahm einen Schluck aus seiner Bierflasche und zuckte mit den Achseln. »Das ist die versteckte Botschaft, die der gute Professor in den Werken Edgar Allan Poes gefunden zu haben glaubt.«

»Hört sich so an, als hätte Captain Planet seinen Geheimdecoder aktiviert«, spottete Graf Mishka und gestikulierte mit seinen Fingern, an denen billiger, bunter Modeschmuck prangte und deren Nägel lavendelfarben lackiert waren.

»Oder Batman!«, fügte der Marquis hinzu. Er schwelgte gerade in einer frühromantischen Phase und orientierte sein Outfit an Gary Oldmans Dracula-Darstellung. An diesem Abend trug er daher einen violettfarbenen Mantel über seinem Rüschenhemd (auf dem allerdings ein paar Weinflecken den Gesamteindruck ein wenig trübten) und – dazu passend – einen schwarzen Zylinder aus Filz. Seine Augen verbarg er hinter lila gefärbten Gläsern, die in ein dünnes Drahtgestell gefasst waren. Er strich sich mit seinen schwarz lackierten Fingernägeln über die Stirn und dachte ernsthaft darüber nach, in der nächsten Woche die Haare künstlich verlängern zu lassen, da ihm seine gegenwärtige Aufmachung sehr vorteilhaft schien.

Die übrigen in der Runde kicherten über die Kommentare.

»Verdammt abgedreht, wenn du mich fragst«, urteilte Baxter Brittle. Er hatte sich am Kopf der Tafel lässig auf einen hochlehnigen viktorianischen Stuhl gelümmelt, indem er die Beine zur Seite streckte und sich mit dem Oberkörper auf eine mit einem Kissen gepolsterte Armlehne stützte. Erst kürzlich hatte er Oscar Wilde zu seinem Vorbild erkoren. Schlaff herabhängende Augenlider und in die Stirn herunterhängende, dunkle Strähnen gehörten daher ebenso zu seinen derzeitigen Erkennungsmerkmalen wie der bauschige Überzieher aus König Edwards Zeiten und die Gamaschen zu den schwarzen Hosen.

›Dass ich dem guten alten Oscar in puncto Modegeschmack folge, heißt allerdings nicht, dass ich wie er auch Gefallen am Schwanzlutschen gefunden hätte‹, erklärte Brittle routinemäßig, damit niemand seiner Gäste auf falsche Gedanken kam.

Von dem mit Edelsteinimitationen besetzten Kissen stieg der muffige Geruch wurmstichigen Holzes auf, der gut in die Szenerie passte. Zudem hatte Brittle sich seit einiger Zeit angewöhnt, Absinth zu trinken, und zwar eine von ihm selbst ausgetüftelte exotische Mischung, die er in der Bar verkaufte. Angeregt von einem Video über *Die perfekte Droge,* mischte er eine ordentliche Portion Wodka mit einem milden Halluzinogen. Der wahrhaft coole Drink, den man automatisch mit den Trinkgewohnheiten von Künstlernaturen wie Hemingway oder Rimbaud assoziierte, fand auch unter den übrigen Club-Mitgliedern großen Anklang.

Donald Marquette starrte finster in das große Glas Bier, das vor ihm stand. Er begeisterte sich immer mehr für das ungewöhnlich hochprozentige Gebräu, das über einen seltsamen, aromatischen Geschmack verfügte und ebenfalls zu den Neuerungen in Baxter Brittles erweitertem Angebot an alkoholischen Getränken gehörte.

Dieser verdammte Bastard, dachte Marquette. *Aber ich werde es diesem arroganten Arschloch schon noch zeigen!*

»Das ist es allerdings«, stimmte er nach einigen weiteren abgründigen Erwägungen zu. »Und Blessing will sogar einen Artikel über diesen Schwachsinn schreiben. Das eigentlich Komische an der Sache aber ist, dass man ihn sogar ernst nehmen wird, weil er einen so hervorragenden Ruf als Autor und Wissenschaftler genießt.«

»Der Herr Professor könnte allem Anschein nach wohl mal einen kleinen Dämpfer vertragen«, meinte Brittle und schwenkte den Absinth in seinem Glas, gegen das er mit dem Zeigefinger schnippte, woraufhin ein glockenähnliches ›Ping‹ ertönte.

»Der alte *Poseur* benutzt *Poe* für seine *Possen*«, hieb der Marquis in dieselbe Kerbe, indem er versuchte, den spitzfindigen Ton George Sands zu imitieren (inzwischen hatte er es längst aufgegeben, einen auch nur halbwegs überzeugenden Peter O'Toole oder James Mason darzubieten).

Marquette lächelte, dann stieß er einen Seufzer aus.

Genau. Der Marquis trifft den Nagel auf den Kopf. Poe als Posse des alten Poseurs.

Er spürte, wie der Alkohol des Biers in seinen Adern kreiste. Zudem hatte das Dope, das sie zuvor im Keller genossen hatten, sein Hirn in einen multidimensionalen Raum verwandelt, den auch M. C. Escher nicht verwirrender hätte gestalten können. Marquette fühlte sich gut. Verdammt gut. *Dem Herrn Professor einen Dämpfer verpassen. Genau das. Diesem arroganten Fatzke.*

»Aber das war noch nicht alles«, sagte er.

Trotz des nur mäßigen Besuchs an diesem Mittwochabend war die Luft im Lokal blaugrau vor Zigarettenqualm. Doch Donald Marquette mochte die schummrige Atmosphäre und das auf viktorianisch getrimmte Ambiente. Die Flaschenreihen vor dem Spiegel über der Theke wirkten in dem gedämpften Licht wie ein gläserner Irrgarten. Und obwohl die Bar eher schon zu Little Italy gehörte, bot die Lage doch den gewissen exotischen Reiz, der Fells Point anhaftete und in den sich Donald Marquette verliebt hatte – fast so verliebt wie in Amy Blessing.

»Noch nicht alles?«, hakte Brittle nach, der seinen besten Autor mit blutunterlaufenen Augen anstarrte.

»Nein. Blessing ist beinahe an die Decke gegangen, als er die Tome Press-Bände sah. Er wusste auch davon, dass ich hier ein paarmal in der Bar gewesen war, und hat von mir verlangt, alle Kontakte zu euch abzubrechen. Keine weiteren Stories für *The Tome,* keine weiteren Romane … und ich vermute, er würde mich wirklich rausschmeißen, wenn er erführe, dass ich hier mit euch zusammensitze.«

Sogar jetzt kochte Marquette noch vor Wut, wenn er an Blessings Predigt zurückdachte. Offensichtlich musste der überarbeitete Professor ausgerechnet bei seinen engsten Mitarbeitern dann und wann ein wenig Dampf ablassen! Und scheinbar bildete er sich ein, Marquette wie einen unerzogenen, dummen Jungen behandeln zu können. Dabei war die ganze Sache kaum der Rede wert.

Donald Marquette kam meist nur an den Wochenenden hierher in die Bar. Und alles hatte wirklich völlig harmlos angefangen. Nach ein paar ersten geschäftlichen Besprechungen und der Unterzeichnung des Vertrags für den Sammelband mit Kurzgeschichten hatte Baxter Brittle ihn allerdings immer öfter dazu eingeladen, an den Wochenenden in die Bar zu kommen und sich ein paar kostenlose Drinks spendieren zu lassen. Dabei hatte Donald Marquette den Rest der Clique kennen gelernt: alles Leute, die seine Texte gelesen hatten und ihn als Autor *verehrten*. Sie gaben ihm das Gefühl, beinahe so etwas wie eine *bewunderte Persönlichkeit* zu sein, und hingen geradezu an seinen Lippen, wenn das Gespräch auf Literatur kam. Baxter Brittle hatte ihm sogar angeboten, als Mitherausgeber in den Verlag einzusteigen, ›um endlich ein bisschen Niveau in dieses Sammelsurium zu bringen‹. Aber Donald Marquette hatte abgelehnt, weil er einfach nicht über genügend Zeit verfügte, sich auch noch diese Tätigkeit ans Bein zu binden. Doch er hatte sich wirklich geschmeichelt gefühlt. Und durch den ihm entgegengebrachten Respekt war nicht nur sein Selbstwertgefühl beträchtlich gewachsen, sondern auch sein Interesse an den eher *extravaganten und sinnenfreudigen* Aspekten, die die Beschäftigung mit Schauerliteratur mit sich brachte.

Mittlerweile hatte er regelrecht Gefallen an den diversen ausgefallenen Drinks und dem Dope gefunden, sparte sich deren Genuss jedoch meist für besondere Partys und dergleichen auf. Andererseits war ihm wohltuend aufgefallen, dass bei seinem enormen Arbeitspensum hier und da eine Tablette sehr wohl dafür sorgen konnte, seine Kreativität zu fördern oder – wenn das nicht funktionierte – zumindest sein Schlafbedürfnis erheblich zu senken. Marquette war davon überzeugt, dass die Drogen generell seinen schriftstellerischen Genius beflügelten, da sie etwas in ihm freisetzten, das sonst ungenutzt im Verborgenen schlummerte.

Mit Baxter Brittles Clique umherzuziehen bedeutete einfach Spaß, großen Spaß! Sicher, besonders dieser Mick gab ihm manchmal zu denken. Da war irgendetwas Beunruhigendes in seinen Augen, in seiner Gestik und Mimik sowie in seiner Kleidung ...? Und vor allem in den Stories, die dieser Mann schrieb! Marquette musste sich ehrlicherweise eingestehen, dass Blessing mit seiner Kritik zumindest im Hinblick auf Mick Prince ins Schwarze getroffen hatte. Sowohl der Autor als auch seine Prosa wirkten nicht nur manieriert und befremdend, sondern strotzten vor kaum gezügelter Brutalität. Deshalb war Donald Marquette durchaus froh, dass sein für vermutlich längere Zeit letzter Besuch in der Bar nicht durch Mick Prince' Anwesenheit getrübt wurde.

»Ach du lieber Himmel«, wetterte Baxter Brittle. »Das ist ja wirklich ungeheuerlich!«

Jedenfalls ärgerlich genug – so stellte Marquette ein wenig verwundert fest –, dass selbst der ansonsten beinahe apathische Verleger ausgesprochen angefressen reagierte. Denn obwohl Brittle praktisch nur noch durch extreme Ausschweifungen aus seiner Lethargie gerissen werden konnte, sprühten seine Augen vor Zorn, als seien sie das Ende einer gerissenen Hochspannungsleitung.

»Aber ehrlich gesagt«, nahm Brittle den Faden erneut auf, »kratzt mich diese Neuigkeit nicht die Bohne, solange du uns erhalten bleibst.«

Durch diese Äußerung fühlte Donald Marquette sich nicht nur geschmeichelt, sondern sogar ein wenig gerührt. Er war eigentlich immer davon ausgegangen, dass die Clique ihn nur deshalb aufgenommen hatte, weil er die anderen amüsierte und ihnen die Zeit vertrieb. Niemals hatte er daran gedacht, dass ihm jemand eine Träne nachweinen würde, falls er irgendwann seiner Wege ginge. Nun aber wurde ihm schlagartig klar, dass eine echte

Bindung zwischen ihm und den anderen bestand. Sie hatten *wirklich* etwas für ihn übrig. Allem Anschein nach *mochten* sie ihn sogar!

Da er immer ein Bücherwurm gewesen war, hatte er nie sehr viel Erfolg bei Mädchen oder anderen Menschen gehabt. Selbst gegenüber William Blessing – der sich zwar als ausgesprochen freundlich, zugleich aber auch als recht überheblich und spießig erwiesen hatte – legte Donald Marquette seine Befangenheit niemals ganz ab. Im Gegenteil: Zumeist täuschte Marquette die gewisse Vertraulichkeit im Umgang mit dem berühmten Gelehrten und Autor nur vor. Insgeheim blieb er nur bei ihm, um von ihm zu lernen und um seine eigene Karriere zu fördern. Ansonsten wäre er niemals auf die Idee gekommen, die Nähe von Leuten zu suchen, die so von sich selbst eingenommen waren wie Blessing.

Doch Baxter Brittles Clique war … war wirklich *cool*. Und ihm gefiel der Gedanke, dass sie ihn auch für *cool* hielten. Das war – wie sie sagen würden – ›ein echter Hammer‹.

Brittle strich sich übers Kinn. Dann stand er auf und verstaute die Flasche Absinth in einer seiner übergroßen Taschen. »Folgt mir, Männer. Diese Angelegenheit ist von solcher Tragweite, dass wir uns als harter Kern der Gruppe in unsere heiligen Hallen zurückziehen sollten, um uns dort zu beraten.«

Mit der ihm eigenen würdevollen Haltung erhob sich Brittle von seinem Platz und machte sich auf den Weg, gefolgt von Graf Mishka, dem Marquis – und Donald Marquette, der stillschweigend davon ausging, ebenfalls zum harten Kern der Clique zu gehören.

Auf halbem Weg zur Tür, die nach unten führte, wurden sie jedoch von einem jungen Pärchen aufgehalten. Beide waren wie zwei ausgesprochen elegante Vampire aufgemacht.

»Baxter Brittle!«, wandte sich die junge Frau an den Vorauseilenden und hob ihre Rechte, die in einem schwarzen Seidenhandschuh steckte.

Der Angeredete blieb stehen und deutete eine höfliche Verbeugung an. »Stets zu Ihren Diensten, Lady Jessica und Prinz Knowlton. Wie kann ich Ihnen dienen?«

Die selbstbewusste, ein wenig punkig wirkende Frau, deren Haar in verschiedenen Tönen gefärbt war, baute sich direkt vor Brittle auf.

»Hier ereignen sich wahrhaft seltsame Dinge in Euren Gemächern!«

»Ich bitte um Verzeihung?«

»Im Ernst. Jeder von uns ist genauso ein Fan der Schauerromantik wie Sie, vielleicht sogar noch mehr. Gerade deshalb sind wir nicht sehr glücklich über einige seltsame Vorkommnisse, die sich hier zugetragen haben.«

»Wirklich? Wovon sprechen Sie?«

»Ein paar unserer Freunde, die in der Hinsicht zuvor völlig unbescholten waren, sind in den letzten Monaten zu regelrechten Drogenkonsumenten geworden«, stellte Lady Jessica in ernstem Ton fest. »Ich bin weder so prüde noch so heuchlerisch zu verlangen, dass wir alle Abstinenzler sein müssen, aber das hier ist kein Spaß mehr. Und als der Prinz letzte Nacht nach Hause kam, war sogar Blut an seiner Kappe!«

»Gütiger Himmel!«, spottete Brittle. »Ein Vampir mit Blutspuren an der Kleidung. Wohin wird das noch führen?« Er wankte ein wenig, offenkundig eine Folge seines maßlosen Absinth-Konsums.

»Ich kann mich an nichts mehr erinnern und habe nicht den blassesten Schimmer, was in jener Nacht geschehen ist«, bekannte der Prinz, »und das macht mir einfach eine Heidenangst!«

»Dieser Club war einmal für seine stilvoll-dekadenten Amüsements bekannt und nicht nur für exzessive Sauf- und Drogengelage«, rief Lady Jessica vorwurfsvoll. »Die meisten von uns müssen montags früh aufstehen und zur

Arbeit oder zur Uni. Mir tut wirklich Leid, was mit Ihren Eltern geschehen ist, aber keiner von uns hat ein Erbe, das ihn finanziell unabhängig macht. Ich gönne Ihnen wirklich Ihr privates Vergnügen, aber ihr Burschen übertreibt es in letzter Zeit. Ihr wühlt zu tief in der Finsternis.« Sie schüttelte den Kopf. »Viel zu tief.«

»Bitte«, flehte Baxter Brittle. »In der Kürze liegt die Würze. Doch Ihr redet recht fade daher.«

»Wir werden Ihren Club nicht wieder betreten«, erklärte Lady Jessica. »Stattdessen werden wir eine eigene Gruppe gründen: Knowlton, ich und ein paar andere. Wir sind damit geschiedene Leute.«

Brittle griff sich mit theatralischer Pose an die Brust. »Stöhn! Eure Worte treffen mich tief!«, jammerte er mit triefendem Sarkasmus. »Bin ich denn wahrhaftig ein solches Scheusal, dass ich diese Schelte verdiene?«

»Kommt, Prinz«, sagte Lady Jessica und nahm ihren Begleiter beim Arm. »Lasst uns von hier verschwinden!«

»Ooooooh!«, grölte Brittle ihnen nach. »Wollt ihr vielleicht eine kleine Vampir-Teestunde abhalten? Vergesst nicht, den kleinen Finger abzuspreizen!«

Donald Marquette stimmte in das Lachen der anderen ein.

»Die beiden waren wohl ein bisschen zu zart besaitet«, rief Brittle ausgelassen. Doch plötzlich zeichnete sich ein harter Zug in seinem Gesicht ab. Dann blickte er die Mitglieder des harten Kerns seiner Clique an: den Marquis, Graf Mishka und Donald Marquette. »Aber ihr … ihr habt doch wohl Mumm genug in den Knochen, oder nicht?«

Alle nickten.

Ja, dachte Marquette, *ich habe Mumm genug. Und dies hier sind meine wahren Freunde. Dies hier sind die Leute, nach denen ich mein Leben lang gesucht habe. Wenn sie mit der Finsternis spielen … nun, dann werde ich es eben auch tun.*

Tun wir das nicht alle in den tiefsten Tiefen unseres Herzens?

So lautete eine Zeile in einer seiner Erzählungen und Marquette spürte instinktiv, dass sie stimmte.

Die Männer schritten durch den Perlenvorhang im hinteren Teil der Bar, gingen durch die Küche, wo Brittle seinen Schlüsselbund zückte und die Tür aufschloss, die in den Keller hinabführte.

Als Marquette den ›Salon‹ vor Monaten zum ersten Mal betreten hatte, war dieser vor allem mit allerlei mystischem Krimskram voll gestopft gewesen. Jetzt jedoch …

Nun, mittlerweile lief Tome Press wie geschmiert. Dementsprechend war die Lasterhöhle für die hier stattfindenden extravaganten Ausschweifungen ausgesprochen opulent ausgestattet worden. Baxter Brittle hatte ein paar kostbare Orientteppiche spendiert, die nun eine Aura von exotischem Luxus verbreiteten. Zudem war der Raum mit ebenso echten wie teuren Antiquitäten und Kunstwerken eingerichtet worden. Hier und dort fanden sich Kreuze, Halsketten sowie diverse esoterische und okkulte Symbole, auf die der flackernde Schein des Kerzenlichts fiel. Über allem schwebte der schwere und aromatische Geruch von Talg, Weihrauch, Brittles französischen Zigaretten und Alkohol.

Brittle führte die übrigen zu einer großen alten, aus Teakholz gefertigten Tafel, um die herum kunstvoll geschwungene Stühle standen. Er forderte seine wackeren Gefolgsleute mit einer Geste dazu auf, Platz zu nehmen, bevor er die Flasche Absinth aus der Tasche zog und zusammen mit dem Kissen vor seinem Stuhl deponierte.

»Brüder der Finsternis, lasst uns in trauter Runde weiterzechen. Was wollt ihr trinken?«

Alle wählten Bier, woraufhin Brittle auf den Kühlschrank deutete. »Bedient euch.«

Nachdem sich jeder versorgt hatte, versammelte sich die Clique um den Tisch herum.

»Ihr Edelmänner, wir haben uns hier in diesem kosmischen Denk-Tank versammelt, um über ein Dilemma zu diskutieren«, begann Brittle. »Auf der einen Seite können wir erleichtert feststellen, dass sich einzelne unwürdige Club-Mitglieder von uns trennen wollen. Wir müssen jedoch darauf achten, dass die Betreffenden im Hinblick auf unsere hiesigen Zeremonien auch nach ihrem Ausscheiden den Mund halten.«

Bei dieser Feststellung verriet das Zucken seiner Augenbrauen eine gewisse Nervosität.

»Auf der anderen Seite freuen wir uns über einen wahren Freund in unseren Reihen, der sich auf keinen Fall von uns trennen will, obwohl er beruflich dazu gezwungen sein könnte, und zwar durch seinen Arbeitgeber.«

»Durch William Blessing«, stellte Graf Mishka unnötigerweise fest.

»Bei dem es sich um einen wahrlich namhaften Gegner handelt«, stellte der Marquis fest.

»Vielleicht sollten wir versuchen, Blessing in unserem Kreis aufzunehmen, bevor wir mit ihm die Klinge kreuzen«, schlug Graf Mishka vor.

»Derartige Offerten habe ich bereits mehrfach an ihn gerichtet«, winkte Brittle ab. »Doch der gute Professor sitzt so hoch in seinem Elfenbeinturm, dass er uns gar nicht mehr wahrnimmt. Deshalb verachtet er uns und nimmt uns gar nicht zur Kenntnis. Diese Haltung fällt allerdings leicht, wenn man über genügend Geld und beruflichen Erfolg verfügt. Und doch, meine lieben Brüder, trinken wir nicht alle aus derselben Quelle? Sind wir nicht auch – genau wie William Blessing – Jünger der Literatur und der Philosophie, der wir unser Wissen verdanken? Unser Freund Donald Marquette wird dies bestätigen! Wir werden es bestätigen! Und manch anderer auch! Nur William Blessing, der sich wie wir in der schwarzen Kunst versucht, leugnet es, dass auch seine Fertigkeiten nach Schwefel stinken. Er hält sich für mächtig und unverwundbar. Er glaubt, die Phantome der Nacht, deren Nähe wir suchen, schmähen zu können!«

Baxter Brittle verfiel in Schweigen. Die Kerzen, die ringsherum brannten, flackerten plötzlich, als seien sie von einem Geist in Unruhe versetzt worden.

»Vielleicht sollte jemand den Professor aus seinem trügerischen Schlaf erwecken«, schlug Graf Mishka vor.

»Ja«, stimmte der Marquis zu, »ihn wecken und ihm klarmachen, was für ihn bei der ganzen Sache finanziell drin ist. Vielleicht überlegt er sich dann das Ganze noch einmal?«

Donald Marquette war gerade drauf und dran, seinem aufwendig gestylten Gesinnungsgenossen ins Wort zu fallen, doch als er den weggetretenen Gesichtsausdruck des Marquis bemerkte, überlegte er es sich anders.

»Das alles sagt sich so leicht«, begann er vorsichtig. »Aber im Augenblick scheint es kaum aussichtsreich, Blessing mit Geld ködern zu wollen. Alle Verlage und Verleger, mit denen ich gesprochen habe, würden ihn sofort mit Kusshand nehmen.«

»Und Honorare zahlen, die wir uns nicht leisten können«, fügte Baxter Brittle hinzu. »Aber da war doch noch die Sache mit den Fernsehdrehbüchern. Wie steht's denn damit?«

»Tut mir Leid, aber auch daran zeigte er nicht das geringste Interesse.«

»Hey, der Kerl beleidigt tatsächlich meine Lieblingsserie?«, schimpfte der Marquis.

»Ich muss zugeben, dass auch ich voreingenommen bin«, gestand Brittle. »Aber sehen wir den Tatsachen ins Auge: Selbst wenn man *Star Trek*-Autoren für das Verfassen der Drehbücher engagieren könnte, würde die Serie immer noch nicht ins Abendprogramm kommen.«

»Traut sich da jemand, etwas gegen *Star Trek*-Bücher zu sagen?«, meldete sich Graf Mishka zu Wort. »Ich liebe *Star Trek*-Bücher!«

»Von mir aus«, seufzte Brittle. »Wir können nicht alle mit gutem literarischen Geschmack gesegnet sein.«

Er beugte sich vor und massierte seine Nasenwurzel, als wolle er auf diese Weise seiner Inspiration auf die Sprünge helfen.

Unterdessen nippte Donald Marquette an seinem Bier, das ihm schwärzer und trüber denn je erschien. Er hatte es im Augenblick wirklich nicht leicht. Da war nicht nur die viele Arbeit, sondern auch die belastende Nähe zu Blessing und dessen exzentrische Kapriolen. Gütiger Himmel, der Mann hörte sich wirklich gerne reden, und alles, was er redete, diente ausnahmslos der eigenen Selbstdarstellung. Von ihm, Donald Marquette, wurde nur verlangt, freundlich und folgsam zu sein. Er sollte stets zur rechten Zeit applaudieren und seinem Herrn und Meister in den Hintern kriechen.

Beinahe noch schlimmer war es, Amy Blessings ständige Nähe ertragen zu müssen. Marquette hatte sich bereits bei ihrer ersten Begegnung in sie verliebt, und sein Verlangen nach ihr war in all den Monaten immer nur stärker geworden. Gott, wie schwer es ihm fiel, neben ihr zu stehen, ohne die Arme um sie zu legen und sie zu küssen! Zudem liebte sie es offensichtlich, ihn – den Sklaven ihres Mannes – zu berühren. Seit einiger Zeit umarmte sie ihn des öfteren. Und wenn ihre Brüste ihn berührten, dann durchzuckte ihn dies wie ein elektrischer Schlag. Schon allein der Duft ihres Parfüms versetzte ihn in Ekstase. Zu Weihnachten hatte sie ihn unter dem Mistelzweig sogar geküsst – wenn auch nur auf die Wange, aber immerhin …

Kein Zweifel, sie ist wirklich scharf auf mich, dachte er und trank noch einen Schluck Bier. *Vielleicht hat sie es selbst noch gar nicht so richtig gemerkt, aber es besteht kein Zweifel daran.*

Wenn er doch nur …

Plötzlich waren Schritte zu hören, die die Treppe herunterkamen und Baxter Brittle aus seinen Gedanken rissen.

»Wer kann das sein?«, fragte er.

Zuerst wurden schwere Lederstiefel und ein bodenlanger schwarzer Mantel sichtbar, in dem Mick Prince steckte. In der einen Hand hielt er eine Flasche Courvoisier, in der anderen eine fein gearbeitete Reitpeitsche, mit der er gegen das Geländer schlug, als er unten angekommen war.

Die Flammen der Kerzen begannen zu flackern. Und mit einem Mal schien es durch das Eintreten des Mannes, der den über dem Hafen liegenden Nebel und den Gestank nach Möwen und Ratten mit hereingebracht hatte, in dem Raum ein paar Grade kälter zu sein.

Hinter Prince wurde ein weiteres Paar Stiefel sichtbar, die beinahe nahtlos in die Beine einer schwarzen Lederhose übergingen. Mit jedem Schritt, den Mick Prince' Begleiter weiter herunterstieg, wurde deutlicher erkennbar, dass die Hose mit silbernen Beschlägen verziert war und zwei kräftige Oberschenkel umspannte. Darüber wurden eine schmale Taille und ein unterhalb des Nabels nackter, muskulöser Unterleib sichtbar, dann ein Lederhemd, das einen mächtigen Brustkorb und breite Schultern umspannte, und schließlich das breite, harte Gesicht eines Football-Spielers.

»Komm schon, Theodore«, rief Prince, »nur keine Hemmungen. Ich kann dir garantieren, dass dich die Leute hier nicht beißen werden. Obwohl …« – Er verzog sein Gesicht zu einem grimmigen Lächeln – »… ich mir sicher bin, dass du deinen Spaß daran hättest, wenn sie es täten.«

Er wandte sich den anderen zu. »Darf ich euch ein neues Mitglied unseres Clubs vorstellen? Dies hier ist Theodore, der sich nur zu gern unserem literarischen Zirkel anschließen möchte. Stimmt's, Theodore?«

Der muskulöse Hüne stieß nur ein dumpfes Knurren aus.

»Wie wär's mit einem Bier, mein Freund?«

»Ich nehme ein Beck's.«

»Bedien dich. Du wirst feststellen, dass der Kühlschrank dort drüben gut bestückt ist.«

Während der Hüne sich ein Bier holte, schlenderte Prince zu dem großen Tisch und setzte sich zu den anderen.

»Der hohe Rat tagt ohne mich?«, fragte er gedehnt in misstrauischem Ton. »Ist irgendetwas los?«

Brittle ließ sich nach hinten in seinen Stuhl zurückfallen und brach in lautes Gelächter aus. »Jetzt nicht mehr.«

Prince legte seine Stirn in Falten. »Was, zum Teufel, soll das heißen?«

»Dein Eintreffen ist die Lösung des Problems«, rief Brittle. »Ich habe nämlich eine Idee, und zwar für eine geradezu *wunderbare* Lösung des Problems!«

Sein zuvor noch finsteres und ratloses Gesicht strahlte Donald Marquette förmlich an.

»Wenn mein Plan funktioniert, wirst du nicht nur in der Wertschätzung deines geliebten Herrn Professor steigen, sondern zugleich Gelegenheit erhalten, auch weiterhin mit unserer Runde zu verkehren. Darüber hinaus wird die Sache zu unser aller Vorteil sein.«

Marquette war mittlerweile so weit, dass er zu allem Ja und Amen gesagt hätte.

Er nahm einen Schluck, faltete die Hände und beugte sich vor, um aufmerksam zuzuhören.

13

Hastig schloss ich auf die Riegel
    durch die offnen Fensterflügel
Trat ein würdig-alter Rabe,
    wie aus heiliger Vorzeit Tor.
Schritt vorbei mir ohne Nicken,
    neigte nicht den steifen Rücken,
Schwang sich, Stolz in allen Blicken,
    von dem Boden hoch empor,
Wo der Türe Sims sich wölbte,
    auf den Pallaskopf davor.
    Saß dort, saß, stumm wie zuvor.

Edgar Allan Poe, *Der Rabe*

William Blessing hatte früher über solche Abende immer nur die Nase gerümpft. Während seiner Zeit als Junggeselle hatte er sie schroff abgetan und als närrischen Sentimentalismus verachtet. Dieser spießige Unsinn war von der Gesellschaft nur zu dem Zweck erfunden worden, die Unabhängigkeit und Freiheit des Einzelnen zu unterdrücken.

Bequem in seinem Sessel sitzend, empfand Blessing dergleichen inzwischen nicht nur als höchst angenehm, er fühlte sich auch zufriedener als jemals zuvor. Ja, mehr noch: Er fühlte sich geradezu uneingeschränkt glücklich.

Die Glut des knisternden Feuers im Kamin umhüllte ihn mit ihrer Wärme. Hinzu kam der holzig-würzige Duft des Zedernholzes, der sich aufs angenehmste mit den Duftaromen mischte, die Amy liebevoll in den von Teelichtern erwärmten Schalen im Raum verteilt hatte. Zudem hatte der Kakao in Blessings Tasse durch den Schuss Whiskey, den er hinzugefügt hatte, genau den richtigen Geschmack. Und zu guter Letzt hielt Blessing eine gut erhaltene und wunderschön illustrierte, aus dem neunzehnten Jahrhundert stammende Ausgabe von Charles Dickens' *Nicholas Nickleby* in den Händen. Er genoss diesen Roman in den seltenen Mußestunden, die er sich gönnte, um den kurzlebigen Literaturtrends zu entkommen und sich in die ruhigen Gewässer verzaubernder Worte und zeitloser Figuren zu verlieren. An diesem gemütlichen Samstagabend im Februar saßen er und seine geliebte Amy warm und behaglich in ihrem schönen Heim, während draußen der scharfe Wind den Schnee erbarmungslos ums Haus peitschte.

Das Feuer, das munter im Kamin prasselte, gab plötzlich ein knallendes Geräusch von sich. Blessing warf einen erschrockenen Blick auf die Flammen, doch als er sah, dass lediglich ein kleiner Funke herausgesprungen war, der nun auf der Bodenfliese verglühte, lehnte er sich wieder entspannt zurück und warf einen Blick auf Amy.

Sie war der eigentliche Grund für seine tiefe Zufriedenheit … nein – sein *vollkommenes Glück*. Sie saß in den Sessel gekauert, hatte ihr Strickzeug beiseite gelegt und war in Jane Austens *Mansfield Park* vertieft.

Amy.

Seine Amy.

Er konnte nicht anders, als sie unverwandt anzuschauen. Sie war so wunderschön, und ihre Schönheit berührte etwas, das ganz tief in ihm verborgen war. Etwas, das ihn ganz und gar durchdrang, etwas Reines und … Heiliges. Auch wenn ihre mädchenhafte Jugend einen Teil ihrer Attraktivität ausmachte, so würde sie mit dem Alter zu einer noch größeren Schönheit reifen.

Sie scherzten manchmal, seine Begeisterung für Poe sei so weit gegangen, dass er sich – als Nachahmung des Autors, der mit seiner dreizehnjährigen Cousine eine Ehe eingegangen war – ebenfalls noch ein halbes Kind zur Frau genommen hatte.

Im Grunde hatte es sich jedoch bereits kurz nach dem ersten gemeinsamen Wochenende auf dem Fantasy-Symposium im Laufe regelmäßiger Telefonate und Korrespondenzen herauskristallisiert, dass Amy in emotionaler Hinsicht mehr Reife besaß als er. Wenige Monate nachdem die erste aufregende Phase der Hochzeit, der Flitterwochen, des ständigen Zusammenseins, der Blumensträuße, Liebesbriefe und all der anderen Liebeleien vorüber war, hatte es sich jedoch gezeigt, wie gut sie im alltäglichen Zusammenleben harmonierten. Sie genossen ihre Zweisamkeit, die durch Leidenschaft, Liebe und gegenseitiges Verständnis gekennzeichnet war. Jenseits des Altersunterschiedes bestand zwischen ihnen eine innige *Verbindung,* die nichts mit reiner körperlicher Anziehung zu tun hatte. In Blessings Augen verkörperte Amy alle Eigenschaften vollkommener Lyrik, und zwar durch ihr bezauberndes Äußeres, ihren erlesenen Geschmack, ihr musisches Talent bis hin zu ihrem sanften und liebevollen Wesen. Deshalb war sie ihm nicht mehr aus dem Kopf gegangen, seit er zum ersten Mal ihr scheues Lächeln gesehen hatte. Und deshalb dichtete er von Zeit zu Zeit Verse über sie, die er mit einer echten Feder niederschrieb. Sobald das Buch voll war, würde er es mit einer roten Schleife versehen und vor einer ihrer gemeinsamen Reisen auf ihr Kopfkissen legen.

Großer Gott, wie sehr er sie anbetete!

Als er erneut von seinem Buch aufsah, um ihre edlen

Gesichtszüge zu bewundern, wie er es so oft an solch friedlichen Leseabenden tat, kreuzten sich beider Blicke. Dabei erschien ihm der Ausdruck in ihren Augen ein wenig seltsam.

»Ist alles in Ordnung, Amy?«, erkundigte er sich.

»Ja, ich denke schon, Bill.«

»Du siehst aber ein bisschen … sorgenvoll aus.«

»Hmm. Es fällt mir schwer, mich aufs Lesen zu konzentrieren. Ich bin etwas beunruhigt.«

»Worüber denn?«

»Ich weiß es auch nicht genau. Es ist so ein … Gefühl.«

Er stand aus seinem Sessel auf und legte das Buch zur Seite. Dann kniete er sich vor ihr hin und legte seine Arme um sie. Sie duftete nach einer Mischung aus Jasmin und Earl Grey-Tee. Ihr Haar glänzte im Schein des Feuers.

»Bist du etwa immer noch wütend wegen unserer kleinen Auseinandersetzung in der letzten Woche?«

»Wie? Wegen der *Dark Sunset*-Sache?«

Sie ließ ihr sanftes Lachen hören.

»Weshalb sollte ich? Ich habe doch gewonnen. Ich werde ungeachtet deiner höchst snobistischen Arroganz meine Erzählung veröffentlichen.« Sie kniff ihn zärtlich in die Nasenspitze. »Und ich muss ehrlich zugeben, dass ich keineswegs etwas gegen deine warnenden Worte einzuwenden hatte, Donald solle sich ein wenig vor diesen Tome Press-Leuten in Acht nehmen.«

»Nicht, dass ich per se etwas gegen Leute hätte, die sich merkwürdig kleiden und aufführen, obwohl ich, soweit ich mich erinnern kann, nie derartige Modeerscheinungen mitgemacht habe.«

»Du warst wahrscheinlich viel zu sehr damit beschäftigt, Fußnoten für deine wissenschaftlichen Aufsätze zu schreiben.«

Er lächelte über die schlagfertige Antwort. »Ich habe die Bücher dieses Verlages gelesen, und sie bereiten mir Sorgen. Irgendwie – ich weiß selbst nicht genau, auf welche Weise – ist es mir gelungen, einen guten Ruf zu erarbeiten. Ich muss nun sehr, sehr vorsichtig sein, um ihn nicht aufs Spiel zu setzen. Verstehst du das?«

»Natürlich verstehe ich das. Donald scheint sich deswegen allerdings keine großen Sorgen zu machen. Ich denke, es würde ihm gut tun, wenn er eine feste Freundin hätte. Vielleicht spannst du ihn allzu sehr in deine Arbeit ein. Ich habe ihn einigen meiner Freundinnen vorgestellt, aber er scheint keinerlei Interesse an ihnen zu haben.«

»Daran denkst du jetzt, Amy? An Donald?«

»Nein, nicht nur … ich denke über vieles nach.«

Sie biss sich auf die Lippen, schaute ihn etwas traurig an und legte ihre Hand an seine Wange.

»Bill, manchmal denke ich, dass auch wir beide … zu sehr beschäftigt sind, … dass wir gar nicht mehr zum Leben kommen.«

»Denkst du, dass wir einen Urlaub machen sollten?«

Sie lachte. »Du kennst mich wirklich gut. Du weißt genau, dass ich immer Urlaub gebrauchen könnte. Nein, das ist es nicht …!« Sie biss sich erneut auf die Lippe. »Ich habe nur nachgedacht. Die Jahre vergehen. Ich weiß, dass ich noch jung bin, aber du …«

»Ich altere dir zu schnell?«

»Nein, nein. Ich glaube, ich rede lieber nicht länger um den heißen Brei herum. Ich weiß, dass wir schon früher darüber gesprochen haben … über Familienplanung … und das Thema eigentlich erst mal *ad acta* gelegt haben. Aber nun denke ich manchmal, dass uns die Zeit davonläuft … Ich weiß, dass du nicht besonders viel mit Kindern anfangen kannst. Aber wer weiß?« Sie lächelte ihn verträumt an. Tränen glitzerten in ihren Augen. »Wer kann schon sagen, was die Zukunft uns bringt? Vielleicht würde es mich sehr glücklich machen, gemeinsam mit dir unsere Enkelkinder aufwachsen zu sehen … und all das andere sentimentale Zeug!«

Sie schniefte und wandte sich ab.

»Wahrscheinlich bin ich nur ein wenig durcheinander. Zum einen lese ich Herrmann Hesse und höre mir Kurt Cobain an, und zum anderen möchte ich Babyschühchen für meine Enkelkinder stricken und Kreuzfahrten für unsere Rentnerjahre planen!«

Er lachte, aber innerlich fühlte er sich sehr bewegt.

So viele seiner Gefühle waren tief in ihm vergraben gewesen, bevor er Amy getroffen hatte. Und nun schien er eine so reiche Ernte davon zu genießen, als trüge er einen ganzen Matisse-Wundergarten mit einem unendlichen Spektrum an lebendiger und facettenreicher Liebe in allen möglichen Gefühlsvarianten in sich.

»Auweia, nun scheint mein hohes Alter doch noch zu einem Problem zu werden.«

»Es tut mir Leid«, sagte sie. »Aber du weißt, dass es mir schwer fällt, meine Gefühle für mich zu behalten.«

»Das ist doch nichts Schlimmes«, widersprach er. »Du äußerst außerdem nicht nur deine Gefühle, sondern sprichst nur eine Tatsache aus, mit der wir uns beide auseinandersetzen müssen.«

»Ich hatte befürchtet, dass du verärgert sein würdest.«

»Aber warum denn? Sollte ich etwa so eitel sein, nicht zu bemerken, dass ich langsam ein alter Tattergreis werde?«

»Du bist nicht alt. Das ist überhaupt nicht der Punkt.«

Er schmunzelte. »Nein, eigentlich nicht. Ich verstehe.«

Sie hatte ihr Gesicht abgewandt. Er drehte es wieder zu sich herum und küsste sie sanft auf die Wange. »Du hast so Recht, mein Liebling. Es gibt keinen einzigen Grund, weshalb wir keine Kinder haben sollten. Und zwar sofort. Es war wahrscheinlich purer Egoismus von mir. Ich wollte dich so lange wie möglich ganz für mich allein haben.«

Ihre Augen leuchteten vor Überraschung und Glück.

»Bill! Du meinst es also wirklich ernst!«

»Nun, es gibt noch das kleine Problem, wie wir genug

Geld zusammenkriegen«, zog er sie mit ernstem Gesicht auf. »Du weißt ja: Wenn man erst einmal Kinder hat, ist jeder Dollar nur noch die Hälfte wert.«

»Ich kann ja vielleicht eine *Dark Sunset*-Geschichte schreiben, Daddy«, scherzte sie in kindlichem Tonfall. Dann schlang sie ihre Arme um ihn.

Sie presste sich so fest an ihn, als ob sie auf der Stelle mit ihm verschmelzen wollte. Und Blessing hätte alles andere getan, als sich dagegen gewehrt.

Er hielt sie in seinen Armen und genoss die Geschmeidigkeit ihres Körpers. Der süße und warme Duft ihres Parfüms versetzte ihn in einen sinnlichen Rausch. Als sie sich küssten, hatte er das Gefühl, als hätte noch kein Kuss von ihr zuvor so süß und verheißungsvoll geschmeckt.

Dann fand er sich in leidenschaftlicher Umarmung mit ihr auf dem Fußboden, ganz in der Nähe des lodernden Feuers. Die brennenden Scheite im Kamin konnten nicht heißer glühen als seine Liebe zu ihr. Nur dass sein inneres Feuer nicht so schnell vergehen würde.

»Ach, Liebling«, hauchte er ihr ins Ohr. »Neben dir verblasst sogar Charles Dickens.« Er deutete in Richtung der Treppe. »Und weißt du, was? Auch wenn du mein fortgeschrittenes Greisentum leugnest, so bin ich doch ein wenig zu alt, um mich mit dir auf dem Boden herumzuwälzen. Ich würde es jedenfalls alle Mal vorziehen, wenn wir uns der zukünftigen Elternschaft in unserem gemütlichen und luxuriösen Bett widmeten.«

»Alter Spielverderber«, gab sie scherzend zurück.

Sie sprang leichtfüßig auf und zog Blessing, der theatralisch einen Rheumatismusanfall mimte und spielerisch gebeugt hinter ihr her hinkte, mit einem verliebten Schmunzeln und glänzenden Augen zur Treppe, die zum Schlafzimmer führte.

Als sie halb oben waren, klingelte es an der Haustür.

»Wer kann das um diese Zeit sein?«, fragte Amy Blessing überrascht.

»Jedenfalls nicht Donald«, stellte Blessing fest. »Er hat einen eigenen Schlüssel. Außerdem würde er nie auf die Idee kommen, uns an einem Samstagabend zu stören.«

»Komm, Bill. Lass uns das Läuten ignorieren.« Sie nahm ihn beim Arm. »Wir tun einfach so, als seien wir nicht zu Hause.«

»Amy, es ist allzu offensichtlich, dass wir zu Hause sind. Außerdem könnte es sich um etwas Wichtiges handeln.« Er löste sich mit sanfter Gewalt von ihr und lächelte sie beruhigend an. »Geh ruhig schon nach oben. Ich werde mich in der Zwischenzeit um die Sache kümmern. Und was immer es sein mag, ich werde mich beeilen.«

»Nein«, erwiderte Amy Blessing ein wenig verärgert über seine Sturheit und verschränkte demonstrativ ihre Arme vor der Brust. »Ich werde hier auf dich warten.«

»Sieh mal, man hat doch gewisse Pflichten anderen gegenüber. Es hat schließlich stark geschneit. Vielleicht hat jemand einen Unfall gehabt oder sitzt mit dem Wagen fest und muss nun telefonieren, um Hilfe zu holen.«

»Mitten in der Stadt? Das kann ich mir kaum vorstellen.«

Sie war auf dem Lande aufgewachsen, und hin und wieder machte sie das Leben in der Stadt noch immer ein wenig nervös. Allerdings wohnten sie in einem ziemlich sicheren Stadtteil. Es war kaum vorstellbar, dass sich ein paar Straßenkriminelle erdreisten würden, einfach an der Tür zu läuten. Außerdem boten die verschneiten und vereisten Straßen kaum geeignete Fluchtmöglichkeiten.

Doch William Blessing musste nicht einmal die Tür öffnen, um herauszufinden, wer vor dem Eingang stand.

Er stieg ins Erdgeschoss hinunter und schaltete den Überwachungsmonitor ein.

»Hallo?«, sagte er in das Mikrofon der Gegensprechanlage, während der Bildschirm zum Leben erwachte. Zuerst zeigte er ein paar Sekunden lang horizontale Linien, dann nur noch Grau in Grau. Vermutlich war die Frontlinse der Videokamera zugeschneit.

»Tut mir Leid, Sie stören zu müssen, Sir. Aber ich habe hier draußen einen Unfall gehabt und muss einen Abschleppwagen rufen, wahrscheinlich auch die Polizei.«

Es war die Stimme einer Frau, deren Zähne vor Kälte deutlich hörbar klapperten. Blessing konnte die klirrende Kälte, die draußen herrschte, geradezu körperlich spüren. Doch er konnte nicht *sehen*, wer vor der Tür stand.

Der verdammte Schnee! Normalerweise hatte er nichts gegen Schnee, aber in Situationen wie diesen wünschte er sich manchmal, in milderen Gefilden zu leben. Die Ostküste konnte in dieser Jahreszeit schon ganz schön rau sein. Warum war die Frau nur ausgerechnet auf die Idee gekommen, an seiner Tür zu läuten? Wie auch immer, er fühlte sich jedenfalls verpflichtet, ihr aus ihrer Notlage zu helfen.

Kurz entschlossen schaltete er die Alarmanlage ab, entriegelte das Schloss und öffnete die schwere Eichentür. Im selben Augenblick fuhr der eisige Wind in die Eingangshalle und trieb einige Schneeflocken herein.

»Was ist denn ge…«, begann Blessing, brach jedoch mitten im Satz ab, als er erkannte, dass keine Frau vor der Tür stand, sondern ein hünenhafter, ganz in Schwarz gekleideter Mann, der sich deutlich gegen den verschneiten Hintergrund abhob.

Bevor der Professor auch nur auf den Gedanken kam, die Tür wieder zuzuwerfen, war der Mann bereits vorgetreten, um ihm mit der Schnelligkeit und Präzision eines Boxers die rechte Faust auf den Solarplexus zu schlagen.

Vor Blessings Augen mischten sich Sterne unter den Schnee ringsum. Röchelnd klappte er zusammen und wich zurück, während es vor seinen Augen schwarz wurde. Als er schließlich zusammensackte und zu Boden sank, war der Mann bereits eingetreten.

Der Professor hatte das Gefühl, in zwei Teile zerbrochen zu sein.

»Das ist wirklich nett von Ihnen, Professor, uns hereinzubitten«, spottete eine Stimme hinter dem Rücken von Blessings Angreifer. »Hier drinnen ist es viel gemütlicher als draußen in der Kälte.«

Der Schmerz wanderte langsam aus seinem Unterleib hinauf in die Brust. Während er gegen die drohende Bewusstlosigkeit ankämpfte, schloss der zweite Mann leise die Tür hinter sich und trat vor Blessing.

Ein langer, langer Mantel.

Bloße Finger, die aus schwarzen Handschuhen herauslugten.

Ein hartes Kinn.

Und ein boshaftes Grinsen.

»Da wären wir also«, flüsterte er in eindringlichem Ton. »Und nun hören Sie gut zu, Professor. Es besteht keine Notwendigkeit, dass irgendjemand hier ernsthaft verletzt wird – obwohl wir sicherlich über das dafür notwendige Handwerkszeug verfügen.«

»Allerdings«, knurrte der ganz in Schwarz gekleidete Hüne. »Zum Beispiel über scharfe Messer oder ein paar hässliche Kanonen.«

»Und noch über weitere hübsche Spielzeuge, das kann ich Ihnen versichern«, fügte der andere im langen Mantel hinzu. »Wir sind Profis, wir haben wirklich Spaß an unserer Arbeit. Und uns ist zu Ohren gekommen, dass Sie über eine sehr ansehnliche Büchersammlung verfügen. Ist das richtig, Herr Professor?«

Blessing war noch nicht wieder in der Lage zu sprechen.

»Ich habe Sie gefragt …« Der Mann strich sein Haar zurück und starrte Blessing direkt in die Augen. Sein Atem roch nach Alkohol, Knoblauch und etwas noch Widerwärtigerem. »Ich habe Sie gefragt, ob das richtig ist.«

Mit großer Mühe presste Blessing ein heiseres »Ja«

über die Lippen. Mittlerweile war genug Adrenalin in seinem Kreislauf, um ihn klar erkennen zu lassen, wie die Dinge standen. Seine Sorge galt keinesfalls der Poe-Sammlung, sondern einzig und allein seiner Frau.

Amy.

Die Kerle durften Amy nichts antun!

»Okay«, stieß er mühsam hervor. »Sie brauchen keine Gewalt anzuwenden. Sie werden alles bekommen, was Sie wollen.«

»Ich sehe, ich habe es mit einem vernünftigen Mann zu tun«, lobte der Mann im langen Mantel voller Sarkasmus.

Der andere, hünenhafte Gangster, dessen kantiges Gesicht an eine Comic-Figur erinnerte, zog Blessing vom Boden hoch und drehte ihm beide Arme auf den Rücken.

Ein scharfer Schmerz schoss dem Professor in die Schultern. Er hatte das Gefühl, als sollten ihm die Arme aus den Gelenken gerissen werden. Wieder drohte er, ohnmächtig zu werden. Doch als ob sein Peiniger dies mitbekommen hätte, lockerte er seinen Griff ein wenig.

»Gut so. Wenn Sie auch weiterhin vernünftig sind, werden wir die Sache schnell über die Bühne bringen. Und selbst wenn wir Ihnen ein bisschen wehtun mussten, hätte alles sehr viel schlimmer ausgehen können. Also, Professor, dann führen Sie uns jetzt zu Ihrer Sammlung. Ich nehme an, sie befindet sich oben?«

»Ja.«

»Schön. Dann gehen wir jetzt langsam und hübsch artig nach oben. Aber bitte nicht zu langsam. Wir werden nämlich leicht ungeduldig.«

Da keiner der beiden Männer eine Maske trug, versuchte Blessing sich jeden Gesichtszug, jede Narbe und jedes sonstige Merkmal einzuprägen.

Ihr Dreckskerle macht einen riesigen Fehler, dachte er. *Ihr werdet mit dieser Sache nicht davonkommen, dafür werde ich schon sorgen.*

Nur der Gedanke, dass man die Kerle später schnappen würde, und die Sorge um Amy hielt ihn davon ab, Widerstand zu leisten.

Sie trieben ihn die Treppe hinauf.

»Zeigen Sie uns die Tür, und sperren Sie sie auf«, verlangte der Mann im langen Mantel.

Blessing dachte daran, ihnen Geld und andere Wertgegenstände anzubieten, damit sie möglichst schnell wieder verschwanden, aber er wusste, dass er damit keinen Erfolg haben würde. Die Gangster verfolgten ein festes Ziel und würden sich nicht davon abbringen lassen.

Dass es stets eine gewisse Gefahr mit sich brachte, so viele Kostbarkeiten im Haus aufzubewahren, war Blessing immer klar gewesen. Doch er hatte dabei nur an zufällige Einbrecher gedacht, nicht aber daran, dass es jemand gezielt auf seine Büchersammlung abgesehen haben könnte. Was aber ließ die Kerle darauf hoffen, diese seltenen Stücke verkaufen zu können? Was sonst sollten sie mit den Erstausgaben vorhaben? Sie mussten sich dabei einfach die Finger verbrennen, davon war Blessing überzeugt. Zudem hing er viel zu sehr an seiner Sammlung, als dass er sie einfach aufgegeben hätte. Doch Amys Leben und sein eigenes waren natürlich sehr viel wichtiger. Deshalb würde er alles tun, was die beiden von ihm verlangten.

Als sie ins zweite Stockwerk gelangten, trat Amy aus der Badezimmertür. »Bill, ist irgendetwas …?«

Sobald sie die Männer hinter ihrem Mann sah, ahnte sie, was los war. Von Panik erfasst, wandte sie sich um und rannte davon.

»Amy, nicht!«, brüllte Blessing ihr nach.

Doch der Mann im langen Mantel war ihr bereits auf den Fersen. Sie hatte keine Chance. Noch bevor sie die erste Stufe erreicht hatte, schlang er einen Arm um ihre Hüfte und hielt sie fest.

»Halt's Maul, du verdammte Hure!«, herrschte er sie

an und schüttelte sie wie ein Jagdhund ein Kaninchen, als sie zu schreien begann.

»Tun Sie ihr nichts!«, flehte Blessing.

Amy gab jeden Widerstand auf, woraufhin der Mann sie zu der Tür zurückdrängte.

»Keinem von euch wird ein Haar gekrümmt, wenn ihr schön brav seid, verstanden?«

Erneut schüttelte er Amy Blessing durch, als wolle er sie auf diese Weise zur Vernunft bringen. Mit weit aufgerissenen Augen und starr vor Schreck, nickte sie. Dann blickte sie zu ihrem Mann hinüber und schien ein wenig erleichtert, da er scheinbar unverletzt war.

»Sie haben es nur auf die Poe-Sammlung abgesehen«, erklärte er. »Ich werde sie ihnen geben.«

»Das ist wirklich sehr großzügig von Ihnen, Professor«, spottete der Mann im langen Mantel. »Aber wenn ich jetzt bitten dürfte …!« Er deutete schweigend auf die Alarmanlage.

»Sie wäre längst abgeschaltet, wenn ich eine freie Hand hätte.«

»Aber selbstverständlich. Wir haben ja jetzt auch Mrs. Blessing in unserer Gewalt. Und falls Sie irgendwelche Mätzchen versuchen sollten, Herr Professor, wird sie die Erste sein, die unseren Unmut zu spüren bekommt.«

Während Blessing sich mit verzerrtem Gesicht die Hände rieb, um seinen Blutkreislauf wieder in Schwung zu bringen, ließ der unmittelbar hinter ihm stehende Hüne ihn keinen Augenblick lang aus den Augen. Dann tippte der Professor den Zahlencode in die Tastatur; einen Augenblick später erlosch eine rote Lampe.

»Schön langsam, Professor!«, mahnte der Mann im langen Mantel, als Blessing seine rechte Hand in die Hosentasche schob.

»Ich will nur meine Schlüssel herausholen.«

»Okay.«

Blessing hielt den Schlüsselbund hoch, sodass die beiden ihn sehen konnten, wählte den passenden Schlüssel und sperrte die Bibliothek auf.

Ein kühler Luftzug und der Geruch von altem Papier und Leder strömte der kleinen Gruppe entgegen, als die Tür aufschwang. Gefolgt von den anderen, trat Blessing in den Raum und schaltete das Deckenlicht ein.

Sobald der Mann im langen Mantel sich in der Bibliothek umsah, ging plötzlich eine Veränderung mit ihm vor. Bis zu diesem Zeitpunkt hatte er ein selbstsicheres Grinsen zur Schau getragen, doch nun wirkte er plötzlich irgendwie verwirrt und orientierungslos, ja geradezu bestürzt und ängstlich.

»Großer Gott!«, flüsterte er.

»Was ist los?«, fragte der andere.

»Schnapp dir die Frau!«

Der Hüne gehorchte sofort, trat auf Amy Blessing zu und riss sie grob zu sich heran. »Sie ist wirklich ein süßes Kätzchen. Und sie riecht auch sehr gut.«

Gedankenverloren griff der Mann mit dem langen Mantel in seine Tasche und zog langsam einen Revolver heraus.

»Du verdammter Hundesohn«, knurrte er leise.

Er begann am ganzen Körper zu zittern. Als er sich umdrehte, starrte er Blessing aus roten und blutunterlaufenen Augen an. Dann hob er langsam die Waffe. Die Mündung war das Dunkelste und Kälteste, das Blessing in seinem ganzen Leben gesehen hatte.

»Du bist es also«, zischte der Mann.

»Wovon reden Sie?«

»Nein!«, kreischte Amy.

Trotz der Angst, die ihn befallen hatte, wandte sich Blessing instinktiv zu seiner Frau um.

Der Hüne schenkte dem übrigen Geschehen offensichtlich keine weitere Beachtung mehr. Stattdessen hatte die Nähe zu Amy Blessing Bedürfnisse in ihm geweckt, die weit stärker zu sein schienen als seine Bereitschaft, den ihm erteilten Auftrag auszuführen. Er atmete schwer und hatte seinen Mund in Amys Nacken gegraben, während eine seiner großen Pranken ihre Brüste begrapschte.

»Lassen Sie sie in Ruhe!«, brüllte Blessing. Ohne an die ihm drohende Gefahr zu denken, trat er auf den Hünen zu und schlug ihm seine Faust ins Gesicht. Der Schlag schien ihm selbst mehr Schmerzen verursacht zu haben als dem Mann, aber der Hieb hatte gereicht, die Aufmerksamkeit des Hünen auf ihn zu lenken. Er starrte Blessing herausfordernd an, animalische Lust in den Augen.

Trotz der Schmerzen in seiner Faust holte Blessing zum zweiten Mal aus, um erneut zuzuschlagen, als ihn ein Hieb in den Nacken traf. Halb besinnungslos taumelte er auf die gegenüberliegende Wand des Raumes zu und krachte gegen ein Bücherregal, an dem er sich festklammerte.

Jetzt mach bloß nicht schlapp! Bleib auf den Beinen! Du musst Amy beschützen!

Das nächste, was in sein Bewusstsein drang, war der Mann in dem langen Mantel, der sich vor ihm aufbaute und seine Waffe auf ihn richtete.

»Du also bist mein Peiniger!«, stieß er durch seine zusammengebissenen Zähne hervor.

»Wie bitte?«, fragte Blessing verständnislos.

Die Adern und Venen an Hals und Kopf des Mannes waren deutlich sichtbar angeschwollen.

»Endlich stehe ich dir Auge in Auge gegenüber.« Seine Augenlider flatterten. »Du wirst mich nie mehr verfolgen.«

»Sagen Sie diesem Tier, dass es meine Frau in Ruhe lassen soll.«

Blessing unternahm einen zweiten Anlauf, Amy zu Hilfe zu kommen. Doch die zwei Kugeln, die auf ihn abgefeuert wurden, hielten ihn auf.

Der Schmerz in seiner Brust war stechend und unerbittlich und drängte alles andere in den Hintergrund.

Dunkelheit kam über ihn.

Aber sie war keine Erlösung für ihn.

14

Bei dem seltsamen Verhalten
dieses wichtig tuenden Alten
Lösten sich die Sorgenfalten,
kam mir eines Lächelns Schimmer.
»Sage mir, du schäbiger Alter,
Plutos düstrer Landverwalter,
Gräulich schauerlicher Falter,
was suchst du in meinem Zimmer?
Edler aus dem Land der Schatten,
welchen Namen trägst du, Grimmer?«
Und der Rabe krächzte: »Nimmer.«

Edgar Allan Poe, *Der Rabe*

Es war ein brillanter Plan.

Wirklich brillant!, dachte Donald Marquette, während sie in Baxter Brittles Volvo über die vereisten Straßen mehr rutschten als fuhren. Der Schnee fiel so dicht, dass das Licht der Laternen kaum bis auf den Boden vordrang. Marquette trug keine Handschuhe, doch da er vorne saß, konnte er sich seine Hände vor dem Lüftungsschlitz der Heizung wärmen.

Dem Marquis gelang es leidlich, den mit Winterreifen

ausgestatteten Wagen in der Spur zu halten, da der zusammen mit Graf Mishka hinten sitzende Baxter Brittle ihm die Anordnung gegeben hatte, keinen Alkohol anzurühren. Dessen ungeachtet roch das Wageninnere süßlich schwer nach Absinth, da Brittle sich in die von den anderen geforderte Abstinenz keineswegs selbst mit einbezog. Er trug einen im viktorianischen Stil geschnittenen Pelzmantel und schien von dem dichten Treiben der tanzenden und umherwirbelnden Schneeflocken geradezu fasziniert zu sein.

»Ein wirklich wunderschöner Abend, um einem glücklichen Paar Frieden und Freude zu bescheren«, jubelte er mit leicht verschwommener Aussprache. Dann begann er – wenn auch falsch – sogar eine Version von Bing Crosbys ›I'm dreaming of a white Christmas‹ zu singen.

»Dort ist es«, rief Donald Marquette und deutete nach vorn. »Da ist das Haus.«

»Dann halt endlich an, hörst du!«, frohlockte Brittle und hieb dem Marquis auf die Schulter, der angestrengt in das beinahe undurchdringliche Schneegestöber hinausspähte. »Mann, wird das ein Spaß!«

»Ja doch! Sofort! Aber ich muss erst mal einen Parkplatz finden.«

Marquette warf einen nervösen Blick auf seine Armbanduhr. »Wir müssen uns wirklich langsam beeilen. Es ist schon kurz vor der vereinbarten Zeit.«

Auch er selbst war keineswegs nüchtern, obwohl es gerade ihm besonders wichtig erschienen war, einen klaren Kopf zu bewahren. Doch die Aufregung, ob alles wie geplant klappen würde, war einfach zu groß gewesen. Außerdem schien niemand davon Notiz genommen zu haben, dass er sich während der Wartezeit in der Bar ein paar Bier gegönnt und sicherheitshalber eine Flasche Wodka in seiner Manteltasche deponiert hatte.

Ein wahrhaft brillanter Plan!

Während der Marquis sich abmühte, den Volvo praktisch im Blindflug in eine Parklücke zu bugsieren, hörte Marquette noch immer Baxter Brittles Stimme in seinen Ohren.

»Im Grunde genommen ist das Ganze völlig simpel«, hatte er im ›Salon‹ gesagt und mit dem Glas in der Hand auf Mick Prince und Theodore gedeutet. »Ihr beide seid nämlich die Lösung unseres Problems. Genauer gesagt, besteht die Lösung darin, dass ihr zwei groß gewachsene und ausgesprochen Furcht einflößende Burschen seid. Ihr werdet deshalb in Blessings Haus eindringen und ihm ein Maximum an Angst einjagen, aber tatsächlich nur ein Minimum an Gewalt anwenden. Ich traue euch beiden jedenfalls zu, dass ihr den Job vernünftig erledigt. Fragt sich nur, ob ihr ihn auch erledigen wollt?«, fragte Brittle und musterte die ganz in Schwarz gekleideten Männer.

»Hört sich an, als könnte die Sache richtig Spaß machen«, bestätigte Mick Prince gnädig.

»Ja, warum nicht«, meinte auch Theodore.

»Wunderbar. So weit, so gut. Kommen wir jetzt zum entscheidenden Punkt des Ganzen. Wenn ihr die Blessings richtig in die Enge getrieben habt, erscheint plötzlich unser jugendlicher Held Donald Marquette auf der Bildfläche. Doch warum lässt er sich ausgerechnet am geheiligten Samstagabend in der Villa seines Arbeitgebers blicken? Antwort: Weil er einen Streit aus der Welt schaffen möchte. Er möchte seinen geliebten Professor nämlich dazu bewegen, sich selbst ein persönliches Bild vom Anlass des Streites zu machen, nämlich von den Tome Press-Leuten. Zu diesem Zweck begleiten wir – das heißt meine Wenigkeit sowie der Marquis und Graf Mishka – den lieben Donald mit ein paar Friedensangeboten im Gepäck.«

Er machte eine dramatische Geste.

»Doch halt! Im Hause der Blessings scheint etwas nicht zu stimmen. Ja, das kostbare Hab und Gut der Familie ist in Gefahr, vor allem die wertvolle Poe-Sammlung. Aber zum Glück sind wir ja zur Stelle: aufrechte und tapfere Bürger, die den Bedrängten zur Seite stehen.«

Er sprang auf und war so sehr Feuer und Flamme für seinen Plan, dass er wie ein Schattenboxer mit den Fäusten Löcher in die Luft hieb.

»Bumm! Krach! Peng! Nimm dies! Und – o Wunder …« – Er breitete strahlend seine Arme aus – »… am Ende werden die bösen Buben von den wackeren Helfern in die Flucht geschlagen. Während sie in der Dunkelheit verschwinden, sind der Professor und seine Gemahlin überglücklich, nicht nur Leib und Leben, sondern auch die kostbaren Bücher behalten zu haben – dank unseres tapferen Beistands.«

Brittle schlüpfte in die Rolle von Blessing, hob sein Glas Absinth und prostete den übrigen zu.

»Auf Ihr Wohl, Donald, weil Sie uns aus größter Not errettet haben. Und was Tome Press angeht, nun, ich denke, ich werde meine Haltung zu den mir vorgeschlagenen Projekten noch einmal überdenken. Aber wenn diese aufrechten Bürger Ihre Freunde sind, Donald, dann sehe auch ich keinen Grund, sie nicht willkommen zu heißen. Also reden wir ein anderes Mal über Geschäfte und genehmigen uns jetzt lieber unter guten Freunden ein paar steife Drinks.«

Brittle grinste breit.

»Ihr seht, die ganze Sache ist höchst simpel, zugleich jedoch ausgesprochen effektiv. Und wer weiß, was am Ende für Tome Press dabei abfällt! Vielleicht eine Exklusivausgabe bisher unveröffentlichter Werke von William Blessing? Und das alles nur wegen des genialen Plans von Baxter Brittle!«

Er hatte sich anschließend verbeugt. Danach war der Plan mit weiteren Drinks begossen worden. Und in der Tat: In Donalds Augen war der Plan wirklich absolut perfekt.

Auf diese Weise würde es ihm gelingen, seine Position im Hause Blessing zu festigen und zugleich den Kontakt zu Brittles Clique aufrechtzuerhalten. Vielleicht würde er danach sogar höheres Ansehen bei den Jungs genießen und die Möglichkeit erhalten, nach seinen Vorstellungen weitere Romane zu veröffentlichen? Grenzen wurden ihm bei diesen Aussichten nur noch durch sein eigenes Vorstellungsvermögen gesetzt, doch da er als Schriftsteller über nichts mehr als über Fantasie verfügte, war seine Zukunftsperspektive wahrhaft grenzenlos.

Das Quietschen der Reifen, die gegen die vereiste Bordsteinkante scheuerten, riss ihn aus seinen Gedanken. Der Wagen stand, sie waren am Ziel.

Marquette öffnete die Tür und begab sich hinaus in die eisige Kälte. Er griff nach der Flasche in seiner Manteltasche. Nichts wärmte die Seele mehr als Wodka. Er genehmigte sich einen ordentlichen Schluck und verstaute die Flasche dann wieder.

»Hier lang.«

Er führte die übrigen zur Eingangstür der Stadtvilla.

Die Straßen waren ein einziges Winter-Wunderland. Von den Ästen der Bäume hingen Eiszapfen wie bizarre Fangzähne herab, auf den geparkten Autos türmte sich der Schnee und die imposanten Bürgerhäuser wirkten unter ihrer weißen Last wie eingefrorene Riesen.

Von irgendwoher hoch oben aus der Dunkelheit, wo die Schneeflocken materialisierten, erklang ein Geräusch.

Eine Krähe!

Als Donald Marquette emporsah, war ihm so, als ob ein Stück der Nacht davonflog. Doch der fallende Schnee trieb ihm ins Gesicht und veranlasste ihn dazu, wieder nach unten zu blicken.

Baxter Brittle hatte gewisse Probleme, auf dem vereisten Gehweg sein Gleichgewicht zu halten. Aber mit der Hilfe des Marquis und von Graf Mishka gelang es ihm, unbeschadet den Eingang des Hauses zu erreichen. Wenn alles nach Plan lief, dann waren Mick Prince und Theodore jetzt bereits im Inneren der Villa und würden in wenigen Augenblicken von den Heranrückenden in die Flucht geschlagen. Ein Minimum an Gewalt würde ein Maximum an Furcht und Wirkung erzielen.

Um auf den glatten Stufen nicht auszurutschen, musste Marquette sich am Geländer festhalten. Die Tür war natürlich verschlossen, die Alarmanlage aber vermutlich abgeschaltet. Marquette machte sich nicht die Mühe zu läuten. Er konnte später immer noch behaupten, er hätte es getan, aber keine Antwort erhalten und deshalb – voller Besorgnis – seinen eigenen Schlüssel benutzt.

›Gott sei Dank haben Sie das getan!‹, würden die Blessings sagen.

Das Schloss klickte und die Tür schwang auf.

Marquette trat ein, gespannt darauf, was ihn erwartete.

Im Haus war es still.

Er hob die Hand, um die anderen zum Schweigen aufzufordern. »Ich kann nichts hören.«

»Na ja, das hier ist ja auch ein ausgesprochen solide gebautes Haus«, gab Brittle zu bedenken. »Wenn sie sich mittlerweile in der Bibliothek aufhalten, werden wir hier unten nichts davon mitbekommen. Aber gehen wir lieber erst mal rein, sonst erfrieren wir hier draußen noch.«

Marquette trat ins Foyer, gefolgt von den anderen; dann stiegen sie gemeinsam die Treppe hinauf.

Ein dumpfes Aufschlagen war zu hören.

Ein erstickter Schrei.

Dann wieder dumpfe Erschütterungen.

»Okay. Dann wollen wir mal nach dem Rechten sehen«, sagte Marquette.

Er schluckte und stellte fest, dass er nervös und furchtsam war, obwohl es eigentlich nichts geben sollte, wovor er Furcht hätte haben müssen.

»Horcht!«, fügte Baxter Brittle hinzu. »Hören wir nicht verdächtige Geräusche? Also lasst uns besser nach ein paar brauchbaren Waffen Ausschau halten, Jungs! Dort drüben ist zum Beispiel die Küche. Seht zu, was ihr dort Brauchbares finden könnt.«

Der Marquis und Graf Mishka verschwanden in die ihnen gewiesene Richtung, während Brittle sich an Ort und Stelle umsah und schließlich auf den Kamin wies. »Ein Schürhaken ist jetzt genau das Richtige«, stellte er fest und reichte ihn Marquette, während er sich mit einer Kaminschaufel begnügte. Kurz darauf kehrten die beiden anderen mit einem Hackbeil und einem Tranchiermesser aus der Küche zurück. Da sie alle ausnahmsweise ›normal‹ gekleidet waren, wirkten sie in diesem Augenblick wie nervöse junge Männer, die aus heiterem Himmel auf ein paar Einbrecher gestoßen waren. Und genau diesen Eindruck sollten sie in diesem Augenblick ja auch vermitteln.

Sie schlichen in das zweite Stockwerk hinauf und stießen auf die offen stehende Bibliothekstür.

Die dumpfen Geräusche hatten aufgehört.

»Du zuerst«, flüsterte Brittle, zu Marquette gewandt. »Schließlich bist du der Held.«

Marquette nickte. Er hob den Schürhaken und stürmte hinein.

Mick Prince saß auf dem Boden, am ganzen Leibe zitternd, und starrte auf den Revolver in seiner Hand. Als er bemerkte, dass jemand eingetreten war, blickte er auf. Mit glasigen, irren Augen lächelte er Donald Marquette an und wirkte, als sei er völlig durchgedreht.

»Ich habe meinen Peiniger getötet!«, sagte er mit rauer Stimme. »Endlich ist er tot. Jetzt werde ich nachts wieder schlafen, denn er kann mich nicht mehr verfolgen.«

Wie vom Donner gerührt, blieb Marquette stehen und richtete seinen Blick fragend auf Theodore.

Der Hüne richtete sich gerade hinter dem Tisch in der Mitte des Raumes auf. Sein Gesicht war gerötet und seine Augen machten den Eindruck, als habe er gerade einen großen Hunger gestillt. Die Hose war auf seine mächtigen Oberschenkel heruntergerutscht.

»Die Kleine ist wirklich 'ne Schau«, grinste er.

Marquette trat auf ihn zu. Hinter dem Tisch lag Amy Blessing auf dem Boden: die Kleider halb zerrissen, blutend und offensichtlich bewusstlos. Marquette musste Theodore nicht danach fragen, was er mit ihr angestellt hatte.

»O mein Gott«, flüsterte er.

Der Schürhaken rutschte ihm aus der plötzlich kraftlos gewordenen Hand und fiel auf den Teppich.

Baxter Brittle torkelte in die Bibliothek. Nachdem er die Situation erfasst hatte, wandte er sich wütend an Prince: »Mick! Mick! Das war gegen unseren Plan!«

»Endlich ist er tot«, wiederholte dieser nur. »Mein Peiniger ist tot.«

»Wie?«, fragte Graf Mishka atemlos. »Er hat tatsächlich Blessing *getötet?*«

Blessing getötet?

Die Worte hallten in Marquette unaufhörlich nach. Ein Teil von ihm weigerte sich einfach, diese Tatsache zu akzeptieren, der andere grübelte fieberhaft, was nun zu tun war.

»Was redest du da, Mick?«, hakte er nach, selbst an der Grenze zur Hysterie. Der Anblick von Amys blutverschmiertem, nacktem Körper war schon grauenhaft genug. Aber Blessing ermordet? »Wo ist Blessing denn?«

»Teufel auch! Ich habe seine schwarze Seele direkt in die Hölle geschickt. Dort kann er mir nichts mehr anhaben!« Er ließ seinen Kopf in den Nacken fallen und lachte schallend.

Als heize ein glühendes Fieber seinen Körper auf, spürte Marquette geradezu körperlich die entsetzliche Wahrheit. Mit einem Schlag wurde ihm klar, dass er trotz des dunklen Verdachts, den er stets gegen Mick Prince gehegt hatte, und trotz des Unbehagens, von dem er in dessen Nähe befallen worden war, allenfalls die Spitze eines völlig emotionslosen Eisbergs erahnt hatte. Der vor ihm am Boden hockende Mann war keineswegs ein exzentrischer Schriftsteller mit einem Übermaß an schwarzer Fantasie, sondern vielmehr ein echter Psychopath, der nur gelegentlich aus Langeweile dilettantische Schreibversuche unternahm, wenn er nicht gerade sein nächstes Opfer niedermetzelte.

Suchend blickte Marquette sich um.

Plötzlich entdeckte er hinter einem hochlehnigen viktorianischen Sessel die am Boden ausgestreckten Beine und eilte hinüber. Unterhalb des Raben, der auf der Büste von Pallas Athene hockte, lag der Körper des Professors am Boden, zur Hälfte unter einem Stapel Bücher begraben. In seine Brust waren zwei Löcher gerissen und allem Anschein nach war er tot.

Tot.

Donald Marquette spürte, wie sich das Wort widerborstig und ekelhaft gegen jedes Verstehen sperrte, als er auf den toten Autor hinabstarrte, auf das Blut, das aus dessen Brust floss und sich auf dem schwarzrot durchweichten Teppich zu einer Lache sammelte.

Marquette fuhr herum.

»Du gottverdammter Irrer!«, herrschte er Prince an. Dann deutete er mit ausgestrecktem Finger auf Amy Blessing, während er Theodores Gesicht fixierte: »Und warum hast du … *das* getan? Das gehörte ebenfalls nicht zu unserem Plan!«

Baxter Brittle schüttelte resigniert den Kopf. »Großer Gott«, murmelte er immer wieder. »Großer Gott.«

»Hey, beruhigt euch erst mal wieder!«, rief Graf Mishka. »Wir müssen jetzt einen kühlen Kopf bewahren!«

»Genau«, bestätigte der Marquis. »Wir müssen die Dinge eben so akzeptieren, wie sie sind.«

»Aber ihr solltet ihnen doch nur Angst einjagen!«, brüllte Marquette, völlig außer sich. Dann jedoch senkte er seine Stimme zu einem beinahe entschuldigenden Flüstern. »Und dann … dann sollten wir doch kommen, um sie … um sie zu … retten.«

»Der Peiniger … endlich fort …«, lachte Mick Prince, noch immer mit einem dümmlichen Grinsen auf den Zügen. »Der Peiniger … kaputt … für immer! Besiegt!«

Marquette war drauf und dran, ihm den verfluchten Revolver aus der Hand zu treten. Doch es war jetzt wichtiger, sich erst einmal um Amy zu kümmern. Falls sie nur vorübergehend bewusstlos war und keine schweren Verletzungen davongetragen hatte, mochte sie diesen ganzen Albtraum zumindest überleben. Vielleicht …

Jemand umklammerte plötzlich Marquettes linkes Bein.

Das Herz schlug ihm bis zum Hals, als er – wie von der Tarantel gestochen – herumfuhr.

William Blessings weit aufgerissene Augen starrten ihn an. Mit aller ihm noch innewohnenden Kraft bohrte er seine Finger so hart in Marquettes Bein, als wolle er ihn nie wieder freigeben.

»Du!«, röchelte der tödlich Verletzte. »Du … steckst also dahinter? Aber warum, Donald? *Warum?*«

Während Marquette auf den am Boden Liegenden hinunterstarrte – vor Grauen unfähig, auch nur einen Finger zu rühren –, erstarrte etwas in ihm zu Eis. Die ganze Szene schien wie in Zeitlupe abzulaufen: wie die Wiederholung eines entscheidenden Tores bei einer Sportübertragung. Kalt wie ein Eisblock verfolgte Donald Marquette das Geschehen, analysierte es und gelangte zu der einzig logischen und daher unausweichlichen Entscheidung.

»Du … wirst … dafür *bezahlen!*«, keuchte Blessing und versuchte Millimeter für Millimeter, seine Hand vom Boden zu heben, als wolle er Marquette bei der Gurgel packen. »*Bezahlen* … hörst du?«

Marquettes rechte Hand umklammerte die Büste der

Pallas Athene und hob sie hoch in die Luft, wobei der Rabe zu Boden fiel. *Nein, Vater – du wirst bezahlen!*, schrie seine Seele innerlich, als er mit der Büste auf Professor William Blessing einhieb, dessen Schädel mit einem hässlichen Geräusch zerbrach.

Die Büste rollte achtlos beiseite und blieb – mit dem Gesicht nach unten – liegen. Nun gab der am Boden Ausgestreckte keinen Laut mehr von sich. Die Hand lockerte ihren Griff und gab Marquettes Bein frei, die Blutlache dehnte sich jetzt noch mehr aus.

Schockiert von dem, was er getan hatte, aber nach wie vor davon überzeugt, keine Alternative gehabt zu haben, blickte Marquette auf und sah die anderen an.

»Ich hatte keine andere Wahl«, sagte er mit ausdrucksloser Stimme.

»Der Peiniger … war gar nicht tot«, stammelte Mick Prince. Er musterte Marquettes Gesicht plötzlich mit Respekt und dankbarer Ergebenheit. »Du … du hast den Peiniger getötet.«

»Großer Gott«, murmelte Baxter Brittle nur kopfschüttelnd, setzte die Flasche an die Lippen und nahm einen großen Schluck. »Großer Gott.«

Marquette kniete an Amy Blessings Seite nieder und tastete nach ihrem Puls.

Ja, sie war am Leben. Zwar von gnädiger Bewusstlosigkeit umfangen, aber am Leben.

»Hört zu«, rief Donald Marquette, der mit einem Schlag völlig nüchtern war und mit neuem Selbstbewusstsein das Kommando übernahm. »Nehmt so viele von den Büchern mit, wie ihr tragen könnt. Achtet aber darauf, dass euch niemand beobachtet. Es dürfte draußen zwar niemand Verdacht geschöpft haben, aber wir müssen dennoch aufpassen. Wir werden erst einmal alle verschwinden. Dann werde ich allein hierher zurückkehren und die ganze Sache ›entdecken‹. Verstanden?«

Die anderen nickten.

»Und nun schnell. Ich zeige euch die kostbarsten Stücke.«

Da Mick Prince einen Revolver mit Schalldämpfer benutzte, war kaum zu erwarten, dass die Schüsse in den benachbarten Häusern gehört worden waren. Sie würden also aller Wahrscheinlichkeit unerkannt davonkommen. Das war Donald Marquettes einzige Hoffnung.

Aber falls nicht …? Was würde geschehen, falls jemand auf die Idee kommen sollte, dass die Blessings Opfer von Baxter Brittles drogensüchtiger Clique geworden waren?

Marquette blickte auf Amy Blessing, die in ihrem Blut lag und dennoch wunderschön aussah.

Amy gehört jetzt mir!

Dieser Gedanke ging ihm nicht mehr aus dem Kopf, als er einen Lappen zur Hand nahm und damit begann, Fingerabdrücke zu beseitigen.

Nachdem alle verräterischen Spuren beseitigt waren und sie sich draußen auf dem Weg zum Wagen befanden, glaubte Donald Marquette über sich Flügelschlagen zu hören.

Doch er ignorierte das Geräusch.

15

Schauspieler, die Gottes Ebenbild,
Murmeln und murren, kommen und gehn,
Und hierhin und dorthin jagen sie wild,
Sind Puppen, die sich behände drehn
Nach dem Willen ungestalteter Dinge,
Die düster im Hintergrunde stehn
Und mit ihrer mächtigen Kondorschwinge
Unsichtbare Qualen über sie wehn!

Edgar Allan Poe, *Überwinder Wurm*

Der Rest war *keineswegs* Schweigen.

Als Professor William Blessing erwachte, war das Erste, was er wahrnahm, das gedämpfte Licht, das durch die Rauchglasfenster in den großen Raum einfiel, der sich unter dem Rundbau befand. Oben unter der Decke flatterte ein gefangener weißer Vogel. Als Blessing genauer hinsah, stellte er fest, dass es sich um eine Taube handelte, die verzweifelt nach einem Fluchtweg suchte.

Blessing richtete seinen Blick nach unten.

Er saß auf einem alten Holzstuhl, der auf einem kostbar gefliesten Boden stand. Rings um ihn herum standen Tische: Lesetische, an denen jedoch niemand saß. Und hinter den Tischen waren überall Regale mit Büchern, Magazinen und Zeitungen.

Er befand sich also in einer Bibliothek – und zwar in einer wundervollen, alten Bibliothek.

Der angenehme Geruch nach antiken Leder und Papier sowie die herrliche Ruhe und Muße, die in dem Raum herrschten, schufen eine höchst angenehme Atmosphäre. Staubflocken tanzten in einem einzelnen Sonnenstrahl, als handle es sich bei ihnen um einzelne, ungebundene Atome, die an diesem Hort des Wissens ein heiteres Tänzchen aufführten.

Blessing stellte fest, dass er einen dunklen Anzug trug, dessen Schnitt zur Zeit Königin Viktorias modern gewesen sein mochte. Der Anzug war aus Seide gearbeitet und sehr bequem. Als der Professor sich umdrehte, fiel sein Blick auf einen großen Ausleihschalter, der allerdings nicht besetzt war; daneben befand sich ein Trinkbrunnen. Da Blessings Kehle ausgedörrt war, stand er auf und trank einen Schluck. Das Wasser war kühl und erfrischend, schmeckte aber ein wenig abgestanden.

Nachdem er seinen Durst gestillt hatte, bemerkte Blessing plötzlich den Mann, der hinter dem auf Hochglanz polierten Schalter saß. Bekleidet mit einem langen, ebenfalls viktorianischen Mantel, hatte der Mann eine altmodische Brille auf der Nase, ungewöhnliche lange Koteletten und eine schwarze Krawatte um den Hals. Seine Erscheinung umgab ein Hauch von Lord Byron. Es handelte sich um einen bereits älteren Mann, dessen Kopfform und dessen Augen Blessing irgendwie bekannt vorkamen.

»Kann ich Ihnen behilflich sein, Sir?«, fragte der Bibliothekar.

»Ich … ich weiß nicht, warum ich hier bin«, gestand Blessing.

»Doch sicherlich, um hier in der Bibliothek etwas nachzulesen, Sir«, erwiderte der Mann. »Dürfte ich bitte einen Blick auf Ihren Benutzerausweis werfen?«

»Selbstverständlich.« Blessing durchsuchte seine Taschen, ohne jedoch etwas in ihnen zu finden. »Es sieht so aus, als hätte ich keinen.«

»Auch gut«, antwortete der Bibliothekar nachdenklich. »Dann sind Sie wahrscheinlich hergekommen, um sich einen Benutzerausweis ausstellen zu lassen. Wenn Sie gestatten, werde ich Ihnen dabei behilflich sein. Würden Sie bitte hierher an den Tisch treten, Sir?«

Blessing gehorchte, noch immer zutiefst verwirrt. Der Mann in dem dunklen Mantel beugte sich zur Seite und fischte ein Formular aus dem Schaltertisch.

»Ihr Name, Sir?«

»William Clark Blessing.«

»Ihr Geburtsdatum?«

»Ähm … der 15. Dezember 1950.«

»Und wann sind Sie gestorben?«

Blessing blinzelte den alten Bibliothekar verständnislos an. »Entschuldigen Sie, ich verstehe nicht ganz …?«

»Ich benötige Ihr Sterbedatum, Sir. Falls Sie die Bibliothek benutzen wollen, benötige ich alle Informationen, damit ich Ihnen einen Ausweis ausstellen kann.« Langsam zeigte der Mann erste Anzeichen von Ungeduld. Doch Blessing konnte in seinen Augen noch etwas anderes lesen: eine Art Zorn, die irgendwie herausfordernd wirkte.

»Aber ich bin doch nicht tot! Ich weiß gar nicht, wovon Sie reden.«

»Sie erinnern sich also nicht an Ihr Sterbedatum? Aha. Na ja, das ist nichts Außergewöhnliches«, stellte der Bibliothekar fest. »Ich nehme an, dass ich die fehlenden Angaben in den Unterlagen über Sie finden werde. Immerhin habe ich Ihren Namen, das müsste mir weiterhelfen. Mal sehen, was sich machen lässt.«

Er seufzte. Dann deutete er mit einer ausladenden Geste auf eine Reihe von Regalen.

»Dort drüben finden Sie die aktuellen Zeitungen und

Zeitschriften, in denen Sie bereits jetzt lesen dürfen. Ohne gültigen Benutzerausweis ist es Ihnen jedoch nicht gestattet, sich in den übrigen Bereichen und in der Handschriftenabteilung zu bewegen. Ich bin mir jedoch sicher, dass wir die Angelegenheit schnell geregelt haben werden. Ich muss Sie nur um etwas Geduld bitten.«

Mangelnde Geduld beschrieb Blessings Verfassung nur unzureichend; er war vielmehr drauf und dran, in Panik auszubrechen. Die ganze Situation hatte etwas von der Absurdität eines Traumes an sich, doch sein Wahrnehmungsvermögen sagte ihm eindeutig, dass alles um ihn herum real war.

»Danke«, war daher alles, was er matt über die Lippen brachte.

»Wenn Sie mich dann bitte entschuldigen würden, Sir.«

Während die Schritte des Bibliothekars irgendwo in dem Rundbau verhallten, schaute Blessing sich weiter um. Noch immer suchte die Taube nach einem Weg ins Freie, doch alle Fenster schienen sorgfältig verschlossen zu sein. Schließlich schlenderte Blessing zu einem Tisch hinüber, auf dem säuberlich einige Zeitungen und Magazine aufgestapelt waren. Sein Blick wurde sofort von einer Überschrift angezogen, die sich auf der Titelseite der obenauf liegenden Zeitung befand.

HORRORSCHRIFTSTELLER ERMORDET –
GEHEIMNISVOLLE MORDSERIE SETZT SICH
WEITER FORT

Blessing las den Artikel. Allem Anschein nach war Dean Koontz ermordet worden, obwohl er umfangreiche Schutzmaßnahmen ergriffen hatte, nachdem bereits seine Kollegen Stephen King, Peter Straub, Clive Barker und – als erstes Opfer einer mysteriösen Kette von Anschlägen – William Blessing ins Jenseits befördert worden waren.

Bei der Zeitung handelte es sich um eine Ausgabe der *Washington Post*.

Welche Ironie! Schließlich hatte Dean Koontz immer vehement bestritten, ein Horrorschriftsteller zu sein.

Blessing wurde das seltsame Gefühl nicht los, neben sich zu stehen und alles nur aus großer Ferne wahrzunehmen. Als lasse sich sein Gehirn nicht mehr in die Enge seines Schädels zwängen, sondern schwebe wie ein mit Helium gefüllter Ballon hoch über ihm und versorge ihn mit völlig neuartigen Eindrücken, die er nicht auszuwerten imstande war.

Unter der *Washington Post* lag eine Ausgabe der *New York Times*. Neugierig schlug er die Seite mit den Bestsellerlisten auf. Unerklärlicherweise handelte es sich bei der Nummer eins um einen Roman von ihm, den er nie geschrieben hatte. An fünfter Stelle war ein ihm ebenfalls unbekanntes Buch notiert, als Verfasser waren jedoch William Blessing und Donald Marquette angegeben. Darüber hinaus hatte Marquette offensichtlich auch einen Roman verfasst, der an zwölfter Stelle rangierte.

Blessing blätterte auf die Seite mit den Taschenbuchbestsellern um. Nummer eins, drei und fünf waren unter seinem Namen bei Tome Press veröffentlichte *Classic-Dark-Sunset*-Erzählbände. Als Herausgeber war jedes Mal Donald Marquette angegeben. An zehnter Stelle wurde erneut ein Roman angeführt, den Blessing nie geschrieben hatte.

Als er ziellos durch die Zeitung blätterte, stieß er plötzlich auf eine Anzeige, die ein in Kürze erscheinendes, neues Werk von ihm und Donald Marquette ankündigte.

Mit einem Mal spürte er, wie so etwas wie Gefühle in ihm erwachten. Wie kleine Flämmchen, die aus dem Boden emporzüngelten, erhitzten sie zunächst seine Schuhsohlen, bis die Wärme seinen gesamten Leib erfüllte.

Als nächstes hielt er eine Ausgabe von *People* in der Hand. Nicht minder überrascht, stieß Blessing in der Zeitschrift auf einen Artikel mit dem Titel ›Das Blessing-Erbe‹. Darunter befand sich ein Foto, auf dem zwei Personen zu sehen waren, begleitet von dem folgenden Text: ›Frischvermählt verbringen Donald Marquette und Amy Blessing, Witwe des ermordeten William Blessing, ein paar erholsame Tage auf ihrem Anwesen in Maryland.‹

Zwei Fotos auf der Folgeseite zeigten Amy Blessing im Reiterdress auf einem Vollbluthengst und Donald Marquette, am Schreibtisch sitzend, zwischen Stapeln von Hardcover-Ausgaben, Taschenbüchern, Videokassetten und Filmpostern.

Blessing las den Artikel Zeile für Zeile.

Dort hieß es, dass nach seinem Tod nicht nur eine Reihe von bis dato unveröffentlichten Romanmanuskripten gefunden worden seien, sondern auch Entwürfe für Fortsetzungsserien und einige Drehbücher sowie weitere Ideen und Notizen, die ein ganzes Heer von Autoren auf Jahre mit Arbeit versorgen würden. Darüber hinaus waren viele seiner Romane in der Zwischenzeit verfilmt worden, und er galt als der erfolgreichste Horrorschriftsteller aller Zeiten: erfolgreicher noch als Stephen King, der zum Bedauern seiner Fans keine unveröffentlichten Texte hinterlassen hatte und von dem testamentarisch untersagt worden war, seinen Namen kommerziell auszuschlachten. Im Unterschied hierzu erfuhr Blessing, dass es nicht nur eine nach ihm benannte Zeitschrift gab, sondern auch William-Blessing-Gruselmonster-Actionfiguren. Außerdem trugen eine Fernsehserie und eine Comic-Reihe seinen Namen. Ein William-Blessing-Abenteuerpark befand sich gerade in Planung. Darüber hinaus standen spezielle Abzeichen und Embleme, die – betreut von Donald Marquette – nach altertümlichen Vorbildern entworfen worden waren, unmittelbar vor der Markteinführung.

Weiter hieß es in dem Artikel:

»Eine Papierfabrik hat sogar angefragt, ob sie das William-Blessing-Logo auf ihr Toilettenpapier drucken dürfte. Marquette lehnt sich zurück und streicht sich lachend die schwarzen

Strähnen aus dem sonnengebräunten Gesicht. »Ich konnte mich für diese Idee allerdings nicht recht begeistern.«

Nichtsdestoweniger hat unsere Redaktion in Erfahrung gebracht, dass Donald Marquette, Präsident der Blessing-Unternehmensgruppe, inzwischen die Rechte für ein Toilettenpapier verkauft hat, auf dem von William Blessing ausgewählte Motive und Zitate aus den Werken Edgar Allan Poes abgedruckt sind.

Außerdem berichtete die Zeitschrift über den enormen Erfolg von Tome Press, dem Verlag, der eng mit der Blessing-Unternehmensgruppe zusammenarbeitete. Allem Anschein nach veranstaltete Tome Press nicht nur überaus gut besuchte Konzerte und Kongresse, sondern auch berühmt-berüchtigte, wilde Partys. Und der überaus erfolgreiche Verlag expandierte immer weiter: Als Tochterfirmen waren gerade ein eigenes Plattenlabel sowie eine Film- und Fernsehproduktionsgesellschaft gegründet worden.

Auf die Frage, ob seiner Ansicht nach William Blessing – der seine Schriftstellerkarriere quasi nur an zweiter Stelle neben seiner wissenschaftlichen Arbeit betrieb – möglicherweise Einwände gegen die allumfassende Vermarktung seines Namens erhoben hätte, antwortet Marquette mit einem klaren Nein: »Ich habe an diese Überlegung nie auch nur einen einzigen Gedanken verschwendet. Das Werk eines so großartigen Künstlers muss ganz einfach der Allgemeinheit zugänglich gemacht werden. Gerade da auch ich selbst Wissenschaftler bin, habe ich meine Hauptaufgabe stets nur darin gesehen, William Blessings Namen für alle Zeiten unsterblich zu machen.«

Und wie steht es mit Donald Marquette? Wäre er angesichts des enormen Reichtums, den ihm seine gegenwärtige Arbeit bereits jetzt eingebracht hat, nicht ebenfalls daran interessiert, dass sein Name in die Annalen der größten und erfolgreichsten Schriftsteller aller Zeiten eingeht?

»Nun, warum soll ich das leugnen? Ich bin zwar nur ein einfacher Unterhaltungsschriftsteller … aber welcher Mensch hätte schon etwas dagegen, wenn sein Name unsterblich wäre? Doch das ist, ehrlich gesagt, nicht mein vordringliches Ziel. Und falls dies jemals geschehen sollte, hätte ich es einzig und allein William Blessing zu verdanken. Was mich viel glücklicher macht ist jedoch die Tatsache, dass ich mein Leben mit einer so wundervollen Frau wie Amy teilen darf, die der arme William als Witwe zurückgelassen hatte.«

»Und wenn Sie die Möglichkeit hätten, William Blessing noch eine Botschaft zukommen zu lassen, was würden Sie ihm dann mitteilen wollen?«

»Dass mein ganzes Streben nur darauf zielt, Amy glücklich zu machen.«

Nachdem William Blessing den Artikel zu Ende gelesen hatte, schlug er das Magazin zu und legte es beiseite. Das Licht im Raum schien sich irgendwie verändert zu haben. Als er zur gläsernen Decke hinaufsah, erkannte er, dass dunkle Wolken vorbeirasten, aus denen grelle Blitze zuckten. Donnergrollen rumorte ringsum, und Regen klatschte gegen die Fenster.

Blessing kehrte an den Schalter zurück, an dem der alte Bibliothekar bereits mit einer kleinen, eingeschweißten Karte in der Hand auf ihn wartete. Eine Art Lichtschein schien seinen Kopf zu umgeben, und auf seinem Gesicht lag ein Grinsen, das auf provozierende Weise eher anzüglich denn amüsiert wirkte.

»Jetzt erinnere ich mich wieder«, sagte William Blessing nur.

Das Herniederprasseln des Regens wurde mit einem Mal von lautem Flügelschlagen übertönt. Es handelte sich offensichtlich aber nicht um die Flügel der Taube, sondern um ein Paar dunklere Schwingen.

»Und ich habe inzwischen Ihre Akte eingesehen. War ja wirklich eine scheußliche Geschichte, Sir. Jedenfalls habe ich Ihren Ausweis ausgestellt. Wenn Sie hier bitte noch unterzeichnen würden, dann wäre dieser Hort der Besinnlichkeit und des Wissens fortan Ihre Ruhestätte – sofern Sie dies wünschen.«

»Nun … ich habe noch eine Sache zu erledigen«, sagte William Blessing gedehnt. Er spürte, wie seine wiederkehrenden Gefühle inzwischen seinen Kopf und auch seine Hände erreicht hatten. Es war vor allem ein Gefühl, das ihn mehr und mehr in heißen Wellen durchströmte: reine und unbezähmbare Wut.

»Nun, ich nehme an, dass wir alle einige Dinge unerledigt hinter uns lassen mussten, Sir«, erwiderte der Bibliothekar.

Blessing reckte seine Hände und den Kopf nach oben, hin zu den Blitzen und dem Donner – und dem dunklen Schatten, der die Taube jagte.

»Das bin ich«, rief er. »Ich bin die Krähe.«

Über ihm war ein wütendes Kreischen und Flattern zu hören, dann hallten Laute voller Furcht und Schmerz durch den riesigen Raum. Als ein greller Blitz den Rundbau erhellte, war zu erkennen, wie ein schwarzer Schatten über das unbefleckte Weiß der Taube herfiel.

Der kleine gefiederte Körper stürzte zuckend auf den Schalter herunter, aus vielen Wunden blutend. Ein letztes Aufbäumen, dann wich der letzte Funke Leben aus der Taube.

Unmittelbar darauf landete der schwarze Mörder-Vogel neben seinem Opfer und blickte Blessing und den Bibliothekar herausfordernd an. Leuchtend karmesinrotes Blut klebte an seinem Schnabel und auf seiner Brust.

»Doch der Rabe krächzte: ›Nimmer!‹«, zitierte Blessing aus Edgar Allan Poes berühmtestem Gedicht.

Einem inneren Impuls folgend, streckte er seinen Arm aus, um ihn der finsteren Kreatur als Sitzplatz anzubieten.

16

Nachdem ich nun also die Schönheit als das Gebiet meiner Dichtung festgelegt hatte, bezog sich meine nächste Frage auf die Stimmung, in der sie sich am höchsten offenbart. Die Erfahrung hat gezeigt, dass dies die Stimmung der Trauer ist. Schönheit jeder Art erregt in höchster Vollendung die Seele zu Tränen. So ist also Melancholie die eigentliche poetische Stimmung.

Edgar Allan Poe, *Die Philosophie der Komposition*

Die melancholischen Klänge einer Beethoven-Klaviersonate hallten aus der oberen Etage der großen Stadtvilla herunter.

»Wunderbar«, schwärmte Baxter Brittle und blickte verklärt auf den an der Decke hängenden Kronleuchter. »Sie spielt wirklich großartig.«

»Mittlerweile würde ich, ehrlich gesagt, lieber *Roll over Beethoven* hören«, erwiderte Donald Marquette voller Sarkasmus. »Den ganzen Tag lang spielt sie nichts anderes als klassische Trauermusik. Wenn ich hier arbeiten will, muss ich Kopfhörer aufsetzen, um nicht verrückt zu werden.«

»Es braucht eben seine Zeit, bis sie über alles hinweggekommen ist«, meinte der Marquis und ließ seinen Blick ein letztes Mal prüfend über die Gläser, das Porzellan und die silbernen Gedecke der festlichen Tafel gleiten. »So. Ich glaube, alles ist vorbereitet.«

»Moment noch«, rief Graf Mishka. »Wir haben vergessen, den Wein zu öffnen. Schließlich ist es ein edler Tropfen, der erst noch ein wenig atmen muss …«

Baxter Brittle nahm die Flasche zur Hand und beäugte kritisch das Etikett. »Nun, dann würde ich ihm raten, ein paarmal tief Luft zu holen, weil es nicht mehr lange dauern wird, bis wir ihn uns einverleiben.«

Brittle trug ausnahmsweise mal nicht sein übliches Oscar-Wilde-Outfit, sondern war mit Anzug und Krawatte sogar ausgesprochen konservativ gekleidet; nur seine langen Haare passten nicht ganz ins Bild.

Ähnliche Zurückhaltung hatten auch Graf Mishka und der Marquis geübt, um an diesem Abend, an dem eine ganze Menge auf dem Spiel stand, keine unangemessene Dekadenz zur Schau zu stellen. So wäre der Blick eines außenstehenden Betrachters lediglich auf vier gut gekleidete Herren von Mitte zwanzig gefallen, die auf ein exquisites italienisches Essen warteten. Von der Küche aus duftete es bereits verführerisch nach Oregano, Basilikum, Tomatensauce, Olivenöl und frisch gebackenem Brot; dazu sollte Rotwein gereicht werden.

Donald Marquette war eher sportlich leger, wenn auch teuer gekleidet. Er trug bequem geschnittene Hosen, ein hellblaues Hemd und ein Tweedjackett. Es war sehr angenehm, diese Sachen zu tragen: genauso angenehm wie sein plötzlicher Reichtum, der es ihm gestattete, in den teuersten Boutiquen der Stadt einzukaufen. Und Marquettes neues Selbstbewusstsein wurde durch das Calvin-Klein-Herrenparfüm und die beiden Gläser Wein, die er bereits getrunken hatte, noch weiter gestärkt. Doch er hatte sich selbst auferlegt, heute nur in höchst begrenztem

Umfang Alkohol zu sich zu nehmen. Denn heute war der *entscheidende* Abend! Zwar hätte er seine Aufregung gern mit ein paar harten Drinks bekämpft, aber wichtiger noch war, dass er einen klaren Kopf behielt.

Auch Graf Mishka und der Marquis waren dazu verdonnert worden, ihre üblichen Trinkgewohnheiten einzuschränken, um Peinlichkeiten zu vermeiden; lediglich bei Baxter Brittle hatte Marquette auf Ermahnungen verzichtet. Der Chef vom Tome Press hatte sein Stehvermögen zur Genüge unter Beweis gestellt und es war hinlänglich bekannt, dass er Wein wie Wasser trinken konnte.

»Nur eine Frage, Donald«, wandte er sich an Marquette. »Warum essen wir italienisch?«

»Weil Amy italienische Küche bevorzugt, Blessing aber alle Arten von italienischen Gerichten ablehnte. Ich glaube, er war gegen die Gewürze allergisch, deshalb musste Amy immer darauf verzichten.«

»Wirklich clever von dir«, lobte Graf Mishka. »Und ich verspreche euch, dass die Zutaten vom besten Geschäft in ganz Little Italy stammen.«

»Mir läuft wirklich schon das Wasser im Mund zusammen«, schwärmte der Marquis. »Ich liebe nämlich italienische Küche. Allein für den Käse könnte ich sterben.«

»Diese Worte solltest du gleich besser nicht gebrauchen«, tadelte Brittle. »Gibt es Tiramisu zum Nachtisch?«

»Sicher doch«, beruhigte ihn der Marquis. »Nur das Beste vom Besten.«

»Hhm, wie wunderbar und dekadent«, seufzte Brittle. »Dann scheint ja alles bereit zu sein. Vielleicht solltest du jetzt besser unsere Gastgeberin holen, Donald.«

Marquette nickte.

Ja, es wurde wirklich langsam Zeit.

Vor dem großen Spiegel im Wohnzimmer überprüfte er noch einmal den Sitz seines Jacketts und fuhr sich mit dem Kamm durch die Haare. Dann holte er tief Luft, bevor er die Treppe hinaufstieg.

Die Bibliothek war doppelt verschlossen. Seitdem Marquette den Bestand der Bücher nach Blessings Ermordung überprüft hatte, um die Zahl der gestohlenen Bände zu ermitteln, hatte niemand mehr den Raum betreten. Nach ihrer Rückkehr aus dem Krankenhaus war Amy nicht einmal in der Lage gewesen, auch nur einen Blick auf den Ort des grauenhaften Geschehens zu werfen, geschweige denn, ihn zu betreten. Deshalb hatte sie darauf bestanden, dass die Tür zur Bibliothek praktisch zugestellt worden war. Marquette bedauerte dies sehr, da er die Bücher und das dort gelagerte Material sehr gut für seine Arbeit hätte brauchen können. Aber all das würde sich von allein regeln – falls der heutige Abend zu aller Zufriedenheit verlaufen sollte.

Marquette kannte die Etüde von Chopin, die soeben erklang. Amy spielte gut, allerdings langsamer, als es das Stück eigentlich verlangte. Doch diese Schwermütigkeit überraschte ihn nicht. Nach den für Amy traumatischen Erlebnissen grenzte es an ein Wunder, dass sie nicht in einer Nervenklinik gelandet war, sondern ein vergleichsweise ›normales‹ Leben führen konnte. Und was Marquette betraf, so hatten sich die Dinge trotz des Mordes an Blessing und Amys Vergewaltigung besser entwickelt, als selbst nach Baxter Brittles ursprünglichem Plan zu hoffen gewesen war.

Nachdem sie damals Kartons voller Bücher und Briefe von Poe davongeschafft und die anderen sich abgesetzt hatten, war Marquette allein in das Haus zurückgekehrt, um die grausige Szene zu ›entdecken‹. Die von ihm alarmierte Polizei hatte seine Geschichte anstandslos geschluckt. Und falls tatsächlich auch nur der Hauch eines Verdachts gegen ihn bestanden haben sollte, dann wurde dieser durch Amy Blessings Aussage zerstreut. Zwei Tage nach dem Überfall war sie aus ihrer Ohnmacht erwacht und hatte eine Beschreibung der beiden Täter gegeben. Trotz Großfahndung waren sowohl ihr Vergewaltiger als auch der Mörder ihres Mannes unauffindbar gewesen – was nicht verwunderlich war, da Mick Prince und Theodore von Tome Press für längere Zeit in ›Urlaub‹ geschickt worden waren.

Im Zuge all der Folgeereignisse hatte Donald Marquette endlich seine wahren Talente unter Beweis stellen können. Schon seine ergreifende Vorstellung, die er vor der Polizei gegeben hatte, war perfekt gewesen. Sein Meisterstück aber legte er ab, als er später vor die Presse trat.

Als er mit einem Mal im Rampenlicht des öffentlichen Interesses stand, wurde er plötzlich zu einem zweiten Fred Astaire, der sich mit traumwandlerischer Sicherheit auf dem ungewohnten Parkett bewegte und im Handumdrehen die Herzen der Zuschauer und Leser eroberte. Blessings Bücher, die sich von jeher bereits gut verkauft hatten, eroberten über Nacht die Spitzenpositionen der Bestsellerlisten. Aus Angeboten für die Filmrechte an den Romanen wurden konkrete Verträge. Und auch in diversen Ländern, in denen der Name William Blessing zuvor unbekannt gewesen war, erwachte plötzlich eine Nachfrage nach seinen Werken.

Da Donald Marquette nun stets in einem Atemzug mit seinem ehemaligen Förderer genannt wurde, verkaufte sich auch sein eigener Roman hervorragend. Er nutzte die Gunst der Stunde, um sofort einen großzügig honorierten Vertrag über zwei weitere Bücher aus seiner Feder abzuschließen. Dabei vergaß er nicht, einen beachtlichen Teil seiner Einnahmen als Belohnung für die Ergreifung der Täter auszusetzen: eine nur scheinbar großherzige Geste, da er nur zu gut wusste, dass die beiden niemals geschnappt werden würden.

Leisere Akkorde wechselten mit lauteren, als Marquette vor Amys Tür stand. Er hatte heute Morgen eine Vase mit frischen, wundervoll duftenden Schnittblumen auf den Steinway-Flügel gestellt, vermischt mit dem Duft von Amys Shampoo ein keineswegs unangenehmer Geruch, wie Donald Marquette fand. Sie benutzte allerdings keinerlei Parfüm mehr und trug nur noch schwarze Trauerkleidung, was sie in seinen Augen allerdings nur umso anziehender machte.

Als er eintrat, saß sie gedankenverloren vor dem Flügel und wirkte sehr blass und zerbrechlich: nur ein Schatten des Lebens in einem ansonsten eingefrorenen Bild. Marquette näherte sich ihr nur so weit, dass sie ihn gerade aus den Augenwinkeln wahrnehmen konnte, und gab sich den Anschein, konzentriert zuzuhören. Nachdem sie das Stück zu Ende gespielt hatte, applaudierte er leise.

»Wirklich wunderschön.«

»Vielen Dank, Donald.« Sie lächelte matt und blätterte in den Noten, die vor ihr lagen.

»Ist dir nicht vielleicht ein gewisser Duft aus der Küche in die Nase gestiegen, Amy?«

Seit Donald Marquette ihre wichtigste Bezugsperson geworden war, waren sie zum vertrauten ›du‹ übergegangen.

Sie blinzelte. »Ach du lieber Himmel. Wolltest du nicht etwas kochen? Das habe ich ja völlig vergessen.«

»Und ob ich gekocht habe.« Er nahm die Haltung und den Tonfall eines Kellners an. »Was würden Sie von Rigatoni Bolognese mit würziger italienischer Salami halten, Madam? Als Vorspeise empfehle ich Ihnen Antipasti und frischen Spinat, denn Gemüse ist gesund. Zum Abschluss haben wir heute als Dessert Tiramisu auf der Karte. Dazu einen guten Rotwein.«

Ihre umwölkte Stirn hellte sich ein wenig auf. Sie hatte niemals großen Gefallen an Alkohol gefunden, trank jetzt jedoch mehr Rotwein als früher. Vor allem deshalb hatte sich Marquette für italienische Küche entschieden. Schließlich gehörte zu einer roten Sauce auch roter Wein. Auf diese Weise wollte er sie zum Trinken animieren.

»Das hört sich sehr verlockend an«, erwiderte sie, den

Blick ins Leere gerichtet. »War da nicht noch etwas anderes?«

»Doch. Ich habe die Leute von Tome Press eingeladen.«

»Ach ja. Deine lustigen Freunde.« Sie zeigte die Andeutung eines Lächelns.

»Die Jungs werden uns von dem Zwang befreien, Konversation machen zu müssen. Baxter Brittle war nämlich gerade auf einem Kongress in England und hat sicherlich jede Menge Klatsch zu erzählen.«

Sie nickte, wirkte jedoch nach wie vor verloren und orientierungslos.

In diesem Zustand befand sie sich seit dem Tag, an dem sie aus ihrer Ohnmacht erwacht war. Es schien, als ob die seelischen Qualen, die sie als Folge ihrer Vergewaltigung und der Ermordung ihres Mannes erduldete, zwar nicht zu einer autistischen, aber doch partiellen Abschottung gegen alles Leben um sie herum geführt hatten. Die Ärzte hatten festgestellt, dass sie physisch völlig gesund war; es würde allerdings lange dauern, bis auch ihre seelischen Wunden geheilt waren. Donald Marquette hatte versichert, dass er alles Menschenmögliche unternehmen werde, um ihr bei der Bewältigung des traumatischen Erlebnisses zu helfen. Und alle Ärzte, Freunde und Bekannten der Blessings hielten ihn aufgrund seines sehr engen Verhältnisses zu der Witwe und ihrem ermordeten Mann für besonders geeignet, die Wände niederzureißen, die Amy Blessing um sich herum errichtet hatte. Mittlerweile waren seit dem Überfall vier Monate vergangen, und sie war durchaus in der Lage, alltägliche Dinge zu erledigen und auch den Nachlass ihres Mannes zu verwalten. Bei all dem wirkte sie jedoch völlig unbeteiligt und lustlos, dabei standen wichtige Entscheidungen an. In vier Wochen sollte ein neues Buch von William Blessing auf den Markt kommen, doch das Manuskript war nur halb fertig. Zudem hatte niemand Einblick in die verschiedenen, noch unveröffentlichten Kurzgeschichten des berühmten

Autors oder in dessen handschriftliche Notizen und Aufzeichnungen. Amy hielt all dies unter Verschluss. Selbst gegenüber Marquette, der zur Zeit Tag und Nacht an der Fertigstellung einer unter Blessings Namen herausgegebenen Anthologie arbeitete, machte sie keine Ausnahme. Auch das war einer der zentralen Punkte, um die es bei dem heutigen Essen gehen sollte.

»Und der ganzen Bande knurrt bereits der Magen. Sie haben sich jedoch die letzte halbe Stunde über besonders an deinem Klavierspiel erfreut und möchten dich gerne bitten, später noch etwas für sie zu spielen. Jetzt aber sollten wir zunächst einmal essen, bevor die Nudeln kalt werden.«

»Natürlich.« Sie schloss den Deckel des Flügels. »Ich möchte niemanden warten lassen.«

Als sie aufstand, bot er ihr seinen Arm an.

Sie akzeptierte dankend und seufzte laut. »Was für eine symbolträchtige Geste, Donald. Was wäre ich ohne deinen Beistand?«

»Ich fühle mich mehr als geehrt, dir ein wenig zur Seite stehen zu dürfen«, sagte Marquette bescheiden und scheinbar von Zuneigung überwältigt. »Du bist außerdem ein sehr wichtiger Bestandteil meines Lebens. Ehrlich gesagt, gibt es außer meiner Arbeit nichts auf der Welt, was mir mehr bedeuten würde – als du.«

Sie berührte ihn an der Schulter. »Ich weiß«, sagte sie leise. »Aber es ist so schwer, über alles hinwegzukommen. So furchtbar schwer.«

»Ja, das ist es wohl«, bestätigte er mit einem Seufzer und tätschelte ihre Hand.

Der Trick bestand darin, sie zum einen aus der Reserve zu locken, indem er sie zum Reden brachte, zum anderen aber ein unlösbares Band zwischen ihr und sich zu knüpfen, indem er ihre Trauer teilte. Auf diese Weise lebten sie in einer Harmonie zusammen, die sich – so hoffte Marquette – irgendwann auch auf andere Bereiche ausdehnen würde.

Dies alles war Teil seiner inneren Stärke, die er erst jetzt an sich selbst entdeckt hatte. Jenseits seines kühlen, analytischen Denkens war er in der Lage, wie ein Schauspieler alle möglichen Gefühlsregungen zu simulieren. Natürlich fühlte er sich noch immer sehr zu dieser Frau hingezogen, doch jetzt, da der Traum vielleicht sogar in nicht allzu ferner Zukunft Realität werden konnte, kam noch etwas anderes dazu, was sein Denken bestimmte: reines Besitzstreben und lustvolles Verlangen. Liebe und körperliches Begehren standen nicht mehr länger in Widerspruch. Ja, die Dinge hatten sich wirklich verändert.

Früher hatte Donald Marquette immer angenommen, er könne niemals mit dem Schuldgefühl leben, jemand anderen verletzt zu haben. Dabei war er keinesfalls besonders religiös, sondern verfügte lediglich über feste Moralvorstellungen. Jetzt aber, nachdem er sogar jemanden *getötet* hatte …? Nun, um die Wahrheit zu sagen, war alles halb so schlimm. Ab und zu flackerten zwar hier und da ein paar Schuldgefühle auf, doch hatten sie in der Zwischenzeit immer mehr abgenommen. Und seitdem er die Vorteile von Blessings Tod zu spüren bekam, empfand er sogar so etwas wie Dankbarkeit gegenüber Mick Prince und der steinernen Pallas Athene, die den Schädel seines ehemaligen Brötchengebers zerschmettert hatte. William Blessing war ohne Zweifel ein begabter und belesener Mann gewesen, doch im selben Maße, in dem er William Blessings *Wesen* genauer kennen gelernt hatte, hatte er auch mehr und mehr erkannt, dass das von ihm ursprünglich verehrte Idol über erhebliche charakterliche Mängel verfügte. In Wahrheit war Blessing nämlich ein ziemlicher Dreckskerl.

»Wir sollten jetzt besser über andere Dinge reden und uns nicht den Appetit verderben lassen, sondern versuchen, einen schönen Abend miteinander zu verbringen«, sagte er vorsichtig. Dann geleitete er Amy nach unten zu den anderen.

Der Abend war ein durchschlagender Erfolg.

Das Essen und der Wein mundeten allen ausgezeichnet; dementsprechend zeigten sich Graf Mishka und der Marquis von ihrer besten Seite und plauderten in höchst unterhaltsamer Weise über dieses und jenes kulturelle Thema. Darüber hinaus gab sich Baxter Brittle immer wieder die größte Mühe, Amy Blessing geistreich und charmant in die Unterhaltung einzubeziehen, obwohl oder gerade weil sie nur wenig sagte. Es gelang ihm sogar, ihr zweimal ein angedeutetes Lächeln zu entlocken.

Allen voran war natürlich Donald Marquette die Aufmerksamkeit in Person, wobei er sorgsam vermied, aufdringlich zu wirken. Meist lächelte er Amy an und achtete besonders darauf, dass ihr Weinglas niemals leer war. Als alle schließlich ihr Dessert löffelten, willigte Amy ein, den anderen ein wenig auf dem Klavier vorzuspielen, allerdings erst nach dem Kaffee. So wurden die Tassen gefüllt – versehen mit einer gehörigen Portion Cognac für Brittle, einem bescheidenen Schuss für Marquette und einem größeren für Amy –, wobei Marquette das Gespräch behutsam auf den entscheidenden Punkt zu bringen versuchte. Bereits zuvor hatte er bewusst William Blessing immer wieder in ehrerbietigem Ton erwähnt, um den Boden für den geplanten Vorstoß zu ebnen.

»Ich denke, wir alle schulden unserem verblichenen Freund großen Dank für all das, was er uns hinterlassen hat«, begann er salbungsvoll. »Kein Sterblicher weiß, wie lange es ihm vergönnt ist, auf dieser Welt zu wandeln, bevor er abberufen wird. William Blessing hat sich jedoch durch sein großartiges Wesen und sein literarisches Erbe bereits zu Lebzeiten unsterblich gemacht.«

»Lasst uns einen Toast auf diesen einzigartigen Mann ausbringen«, nahm Baxter Brittle den Faden auf und hob sein Glas. »Auf ihn und darauf, dass meine Sonderausgabe seiner Werke seinen Ruhm auf alle Zeit festigen möge.«

»Auf William Blessing«, rief Graf Mishka.

»Auf ihn und Amy«, stimmte der Marquis mit ein.

Die Witwe schüttelte zögernd den Kopf.

»Ich weiß nicht, ob ich es jemals wieder über mich bringen werde, auch nur eine Zeile von William zu lesen«, sagte sie leise. »Sein Werk ist so voller Schmerz und Leid, voller finsterer und abgründiger Dinge. Von jeher habe ich mich gefragt, wie es möglich sein kann, dass solche Dinge aus der Feder eines so guten Menschen stammen? Eines Menschen, den ich immer für so etwas wie eine Lichtgestalt gehalten habe.«

»Nun, meine Liebe«, ergriff Baxter Brittle die Gelegenheit, bedachtsam jedes Wort abwägend, »mit dem Erbe Ihres Mannes ist auch die Verantwortung für sein literarisches Vermächtnis auf Sie übergegangen. Damit lastet eine große Verantwortung auf Ihren Schultern.«

»Ich werde dir dabei zur Seite stehen, Amy«, gelobte Donald Marquette edelmütig. »Ich habe mir geschworen, alles in meiner Macht Stehende dafür zu tun, dass Bills literarischer Ruhm nicht verblassen wird. Deshalb habe ich darüber nachgedacht, ob ich nicht vielleicht eine Biografie über ihn verfassen sollte.«

Dies war das Stichwort für die anderen, ihre einstudierten Texte aufzusagen. Da Baxter Brittles Aufmerksamkeit jedoch dadurch in Anspruch genommen wurde, die letzte Neige aus der Weinflasche zu leeren, verpasste er seinen Einsatz. Einen Augenblick lang folgte daher nur bedrückendes Schweigen, woraufhin Marquette seinem Tischnachbarn einen wütenden Blick zuwarf.

»Was hältst du davon, Baxter?«, bemühte sich Marquette mit einiger Schärfe in der Stimme, das Gespräch wieder in Gang zu bringen. »Wäre eine Biografie nicht eine gute Idee?«

Um seinen Worten Nachdruck zu verleihen, trat er Brittle unter dem Tisch vors Schienbein. Zwar hätte dieser um ein Haar sein Weinglas fallen lassen, nahm allerdings zu aller Erleichterung endlich den roten Faden wieder auf, ohne dass Amy etwas von dem abgekarteten Spiel bemerkt hätte.

»Eine Biografie? O ja, warum nicht? Das ist wirklich eine großartige Idee!«, beeilte sich Brittle zu erklären. Er nippte ein paarmal an seinem Glas und gab sich nachdenklich. »Ich bin allerdings auch der Auffassung, dass man das literarische Schaffen eines so bedeutenden Autors nicht einfach mit einer Biografie abschließen sollte.«

Wie abgesprochen, nahm Graf Mishka den Ball auf. »Wie meinst du das, Baxter?«, fragte er.

»Ganz einfach: Man sollte zum Beispiel seine Kurzgeschichten in einem Sammelband herausgeben und seine Briefe und Korrespondenzen veröffentlichen, weil seine Fans gewissermaßen einen Anspruch darauf haben, alles über diesen unersetzlichen Mann zu erfahren. Wer weiß, vielleicht existieren sogar noch Manuskripte von bisher unveröffentlichten Werken … Entwürfe, Notizen …?«

Er schenkte Amy Blessing ein teilnahmsvolles Lächeln. »Aber ich kann verstehen, dass derartige Überlegungen Sie jetzt zu sehr belasten und sehr traurig machen. Wahrscheinlich hätte ich besser gar nicht davon anfangen sollen …?«

Wirklich großartig!, jubelte Marquette innerlich. *Baxter hätte wirklich Schauspieler werden sollen.*

Obwohl Amys Denken und Fühlen von tiefer Melancholie erfüllt waren, hatte Brittle ihr Interesse geweckt.

»Sie brauchen sich nicht zu entschuldigen«, widersprach sie. »Bitte reden Sie weiter. Sie haben immer so viele gute Ideen, dass ich unbedingt Ihren Rat hören möchte.«

»Also schön. Wenn Sie mich fragen … meiner Meinung nach gibt es niemanden auf der Welt, der das Werk Ihres Mannes besser kennt, als unser Freund Donald. Wer also wäre besser dazu geeignet, William Blessings literarisches Erbe mitzuverwalten? Oder aber sogar – falls Ihnen die Verantwortung im Augenblick nur als eine Last erscheint – in *Alleinregie* zu leiten?«

Amy blinzelte nachdenklich, wobei Marquette sie genau musterte. Sie verwarf den Vorschlag zwar nicht direkt, schien jedoch unschlüssig. Auf jeden Fall war ihre Haltung schwer zu deuten, deshalb beschloss Marquette, Brittles Taktik einzuschlagen.

»Ich weiß nicht …«, meinte er zögerlich. »Das würde für mich eine so große Verantwortung bedeuten …«

»Natürlich liegt die Entscheidung bei Amy«, warf Brittle ein. »Aber wer sonst außer dir besäße die nötigen Fähigkeiten und Voraussetzungen, sich dieser Aufgabe gewachsen zu zeigen?«

Amy nickte zustimmend. »Er hat Recht, Donald.«

Sie richtete ihren Blick auf ihn und legte ihre Hand auf seinen Arm.

»Könntest du nicht zumindest über seinen Vorschlag nachdenken? Ich weiß zwar, dass du an deinen eigenen Sachen schreibst, aber vielleicht könntest du trotzdem ein wenig Zeit erübrigen? Ich hielte es jedenfalls wirklich für eine großartige Idee. Und du würdest mir sehr dabei helfen, Bills Ruhm als Schriftsteller zu bewahren.«

Der Druck ihrer Hand nahm zu.

»Bitte, Donald. Ich weiß, dass du der richtige Mann dafür bist. Und was noch wichtiger ist: Ich vertraue dir in allem, was du tust.«

»Na ja … ich würde dir ja gern den Gefallen tun«, begann Marquette. »Aber wie soll das alles gehen? Ich meine, da ist doch Bills Testament und …«

»Mach dir darüber keine Sorgen«, beruhigte ihn Baxter Brittle scheinheilig. »Ich kenne mich mit diesen Dingen aus. Amy müsste nur ein paar Vollmachten unterzeichnen, und schon könntest du mit der Arbeit beginnen.«

Amy nickte. »Das würde ich natürlich sofort tun. Und ich bin mir sicher, dass dies unter den gegebenen Umständen genau das wäre, was auch Bill gewollt hätte.«

»Gib dir einen Ruck, Donald«, mischte Graf Mishka sich ein.

»Es ist wirklich die beste Lösung, wenn du alles in die Hand nimmst«, meinte auch der Marquis. »Außerdem bist du ein hervorragender Autor. Vielleicht könntest du sogar das unvollendete Manuskript weiterschreiben?«

Marquette zuckte seufzend mit den Schultern.

»Wie könnte ich da noch nein sagen, wenn ihr alle dieser Meinung seid?«

Er sah Amy treuherzig in die dunklen, traurigen Augen.

»Ich verspreche, ich werde mein Bestes tun.«

»Schön«, rief Baxter Brittle euphorisch und rieb sich die Hände. »Damit wäre dieser Punkt geklärt. Dann ergreife ich die Gelegenheit und erinnere Amy an ihr Versprechen, uns noch ein paar Stücke auf dem Klavier vorzuspielen. Denn darauf habe ich mich schon das ganze Essen über gefreut.«

Sie nickte und erhob sich von ihrem Platz.

Während sie die Treppe zum Musikzimmer hinaufstieg, verfolgte Donald Marquette in Jubellaune ihren nach oben entschwindenden, süßen Hintern. Er wusste genau, welchen Musikwunsch er geäußert hätte, wenn er gefragt worden wäre: *We're in the money.*

17

> Die Grenzen, welche Leben und Tod trennen, sind im besten Falle schattenhaft und unbestimmt. Wer vermag zu sagen, wo jenes endet und dieser beginnt?
>
> Edgar Allan Poe, *Das vorzeitige Begräbnis*

Als William Blessing erwachte und sich erheben wollte, schlug er mit dem Kopf gegen den Sargdeckel.

Da der Sarg mit gepolstertem Samt ausgeschlagen war, verlief der Aufprall glimpflich, zudem musste Blessing sich eingestehen, dass seine Empfindungen in dem Augenblick ohnehin nur sehr wenig mit dem gemeinsam hatten, woran er sich unter dem Stichwort ›Schmerz‹ erinnerte. Dennoch blieb das Erlebnis nicht folgenlos, denn Blessing fühlte sich ausgesprochen verwirrt und orientierungslos.

In dem geschlossenen Sarg herrschte eine über die übliche, ihm vertraute Dunkelheit hinausreichende, tiefe Finsternis. Darüber hinaus war ausgesprochen seltsam, dass das Behältnis, in dem er lag, sehr viel geräumiger als ein Sarg wirkte, jedoch zweifellos ein Sarg war, wie er mit Hilfe von Händen und Füßen herausfand. Zudem roch es auch unverkennbar nach Erde, Schimmel und Verfall.

Beinahe zwangsläufig gelangte Blessing zu der Schlussfolgerung, dass er lebendig begraben worden war. Als Konsequenz zog der Professor keineswegs nahe liegende Vergleiche zu Edgar Allan Poes einschlägiger Erzählung, sondern geriet schlicht und einfach in Panik, als ihn extreme Platzangst erfasste. Er stieß daraufhin aus tiefster Seele einen durchdringenden Schrei aus, was ihn viel Kraft kostete – und deshalb langsam wieder zu Verstand brachte. Er begann nachzudenken und sich zu erinnern.

Die Waffe, die Schüsse … Donald Marquette und die Büste der Pallas Athene, die schließlich hart auf seinen Schädel schlug, sehr hart sogar …

Die leise, aber klare Stimme seiner Vernunft sagte ihm, dass er tot war. Aber dann erinnerte er sich auch an die Bibliothek, an den Bibliothekar, die getötete Taube und …

»Willst du da unten die ganze Nacht über vor dich hin dösen?«, fragte mit einem Mal unüberhörbar eine Stimme. Es schien jedoch so, als nehme er sie nicht mit seinen Ohren wahr, sondern als spreche sie direkt in sein Inneres hinein. Davon abgesehen, *hörte* er allerdings das unverkennbare Timbre in der Stimme, die sogar über einen schwachen Brooklyn-Akzent verfügte.

Dann erinnerte er sich an die Krähe.

»Wo … wo bin ich hier?«, fragte Blessing.

»An einem sehr schönen und ruhigen Platz, Professor!«, antwortete die Stimme. »Ich fürchte jedoch, dass Sie sich dort nicht recht wohl fühlen.«

»Habe ich den Verstand verloren?«, erkundigte sich Blessing.

»Das haben Sie allerdings!«, bestätigte die Stimme. »Sonst wären Sie nicht hier.«

»Und wo ist – hier?«

Die Stimme klang langsam ein wenig ungeduldig. »Sechs Fuß unter der Erde. In einem Grab, verbuddelt und verscharrt, bis in alle Ewigkeit, Professor. Gefällt Ihnen die Vorstellung etwa nicht?«

Obwohl er seine Panik noch längst nicht überwunden hatte, gelang es ihm kurioserweise dennoch, einen relativ klaren Kopf zu bewahren. Das mochte zum Teil an seiner ausgeprägten Vernunft und seinen überragenden geistigen Gaben liegen, aber da war noch etwas anderes: ein Gefühl, das sehr viel stärker war als alles Übrige.

Wut.

Kalte, doch unbezähmbare Wut beherrschte jeden einzelnen Gedanken und jede Empfindung. Sie war die Kraft, die das Fleisch und die Knochen seines von Kopf bis Fuß aufgeschnittenen Körpers zusammenhielt; die Kraft, die sein schon erloschenes Lebenslicht erneut zu einem verzehrenden Feuer entfacht hatte und das glühende Verlangen nach Vergeltung durch jene Venen pumpte, durch die einst sein Blut geflossen war.

Mit einem Mal erinnerte William Blessing sich auch wieder daran, dass an seinem Körper eine Obduktion vorgenommen worden war. Zu dieser Erkenntnis gelangte er mit einer Selbstverständlichkeit, die ebenso bestürzend wie ernüchternd war.

»Ich bin also von den Toten wieder auferstanden«, stellte Blessing sachlich fest.

»Nenn es, wie du willst. Auf jeden Fall kannst du jetzt wieder richtig mitmischen.«

Die Frage war nur: Wie? Immerhin lag er nach wie vor in einem Sarg und hatte über sich vermutlich gut einen Meter Erde. Schön und gut, er schien nicht ersticken zu müssen und empfand auch keinerlei Hunger, aber alles in allem sah es so aus, als müsse er eine ganze Weile an seinem derzeitigen Aufenthaltsort bleiben.

»Wer bist du?«, fragte Blessing.

»Nun hör schon auf, dumme Fragen zu stellen«, wies ihn die Stimme zurecht. »Setz lieber deinen Hintern in Bewegung. Schließlich gibt es genug zu tun!«

»Nur, wie komme ich hier heraus?«

»Lass dir etwas einfallen. Du bist doch Horrorschriftsteller, oder nicht? Wie gelingt es wieder erweckten Toten, ihre Gräber zu verlassen? Hm? Indem sie sich mit Transportstrahlen nach oben *beamen* lassen? Wohl kaum. Aber vielleicht versuchst du es einfach mal mit *graben*.«

»Ich muss doch durch irgendeine übernatürliche Macht von den Toten zurückgekehrt sein«, bohrte Blessing weiter.

»Aliens haben nichts damit zu tun, falls du darauf hinaus willst«, spottete die Stimme.

»Kann mich diese Macht dann nicht auch hier herausholen?«, fragte Blessing unbeirrt.

»Nun hör mal gut zu. Du selbst besitzt doch bereits übernatürliche Kräfte. Oder glaubst du etwa, dass ein normaler Mensch in der Lage wäre, sich selbst aus seinem Grab freizuschaufeln? Also vertraue mir einfach und mach dich an die Arbeit.«

Noch während er der Stimme zuhörte, spürte Blessing, dass eine Veränderung mit ihm vorgegangen war. Verblüfft stellte er fest, wie sich gewisse okkulte Kräfte in ihm entfalteten. Die Fasern und Moleküle seiner sterblichen Hülle schienen plötzlich mit einer unglaublichen Energie aufgeladen zu sein, für die er keine Erklärung hatte.

Voller Neugier hob er die Hände und bewegte die Finger in der totalen Finsternis. Er stellte sich dabei vor, wie sie aussahen, und plötzlich – konnte er sie sehen.

Trotz der undurchdringlichen Dunkelheit konnte er sie sehen, denn sie erstrahlten von innen her in einem geheimnisvollen Licht. Mühelos konnte Blessing sogar jede einzelne Falte und Pore erkennen. Dabei stellte er fest, dass seine Fingernägel sehr lang geworden waren und fast wie Klauen aussahen.

Als er seine Hände gegen den mit Samt ausgeschlagenen Sargdeckel stemmte und versuchshalber drückte, gab er tatsächlich ein wenig nach. Erde bröckelte durch den entstandenen Spalt herein, doch sie erschien ihm seltsamerweise nicht als Last oder Gefährdung.

»Na also!«, ermunterte ihn die Stimme. »Der Anfang ist gemacht. Der Rest ist jetzt nur noch ein Kinderspiel.«

Mit nur geringer Anstrengung gelang es ihm, den Deckel immer weiter und weiter nach oben zu drücken. Erde, die nach Humus und Würmern schmeckte, fiel ihm ins Gesicht; zugleich roch sie nach trüben Erinnerungen und tiefer Verzweiflung.

Immer mehr Schmutz und Erdreich regneten auf William Blessing herab, doch alles von einer Art, die ihm gänzlich fremd war. Der Boden schien keineswegs fest und massiv zu sein, sondern ähnelte vielmehr einer dunklen, aus sich selbst heraus leuchtenden Flüssigkeit, die sich leicht beiseite räumen ließ, so als erkenne sie seine Macht und seinen Triumph über den Tod an. Blessing begann seinen ganzen Körper aufzurichten und sich durch die seltsame Masse hindurch nach oben zu arbeiten.

»Jetzt hast du den Bogen raus«, lobte die Stimme. »Geht doch ganz einfach, oder nicht?«

Beharrlich grub Blessing weiter, bis er spürte, dass seine Hand durch den Boden ins Freie stieß und in der kalten Nachtluft über feuchtes Gras strich. Diese Wahrnehmung erfüllte ihn mit einem unglaublichen Gefühl der Macht und Stärke, woraufhin der Rest umso schneller erledigt war. Dann lag er gekrümmt im mitternächtlichen Mondlicht, atmete tief die feuchte Luft ein und blickte in das irdene Gefängnis hinab, in das er von denen gesperrt worden war, die er einst geliebt hatte.

Schmutz bröckelte von seinem Gesicht und aus seinen Haaren zu Boden, während er nach Luft schnappend in die Nacht über ihm emporstarrte, die ihm wie eine Symphonie der Stille erschien.

»Habe ich dir nicht gesagt, dass du es schaffen würdest?«, meldete sich wieder die Stimme zu Wort. Diesmal schien sie allerdings nicht direkt aus ihm selbst heraus zu sprechen, sondern aus seiner unmittelbaren Nähe zu ertönen. »Bravo!«

Blessing hustete und spuckte Erde aus. »Fast wie in einer Gruselgeschichte«, keuchte er voller ironischer Bitterkeit. Er schmeckte die Galle nicht nur in seinem Mund, sondern fühlte sie in seinem ganzen Körper aufsteigen. Dann verdrehte er den Kopf und spähte in die Finsternis, um herauszufinden, wem die Stimme gehörte.

»Dies hier ist aber keine erfundene Geschichte, sondern die Realität«, widersprach die Stimme. »Ansonsten hätte ich wahrscheinlich auch eher einen französischen Romancier vorgezogen. *Oui! Bon soir, Monsieur*. Ich möchte Sie hiermit auf diesem wunderschönen Planeten begrüßen. Leider bleibt uns nicht allzu viel Zeit. Sind Sie daher bereit, für die erste Runde in den Ring zu steigen?«

Nicht ohne Mühe richtete Blessing sich auf. Mit zitternden Knien ließ er seinen Blick ringsum über die Grabsteine wandern, auf die das gleißende Mondlicht schien, bis eine dichte Wolkenbank vorüberzog und mit ihrem Schatten den Friedhof verdunkelte. Blessing musste feststellen, dass seine Gelenke knirschten wie die verrosteten Glieder einer Kette, die eine gemarterte Seele fesselten.

»Wo bist du?«

»Euer Gnaden sollten Ihre Aufmerksamkeit vielleicht einmal auf den eigenen Grabstein lenken«, empfahl der Spötter.

Als Blessing tat, wie ihm geheißen, und sich darauf konzentrierte, den Stein mit seinen Augen zu erfassen, schaltete sich wieder das geheimnisvolle Licht an. Wie durch ein Infrarot-Nachtsichtgerät erkannte er den ihm von früher vertrauten Friedhof, obwohl dieser ihm jetzt ungewohnt und fremdartig erschien.

Wie betäubt von dem faszinierenden Eindruck, geriet Blessing ins Straucheln und stürzte auf die Knie, wobei er mit dem Kopf gegen einen Stein aus Marmor stieß. Als er aufsah, fiel sein Blick auf eine Inschrift: Sie lautete auf seinen Namen.

Mein geliebter Mann … mögest du in Frieden ruhen … unvergessen.

Zutiefst aufgewühlt, fuhr er mit den Händen über die eingemeißelten Worte, wobei seine langen Fingernägel ein kratzendes Geräusch verursachten.

»Amy«, flüsterte er. »Amy!«

»Denkst du gerade darüber nach, warum sie nicht lieber einen lateinischen oder besser noch griechischen Spruch einmeißeln ließ?«, stichelte die Stimme. »Irgendeinen klassischen Kram, wie es einem Dichterfürsten wie dir geziemt. Du kannst doch sicher Lateinisch und Griechisch, oder etwa nicht?«

»Allerdings«, antwortete Blessing gedankenverloren.

»*Kyrie Eleison,* alter Freund. Im vierten Monat auferstanden von den Toten, jedoch nicht, um zum Himmel aufzufahren, sondern um ein paar Kerlen mächtig in den Hintern zu treten.«

Blessings Grabstein hatte die Form eines keltischen Kreuzes. Dies musste Amys Idee gewesen sein, denn er hatte nie etwas für Kreuze übrig gehabt. Stattdessen hatte Blessing immer nur darüber Witze gemacht, dass er nur zwei Dinge mit ins Grab nehmen wolle: seinen Computer und sein Internet-Modem.

Oben auf dem Kreuz saß eine große Krähe in unerklärlich leuchtendem Schwarz und starrte ihn mit ihren durchdringenden dunklen Augen an.

»Natürlich eine Krähe«, stellte Blessing nachdenklich fest. »Eine Krähe … eines der ältesten Symbole seit Menschengedenken.«

»Du hältst mich doch wohl nicht für so eine Art ›Jekyll und Hyde‹?«, fragte die Krähe entrüstet. »Nichts da. Ich bin genau das, was du vor dir siehst. Und ich bin nur hier, um dir bei deiner Aufgabe zu helfen, um deretwillen du wieder erweckt worden bist.«

Blessing wandte sich ab und blickte sich um. Ja, es war der Friedhof, auf dem auch Edgar Allan Poe begraben lag. Und da Blessing sich hier vor langer Zeit als Poe-Verehrer eine Grabstätte gekauft hatte, war er hier natürlich auch beerdigt worden.

»Um mir zu helfen«, wiederholte er leise, »um mir zu helfen ...?«

»In der Tat«, bestätigte die Krähe, nun mit einem Mal völlig ernst. »Das ganze Universum wird durch das Chaos regiert. Aber gelegentlich schafft das Chaos auch Ordnung.«

Die Stimme der Krähe senkte sich zu einem heiseren Krächzen.

»Und auch wenn das Chaos am Ende alles verschlingen wird, so kann *der menschliche Wille* doch darüber entscheiden, *was* verschlungen wird. Denn der Wille kann, wenn er nur stark genug ist, das Chaos überdauern ... kann dem Tod und dem Nichts widerstehen ... – allerdings nur für eine begrenzte Zeit. Für eine sehr begrenzte Zeit.«

Begrenzte Zeit.

Sehr begrenzte Zeit.

Der Friedhof wirkte auf ihn, als habe Vincent van Gogh ihn gemalt: vor allem einfarbig in Grautönen, doch mit einigen azurblauen, surrealen Strichen und Tupfern. Eine übernatürliche Phantomlandschaft ... ein Übergang in die vierte Dimension ... ein von Verfall und Niedergang gekennzeichnetes Reich der Toten, in der das Leben keine Macht mehr besaß ...

Staub zu Staub.

Asche zu Asche.

Der Mensch wandelt nur kurz auf dieser Welt ...

... fristet sein neidvolles, brutales Dasein ...

... und wird nicht einmal durch einen schönen Traum erlöst.

»Wenn ich schon nicht einen schönen Traum träumen

darf, dann wenigstens einen Albtraum«, sagte Blessing, zu allem entschlossen.

Langsam begann er einen Fuß vor den anderen zu setzen und sich auf seine Mission zu begeben. Er hatte nur wenige Schritte gemacht, da hörte er das vertraute Flügelschlagen hinter sich.

18

… und die unsichtbare Gestalt, die noch immer mein Handgelenk umklammert hielt, hatte die Gräber der ganzen Menschheit aufspringen lassen und aus jedem stieg der schwache Phosphorschein der Verwesung empor, sodass ich bis auf den tiefsten Grund sehen und dort die Leichen in ihren Tüchern betrachten konnte, in ihrem traurigen und feierlichen Schlummer mit dem Wurm. Aber wehe, die Zahl derer, die schliefen, war um viele Millionen geringer als die Zahl derer, die nicht schliefen. Hier war ein mattes Kämpfen und dort eine allgemeine unselige Rastlosigkeit, und aus den Tiefen aller dieser zahllosen Gruben drang das gespenstische Rascheln der Gewänder der Begrabenen.

Edgar Allan Poe, *Das vorzeitige Begräbnis*

Die Stadt lebte.

Zum ersten Mal machte Blessing die Erfahrung, dass die Stadt Baltimore eine lebendige Kreatur war, die Nebel ausschwitzte, durch ihre Abwässerkanäle fauligen Atem ausstieß und aus ihren unzähligen Schornsteinen rauchte. Überall roch es nach Schicksal.

Während er sich hinkend vom Friedhof entfernte, schienen die verlassenen Straßen immer fremdartigere Formen anzunehmen, so als bewege Blessing sich aus einer von van Gogh gemalten Landschaft in eine von Picasso geschaffene. Einzelne, zusammengehörige Teile und Formen entfernten sich plötzlich voneinander, um sich ebenso überraschend wieder zu vereinen.

»Ich weiß nicht, wo ich bin!«, stöhnte Blessing angesichts der miteinander verschwimmenden Quadrate und Rechtecke, Kreise und Ellipsen. »Ich dachte, ich wäre …!«

Hinter ihm waren Schwingen zu hören, die die Luft durchschnitten.

»Reiß dich zusammen, Blessing! Und erinnere dich!«

Er blieb stehen und lehnte sich gegen eine Mauer. Dann schloss er die Augen, um sich zu konzentrieren.

Baltimore.

Meine Stadt!

Als er seine Augen wieder aufschlug, machten die Straßen und Gebäude nach wie vor einen sehr seltsamen Eindruck auf ihn. Alles schien merkwürdig schief und war von mehrfarbigen Aureolen umgeben. Musik lag in der Luft, doch sie bestand aus lautlosen Schwingungen. Plötzlich konnte er Dinge sehen und spüren, die er nie zuvor wahrgenommen hatte, als verfüge er mit einem Mal über zusätzliche Sinne.

Nachdem er einer breit ausgebauten Straße ein gutes Stück gefolgt war, blieb Blessing erneut stehen und blickte hinab auf die unter ihm liegende Innenstadt. Die Wasserfläche des Hafens glitzerte mysteriös, die Gebäude schienen sich auf übertriebene Weise gegenseitig zu stützen und der Himmel wirkte wie ein gigantischer Kessel, in dem eine Hand voll Galaxien von umherziehenden Wolkenpulks gejagt wurden. Über den hyperrealen Asphalt und Beton zu seinen Füßen huschten grotesk verzerrte Schemen von Gesichtern und Körperteilen: darunter Hinterteile mit Augen und Münder in Brustkörben.

Gelegentlich tauchte auch ein unentwirrbares Knäuel aus scharfen Krallen und mit Reißzähnen versehenen Raubtierfängen auf, das über die Schattenwesen herfiel wie ein Hai über einen Schwarm von Jungfischen, um anschließend majestätisch weiterzuziehen, hin zu neuen Jagdrevieren in dieser zerrissenen Geisterwelt.

»Findest du dich langsam zurecht?«, erkundigte sich die Krähe.

Blessing zitterte am ganzen Körper. Er wandte den Blick ab und flüchtete sich in eine Nebenstraße. Doch die Krähe wich ihm nicht von der Seite und schaute zu ihm auf.

»Nun komm schon. Es gibt noch eine Menge zu tun.«

»Gleich. Ich … ich muss mich erst ein wenig sammeln.«

»Klar. Schließlich löst du dich ja langsam in deine Bestandteile auf.«

»Wie? O mein Gott!«, stöhnte Blessing. »O mein Gott!« In dem Zwielicht starrte er auf seine Hände hinab, in Erwartung, nur ein paar Fetzen verwesten Fleisches zu erblicken, die an blanken Knochen klebten. Doch seine Hände schienen völlig in Ordnung zu sein. Wie schon zuvor konnte er jedes kleinste Detail wahrnehmen, sogar die feinen Wirbel seiner Fingerabdrücke. Als er seine Linke an die Nase hielt, war kein Modergeruch festzustellen. Fragend schaute er die Krähe an.

»Frag mich nicht nach einer Erklärung«, antwortete sie. »Nur dein Wille hat dich wieder deine alte Gestalt annehmen lassen. Aber glaube mir, das Wunder wird nicht ewig dauern.«

Die Krähe hüpfte hin und her, wackelte mit den Schwanzfedern und hob die Flügel ein wenig, als wolle sie ihr Federkleid in Ordnung bringen.

»Wie viel Zeit bleibt mir?«, fragte Blessing.

»Ein paar Tage, vielleicht auch länger. Das weiß niemand mit Bestimmtheit zu sagen. Doch sollte dein Zorn vorzeitig verrauchen, wirst du augenblicklich wieder zu dem, was du warst: nämlich ein Fraß für die Würmer.«

»Gütiger Himmel! Ich brauche jetzt erst einmal einen anständigen Drink.«

»Na ja, ein bisschen Stärkung kann wohl nicht schaden«, meinte der Vogel großmütig. »Ich glaube, wenn du um die nächste Ecke gehst, wirst du genau das finden, was du suchst.«

Blessing raffte sich auf und ging in die ihm gewiesene Richtung.

»Ich hoffe, du hast nichts dagegen, dass ich dich von Zeit zu Zeit als Fortbewegungsmittel benutze?«, fragte die Krähe, nachdem sie auf seiner Schulter gelandet war.

»Nein.«

»Falls du noch irgendwelche Fragen an mich hast, solltest du sie mir besser jetzt stellen. Ich glaube nämlich nicht, dass Krähen in einer Bar geduldet werden. Höchstens ›alte Krähen‹ – Old Crows.«

»Wie?«

»Ich meine die Whiskey-Sorte.«

Blessing erwiderte nichts. Möglicherweise hatte er seinen Sinn für Humor im Grab gelassen. Oder er hatte sich in den Teil seines Wesens abgesondert, der nun zu der Krähe geworden war.

Als er um die Ecke trat, erblickte er die Bar, von der der Vogel gesprochen hatte. Es handelte sich um eine kleine Kaschemme, die keinen eigenen Namen hatte. Über dem Eingang leuchtete lediglich eine Neonreklame, die ein Martiniglas darstellte.

»Ich weiß nicht …«, stammelte Blessing. »Ich weiß einfach nicht, ob ich in der Lage bin, das zu tun, was ich tun will … was ich tun *muss.*«

»Was denn? Dir einen Drink kaufen? Ich nehme an, das wirst du doch schon das ein oder andere Mal in deinem Leben getan haben?«, spottete die Krähe.

»Du … weißt … genau … wovon … ich … spreche!«, stellte Blessing gereizt fest.

»Nun geh schon rein und hol dir ein oder zwei Flaschen raus«, krächzte die Krähe, als sie den Eingang erreicht hatten. »Ich werde mich hier erst einmal von dir verabschieden. Also dann bis später.«

Mit diesen Worten schwang sich der Vogel von Blessings Schulter in die Luft und verschwand in der Nacht.

William Blessing öffnete die Tür und trat ein.

Es war einer dieser heruntergekommenen Läden, die nur dadurch überleben konnten, dass die Woche über immer dieselbe Stammkundschaft an der Theke herumhing und am Wochenende ein paar echte Quartalssäufer hinzukamen, die hier ihrer Leber den Rest gaben. In einer der Nischen hockte eine Gruppe von Männern unter einer undurchdringlichen Dunstglocke von Zigarettenqualm und unterhielt sich angeregt. Zwei einzelne Trinker saßen weit von einander entfernt vor ihren Gläsern, die auf der hölzernen Theke standen. Direkt neben der Kasse hockte der Barkeeper auf einem hochbeinigen Stuhl, rauchte eine Zigarette und las Zeitung.

Obwohl bei seinem Eintreten niemand von ihm Notiz nahm, fühlte Blessing sich eher beklommen. Diese Sorte Bars hatte er immer gemieden. Die hier herrschende depressive Stimmung und der ausgeschenkte, billige Fusel schlugen ihm einfach aufs Gemüt, da beides allzu deutliche Anzeichen eines fortgeschrittenen Alkoholismus waren. Außerdem wusste Blessing als Poe-Experte nur allzu gut über die Langzeitwirkungen exzessiven Trinkens Bescheid: *dem Fluch der gesamten schreibenden Zunft,* wie er seinen Studenten gegenüber immer gescherzt hatte.

Ein Gedanke beruhigte ihn allerdings ein wenig: Er war bereits tot. Was konnte ihm hier also schon passieren? Und außerdem war mit seiner Wiederauferstehung auch das Verlangen nach einem Drink wieder erwacht, deshalb war er hierher gekommen. Warum also sollte er unverrichteter Dinge wieder verschwinden?

Er setzte sich an die Theke, woraufhin der Barkeeper die Zeitung zuschlug und herüberkam.

»Wohl gerade auf 'nem Maskenball gewesen, was?«, fragte er, wobei er Blessing misstrauisch musterte.

Dieser blickte an sich herab. Kein Wunder, dass der Kerl so reagierte, schließlich trug Blessing noch immer seinen besten Smoking, da er darin beerdigt worden war. Diesen Wunsch hatte er sogar in seinem Testament vermerkt. ›In ihm sehe ich einfach vorteilhaft aus‹, hieß es an der entsprechenden Stelle.

»Ähm, so ungefähr. War 'ne ziemlich trockene Einladung zum Abendessen. Deshalb brauche ich dringend etwas Stärkeres als Eistee.«

»Dann sind Sie hier am rechten Ort. Was darf's denn sein?«

»Ein doppelter ›Old Crow‹, dazu ein Glas Wasser.«

»Kommt sofort.«

Während der Barkeeper sich an einer der Flaschen zu schaffen machte, die vor dem durchgehenden Wandspiegel befestigt waren, tastete Blessing nach seiner Brieftasche. Doch seine Hand stieß nur auf gähnende Leere.

Natürlich! Niemand wurde mit Geld ins Grab gelegt, jedenfalls heutzutage nicht mehr. Aber so hatte er nichts bei sich, womit er den Drink hätte bezahlen können.

Der Barkeeper stellte die Gläser mit dem doppelten Whiskey und dem Wasser vor ihm ab.

»Macht drei-fünfzig.«

»Sieht so aus, als ... als hätte ich meine Brieftasche draußen im Auto liegen lassen. Haben Sie was dagegen, wenn ich eben mal rausgehe, um sie zu holen?«

»Natürlich nicht. Ich werde in der Zwischenzeit Ihren Drink bewachen.«

Beschämt und frustriert nickte Blessing und verließ die Bar, ratlos, was er jetzt anstellen sollte. Offensichtlich blieb ihm nichts anderes übrig, als endgültig mit dem Trinken Schluss zu machen.

Draußen hockte die Krähe auf einer Parkuhr. In ihrem Schnabel hielt sie einen Hundert-Dollar-Schein.

Überrascht, aber ausgesprochen erfreut, nahm Blessing den Schein entgegen.

»Vielen Dank.«

»Ich dachte mir schon, dass du wahrscheinlich knapp bei Kasse wärst und ein bisschen Taschengeld gebrauchen könntest. Aber daran denken diese Pfeifen natürlich nicht, wenn sie jemanden wie dich wieder erwecken, damit er seine Mission erfüllen kann. Dabei gibt es nichts umsonst auf dieser Welt. Selbst der Tod kostet das Leben.«

»Damit müsste ich eigentlich eine Flasche kriegen«, erwiderte Blessing, der auf den sarkastischen Humor des Vogels so recht nichts erwidern konnte.

Er kehrte in die Kaschemme zurück und händigte dem Barkeeper den Geldschein aus.

»Ach du lieber Himmel«, seufzte der dickliche Mitfünfziger. Ein paar vereinzelte Borsten über seiner Oberlippe sollten einen Schnurrbart vortäuschen, vermutlich weil sich sein Haarkranz immer mehr lichtete. »Haben Sie's nicht 'n bisschen kleiner?«

»Ich nehme mir noch eine ganze Flasche mit, okay?«

Bei dieser Ankündigung sahen die einzeln sitzenden Zecher von ihren Bierbüchsen auf. Beide sahen toter aus, als Blessing es war.

Der Barkeeper zuckte mit den Achseln. »Von mir aus. Das kostet Sie … sagen wir weitere zwanzig.«

»Einverstanden.«

»Dann sollte mein Wechselgeld reichen«, meinte der Dicke, auf dessen Zügen wegen des unerwarteten Extrageschäfts nun ein Grinsen lag. Er ging zur Kasse hinüber, während Blessing sich den Drink genehmigte und das halbe Glas auf einen Zug leerte.

Dann wartete er ab.

Einen Augenblick lang spürte und schmeckte er gar nichts, doch dann schien es so, als ob seine Geschmacksnerven mit einem Schlag wieder zum Leben erwachten. Seine Kehle brannte wie Feuer, und im Magen stellte sich die vertraute Wärme ein. Darüber hinaus spürte er noch weitere seltsame Eindrücke, die er nicht recht zu deuten wusste. Doch dessen ungeachtet entspannte er sich ein wenig und atmete tief durch.

Das Wasser war kalt und tat ihm ebenso wohl wie der Whiskey. Als der Barkeeper mit dem Wechselgeld und der in eine Papiertüte eingewickelten Flasche zurückkehrte, kippte Blessing den Rest seines Drinks hinunter.

»Noch einen«, verlangte er. »Und auch noch ein Glas Wasser.«

»Muss wohl ein anstrengender Abend gewesen sein?«

»Das ist gar kein Ausdruck«, nickte Blessing.

Der Barkeeper schenkte ihm einen weiteren doppelten ›Old Crow‹ ein und servierte ihn zusammen mit einem frischen Glas Wasser.

Diesmal nippte Blessing bloß an beidem und versuchte, einen klaren Kopf zu bekommen.

Mission.

Das Wort klang so harmlos, aber Blessing war zu allem entschlossen. Ihm blieb allerdings nur wenig Zeit, seine Mission zu beenden, doch das Feuer des Whiskeys vermischte sich mit dem Feuer, das tief in ihm loderte und sogar sein erloschenes Lebenslicht neu entzündet hatte.

Gerechtigkeit.

Vergeltung.

Die beruhigende Wirkung des Alkohols setzte ein und sorgte dafür, dass sich seine überreizten Nerven ein wenig entspannten. Blessing schloss die Augen.

Nur ein wenig ausruhen.

Sich einfach gehen lassen.

Jenen inneren Frieden mit sich selbst genießen, wo eigentlich gar kein Selbst mehr existiert.

Blessing spürte, wie alles Unbelebte in der Bar Mitleid mit ihm empfand. Und als er sich die letzte Neige aus seinem Glas einverleibte, stimmten scheinbar sogar die Gerüche im Raum in den allgemeinen Chor mit ein.

Entspann dich, schienen sie zu murmeln. *Bald wird sich alles in ein Nichts und in Vergessenheit auflösen. Am Ende zerfällt alles zu Staub. Schließe dich deshalb freudigen Herzens den Glücklichen an, die bereits hinübergegangen sind ins Nichts.*

Dort wirst du Frieden finden, William, und Trost und Freude.

Er seufzte und stellte das Glas ab. Dass es ihm tatsächlich noch einmal vergönnt war, diesen wundervollen Geschmack zu ›erleben‹.

Lethe – der Fluss des Vergessens im Hades mit seiner ruhigen Strömung und …

Blessing öffnete versonnen die Augen.

Da war irgendetwas in seinem Whiskeyglas.

Eine Nase.

Unwillkürlich fasste er sich ins Gesicht. Wo sich zuvor seine Nase befunden hatte, gähnte nun ein Loch.

Von Panik erfüllt starrte Blessing auf seine Hände: Die Nägel waren zersprungen, und zusehends trocknete seine Haut immer mehr aus, wirkte grau und pergamentartig.

Nein!

Nein, doch nicht jetzt schon! Es war doch noch viel zu früh!

Mit der linken Hand fischte er die Nase aus dem Glas und klatschte sie an ihre alte Stelle, während er mit der Rechten das Wechselgeld einsteckte und nach der Papiertüte griff. Dann hastete er hinaus in die Nacht.

Die kalte Luft, sein Entsetzen und die Furcht, die von ihm Besitz ergriffen hatte, schienen den plötzlichen Verfall aufzuhalten. Dennoch konnte Blessing deutlich fühlen, wie sich die Haut von seinen Zähnen und den Augen immer mehr zurückzog.

»Nein!«, keuchte er. »O nein!«

Er hetzte in einen Seitenweg, stellte die Tüte mit der Flasche ab und betastete seine Wangen. Die Haut war bereits im Begriff zu reißen. Und seine Hand sah grün und schleimig aus, war aufgedunsen und mit Eiterbeulen übersät.

Hatte man ihn nicht mit kostbaren Ölen einbalsamiert? Von wegen!

Obwohl er geradezu fasziniert auf die ekelhafte Substanz starrte, zu der seine Hand im Licht der Straßenlaterne aufgequollen war, spürte er, dass ihm plötzlich ein harter Gegenstand in den Rücken gestoßen wurde.

»Hör zu, Arschloch! Wenn du dein Bargeld rausrückst, hast du vielleicht noch 'ne Chance, den Morgen zu erleben!«

Die Stimme klang ebenso energisch wie fordernd. Blessing hegte keinerlei Zweifel daran, um was es sich bei dem harten Gegenstand handelte, den er in seinem Rücken spürte.

Wieder sah er die Waffe in der Hand des Mannes mit dem langen Mantel vor sich. Sah, wie die Schüsse abgefeuert wurden. Fühlte, wie die beiden Kugeln in seinen Leib einschlugen.

»Nein«, sagte William Blessing leise und drehte sich um.

Bei dem Mann, der ihn bedrohte, handelte es sich um einen der beiden Trinker, die allein in der Bar gesessen hatten. Er war offensichtlich durch Blessings teuren Smoking und den Hunderter auf ihn aufmerksam geworden. Vermutlich hatte er ihn für eine leichte Beute gehalten und war ihm deshalb in den Seitenweg gefolgt.

»Großer Gott!«, schrie der Mann entsetzt. Dann schoss er.

Blessing spürte einen leichten Druck in seinem Unterleib, aber nichts von dem Schmerz, den er damals empfunden hatte. Nur ein Zwicken, das jedoch ausreichte, die in ihm aufgestaute Wut zum Sieden zu bringen.

»Du verdammter Mistkerl!«, fauchte er.

Es gelang ihm, die Hand mit der Waffe zur Seite zu schlagen und die Tüte mit der Flasche gegen den Schädel seines Angreifers zu schmettern. Die Flasche zerbrach, und der Whiskey lief dem Mann in die Augen und blendete ihn. Dennoch versuchte er, die Waffe wieder in Anschlag zu bringen und erneut zu feuern. Doch Blessing kam ihm zuvor.

Mit ihm selbst unbegreiflicher Schnelligkeit, Gewandtheit und Kraft rammte er dem Mann den abgebrochenen Flaschenhals in den Leib – und durchbohrte ihn so weit, dass seine Faust und sein Unterarm auf der anderen Seite wieder sichtbar wurden.

Blut sprudelte aus dem Mund des Mannes, sein ganzer Körper zuckte im Todeskampf, der Kopf schnellte vor und zurück, das Licht in seinen Augen trübte sich immer mehr – das alles erlebte Blessing wie in Zeitlupe mit.

Wie in Trance ließ er den Mistkerl mehrere Augenblicke lang an seinem ausgestreckten Arm in der Luft schweben (Der Bursche schien praktisch nichts zu wiegen). Dann senkte er den Arm, und mit einem schmatzenden Geräusch glitt der Mann zu Boden, nun nicht mehr als ein blutiges Bündel Fleisch und Gedärm.

Der intensive Geruch nach Blut und Whiskey wirkte einfach berauschend. Blessing fühlte sich unglaublich gestärkt und *belebt*. Die Nacht schien förmlich zu explodieren und dabei eine ungeheure elektrische Ladung freizusetzen, die in seinen Ohren ein Singen erzeugte und sich mit dem Zorn, der erlittenen Demütigung und dem bohrenden Gram in ihm vereinte.

Was für eine unbezähmbare Wut schwelte in ihm!

Er blickte auf den Toten hinab und fühlte sich wie die personifizierte Gerechtigkeit. Dieses miese Subjekt würde keinen Lebenden mehr bedrohen. Und während Blessing noch immer auf den kalt und starr werdenden Klumpen zu seinen Füßen starrte, sah er, wie die verdorbene und zerfressene Seele ihre sterbliche Hülle verließ, um nackt und bloß im Nebel der überall umherhuschenden Geister unterzutauchen.

Er hatte der Menschheit zweifellos einen Dienst erwiesen. Diese Erkenntnis erfüllte ihn aufs Neue mit Kraft und Entschlossenheit.

Ein dunkler, mit Flügeln versehener Schatten landete auf dem am Boden liegenden Toten. Er tauchte seinen spitzen und messerscharfen Schnabel tief in den aufgeschnittenen Kadaver, riss ein Stück Darm heraus und verschlang es gierig.

»Hhm, Innereien … und dann auch noch in Whiskey eingelegt«, schwärmte die Krähe. »Ein wahrer Leckerbissen!«

»Ich muss … jetzt weiter, um meinen Auftrag zu erfüllen«, verkündete Blessing.

»In dem Zustand?«, fragte der Vogel und beäugte Blessings entstelltes Gesicht. »Ach du liebe Güte. Sieht so aus, als wäre deine innere Glut ein wenig erkaltet, wie? Das kommt davon, wenn man plötzlich die Lust daran verliert, seinen eigenen Mördern dabei zuzusehen, wie sie im Namen des ehrenwerten Mr. Blessing arme unschuldige Kinder mit unglaublichem Schund verderben.«

Irgendwie loderten die Flammen in ihm immer höher.

»Das ist die Folge, wenn es einem plötzlich egal ist, dass der Verräter an dir deine eigene Frau viele hundert Male besteigt.«

Blessing heulte laut auf. Wie von Sinnen schleuderte er den Flaschenhals gegen eine Hauswand, wo das Glas in tausend Splitter zerbarst.

»Das ist der Geist, in dem ich dich sehen will, William«, lobte die Krähe, »denn ich bin nur an deiner Seite, um dir zu helfen. Nicht mehr.«

»Aber mein Gesicht?«, stöhnte Blessing. »Meine Nase?«

»Das kriegen wir schon wieder hin«, beruhigte ihn die Krähe. »Dazu ist nur eine kleine kosmetische Operation nötig. Ich hoffe nur, dass du deinen Riechkolben noch hast?«

Blessing hielt seine Nase noch immer in der linken Hand.

»Schön. Außerdem scheint dein Gesicht ein wenig eingeschrumpft zu sein. Na ja, das bekommen wir auch noch hin. Zum Glück haben wir jetzt genügend frisches Protoplasma hier. Bald bist du wieder ganz der Alte …«

»Aber wie …? Ich meine, ich verstehe einfach nicht, wie du …?«

»Zerbrich dir darüber nicht den Kopf, sondern überlass alles getrost mir. Bei deinem großen Auftritt morgen früh wirst du dich jedenfalls kaum wieder erkennen. Schließlich kann man der armen Amy nicht zumuten, dich ohne Nase sehen zu müssen.«

»Amy? Was soll das heißen?« Blessing spürte, wie allein der Gedanke an eine Begegnung mit ihr ihm den Hals zuschnürte und alle Kraft von ihm nahm.

»Wie willst du denn sonst an Namen und Adresse von wenigstens einem deiner Mörder kommen? Außerdem gehe ich davon aus, dass du das ebenso große Interesse des Bibliothekars teilst, die Poe-Sammlung wieder an den ihr gebührenden Ort zurückzuschaffen. Und ein kleines Vögelchen hat mir zugezwitschert, dass unser lieber Freund Donald Marquette ein paar Gesellen aus seiner Clique – die allesamt an deinem Tod mitschuldig sind – zu Amy eingeladen hat.«

Die Krähe legte eine wirkungsvolle Pause ein und blickte ihn schräg an.

»Außerdem …«, sagte der Vogel mit kalter Stimme, »musst du dich erst einmal wieder erinnern, was du durch deinen Tod alles verloren hast, Blessing. Denn wenn du es nicht tust, wird mehr zu Bruch gehen als nur deine Nase.«

»Ja«, bestätigte der Wiederauferstandene. Fortan sollte es kein Zweifeln und kein Zögern mehr geben.

William Blessing kniete neben der noch warmen Leiche des Mannes nieder, den er soeben erst getötet hatte, und tat, was die Krähe von ihm verlangte.

19

Mrs. Poe ringt auf dem Krankenbett, um das ihre Kinder versammelt sind, mit dem Tod. Noch nie hat sie den Beistand ihrer Freunde und treuen Anhänger mehr gebraucht als jetzt, – doch vielleicht heute Nacht zum letzten Mal.

Richmond Enquirer, 29. November 1811

»Gut, dass ihr alle da seid«, sagte Eliza Poe. »Meine geliebten Kinder, ich muss mit euch reden.« Die vom Tode gezeichnete Stimme der Frau war sehr leise und klang bedrückt.

Sie lenkte die Aufmerksamkeit des kleinen Edgar Poe wieder von der großen schwarzen Krähe fort, die dort draußen zu sehen war.

Edgar war verstört, hörte aber genau zu, was Mama zu sagen hatte. Was sie sagte, war immer gut und richtig.

Der Raum schien dunkler als sonst, obwohl überall Laternen und Kerzenleuchter verteilt waren. Er schien auch kälter, obwohl das Feuer im Kamin kräftig loderte. Es roch nach Kampfer, Rindertalg und dem schwarzen Tee mit Sahne, den die Erwachsenen scheinbar pausenlos tranken. Neben der Teekanne stand ein Teller mit Kuchen und Marmelade, aber Edgar hatte keinen rechten Appetit, auch wenn er Brombeermarmelade sehr mochte und er nicht viel zum Frühstück gegessen hatte. Aus irgendeinem Grunde hatte er jedoch heute keinen Hunger.

Über der gestrickten Patchwork-Wolldecke war Elizas Kopf tief in das weiße Leinen ihres Federkissens eingesunken. Ihr dunkles Haar war so gekämmt, dass es eine Art überirdischen schwarzen Heiligenschein um ihr Gesicht formte. Sie war kreidebleich, von der gleichen Bleichheit, die Edgar bei den Würmern gesehen hatte, die er immer unter den Steinen hinter dem Haus fand. Nur ihre Wangen und Lippen leuchteten kirschrot. Und sie hatte die größten Augen, die Edgar je gesehen hatte – große, dunkle Augen, die stets voller Lebhaftigkeit und Neugier gewesen waren; doch nun stand in ihnen nichts als Trauer.

Als ihr Blick auf den kleinen Edgar fiel, flackerte jedoch ein schwaches Leuchten in ihnen auf. Edgar war froh darüber, denn es ließ ihn die Liebe und Fürsorge spüren, die seine Mutter für ihn empfand. Manchmal kam es ihm so vor, als sei die Welt kalt und grässlich, mit eisigen, unfreundlichen Menschen und wenig Platz für Spaß oder Freude. Aber selbst in diesen unschönen Momenten fühlte er das Glück, das es bedeutete, in dieser Welt eine warmherzige und liebevolle Mutter zu besitzen, die stets für ihn da war.

»O Edgar«, sagte sie mit ihrer leisen Stimme. »Deine Sonntagskrawatte ist ja ganz zerknittert.«

»Ja, Mama«, antwortete er artig und bemühte sich, sie glatt zu streichen. Dabei brachte er sie vollständig in Unordnung, sodass eine der alten Frauen, die sich im Raum befanden, sie wieder richten musste.

»So ist es besser«, befand Eliza Poe. »Komm näher zu mir ans Bett, Edgar.«

Edgar stellte sich neben William, der ihm schweigend seinen Platz und die Hand seiner Mutter überließ. Eliza Poe strich über Edgars dunkles Haar und ließ die Finger liebevoll über seine Gesichtszüge gleiten. Sie ertastete dabei seine hohen Wangenknochen, seine sensibel geformten Lippen, seine edle Nase und sein energisches Kinn.

Ihre Hand fühlte sich kalt und ein wenig feucht an. Edgar durchlief ein leichter Schauer. Er hatte Angst und hätte am liebsten geweint, aber er wusste, dass er sich um seiner Mutter willen zusammennehmen musste. Mühsam schluckte er die Tränen hinunter.

»Mein lieber Edgar, jeder würde sogleich sehen, dass du mein Sohn bist, denn du hast genau meine Augen«, sagte Eliza.

»Ja, Mama.«

»Hast du dich auch um unsere lieben Freunde hier gekümmert?«

»Jawohl, Mama.«

»Nein, hat er nicht«, schaltete William sich ein. »Er sucht immer nur nach dieser Krähe. Er spricht von nichts anderem mehr als von ihr.«

Die Mutter schaute Edgar an. »Edgar, du solltest dich nicht solch dunklen Dingen zuwenden. Glaubst du an Jesus, Edgar?«

»Ja, Mama.«

»Jesus ist der Sohn des Lichts, und es ist keinerlei Dunkelheit in ihm. Suche nach Jesus, Edgar. Und bete stets zu Gott.«

»Ja, Mama.«

Eliza Poe rang plötzlich angestrengt nach Atem. Es fiel ihr offenbar schwer, Luft zu bekommen, und sie schloss die Augen, als ob sie all ihre Kräfte sammeln müsste. Dann öffnete sie sie wieder.

»Meine Kinder. Ich befürchte, vor euch liegen schwierige Jahre«, sagte sie mit schwacher Stimme.

Es waren tatsächlich nicht gerade die besten Jahre.

Es waren aber auch noch nicht die schlimmsten.

Man schrieb das Jahr 1811.

Bald würde England einen schwachen letzten Versuch unternehmen, die verlorenen Kolonien zurückzugewinnen, aber Amerika hatte dem Mutterland längst den Rang abgelaufen; dort wuchsen die Städte und der Nationalstolz von Tag zu Tag mehr. Da sich die Staaten erst vor vergleichsweise kurzer Zeit vereinigt hatten, war das Gefühl, eine Nation zu sein, noch neu und ungewohnt. Aber es verfestigte sich, und der Handel florierte; dank der ausgezeichneten Häfen entwickelte sich vor allem die Ostküste rasend schnell. Die Hoffnung auf Reichtum und die schnell wachsenden, hochmodernen Städte zogen viele Menschen an. Die Neue Welt verlangte natürlich auch nach Unterhaltung, sodass die Theater- und Musikbranche blühte. Eine der berühmtesten jungen Schauspielerinnen war Eliza Arnold, der als Kind einer Schauspielerfamilie das Talent gewissermaßen bereits in die Wiege gelegt worden war. Die erfolgreiche Darstellerin heiratete ihren jungen Schauspielerkollegen David Poe. Obwohl er überaus ehrgeizig war, brachte dieser es leider nicht zu viel Erfolg. Seine Kritiken waren alles andere als ermutigend, und er begann zu trinken. In jener Zeit wurden allgemein beide Augen zugedrückt, was den Alkoholkonsum anging. Dies führte sogar so weit, dass die Büroangestellten vormittags so genannte ›Elfer-Pausen‹ einlegten, in denen sie sich erst einmal einen Whiskey genehmigten. Bei Poe begann die Trinkerei alsbald schon vor dem Frühstück, und bald hatte er sein Leben nicht mehr im Griff. Irgendwann packte er einfach seine Sachen und verließ die Familie.

Eliza hatte zusehen müssen, wie sie allein fertig wurde.

Und nun, im Alter von vierundzwanzig Jahren, lag sie auf dem Sterbebett.

Seit Monaten hatte sie mit ihrer Krankheit zu kämpfen. Man sagte, dass sie nach der Geburt der kleinen Rosalie nie wieder zu ihrer alten Vitalität zurückgefunden habe und dass sie ohne diese Schwächung das Fieber, von dem sie befallen worden war, vielleicht hätte besiegen können. Da sie in den letzten Monaten auch nicht mehr in der Lage gewesen war, Geld zu verdienen, litt die Familie darüber hinaus unter ernsten finanziellen Problemen. Einzig und allein die Freundschaft, Hilfsbereitschaft und christliche Nächstenliebe von Freunden wie Fanny und John Allan hatten verhindert, dass sie und die Kinder hungern mussten.

Der kleine Edgar verstand von der ganzen Situation noch nicht allzu viel. Er war traurig, dass es Mama nicht gut ging und sie so selten aus dem Bett aufstehen konnte. Aber trotz allem streichelte sie ihn stets zärtlich und zeigte ihm immer wieder ihre Liebe. In gewisser Hinsicht hatte er es sogar besser als zu der Zeit, in der sie noch von einer Bühne zur nächsten gereist war und ihn kaum gesehen hatte. Es tat ihm gut, zu spüren, wie sie seine Anwesenheit zu schätzen wusste. Dieses Wissen stärkte das Selbstwertgefühl des stillen, kleinen Jungen.

»Schwierig?«, fragte William. »Das waren doch Papas Worte. Der ›ehrwürdige Beruf‹ des Schauspielers ist immer schwierig.«

»Wir können uns jetzt nicht mehr auf die Worte deines Vaters berufen«, sagte Eliza Poe. »Wir werden nun von der Großzügigkeit anderer abhängen … und ich von der Gnade Gottes.«

Sie blinzelte, und für einen Moment sah es so aus, als ob sie in Ohnmacht falle. Aber dann raffte sie sich wieder auf und flüsterte zu sich selbst: »Nein, Eliza, nein. Du musst mit den Kindern sprechen.«

Eine der alten Frauen gab ihr einen Löffel mit flüssiger, bitter riechender Medizin, die sie mit heißem Tee hinunterspülte. Das tat ihr offenbar gut, denn sie vermochte sich wieder den Kindern zuzuwenden.

»Ich werde fortgehen«, sagte sie leise. »Jesus holt mich zu sich.«

»Wir kommen mit!«, rief der kleine Edgar aus.

»Nein, mein Kind. Den Weg muss ich allein gehen.«

Edgar war plötzlich sehr zornig auf Jesus, der ihm sonst immer so freundlich und sanft erschienen war. Er sollte nicht bei Mama bleiben dürfen? Das kam ihm falsch vor … sehr falsch, und Edgar nahm sich vor, dies Jesus in seinem heutigen Abendgebet auch unmissverständlich zu sagen.

»Du und William und Rosalie, ihr sollt später einmal gute Menschen werden und viel Gutes tun. Ihr sollt Gott und Jesus und eure Mitmenschen achten.«

Während Eliza diese Worte sagte, wurde es Edgar ganz kalt ums Herz und er fühlte sich plötzlich sehr allein. Das war nicht mehr die Mama, die ihn tröstete, sondern sie klang plötzlich wie der Prediger in der düsteren Kirche, die ihm kalt, riesig und einschüchternd erschien.

Eliza fuhr fort, Bibelverse und Sprüche über Güte und Moral aufzusagen. Edgar bemerkte, wie die Erwachsenen im Raum mit ihren steifen, gestärkten Kleidern und Krägen, die nach Seife und Selbstgefälligkeit rochen, zustimmend nickten und Elizas Instruktionen mit einem gelegentlichen, strengen ›Amen‹ unterstrichen.

Schließlich küsste Eliza Rosalie und flüsterte der Krankenschwester etwas ins Ohr. Dann rief sie William zu sich, der sogleich gehorchte, und küsste ihn auf die Wange. Sie flüsterte ihm ebenfalls etwas ins Ohr, woraufhin er nickte. Er war kreidebleich geworden und Tränen standen in seinen Augen. Edgar fragte sich, ob er sich wohl mit Mamas Fieber angesteckt hatte, was er nicht hoffte.

»Edgar, komm bitte zu mir.«

Edgar trat vorsichtig näher zu ihr heran und schaute ihr in die Augen.

… schwarzes Gefieder …

… Flügelschlagen …

… Flügelschlagen …

… wie die Flügel eines schwarzen Engels.

Edgar schreckte zurück, sein Herz hämmerte in der

Brust. Er verspürte den Drang, aus dem Zimmer wegzulaufen. Er konnte hier drin kaum atmen … überall waren nur schwarze Flügel …

Der kleine Junge wollte weglaufen, stieß aber gegen die Beine eines Mannes. Große, harte Hände packten ihn. Als er aufschaute, blickte er in die versteinerten Gesichtszüge von John Allan.

»Junge!«, herrschte ihn der Mann mit der gleichen Stimme an, mit der er seinen Sklaven Befehle erteilte. »Tue deine Pflicht! Geh zu deiner Mutter!«

Der Schrecken vergrößerte noch seine allgemeine Verwirrung, aber aus Angst drehte Edgar sich wieder um und kehrte zurück zu seiner Mutter.

»Edgar«, sagte Eliza. »Ich möchte, dass du mich in guter Erinnerung behältst.«

… Erinnerung …

… Erinnerung …

Die Worte echoten in seinem Kopf.

»Du bist noch so klein … ich habe Angst, dass du deine Mutter, die dich so sehr liebt, vergessen könntest. Damit du dich an deine Mama erinnerst, Edgar, schenke ich dir dieses kleine Porträt von mir …«

… erinnerst …

»Und ich gebe dir eine Aquarellzeichnung vom Bostoner Hafen. Erinnerst du dich an Boston, Edgar? Dort wurdest du geboren …«

… erinnerst …

»Dort hat deine Mutter ihre besten und engsten Freunde gefunden, von denen einige auch heute hier sind.«

Elizas Hände fühlten sich eiskalt an, außerdem roch sie merkwürdig, sodass es Edgar schwer fiel, sich zusammenzureißen. Doch er fühlte, dass er es seiner Mutter zuliebe versuchen musste.

Mama sagte noch mehr, aber diese Worte waren nicht mehr von Bedeutung für ihn. Sie sprach von Jesus und Gott, Güte und Stärke, Liebe und Ehre, und einige ihrer

Sätze, die sie ihm fiebrig zuflüsterte, machten keinen rechten Sinn mehr.

Schließlich schwieg Eliza Poe.

Eine der Frauen fühlte ihren Puls und hielt ihr einen kleinen Spiegel vor die Nase.

»Gott segne sie, und Dank sei Gott«, sagte die Frau gefasst. »Sie ist friedlich von uns gegangen.«

Fanny Allan weinte leise, während John Allans Gesicht weiterhin wie versteinert aussah.

»Ich denke, wir werden mit dem mittleren Gör vorlieb nehmen müssen«, knurrte er.

Edgar verstand nicht, was um ihn herum vor sich ging.

Von uns gegangen? Was hatte das alles zu bedeuten? Mama war doch nicht zu Jesus in den Himmel gegangen. Da lag sie doch ... so schön wie immer. Sie schlief doch nur ... sahen die anderen denn das nicht? Sie war nur eingeschlafen!

»Edgar, William«, sagte Fanny Allan. »Eure Mutter ist von uns gegangen. Küsst sie nun, damit ihr ihr eure Liebe mitgebt.«

William beugte sich gehorsam über sie und küsste sie auf die Lippen. Er sah aus, als ob er sich in einer Art Trance befand.

Dann war Edgar dran; er musste auf das Bett gehoben werden. »Wach auf, Mama«, sagte er, als er auf das blasse Gesicht seiner Mutter hinabschaute.

»Sei still, du Kerl«, fuhr ihn John Allan an. »Deine Mutter ist tot, siehst du das nicht? Nun gib ihr endlich deinen Abschiedskuss. Ich habe noch einen Geschäftstermin, der nicht auf mich wartet.«

Edgar zuckte bei John Allans barscher Stimme zusammen. Er berührte das Gesicht seiner Mutter, das sich jetzt beinahe wärmer anfühlte als vorher. Als er ihre Lippen küsste, waren auch sie wärmer. »Okay, Mama«, flüsterte er ihr zu. »Ich werde den anderen nicht verraten, dass du dich nur verstellst.«

Plötzlich hörte er ein Geräusch.

Er drehte sich um und schaute zum Fenster hinüber. Auf der Fensterbank saß die Krähe. Ihre Flügel weit gespreizt, verschluckte sie das wenige Sonnenlicht, das der bewölkte Himmel spendete. Der Vogel schlug mit den Flügeln gegen die Scheibe, scharrte mit den Füßen und hackte mit dem Schnabel gegen das Fenster, bevor er davonflog – hinein in die unbekannte Unendlichkeit.

»Siehst du, Mama«, rief Edgar erregt. »Genau, wie ich gesagt habe! Ich wusste es ... ein großer schwarzer Vogel!«

Aber seine Mutter gab keine Antwort mehr.

Noch sagte sie je wieder ein Wort. Nie wieder würde sie ihn umarmen, küssen, anlächeln oder für ihn ihre schönen Lieder singen.

Nimmermehr, oh,
nimmer,
nimmer.

»Nimmermehr«, stöhnte Donald Marquette.

Er wachte schwer atmend auf. Wo war er?

Der Traum.

Er hatte wieder diesen verdammten Traum gehabt.

»Dieser Poe«, sagte er und griff zu dem Wasserglas, das neben seinem Bett stand. »Wie ich ihn satt habe.«

Schuldgefühle?

Möglicherweise. Aber er verdrängte den Gedanken. Er hatte viel zu viel zu erledigen, wenn er seine Ziele erreichen wollte. Dabei konnte er sich keine Schuldgefühle leisten.

Das Glas war kalt. Er nippte an dem kühlen Nass ...

... und spuckte es angeekelt wieder aus.

Verdammt!

Der Inhalt des Glases schmeckte wie Blut.

20

Empfang' auf deine Stirne diesen Kuss!
Und da ich nun von hinnen scheiden muss,
So lass mich noch gestehn zum Schluss:
Ihr, die ihr wähntet, dass mein Leben
Nichts, als nur Traum, dem Traume hingegeben,
Ihr irrtet nicht. – Doch, wenn entflohn
Die Hoffnung ist in Nacht, Tag, Vision,
Wenn sie in Schatten oder Luft zerging –
Ist sie drum weniger ein trügerisch Ding?
Wirklichkeit und Schein ist kaum
Mehr als ein Traum in einem Traum.

Edgar Allan Poe, *Ein Traum im Traume*

Amy Blessing saß nachdenklich bei einer Tasse Kaffee, als es an der Haustür klingelte.

Bevor William ermordet worden war, hatte sie Kaffee nie besonders gemocht, sondern stets Tee bevorzugt. Von ihrer gemeinsamen Englandreise im vergangenen Jahr hatten sie einen großen Vorrat an verschiedensten Teesorten von Fortnum & Mason's in London mitgebracht: Darjeeling, Earl Grey, Lapsang Souchong, English Breakfast, Irish Breakfast und viele Sorten mehr, die sie in schmucken Teedosen aufbewahrte. Es waren sogar sehr wertvolle und köstliche Teespezialitäten aus verschiedenen Regionen Indiens und Chinas dabei.

Doch nun trank sie meistens Kaffee.

Wenn sie den aromareichen, frisch gemahlenen Kaffee schmeckte, dann fühlte sie sich gestärkt. Außerdem konnte sie auf diese Weise ihre Verbundenheit mit Bill ausdrücken. Sie nippte an dem aromatischen Getränk, das sie mit Milch und einem Hauch Zucker noch verfeinert hatte, schloss die Augen und war ihm plötzlich ganz nah: die Erinnerung an sein würziges Aftershave, den Klang seiner Stimme, seine warme Haut zwischen den verknitterten Bettlaken, seine pure *Anwesenheit,* die ihr stets ein Gefühl der Geborgenheit gegeben hatte.

Sich in sich selbst und die Erinnerungen zurückzuziehen war der einzige Weg für sie, über den Verlust hinwegzukommen, den sie erlitten hatte. Am Ende eines erfolgreichen Studiums, das sie in vollen Zügen genossen hatte, war sie der Meinung gewesen, sich ihren Lebensplan genauestens zurechtgelegt zu haben. Professor William Blessing war eine unerwartete Überraschung für sie gewesen. Als Studentin hätte sie es für unvorstellbar gehalten, einen zwanzig Jahre älteren Mann zu heiraten. Den Schriftsteller in ihm hätte ihre romantische Seite ja vielleicht noch akzeptieren können, aber den Wissenschaftler? O nein! Kopflastig, verstaubt, weltfremd, langweilig – so hatte sie sich ihr zukünftiges Leben nicht vorgestellt. Viel eher schon ein Dasein, das sie in fremde Länder und Kontinente führte, um dort Klavierkonzerte zu geben, umworben von feurigen, exotischen Männern, in deren Augen die Leidenschaft funkelte und die dafür sterben würden, ihre sinnlichen Lippen küssen zu dürfen. Das waren ihre Träume gewesen. Erst in ferner Zukunft würde auch sie irgendwann einmal sesshaft werden, einen dauerhaften Partner finden, eine Familie gründen – und zwar am besten zusammen mit einem Musiker, damit sie gemeinsam der Leidenschaft des Musizierens frönen konnten.

William Blessing hatte ganz und gar nicht in diese Pläne hineingepasst. Aber es war gut und *richtig* gewesen, ihn zu heiraten. Und irgendwie beinahe *schicksalhaft*.

Aber offenbar hatte das Schicksal nichts Gutes mit ihr vorgehabt.

Wenn Bill doch nur nicht darauf bestanden hätte, seine Poe-Sammlung in seinem eigenen Haus aufzubewahren und sie öffentlich bekannt zu machen. Wenn er doch nur nicht seine Professorenstelle behalten und in der Stadt wohnen geblieben wäre. Sie hätten genügend Geld gehabt, um sich irgendwo ein gut bewachtes Anwesen zu leisten, wo sie weit ab von der unberechenbaren und gefährlichen Innenstadt hätten leben können …

Wenn er doch nur …

Die Türglocke läutete erneut.

Sie ging zur Sprechanlage hinüber.

Als sie nach der schrecklichen Nacht nicht zu überreden gewesen war, aus dem Haus auszuziehen, hatte Donald darauf bestanden, ein aufwendiges Sicherheitssystem einbauen zu lassen. Das war zwar kostspielig gewesen, aber er hatte zurecht darauf hingewiesen, dass sie genügend Geld auf der Bank hatte und dass ihr Leben unbezahlbar sei.

Im Erdgeschoss waren die Fenster vergittert worden. Außerdem hatte man eine Videoüberwachung installiert, die sämtliche Hauseingänge, Fenster sowie den größten Teil des Hausinneren kontrollierte. Eine der Kontrollanlagen befand sich in einer Ecke der Küche. Amy begab sich dorthin, wobei sie ihre Tasse Kaffee wie einen Talisman mitnahm.

Sie schaltete den Überwachungsbildschirm ein.

Der Mann, den sie erblickte, trug einen Hut, eine dunkle Brille und einen langen Mantel, dessen Kragen er hochgeschlagen hatte. Der Frühling war in diesem Jahr in Baltimore ziemlich frisch, andererseits aber auch nicht *so* kalt, um diesen Aufzug zu rechtfertigen. Es war allerdings noch früh am Morgen, und der Mann machte einen seriösen und gepflegten Eindruck, sodass sie sein Erscheinen keinesfalls als Bedrohung empfand.

Sie schaltete die Sprechanlage ein.

»Ja, bitte?«, fragte sie mit monotoner Stimme. Sie konnte zwar immer noch Klavier spielen, aber es brauchte Zeit, bis ihre Stimme den melodiösen Klang von früher wieder gefunden haben würde.

»Mrs. Amy Blessing?«, erkundigte sich der Mann. Seine Stimme klang rau und gedämpft, aber irgendwie kam sie Amy auch bekannt vor.

»Ja?«

»Ich würde gern mit Ihnen sprechen.«

»Bitteschön, was wünschen Sie?«

»Ich muss mit Ihnen persönlich reden.«

Ein kalter Schauer lief ihr über den Rücken.

In jener Nacht, als Bill die Tür geöffnet hatte …

Es war jetzt Vormittag, Viertel vor elf. Donald war früh ins Büro gekommen, hatte dann jedoch einen Telefonanruf erhalten und war zu einem geschäftlichen Termin aufgebrochen.

Nun war sie allein im Haus, und sie hatte nicht vor, jemandem die Tür zu öffnen. Sie war froh über die Sicherheit, die ihr zwei dicke Türen und mehrere Schlösser zwischen sich und der unberechenbaren Welt da draußen verschafften.

»Es tut mir Leid, aber …«

»Ich verstehe Sie«, sagte der Mann. »Nach dem, was Sie erlebt haben, müssen Sie natürlich jetzt besonders vorsichtig sein. Ich versichere Ihnen jedoch, dass ich Ihnen nichts antun will. Aber ich muss unbedingt mit Ihnen reden. Ich komme von … weit her … um Sie zu sehen.«

Der Mann hatte zunächst eher nüchtern und distanziert geklungen, wirkte jetzt aber mit einem Mal ziemlich aufgeregt.

»Wer sind Sie?«

»Ich bin … ich bin Delmore Blessing.«

»Sind Sie ein Verwandter von Bill? Er hat mir nie von Ihnen erzählt …«

»Ich bin ein entfernter Cousin von ihm … und um einiges älter. In den letzten Jahren hatten wir leider kaum persönlichen Kontakt. Aber wir haben uns geschrieben und dabei auch sehr persönliche Dinge mitgeteilt.«

Er schwieg für einen Moment.

»Ich muss mit Ihnen über … einiges … sprechen.«

Sie war überrascht und zögerte noch. »Woher soll ich wissen, dass Sie wirklich der Cousin meines Mannes sind? Ich habe niemals einen Brief von Ihnen gelesen oder mit Ihnen telefoniert.«

»Sie können mich über William Blessing fragen, was immer Sie wollen, ich werde es Ihnen beantworten können. Aber Sie müssen wissen, dass ich leider nur wenig Zeit habe. Ich werde Ihnen deshalb lieber gleich den Beweis dafür liefern, dass ich die Wahrheit spreche. Ihr Mann … er hat Sie sehr geliebt. Er teilte mir in einem Brief mit, dass er Ihnen kürzlich zu Ihrem Hochzeitstag ein Gedicht geschrieben hat. An jedem Monatsende wollte er Ihnen einen Hinweis zum Lösen des Rätsels geben, das in dem Gedicht gestellt wurde. Es sollte Sie schließlich zu einem geheimen Ort führen, wo eine Belohnung auf Sie wartete – ein spezielles Herz.«

Amy spürte, wie ihr Herz heftig zu klopfen begann.

Die Erinnerung an dieses Gedicht riss eine Mauer in ihr nieder.

Eine Welle des Gefühls schwappte in ihr auf, stark und schmerzhaft. Und voller Glück …

Plötzlich bemerkte sie, dass Tränen in ihren Augen standen. Seit dem Tag, an dem William Blessing beerdigt worden war, hatte sie nicht mehr geweint. Und obwohl ihr die heißen Tränen auf den Wangen brannten, war sie froh darüber. Immerhin bewiesen ihr die Tränen, dass sie wieder fähig war, Gefühle zu empfinden.

»Sie … Sie wissen von dem Gedicht? Aber davon kann doch eigentlich niemand gewusst haben. Wie konnte …«

»Ich habe William beigebracht, wie man Gedichte schreibt, müssen Sie wissen«, erklärte der Mann, der sich Delmore Blessing nannte. »Und ich war es auch, der ihn in die Kunst der Prosa einführte. Ich … ich habe ihm den ersten Band mit Gedichten von Edgar A. Poe geschenkt. Sie sehen … wir standen uns immer sehr … sehr nahe. Das ist nun schon lange her.«

Niemand sonst konnte von dem Gedicht wissen.

Ihre nächste Frage hätte eigentlich sein müssen, weshalb dieser mysteriöse Verwandte sich nicht schon früher gemeldet hatte. Sie hatte nie zuvor etwas von ihm gehört – und nun tauchte er auf einmal wie aus dem Nichts auf!

Aber er sah dort draußen so unglücklich und verfroren aus. Und er hatte William offensichtlich wirklich einmal sehr nahe gestanden. Es *musste* einfach so sein. Und würde sie es später nicht bereuen, einen Verwandten von William abgewiesen zu haben, der ihr interessante Informationen über ihren Mann liefern konnte?

»Nun gut«, sagte sie deshalb. »Ich glaube Ihnen. Einen Moment, ich werde Ihnen die Tür öffnen.«

Sie schaltete den Monitor aus und stieg die Treppe hinunter, um diesen merkwürdigen Mann hereinzulassen.

21

Eine dunkle unergründliche Flut
von Stolz und unerschrockenem Mut,
Traum, Geheimnis, glanzvoller Schein,
so sollte mein junges Leben sein.

Edgar Allan Poe, *Imitation*

»Ich weiß wirklich nicht, was ich dazu sagen soll«, murmelte Donald Marquette.

»Das kann ich gut verstehen, Mister«, erwiderte der Cop.

»So etwas habe ich auch noch nie gesehen. Aber wir leben nun mal in einer verrückten Welt, in der eine Menge Spinner herumlaufen, denen immer wieder was Neues einfällt. Ich sage Ihnen, dass die Wirklichkeit mehr Überraschungen bereithält, als sich je ein Schriftsteller ausdenken könnte.«

»Wer weiß noch davon?«, fragte Marquette, der plötzlich das verstörende Gefühl hatte, jemand würde eiskalte Eisenketten über seinen Rücken ziehen.

»Nur die Friedhofswärter.«

»Und wo steckten die Wärter, als das hier geschah?«

Der Name des Polizisten war Daniels. Er trug einen Schwimmring aus wabbelndem Fett um seine Taille und hatte Schweißflecken auf seinem blauen Uniformhemd.

»Das ist ja das Komische, Mr. Marquette. Dieser Friedhof hier wird rund um die Uhr von einem Sicherheitsdienst bewacht. Immerhin liegen hier Edgar Allan Poe und andere berühmte Leute begraben. Aber die Jungs, die hier heute Nacht Patrouille liefen, haben absolut nichts gesehen.«

Marquette starrte auf den Boden.

Es sah so aus, als habe jemand ein großes Loch ausgehoben und es dann nur nachlässig wieder mit Erde gefüllt. Von hier aus führte eine Spur von Erdklumpen, die sich deutlich von dem gepflegten Rasen ringsum abhoben, in Richtung Friedhofstor. Das aufwendig gearbeitete keltische Kreuz, das am Kopf des Grabes stand, war völlig unversehrt geblieben. Komisch. Bei einem Fall von Vandalismus hätte man eigentlich damit gerechnet, dass es als erstes verwüstet worden wäre.

»Haben Sie den Sarg schon untersucht?«

»Nein, dazu müssten wir ihn erst freilegen. Genau deshalb haben wir Sie angerufen, denn wir wollten Sie zuerst fragen, ob Sie jemanden im Verdacht haben, der möglicherweise ein Interesse daran haben könnte, Mr. Blessing auszugraben. Ich meine, ein Horrorschriftsteller hat sicherlich eine Menge seltsamer Fans. Ich habe zum Beispiel mal davon gehört, was bei einer Autogrammstunde von diesem Stephen King passiert ist. Da ist ein Bursche aufgetaucht, der sich einfach die Hand aufgeschnitten hat, weil King seine Widmung mit echtem Blut schreiben sollte.«

»Das war bestimmt Clive Barker«, korrigierte ihn Marquette.

»Nein, wirklich? Ich kannte den Namen von dem Kerl nicht. Gütiger Himmel, ich habe nur gehört, dass er ein Fan von Stephen King war. Aber dass sogar jemand wie …«

»Nein, nein. Es war Clive Barker, der die Autogrammstunde gab.«

Marquette war morgens von der Polizei angerufen und darüber informiert worden, dass Blessings Grab geschändet worden war. Glücklicherweise hatte er den Anruf entgegengenommen, sodass dieser dämliche Fettarsch nicht auch noch Amy mit dieser makabren Nachricht behelligt hatte. Unter dem Vorwand, einen wichtigen Geschäftstermin wahrnehmen zu müssen, hatte Marquette sich sofort auf den Weg gemacht, um sich die Sache vor Ort anzusehen.

»Ich selbst lese so'n Zeug nicht«, plapperte Officer Daniels weiter. »Mir reicht die Wirklichkeit, wenn Sie verstehen, was ich meine.«

»Nun, ich nehme an, dass wir Professor Blessings Leiche exhumieren müssen, um zu überprüfen, ob ihr Schaden zugefügt wurde?«, fragte Marquette.

»Das können Sie tun, aber dies fällt nicht in das Aufgabengebiet der Polizei«, stellte der Beamte fest.

»Dann werde ich mich also direkt mit der Friedhofsverwaltung in Verbindung setzen, um alles Nötige zu veranlassen. Sollten dabei irgendwelche Kosten entstehen, wird die Blessing-Unternehmensgruppe selbstverständlich dafür aufkommen. Und ich möchte mich hiermit nochmals dafür bedanken, Officer, dass Sie mich so schnell und diskret über diese scheußliche Sache informiert haben.«

»Ich habe nur meine Pflicht getan.«

»Auf jeden Fall nochmals vielen Dank.«

Der fette Polizist watschelte zu seinem Dienstwagen und fuhr davon, sicherlich zum nächsten Imbiss, um sich dort ein zweites Frühstück zu gönnen.

Donald Marquette begab sich unverzüglich zur Friedhofsverwaltung. Da es – nach Auffassung der Verantwortlichen – kein offensichtliches Anzeichen dafür gebe, dass William Blessings Sarg beschädigt oder gar geöffnet worden sei, würden in der Tat Kosten für eine solche Überprüfung anfallen. Marquette wollte in der Frage keinen Streit vom Zaun brechen und akzeptierte die Bedingungen. Was ihn viel mehr störte, war die Tatsache, dass die Exhumierung frühestens am nächsten Morgen erfolgen konnte. Je früher er Klarheit hatte, desto besser. Aber was blieb ihm anderes übrig, als sich zähneknirschend zu gedulden, wenn er nicht selbst zum Spaten greifen wollte?

Nachdem er die erforderlichen Schritte eingeleitet hatte, suchte er sich eine Telefonzelle und rief Baxter Brittle an.

Es überraschte Marquette keineswegs, dass er Brittle nicht in dessen Verlagsbüro erreichte. Er versuchte es anschließend unter Brittles Privatnummer, doch wieder nahm niemand ab. Auch das hatte Marquette bereits erwartet, da es für den Chef von Tome Press noch viel zu früh war, um ansprechbar zu sein. Es gab allerdings einen verlässlichen Weg, ihn dennoch aus seinem Schlummer zu reißen.

Nach jener ebenso grauenhaften wie wundervollen Nacht, die alles verändert hatte, war selbst Brittle davon zu überzeugen gewesen, dass der harte Kern der Clique ständig in der Lage sein sollte, sich im Falle des Falles gegenseitig zu warnen. Sie hatten sich zu diesem Zweck Mobiltelefone angeschafft, obwohl Brittle die Dinger hasste wie die Pest. Deshalb hatte er Marquette das Versprechen abgerungen, erst dann über die drahtlose Verbindung angerufen zu werden, falls sich alle anderen Versuche, ihn zu erreichen, als fruchtlos erweisen sollten. Im Gegenzug hatte Brittle zugesichert, die Leitung offen zu halten und das Gerät stets eingeschaltet bei sich zu tragen, ohne es unter dem Kopfkissen zu begraben oder einfach zu ignorieren – was allerdings kaum möglich war, da Marquette ein Gerät ausgesucht hatte, das über den durchdringendsten Rufton von allen Modellen auf dem Markt verfügte.

Er griff in die Innentasche seines Jacketts, zog sein Handy heraus und tippte auf die Taste, unter der Baxter Brittles Nummer gespeichert war. Es dauerte lange, sehr lange sogar, doch am Ende meldete sich Brittles verschlafen und sehr mitgenommen wirkende Stimme.

»Hallo, mein Freund.«

»Baxter, bist du überhaupt ansprechbar?«

»Ich habe einen ziemlichen Kater. Aber wenn du eben wartest, bis ich eine Pille mit einem kleinen Schluck Absinth runtergespült habe, dann …«

»Nein, bleib bitte am Telefon. Ich muss jetzt sofort mit dir reden.«

»Auch gut. Dann wird es wohl ziemlich wichtig sein, schätze ich.«

»Wäre es das nicht, hätte ich dich schließlich nicht angerufen.«

»Ich bin froh zu hören, dass du unsere Abmachung nicht vergessen hast. Aber ich bin keineswegs froh, dass es offensichtlich irgendwelche Schwierigkeiten gibt. Was ist denn los?«

»Sag mal Baxter, sind Mick und Theodore wieder in der Stadt?«

»Habe ich das nicht schon letzte Woche erwähnt? Ja, sie sind wieder da. Ausgeruht und sonnengebräunt von ihrem Trip in die Karibik. Was soll die Frage?«

»Ich wünschte, sie wären noch nicht wieder hierher nach Baltimore zurückgekehrt.«

Wann immer sie am Telefon miteinander redeten, vermieden beide sorgfältig, allzu eindeutige Aussagen zu machen, sondern beließen es stets nur bei Andeutungen. Denn wenn es um derart delikate Angelegenheiten wie Mord und Raubüberfall geht, kann ein gewisser Grad an Verfolgungswahn eher nützen als schaden.

»Sei es, wie es sei. Daran ist jetzt so oder so nichts zu ändern«, erwiderte Brittle, dessen Stimme vor Kopfschmerzen und aufkeimender Gereiztheit immer angespannter klang. »Aber warum kommst du nicht langsam zur Sache, mein Freund?«

»Ein gewisses Grab ist verwüstet worden. Ich wollte nur sicherstellen, dass nicht vielleicht einer unserer Freunde auf dumme Gedanken gekommen ist.«

Langes Schweigen folgte, bevor Brittle unerwartet lachte.

»Vielleicht ist der Bewohner am dritten Tage auferstanden, um zum Himmel aufzufahren. Ich hatte den alten Knaben immer schon im Verdacht, unter einem Christus-Komplex zu leiden.«

Marquettes Erwiderung gewann an Schärfe. »Dies ist wohl kaum der geeignete Zeitpunkt, um faule Witze zu machen. Ich hielte es für sehr viel wichtiger, dass du die Sache überprüfst, Baxter, und zwar schleunigst!«

»Wird umgehend erledigt, mein Freund. Aber ich sehe keinerlei Veranlassung, warum wir in Panik geraten sollten.«

»Ich bin auch keineswegs in Panik, doch wir müssen nach wie vor sehr vorsichtig sein.«

»Klar doch. Hast du was dagegen, wenn ich mich jetzt erst einmal darum kümmere, dass mir die Augen nicht sofort wieder zufallen?«

»Tu, was du nicht lassen kannst. Aber melde dich umgehend bei mir, sobald du etwas herausgefunden hast.«

»Muss das unbedingt mit Hilfe dieses hassenswerten Gerätes geschehen?«

»Nein. Ich werde gleich in mein Büro zurückkehren, dort kannst du mich dann erreichen.«

»Das ist die beste Neuigkeit, die ich bisher von dir gehört habe. Also dann bis später.«

Marquette unterbrach die Verbindung. Dann ertappte er sich dabei, dass er unbewusst zu dem geschändeten Grab zurückgekehrt war und nun nachdenklich auf den aufgewühlten Boden hinabstarrte.

Kopfschüttelnd lachte er plötzlich auf. All dies hier

hatte ihn auf eine wunderbare Idee für eine Gruselgeschichte gebracht.

Mit einem Mal fühlte er sich sehr viel besser und machte sich voller Energie auf den Rückweg, die Hände in die mit Seide gefütterten Taschen seines italienischen Sportsakkos geschoben.

22

Es ist viele, viele Jahre her,
Da lebte ein Mädchen, schön wie nie,
In einem Königreich am Meer.
Ihr Name war Annabel Lee,
Und dies Mädchen kannte nichts Lieberes mehr
Als mich allein – und mich liebte sie.

Edgar Allan Poe, *Annabel Lee*

Der aus seinem Grab auferstandene Professor William Blessing stand vor der Tür des Hauses, in dem er einst gelebt hatte, und wartete darauf, von den Lebenden eingelassen zu werden.

Die Krähe hatte sich davongemacht und war nirgendwo zu sehen. Nach einer alles andere als angenehmen Nacht auf einer Parkbank hatte ihm der Vogel noch ein paar weitere Hundert-Dollar-Noten gebracht, damit Blessing sich in einem Kaufhaus mit frischer Kleidung und Make-up-Artikeln eindecken konnte.

Während er auf der Herrentoilette in den Spiegel sah, aus dem ihn die fleckige und rissige Fratze eines Toten anstarrte, puderte er sein Gesicht. Einer absonderlichen Laune folgend, zeichnete er sich anschließend mit einem

Stift ein Lächeln um den Mund und Striche um die Augen, die ihn beinahe wie einen Clown erscheinen ließen. Im Nachhinein gestand sich Blessing, dass dies vermutlich nicht unbedingt die geeignetste Art der Tarnung war.

Den Puder benutzte er vor allem dazu, einige auffällig tiefe Risse und Narben zu überdecken. Die schlimmsten Entstellungen hatte er glücklicherweise bereits in der Nacht zuvor beseitigt, indem er unter Anleitung der Krähe mit dem frischen Fleisch des Toten seine Nase ›repariert‹ hatte; doch trotz aller Tricks sah er sehr viel älter aus als zum Zeitpunkt seines Todes.

Hier stand er nun: Delmore Blessing, ein entfernter Cousin des Verstorbenen William Blessing, mit dem er allerdings in engem brieflichen Kontakt gestanden hatte. Mit wild klopfendem Herzen – oder was immer dort in seiner Brust schlagen mochte – wartete er darauf, dass Amy die Tür öffnete.

Schon allein der Klang ihrer Stimme hatte ihn beinahe gelähmt. Nur mit größter Mühe war es ihm möglich gewesen, mit ihr zu sprechen und seine Geschichte zu erzählen. Und glücklicherweise hatten sich nicht nur sein Aussehen, sondern auch seine Stimme so stark verändert, dass Amy keinen Verdacht schöpfen konnte.

Reiß dich zusammen, sagte er zu sich selbst.

Du siehst sie nur wieder, weil du auf andere Weise nicht an die nötigen Informationen herankommst. Aber … großer Gott!

Als er ihre liebliche und zugleich unglaublich traurige Stimme gehört hatte, war plötzlich das unbändige Verlangen in ihm erwacht, sich ihr zu offenbaren und ihr die Wahrheit zu sagen.

Amy! Ich bin zurück! Ich bin von den Toten wiederauferstanden, um die Täter zu bestrafen, die unser Leben zerstört haben!

Doch er wusste nur zu gut, dass er ihr niemals sagen

durfte, wer er wirklich war. Er hatte sie schon einmal verlassen, wenn auch unfreiwillig. Wie sollte er ihr klarmachen können, dass es bald nach ihrem Wiedersehen Zeit sein würde, zum zweiten Mal Abschied voneinander zu nehmen?

Ihm blieb nur wenig Zeit.

Sehr wenig Zeit.

Die mit einer Kette gesicherte Tür öffnete sich einen Spalt, und Amy spähte vorsichtig nach draußen. Sie war nach wie vor so wunderschön, dass er das Gefühl hatte, sein Herz müsse brechen.

»Hallo«, sagte er, wobei er sich soweit, wie es eben noch möglich war, von ihr entfernt hielt.

»Hallo.«

»Ich danke Ihnen, dass Sie mich nicht einfach abgewiesen haben, und möchte Sie nochmals dafür um Entschuldigung bitten, Ihnen meinen Besuch hier in Baltimore nicht früher angekündigt zu haben. Aber, um die Wahrheit zu sagen, wusste ich vor dem gestrigen Abend selbst nicht, dass ich herkommen würde. Deshalb habe ich gewagt, einfach vorbeizuschauen, um Ihnen von meinem Verhältnis zu Ihrem verstorbenen Mann zu berichten. Außerdem würde ich gern ein paar wichtige Dinge mit Ihnen besprechen, die für mich, aber auch für Sie von Bedeutung sind.«

»Ich wünschte nur, Bill hätte mir einmal ein Wort davon erzählt, dass er einen Cousin hatte, mit dem er korrespondierte … und dem er offensichtlich sehr intime Dinge anvertraut hat.«

»Es tut mir sehr Leid, wenn ich damit Ihre Gefühle verletzt habe. Aber ich wollte Ihnen mit diesen Details nur beweisen, dass ich keine Bedrohung für Sie darstelle.«

Als er sein Gesicht zu einem Lächeln verzog, spürte er deutlich, wie das Make-up und seine ausgedörrte Haut erneut Risse bekamen.

»Bedrohung? Aber das habe ich nie angenommen. Es ist nur so, dass …«

»Ich verstehe vollkommen, Sie brauchen mir nichts zu erklären.«

»Aber kommen Sie doch erst einmal ins Haus.«

»Vielen Dank.«

Sie entfernte die Kette und trat zurück.

Als Blessing über die Schwelle schritt, kostete es ihn ungeheure Willenskraft, sie nicht einfach in seine Arme zu schließen und an sich zu drücken; den geliebten Menschen zu spüren, dem er entrissen worden war und den er für immer verloren hatte.

Beinahe wäre er automatisch auf die Küche zugesteuert, um Kaffee zu machen. Er blieb jedoch im Foyer stehen, um Amys Vorschlag abzuwarten.

»Möchten Sie einen Tee oder Kaffee?«

»Ja, gern.«

»Bitte hier entlang.«

Während er neben ihr den vertrauten Weg entlangschritt, gelangte Blessing aus heiterem Himmel zu einer Erkenntnis.

Sie war nicht mehr dieselbe.

In ihren trüben Augen fehlte ein gewisser Funke, der sie früher immer zum Erstrahlen gebracht hatte. Aber war diese Veränderung ein Wunder?

Blessing fühlte, wie der Zorn sich erneut in seinem Inneren zu einer ungeheuren Energie zusammenballte. Nein, er brauchte keine Angst zu haben, dass er hier und heute zu Staub und Asche zerfiel. In Amys Gegenwart und mit dieser Wut würde er stark bleiben.

Sie führte ihn ins Esszimmer.

»Ich habe vorhin Kaffee aufgebrüht. Eine kenianische Mischung. Möchten Sie davon eine Tasse?«

»Kaffee? Keinen Tee?«, fragte er verblüfft.

Amy blickte ihn verwundert an. »Ja.«

»Oh, tut mir Leid. William hat mir nur geschrieben,

dass Sie eine Vorliebe für exotische Teesorten hätten. Deshalb wunderte es mich, dass Sie nun auf sein Lieblingsgetränk umgestiegen sind.«

»Ich … ich fühle mich ihm so näher«, erwiderte sie. »Außerdem hält mich der Kaffee eher wach. Ich habe nämlich bis vor kurzem sehr viel geschlafen.«

»Ich verstehe. Schlafen ist wichtig, um sich zu erholen und wieder gesund zu werden. Ich nehme Ihr Angebot mit dem Kaffee übrigens gern an.«

Während Amy davoneilte und Blessing, in seinem eigenen Esszimmer sitzend, auf ihre Rückkehr wartete, spürte er, wie ihm Tränen in die Augen traten. Eigentlich hatte er den Raum früher nie gemocht, weil er ihm von der Einrichtung her immer zu … zu … zu amerikanisch erschienen war. Blessing zog den europäischen Möbelgeschmack vor, doch nun gab es keinen Ort auf der ganzen Welt, an dem er lieber gewesen wäre.

Schniefend drängte er die Tränen zurück, gerade noch rechtzeitig, bevor Amy das Tablett auf dem Tisch abstellte und sich zu ihm setzte.

»Warum setzen Sie Ihre Sonnenbrille nicht ab?«

»Oh … äh … weil … weil meine Augen sehr lichtempfindlich sind«, antwortete Blessing.

»Wirklich? Wie bei Vincent Price in *Das Grab der Ligeia*«, stellte Amy in sachlichem Ton fest.

»Wie? Ja, richtig. Eine dieser klassischen Roger-Corman-Verfilmungen von Poe-Erzählungen.«

Amy schenkte den Kaffee ein. »Bill hielt den Film für einen der besseren von den vielen stümperhaften.«

»Allerdings. Das Drehbuch stammte von Robert Towne und nicht von Richard Matheson, dem Autor, den man normalerweise am ehesten mit Cormans Poe-Zirkel in Zusammenhang bringt. Ich muss allerdings gestehen, dass Charles Beaumonts Drehbuchversion von *Die Folterkammer des Hexenjägers* mein persönlicher Favorit ist.«

Blessing hätte beinahe gekichert.

»Dabei handelt es sich allerdings um eine Vorlage von H. P. Lovecraft. Aber vielleicht besteht gerade darin der Grund, warum mir der Film so gut gefällt.«

»Sie sind also auch ein echter Poe-Experte, stimmt's?«, fragte Amy.

»Wie ich schon andeutete, habe ich William mit Poes Werk bekannt ...«

»Den Film, den wir beide immer am liebsten gesehen haben, war Cormans Fassung von *Der Rabe,* auch wenn der Film nicht viel mit dem Gedicht zu tun hat. Aber ich finde Peter Lorre als Rabe einfach umwerfend.«

»Zweifellos ein Geniestreich. Ich muss allerdings gestehen, dass meine Begeisterung für sprechende Vögel in jüngster Zeit sehr stark zurückgegangen ist«, erklärte Blessing und goss Milch in seine Tasse.

»Sie trinken Ihren Kaffee mit Milch, genau wie Bill.«

»Diese Vorliebe scheint in der Familie zu liegen.«

»Ich kann tatsächlich eine gewisse Ähnlichkeit zwischen Ihnen und Bill feststellen«, meinte Amy.

»Das haben andere auch behauptet, die uns bei unseren wenigen Begegnungen gesehen haben.«

Erwartungsfroh nippte er an seiner Tasse, stellte jedoch enttäuscht fest, dass er offensichtlich seinen Geschmackssinn verloren hatte. Sein Zorn wuchs wieder ein bisschen mehr an.

»Sie haben vorhin gesagt, Sie hätten mit mir über wichtige Dinge zu sprechen.«

»Allerdings. Ich muss vorausschicken, dass ich in Vancouver, British Columbia, lebe. Als ich von Williams Tod erfuhr, war er bereits beerdigt worden; deshalb konnte ich nicht an der Beisetzung teilnehmen.«

»Ich selbst bin mir nicht sicher, ob ich mehr als nur körperlich anwesend war«, gestand Amy.

»Jedenfalls hätte ich Ihnen gern ein wenig Trost gespendet. Durch Williams plötzlichen Tod blieben viele

Dinge ungesagt. Und ich weiß zwar nicht, wie Sie zum Zeitpunkt seines Ablebens zueinander standen, aber in seinen Briefen hat er immer wieder seine tiefen Gefühle für Sie zum Ausdruck gebracht. Er muss Sie wirklich sehr, sehr innig geliebt haben.«

»Ich weiß. Daran brauchen Sie mich nicht zu erinnern«, seufzte Amy. »Ich habe nie an seiner Liebe zu mir gezweifelt. Und auch ich habe ihn aus ganzem Herzen geliebt. Ich tue es noch.«

»Die Liebe kann sogar den Tod überdauern.«

»Ja«, bestätigte Amy, »das habe ich jetzt auch erfahren.«

Beide verfielen einen Augenblick lang in tiefes Schweigen.

»William hatte stets darauf gehofft, eines Tages wirklich alles mit Ihnen teilen zu können«, sagte Blessing schließlich. »Aber er gestand mir, dass es vieles in seinem Leben gebe, über das er nie mit Ihnen gesprochen habe. Es handelte sich dabei keineswegs um große, schreckliche Geheimnisse, sondern lediglich um … einzelne Details, die ihm wichtig schienen, verstehen Sie? Ich bin gekommen, um ein paar dieser Lücken zu füllen. Wenn dies jedoch allzu schmerzhafte Erinnerungen in Ihnen wachrufen sollte, dann …«

Als er aufsah, stellte er fest, dass Amy ihn anstarrte und dass in ihren Augen ein Feuer glomm, das zuvor erloschen gewesen schien.

»Bitte reden Sie weiter«, erklärte sie. Ihre Stimme klang entschlossen. »Ich möchte gern mehr über meinen Mann erfahren.«

Blessing nippte erneut an seinem Kaffee. Dann begann er, Amy Dinge von sich zu erzählen, für die er sich zuvor nie die Zeit genommen hatte. Irgendwie waren während ihres gemeinsamen Zusammenlebens viele Dinge niemals zur Sprache gekommen. Zwar hatte dieser Umstand ihre Liebe zueinander nie beeinträchtigt, aber Blessing schien es plötzlich wichtig, dass Amy mehr über ihn erfuhr.

Er berichtete ihr von verschiedenen Situationen, in denen er gescheitert war. Zum Beispiel hatte er für seine ersten Kurzgeschichten zunächst keinen Verleger gefunden. Sein erstes Semester am College war ein ziemlicher Reinfall gewesen, bevor er erkannt hatte, dass er dazu bestimmt war, sein Leben der Literatur zu widmen. Blessing gestand ihr auch, dass er sich auf einige dumme Affären eingelassen hatte, allerdings lange bevor er Amy begegnet war. Und Amy erfuhr von vielen Einzelheiten, die ihr Mann in ihrer viel zu kurzen Ehe still genossen hatte, ohne jemals ein Wort darüber verloren zu haben.

Danach fühlte Blessing sich erleichtert. Er hatte durchaus ein schlechtes Gewissen gehabt, weil Amy ihn zumeist nur von seiner Schokoladenseite erlebt hatte. Sie sollte ihn jedoch in Erinnerung behalten, wie er wirklich gewesen war: nämlich ein Mensch, der wie jeder andere Fehler und Schwächen besessen hatte.

Nach ungefähr einer Stunde hatte Blessing zwar noch lange kein vollständiges Geständnis abgelegt, spürte aber plötzlich eine Traurigkeit, die so schwer auf seinen Schultern lastete, dass ihm beinahe die Stimme versagte.

»Es tut mir Leid, aber an mehr kann ich mich im Augenblick nicht erinnern«, brachte er mit Mühe über die Lippen. »Ich bin mir sicher, dass William mir noch mehr geschrieben hat, aber vielleicht kann ich Ihnen darüber zu einem späteren Zeitpunkt einmal berichten.«

Er hob den Blick, um Amy ins Gesicht zu schauen, in der Erwartung, sie enttäuscht zu sehen: enttäuscht wegen all der Schwächen, die ihr Mann stets vor ihr verheimlicht hatte. Vielleicht würde sie sogar ein wenig Erleichterung zeigen, dass ihr eine lebenslange Partnerschaft mit ihm erspart geblieben war.

Stattdessen wirkte sie geradezu glücklich, auch wenn ihre Augen ihn durch einen Tränenvorhang betrachteten.

»Ich danke Ihnen. Ihre Worte bedeuten für mich wirklich viel … sehr, sehr viel. Irgendwie habe ich nun das Gefühl, dass ich Bill jetzt noch ein bisschen besser kenne.«

Er nickte. »Das war mein Ziel.«

»Aber Sie müssen unbedingt bleiben und mir mehr erzählen. Vielleicht wollen Sie sich ein wenig ausruhen? Es gibt mehrere Gästezimmer im Haus.«

»Nein, vielen Dank. Ich habe mir hier in Baltimore ein Hotelzimmer genommen.«

»Bitte ziehen Sie dort aus und wohnen Sie hier bei mir im Haus, so lange Sie wollen.«

»Es tut mir wirklich Leid, aber das ist absolut unmöglich. Bitte fragen Sie mich nicht nach dem Grund.«

»Nun gut. Ganz, wie Sie wünschen.«

»Ich muss jetzt gehen. Aber ich werde … mich bei Ihnen melden, um mit Ihnen zu verabreden, wann wir uns noch einmal treffen können.«

»Ich freue mich schon jetzt darauf.«

»Da ist noch etwas«, fügte Blessing hinzu. »Ich hoffte, während meines hiesigen Aufenthaltes aus geschäftlichen Gründen mit ein paar Leuten Kontakt aufnehmen zu können. Es geht dabei um Bücher und Verlagsangelegenheiten. Diese Leute arbeiten für einen Verlag namens … Tome Press.«

»O ja, Tome Press. Donald Marquette, der Nachlassverwalter meines Mannes, arbeitet eng mit diesem Verlag zusammen. Er kann Ihnen bestimmt weiterhelfen.«

»Ich weiß, es wird Ihnen seltsam erscheinen, aber ich habe meine Gründe, die Sache absolut vertraulich zu behandeln. Deshalb würde ich es vorziehen, wenn ich alle nötigen Informationen direkt von Ihnen bekommen könnte, ohne dass Dritte davon etwas mitbekommen.«

Sie schien ein wenig verblüfft, nickte aber zustimmend. »Wenn das der Preis ist, den ich für die wunderbaren Details zu bezahlen habe, die Sie mir über Bill verraten haben, dann bin ich gerne bereit, ihn zu zahlen.«

»Machen Sie sich keine Sorgen. Ich habe eigentlich nur

eine Bitte. Sie können mir doch sicherlich sagen, wie ich an die verantwortlichen Mitarbeiter des Verlages herankomme?«

»Natürlich. Die Herren haben mir ihre Visitenkarten gegeben. Um die Wahrheit zu sagen, ist das gerade erst ein paar Tage her.«

»Wenn ich mir die Karten nur für kurze Zeit ausborgen dürfte …«

»Gewiss. Ich habe ohnehin keine Verwendung für sie. Brauchen Sie sie jetzt gleich?«

»Ja. Denn wie ich schon sagte, muss ich leider jetzt gehen.«

»Warten Sie bitte. Es dauert nur einen Augenblick.«

Amy verschwand für kurze Zeit in ihrem Büro und kehrte mit ein paar Visitenkarten zurück, die allesamt mit okkulten Symbolen bedruckt waren.

Blessing steckte sie ein und erhob sich von seinem Platz. Es fiel ihm unglaublich schwer, sich von ihr zu verabschieden. Aber er spürte bereits, wie erneut etwas in ihm zu Bruch ging. Er musste schleunigst hinaus, bevor die Risse auch äußerlich zu sehen waren.

»Ich danke Ihnen vielmals für den freundlichen Empfang«, sagte er.

»Ich habe Ihnen zu danken«, erwiderte Amy. Und bevor Blessing wusste, wie ihm geschah, umarmte sie ihn.

Wie ein Stromschlag durchzuckten ihn ihre körperliche Nähe und ihre Wärme. Den Geruch ihres Puders und ihres Parfüms empfand er als die betörendsten Sinneswahrnehmungen, die er jemals erlebt hatte. Sie fühlte sich weich und zart an, ihre Haare schmiegten sich an seine Wange und die von ihr verströmte Lebensenergie erschien ihm wie ein wunderbares Licht in der tiefen Finsternis des unendlichen Universums.

Einen Augenblick lang glaubte Blessing, buchstäblich zu einem See aus Tränen zu zerschmelzen, doch gelang es ihm irgendwie, sich zusammenzureißen.

»Ich bin so froh, dass Sie gekommen sind«, seufzte sie. »Bitte versprechen Sie mir, noch einmal wiederzukommen.«

»Ich verspreche es.«

Mit sanftem Nachdruck machte er sich frei und verließ das Haus, wobei Amys Abschiedsworte wie die wunderschönen Klänge einer Symphonie in ihm nachhallten.

Draußen lief er ziellos durch die Straßen, die ihm von Amy ausgehändigten Visitenkarten in der verkrampften Hand. Er fühlte sich benommen und empfand das Sonnenlicht seltsamerweise als etwas Fremdartiges. Vielleicht lag es daran, dass er nun ein Wesen der Nacht war, das die Erde schutzlos in den hellen Tag ausgespien hatte. Doch anders als es Christopher Lee in vielen Horrorstreifen ergangen war, drohte das Licht ihn keinesfalls zu versengen und zur Hölle fahren zu lassen. Vielmehr schien das Sonnenlicht ihn mit Kraft und Scharfsinn aufzutanken. Gewiss war er nur noch eine Kreatur der Nacht, aber das musste ja nicht zwangsläufig bedeuten, dass er den Tag hasste.

Plötzlich fand er sich auf dem Campusgelände der John-Hopkins-Universität wieder.

Blessing setzte sich auf eine Bank, die im Schatten eines Baumes stand, und betrachtete gedankenverloren die Passanten. Ein paar junge Frauen und Männer, die vor Lebensfreude sprühten, erkannte er als frühere Studenten von ihm. Es tat ihm plötzlich Leid, dass er einige von ihnen manchmal recht hart angepackt hatte und so wenig über sie wusste. Vielleicht hätte er sich mehr Mühe geben sollen, sie besser zu verstehen, damit auch sie ihn besser verstanden hätten.

Warum war er nicht im normalen Alltagsleben der Universität untergetaucht? Warum hatte er seine Bücher nicht unter einem Pseudonym geschrieben und damit diesen ganzen Quatsch mit dem Sterben und Wiederauferstehen vermieden? Warum hatte er nicht ein normales Familienleben geführt?

Ein junger Mann machte es sich mit einem Dean-Koontz-Taschenbuch und einer großen Limonadenflasche unter einem Baum bequem. Ungeduldig durchblätterte er das Buch, bis er die Seite gefunden hatte, wo er seine Lektüre unterbrochen hatte. Im nächsten Augenblick war er tief in seine Lektüre versunken.

Während er den jungen Mann beobachtete, ging Blessing plötzlich ein Licht auf: Der Student sah mit seinem gelockten Haar, den dunklen Augenbrauen und seinem entschlossenen Kinn Amy ausgesprochen ähnlich. Und nicht nur ihr, sondern auch William Blessing. Er hätte ohne weiteres beider Sohn sein können.

In Gedanken bei all den gemeinsamen Plänen, die er und Amy gehabt hatten, bevor das Unheil über sie hereingebrochen war, erhob Blessing sich von der Bank und zerquetschte vor Mordlust beinahe die Visitenkarten in seiner Tasche.

Sie werden mir dafür bezahlen!, schwor er sich im Stillen.

Ich werde Vergeltung üben und sie alle zur Hölle fahren lassen!

23

Ich konnte nun nicht länger über das grausige Los im Zweifel bleiben, das das teuflische Gehirn der Mönche für mich ersonnen hatte. Die Diener der Inquisition hatten herausgefunden, dass ich die Wassergrube entdeckt hatte, die Grube, deren Gräuel für verstockte Sünder meinesgleichen bestimmt war, diese Grube, die dem Pfuhl der Hölle glich und von der das Gerücht ging, dass sie von allen Strafen die schrecklichsten aller Schrecken barg.

Edgar Allan Poe, *Die Grube und das Pendel*

›Das Kreuz‹ war der Name eines neuen Clubs in der Stadt.

Er gehörte zu der Sorte Läden, die irgendwo dichtgemacht haben und andernorts ihre Pforten wieder öffnen, um den Besucher die halbe Nacht lang mit lauter Musik, einer Menge Glitter sowie mit Alkohol und Drogen vollzudröhnen, und die meist dazu bestimmt sind, bald wieder woanders hinzuziehen oder endgültig von der Bildfläche zu verschwinden.

Der Club befand sich in einer Nebenstraße im Herzen der Stadt, umgeben von Bürogebäuden, Läden und Restaurants, die alle längst geschlossen hatten. Da es in dieser Betonwüste weit und breit keine Wohnhäuser gab, drohte keinerlei Ärger, wenn der ohrenbetäubende Lärm bis in die frühen Morgenstunden weithin zu hören war.

Direkt gegenüber der Eingangstür befand sich der Notausgang, der – entgegen seiner üblichen Zweckbestimmung – auch in dieser Nacht weit offen stand, um wenigstens ein bisschen Frischluft in den völlig verräucherten Raum einströmen zu lassen, in dem es heiß herging und dessen Toiletten von stöhnenden Pärchen völlig blockiert waren.

Durch ebendiesen Notausgang trat einer der Clubbesucher ins Freie, um sein erhitztes Gesicht in der frischen Nachtluft abzukühlen. Sein Name lautete Evelyn Nichol, im Kreise seiner Clique wurde er allerdings nur Marquis de la Cinque gerufen.

Für einen normalen Wochentag ist hier wirklich der Teufel los, dachte er und zog eine Schachtel Zigaretten aus der Seitentasche seiner roten Plastikjacke. Er fischte sich einen Glimmstängel heraus und zündete ihn mit einem Feuerzeug an, in das ein Totenkopf eingraviert war. Nach einem tiefen Zug stieß er den Qualm aus und trug seinen Teil dazu bei, dass der ohnehin herrschende Nebel noch dicker und die Luftverschmutzung in Baltimore noch ein bisschen schlimmer wurde.

In seinem Kopf drehte sich alles. Großer Gott, all diese rotierenden Lichteffekte. Die stakkatoartig hämmernde, aggressive Musik. Und dann, nicht zu vergessen: zu viele Drogen, zu viele Drinks und zu viel Tanzen. Jetzt brauchte er erst einmal ein bisschen Ruhe und Entspannung.

Der Marquis wippte auf seinen hohen Pfennigabsätzen hin und her und spürte, wie der Nachtwind unter seinen Minirock fuhr und erfrischend über sein knackig eng sitzendes Höschen strich. Vorsichtig strich sich der Marquis mit den Händen über seine Nylons, geradezu entzückt von seinen perfekt geformten Waden und den elegant geschwungenen Knöcheln.

War doch komisch! Obwohl er selbst Männer bevorzugte, sah er am umwerfendsten aus, wenn er Damenkleidung trug und sich aufwendig schminkte. Ohne Zweifel verfügte der Marquis über das gewisse Etwas, das einen schillernden Transvestiten ausmachte. Ja, er gab es freimütig zu: Die Rocky-Horror-Picture-Show hatte wirklich sehr großen und nachhaltigen Eindruck auf ihn gemacht.

Bevor er mit der Clique um Baxter Brittle Bekanntschaft geschlossen hatte, war er auf den Strich gegangen. Er hatte nie Probleme gehabt, ein paar Typen aufzureißen. Und es hatte ihm immer großen Spaß gemacht, sich als Frau auszugeben. Leider waren die Umstände, unter denen er sich sein Geld in drittklassigen Absteigen und schmutzigen Hinterhöfen verdient hatte, alles andere als angenehm gewesen. Darüber hinaus hatte stets das Damoklesschwert drohender Krankheiten über ihm geschwebt, sodass er am Ende froh gewesen war, bei Tome Press einsteigen zu können, auch wenn er sich dort halbwegs gesittet kleiden musste. Aber das bedeutete ja nicht, dass er sich diesen Zwängen auch in seiner Freizeit beugen musste.

So macht das Leben Spaß!, jubelte der Marquis innerlich und streckte die Arme gen Himmel, als wolle er auf diese Weise bei einer dort oben wohnenden Macht anklopfen. *Jetzt steht mir wirklich die Welt offen. Viel zu lange habe ich am Boden herumgekrebst und mich mit Kleinigkeiten abgegeben. Jetzt aber hebe ich meinen Blick zu den Sternen.*

Sein überschäumender Optimismus wurde nicht zuletzt von einer erst kürzlich gemachten Entdeckung gespeist: Er besaß tatsächlich das nötige Talent, trotz seiner legeren Umgangsformen erfolgreich eine Firma zu managen. Und zwar nicht irgendeine Firma, sondern Tome Press: einen Verlag, der seit seiner engen Zusammenarbeit mit der Blessing-Unternehmensgruppe höchst viel versprechende Zukunftsperspektiven hatte. Was war durch diese schicksalhafte Nacht damals nicht alles bewirkt worden, als ein reicher Mann den Tod gefunden und dadurch die Clique der Schwarzen Dämonen auf die Straße des Erfolges bugsiert hatte. Der Marquis konnte nun tun und lassen, was er wollte, konnte sein ganzes Leben als eine einzige, große Party gestalten.

Falsch.

Er *konnte* nicht nur Partys feiern, wann immer er wollte. Aus geschäftlichen Gründen *musste* er es geradezu, denn Partys waren bei Tome Press ein elementarer Bestandteil der Firmenphilosophie. Hinzu kam, dass Mick Prince über beste Kontakte zur Drogenszene verfügte. Dadurch hatten sie jetzt praktisch jederzeit und in jeder gewünschten Menge den allerbesten Stoff zur Hand.

Was für ein gottverdammt geiles Dasein, dachte der Marquis und inhalierte den Zigarettenqualm bis in den letzten Winkel seiner Lungenflügel, bevor er ihn durch die Nase ausstieß. Und all das hatte lediglich den Kopf eines egozentrischen, reichen Mistkerls gekostet, nicht mehr.

Der Marquis hatte jedoch keinerlei Zweifel, dass auch die schwarzen Messen, die sie jetzt häufig zelebrierten, für den wachsenden Erfolg der ganzen Clique mitverantwortlich waren. Aber ob er nun mit seiner Ansicht richtig lag oder nicht – der ganze Hokuspokus lohnte sich schon deshalb, weil er einen richtig auf Touren brachte.

Er grinste und schnippte die Zigarette weg.

Wird langsam Zeit, wieder reinzugehen, um noch einen Boogie aufs Parkett zu legen. Müsste doch mit dem Teufel zugehen, wenn sich nicht ein süßer Bursche finden sollte, der es wert ist, dass ich ihn nachher mit nach Hause nehme …

Er war gerade im Begriff, sich erneut in das rauschhafte Treiben zurückzudrängeln, als er aufgehalten wurde.

Von oben senkte sich eine Hand herab, um sich in den Rücken seiner Jacke und in den Verschluss seines Büstenhalters zu krallen. Völlig überrumpelt, hatte der Marquis das Gefühl, als werde er von einem Kran in die Höhe gehoben. Ihm blieb allerdings keine Zeit, sich über das ungewöhnliche Geschehen den Kopf zu zerbrechen.

»Hey, was soll denn …?«

Seine Füße hatten gerade den Asphalt der Straße berührt, als sich ein zweiter Arm um seinen Hals legte. Ehe er recht wusste, was geschah, wurde er geknebelt. Obwohl er sich loszureißen versuchte und wild um sich trat, konnte der Marquis nicht verhindern, dass er um die Ecke herum und dann eine menschenleere Straße entlanggezerrt wurde. Dabei brachen ihm beide Absätze ab.

Ob es bei der Sache um Drogen ging?, fragte er sich, während sein Adrenalinspiegel langsam einen beängstigenden Stand erreichte. *War der Kerl ein Bulle? Oder vielleicht ein geprellter Drogendealer?* Der Marquis wusste, dass Mick Prince wieder in der Stadt war. *Steckte er etwa dahinter? Sollte das Ganze möglicherweise nur ein schlechter Scherz sein? Was, zum Teufel, ging hier nur vor?*

Irgendetwas in seiner Nähe roch ekelhaft: eine Mischung aus Blut, verdorbenem Fleisch und Verwesungsgestank.

Als nächstes bemerkte der Marquis, dass er an einer Baustellenabsperrung vorbeigezerrt wurde, auf der deutlich lesbar das Wort ›Lebensgefahr‹ stand. Aus den Augenwinkeln erblickte er ein Raupenfahrzeug, das wie ein riesiges Insekt in der dunklen Nacht lauerte. In der Luft lag der Geruch nach Asphalt, Schmutz und Abwasserrohren.

Mit einem Mal sah der Marquis ein dunkles Loch unter sich. Unten, tief unten auf dem Boden der Baugrube waren Metallspitzen zu erkennen, die aus dem Fundament des hier entstehenden Gebäudes emporragten. Und sein Entführer stieß ihn direkt darauf zu.

»Nein«, schrie der Marquis, doch sein Schrei wurde von dem Knebel erstickt.

Im nächsten Augenblick hing er mit baumelnden Füßen über dem Abgrund.

»Tut mir Leid, Ihnen Ungelegenheiten bereiten zu müssen, Marquis.«

Furcht war das einzige, was sein Denken bestimmte, während die von unten aufsteigende Luft seine Kleidung nach oben wehte. Er versuchte zu sprechen, brachte aber wegen des Knebels keinen verständlichen Laut hervor. Dabei wollte er doch sagen, dass er eine ganze Menge Geld bei sich habe. Doch sein Angreifer schien daran seltsamerweise überhaupt nicht interessiert zu sein.

»›Wegen der Benommenheit, die mein Sturz mit sich brachte, erkannte ich nicht sofort die prekäre Lage, in der ich mich befand‹«, deklamierte die dunkle Gestalt. »›Während nämlich mein Oberkörper und mein Kinn offensichtlich den Boden der Zelle berührten, galt dies nicht für meine Lippen und den Rest meines Gesichts. Stattdessen schien vor allem meine Stirn, an der sich feuchter Dunst niederschlug, frei in der Luft zu schweben. Außerdem stieg mir modriger Schwamm- und Pilzgeruch in die Nase. Verwundert streckte ich meinen Arm aus und stellte erschrocken fest, dass ich direkt auf die Kante einer Grube gestürzt war, deren Tiefe ich in der Finsternis unmöglich schätzen, geschweige denn ausloten konnte. Immerhin gelang es mir, ein kleines Stück Mauerwerk zu lösen, und ich ließ es in den Abgrund fallen. Mehrere Sekunden verstrichen, bevor es mit dumpfem Platschen auf eine Wasseroberfläche aufschlug.‹«

Wieder versuchte der Geknebelte erfolglos, sich verständlich zu machen.

»Haben Sie eine Ahnung, warum das hier mit Ihnen geschieht, Marquis?«, fragte die dunkle Gestalt.

»Nein«, stieß der Gefragte undeutlich hervor und schüttelte den Kopf.

»Wissen Sie, wer ich bin?«

»Nein.«

»Nun, vielleicht werde ich es Ihnen auch nicht verraten. Im Endeffekt macht es keinen Unterschied, ob Sie es wissen oder nicht. Schließlich sind Sie nicht mehr als ein flüchtiger Schatten in der großen unendlichen Finsternis.«

Die dunkle Gestalt verfiel einen Augenblick lang in tiefes Schweigen, als denke sie über etwas nach.

Unterdessen wurde der Marquis von Höhenangst befallen; obwohl er bewusst nicht nach unten sah, konnte er die Tiefe unter sich förmlich *spüren.*

»Das Zitat«, ergriff der unheimliche Mann plötzlich wieder das Wort, »wissen Sie, woher es stammt? Wenn Sie mir die richtige Antwort geben, könnte es sein, dass es Ihnen heute Nacht erspart bleibt, einen tiefen Fall zu erleben.«

Der Marquis nickte krampfhaft, während die dunkle Gestalt ihn nach wie vor am ausgestreckten Arm über der Baugrube zappeln ließ.

Großer Gott, welche Kräfte muss dieser Kerl besitzen, um hierzu fähig zu sein, dachte er.

»Sollten Sie auf die Idee kommen, schreien zu wollen, werde ich Sie im selben Augenblick fallen lassen«, erklärte der Mann und befreite den Marquis von seinem Knebel.

»Doch sagen Sie mir zuerst, wo sich ihr geschätzter Freund Baxter Brittle zur Zeit aufhält!«

»Zu Hause. An seiner Bar.«

»Ja, das habe ich mir bereits gedacht. Ich wollte mich nur vergewissern. Aber jetzt zu Ihnen. Ich warte noch auf Ihre Antwort. Woher stammt das Zitat?«

Der Marquis zitterte am ganzen Körper. Ein Stück des Asphalts brach ab und fiel in die Tiefe.

»Nur einen kleinen Hinweis … bitte! Nur einen winzigen Hinweis!«

»Sie geben nicht so schnell auf, was? Also schön. Sagen wir, das Zitat stammt aus einer Gruselgeschichte.«

Der Marquis blinzelte ratlos mit den Augen.

Er hatte nie viele Horrorgeschichten gelesen und eigentlich immer gefürchtet, dass die Clique ihm deswegen auf die Schliche käme. Aber so, wie die Dinge lagen, würde sich das Problem bald erledigt haben.

»Ähm … aus *Shining?*«

»Falsch«, antwortete die dunkle Gestalt und – ließ ihn los.

Zunächst hatte der Marquis das Gefühl, ewig hinabzufallen, doch dann fand sein Sturz ein abruptes Ende, und er hatte das Gefühl, als habe jemand aus der Finsternis heraus seine Faust direkt in seine Eingeweide gerammt.

Die Dunkelheit ringsum ging in Blutrot über. Dann fiel der Vorhang.

Als er sein Bewusstsein wiedererlangte, spürte der Marquis einen nicht genau lokalisierbaren, aber überwältigenden Schmerz.

Eine Flüssigkeit rann ihm über das Gesicht, die nach Lehm und brackigem Wasser schmeckte; außerdem schmeckte er Blut in seinem Mund.

Der Marquis versuchte sich zu bewegen, doch vergebens. Es war, als werde er von dem Absatz eines Riesen fest an den Boden genagelt. Plötzlich wurde nur etwa einen Meter von seinem Gesicht entfernt ein Streichholz entzündet. Wieder stand die dunkle Gestalt vor ihm, deren Gesicht im Halbschatten verborgen lag. Und wieder begann er zu rezitieren:

»›Während ich beobachtete, dass sich der Riss rapide verbreiterte, stob mir eine wütende Böe entgegen, und der volle Kreis des Satelliten brach hervor. Ich konnte nicht fassen, was ich sah, als die massiven Mauern einfach auseinander brachen. Dann folgte ein tumultuarisches Brausen, das sich so anhörte, als würden sich hundert Wasser gleichzeitig in die Tiefe ergießen, und der klamme, morastige Boden zu meinen Füßen begrub schmatzend die Überreste des Hauses Usher unter sich.‹«

Der Marquis öffnete den Mund und spürte, wie ihm Blut über das Kinn lief. »Wer … sind …?«

»Sind Sie immer noch nicht darauf gekommen? Denken Sie doch einmal an die Bücher, die Sie gestohlen haben. Oder haben Sie etwa keinen Anteil an der Beute erhalten?«, fragte die dunkle Gestalt.

»Die … Poe-Bücher!«, keuchte der Marquis.

»Stimmt. Aber machen Sie sich keine Sorgen mehr darum. Ich bekam sie heute zurück. Ich habe da nämlich … so meine eigenen Methoden und Möglichkeiten.«

Das Streichholz erlosch.

Trotz des Summtons in seinen Ohren hörte der Marquis ein Quieken und Schaben, das nicht allzu weit entfernt war.

Wieder wurde ein Streichholz entzündet, diesmal befand es sich allerdings unmittelbar vor seinem Gesicht.

»Erkennen Sie mich immer noch nicht, Marquis? Aber wie sollten Sie auch. Wahrscheinlich sind Sie noch niemals einem Toten begegnet, der aus dem Jenseits zurückgekehrt ist, um Rache zu üben. Oder doch?«

Jetzt war das Quieken sehr viel näher zu hören. Trotz der Schmerzen, die er erdulden musste, bohrte sich der Gedanke geradezu in sein Hirn, auch wenn er ihn sofort als unsinnig verwarf. Aber unbewusst entschlüpfte ihm der Name, an den er gerade gedacht hatte: »Blessing?«

»Alle Achtung, Marquis. Sie haben Recht. Und es scheint doch noch Mächte im Universum zu geben, die für Gerechtigkeit sorgen … wenn man nur unnachgiebig danach verlangt.«

Der Marquis wandte den Kopf ab und versuchte, sich erneut zu bewegen. Erst jetzt konnte er den Grund für seine Bewegungsunfähigkeit erkennen. Er war in der Grube, in die er hineingestürzt war, von einem dicken Verstärkungsdraht aufgespießt worden. Dieser gehörte zu einer Stahlmatte, die in das Fundament des Neubaus eingegossen worden war.

»Bitte … helfen Sie mir! Rufen Sie … einen Krankenwagen! Schnell!«

»Wissen Sie noch, wie Poes Erzählung *Grube und Pendel* endet, Marquis? Wissen Sie noch, was dort geschieht?«

Der Gepfählte stöhnte nur vor Schmerz.

»Natürlich wissen Sie nichts darüber, denn Sie wissen nicht das Geringste über Poe. Meine Erstausgaben waren für Sie nur wegen ihres finanziellen Wertes von Bedeutung. Aber ich werde es Ihnen erklären, Marquis. Es geht in der Erzählung um einen Mann, der in die Fänge der spanischen Inquisition geraten ist. Vielleicht sagt Ihnen wenigstens der Name Torquemada etwas, das war nämlich der Großinquisitor. Wie auch immer, der Gefangene wird in seinem Kerker mit dem Pendel gefoltert. Dabei handelt es sich um eine scharfe Klinge, die unablässig über dem Gefesselten hin und her schwingt, hin und her. Außerdem stürzt der Gefangene um ein Haar in die Grube. Es gelingt ihm jedoch irgendwie, den Sturz zu vermeiden. Ich habe mich allerdings die ganze Zeit über gefragt, was geschehen wäre, wenn er es *nicht* hätte verhindern können? Wäre er vielleicht von einem großen, unterirdischen Fluss in die Freiheit getragen worden? Oder wäre er einfach in einem ekelhaften Loch verreckt, weil ihn hungrige Ratten mit messerscharfen Zähnen angefallen hätten?«

Erneut zündete Blessing ein Streichholz an.

Lauter, viel lauter noch als zuvor, konnte der Marquis das Quieken sowie das Schaben und Scharren von Dutzenden kleiner Rattenfüße hören.

»Ich wünsche Ihnen eine gute Nacht, Marquis«, verabschiedete sich William Blessing. »Und träumen Sie süß!«

Irgendetwas knabberte am Ohr des Gepfählten.

Die Schreie des Marquis klangen wie Musik in Blessings Ohren.

Nachdem er die Straße wieder erreicht hatte, lehnte er sich gegen eine Wand und lauschte konzentriert, um wieder Energie aufzutanken und seinen Körper zu regenerieren. Zwei hatte er mittlerweile erledigt: Graf Mishka und den Marquis. Das bedeutete, dass noch vier übrig blieben.

Ein schwarzer Schatten segelte aus dem Himmel herunter und landete direkt auf seiner Schulter.

»Ich kann plötzlich Dinge tun«, wandte Blessing sich an die Krähe, »die ich nie für möglich gehalten hätte. Ich verfüge über ... ungeahnte Kräfte und ...«

Ein letztes unterdrücktes Kreischen, dann drang kein Geräusch mehr aus der Grube. Lediglich ein paar Nebelschwaden stiegen auf, als huschten ein paar Geister davon.

»Habe ich es dir nicht gesagt?«, erwiderte die Krähe. »Es ist nur dein Wille, der dir diese Fähigkeiten verleiht und deinen Körper zusammenhält. Reine Willenskraft. Außerdem noch die Liebe zu deiner Frau und – dein Hass.«

Die Krähe reckte ihren Schnabel in Richtung Grube.

»Ob die Ratten wohl ein paar Reste übrig gelassen haben? Ich könnte nämlich eine kleine Stärkung vertragen!«

»Reicht mein Wille aus, um ... um heute Nacht noch einen weiteren von den Kerlen zu erledigen?«, fragte Blessing, ohne auf die Bemerkung der Krähe zu reagieren.

»Warum nicht? Wenn dir der Sinn danach steht, wüsste ich nicht, was dich daran hindern sollte.«

»Ich weiß nicht recht«, murmelte Blessing und starrte auf seine Hände. »Bin ich jetzt nicht ... ein Mörder?«

»Eher so etwas wie ein Sonderbeauftragter, der den Job hat, ein bisschen von dem Chaos zu beseitigen, das im Universum herrscht«, widersprach die Krähe. »Du erledigst nur einen Job, der den allerwenigsten angeboten wird. Also wirf alle Selbstzweifel über Bord, sonst wird deine Nase ruckzuck zum Teufel sein. Und diesmal vielleicht auch deine Ohren. Schließlich willst du Amy doch noch einmal wieder sehen, oder nicht?«

Blessing erwiderte lange Zeit nichts.

»Ich kann zweifellos Dinge tun, zu denen kein Sterblicher in der Lage ist«, fuhr er schließlich fort. »Doch verurteile ich mich durch meinen Hass und meinen Zorn nun selbst zu ewiger Verdammnis?«

»Denk nur daran, was dir alles genommen worden ist. Mehr noch als Amy und mehr noch als dein Leben wurde dir dein rechtmäßiger Platz in der Geschichte genommen. Und wenn du nicht einschreitest, wird dein guter Name mit Dreck verunglimpft, den deine Mörder über deinem Andenken ausgießen«, erklärte die Krähe. »Doch so viele Gründe du auch haben magst, Vergeltung zu üben, du bist nicht mehr als nur ein Diener der strafenden Mächte des Himmels. Und falls du dich weigerst, ihnen zu dienen, wird die Gerechtigkeit Wege finden, die für dich wesentlich weniger befriedigend sein könnten.«

»Ich ... ich wollte doch nur ...«, stammelte Blessing, doch die Krähe fiel ihm barsch ins Wort.

»Töte die Bastarde und überantworte ihre Seelen den Mächten der Finsternis, denen sie bereits jetzt dienen.«

Daraufhin schwang sich die Krähe auf und entschwand in der Nacht.

William Blessing sah ihr nach, nickte dann und lenkte seine Schritte auf der Suche nach der nächsten Bar in den Nebel hinein, der vom Hafen aufstieg.

24

Ich hatte die tausendfältigen Ungerechtigkeiten und Kränkungen, die mir Fortunato unaufhörlich zufügte, mit wahrer Engelsgeduld ertragen. Als er mich aber zu beleidigen wagte, da schwor ich ihm Rache. Sie kennen meinen Charakter und werden mir also glauben, dass ich meine Rachegedanken durch keine einzige Drohung verriet. Aber ich wusste, dass der Tag meiner Rache kommen würde; das stand felsenfest. Und so fein wollte ich meine Fäden ziehen, dass ich dabei für meine Person nicht die mindeste Gefahr zu befürchten hatte. Ich wollte nicht nur strafen, sondern ungestraft strafen. Denn das ist keine rechte Rache, wenn den Rächer seinerseits wieder Strafe ereilt. Und nur dann ist die Rache vollkommen, wenn der Beleidiger weiß, dass es die Rache des Beleidigten ist, die ihn trifft.

Edgar Allan Poe, *Das Fass Amontillado*

»Entweder die Tapete muss weg – oder ich!«, ließ Baxter Brittle – frei nach Oscar Wilde – aus der Nische im hinteren Teil der Bar verlauten.

Vor ihm lagen die Reste einer stümperhaft zubereiteten Mahlzeit, die er aus einem drittklassigen chinesischen Imbiss mitgebracht hatte. Er langte nach der Flasche Brown Ale und goss die letzte Neige des schäumenden Gebräus in seinen altmodischen Bierhumpen. Alles roch nach Sesamöl und mehr als einmal hatte Brittle bereits von dem Fraß aufstoßen müssen, der ihm alles andere als gut bekommen war. Während des Essens hatte er sich in die Lektüre eines fabelhaften Horror-Romans vertieft, dessen Manuskript ihm ein viel versprechender Nachwuchsautor zugesandt hatte. Brittle war gebeten worden, eine Sonderausgabe zu veröffentlichen, bevor der Verleger, mit dem der junge Schriftsteller normalerweise zusammenarbeitete, einige Monate später die Originalfassung auf den Markt bringen wollte.

Nicht mehr lange, dann würde Tome Press selbst groß und einflussreich genug geworden sein, um namhafte Autoren exklusiv unter Vertrag zu nehmen. Dann würde Baxter Brittle sich nicht mehr mit Kurzgeschichtensammlungen und limitierten Ausgaben begnügen müssen: den Brosamen, die ihm die großen New Yorker Verlagshäuser übrig ließen.

Alles ist nur eine Frage des Geldes, dachte er. Und Geld war längst kein Fremdwort mehr in den Büros von Tome Press. Ja, das Leben war in den letzten Wochen wirklich lebenswert geworden.

Aber trotzdem gefiel ihm die Tapete nicht: so eine Art *fleur de lis*. Er nahm sich vor, sie bei nächster Gelegenheit entfernen und stattdessen die darunter liegende Holzvertäfelung aufarbeiten zu lassen. Auf diese Weise würden auch die diversen Nippessachen und die gerahmten Bilder wahrscheinlich sehr viel besser zur Geltung kommen.

Im Club herrschte nur wenig Betrieb. Der Dienst habende Barkeeper polierte ein paar Gläser und lachte.

»Kennen Sie eigentlich alle Bonmots von Oscar Wilde, Mr. Brittle?«

»Allerdings. Und ich habe auch einige selbst gemachte auf Lager. Doch nur Möchtegern-Intellektuelle verlassen sich ausschließlich auf ihre eigenen Geistesgaben. Das wahre Genie hingegen klaut hemmungslos bei anderen.«

»Das ist eigentlich die höchste Form der Anerkennung, die man einem Künstler zollen kann«, erwiderte der schnauzbärtige junge Mann.

»Ich bin davon überzeugt, dass selbst der hoch geschätzte Edgar Allan Poe bei anderen Autoren gewisse Anleihen gemacht hat, während er nach außen hin spöttisch mit dem Finger auf sie zeigte«, meinte Brittle nachdenklich. Als er auf das unappetitliche Schlachtfeld vor sich blickte, erwachte in ihm das Bedürfnis nach etwas Stärkerem als britischem Ale.

»Joe, mein Freund, wärst du so nett, dich um den Rest hier zu kümmern«, sagte Brittle, während er sich von seinem Platz erhob. »Es ist noch genug übrig geblieben, um dir morgen Mittag als üppiges Mahl zu dienen. Und behaupte niemals, dass Baxter Brittle nicht ein überaus großzügiger Arbeitgeber ist.«

Joe verbeugte sich übertrieben ehrerbietig. »Ich danke Euch, Herr, dass Ihr mir die von Euch verschmähten Kutteln überlasst.«

Brittle strich seinen Mantel glatt und nahm das mit süßsaurer Sauce bekleckerte Manuskript an sich.

»Ach ja. Möglicherweise bekomme ich heute zu vorgerückter Stunde noch Besuch, und zwar von einem Mann in einem langen dunklen Mantel. Seine Name ist Mick. Falls er nach mir fragen sollte, lass ihn nach unten in den Keller. Möglicherweise werde ich zu dem Zeitpunkt dazu nicht mehr in der Lage sein, ihm selbst zu öffnen, weil ich bis dahin von diesem fesselnden Stück Literatur zu sehr mitgenommen sein werde – und vielleicht auch noch von etwas anderem Hochprozentigen.«

»Sie können sich auf mich verlassen, Mr. Brittle«, erwiderte Joe und eilte zum gegenüberliegenden Ende der

Bar, wo eine Gruppe von Studenten eine weitere Runde Bier ordern wollte.

Brittle begab sich zu der Tür, die in sein privates Refugium führte. Genießerisch sog er den Geruch ein, den Sandelholz und Haschöl, Kerzen und Rosenwasser verströmten. Der Kellerraum geriet immer mehr zu einer Szenerie, wie sie auf den Bildern von Maxfield Parrish zu sehen war, dachte Brittle, als er das Licht einschaltete. Ringsum waren mit Samtvorhängen Nischen abgeteilt worden, orientalische Teppiche lagen überall auf dem Boden verteilt, und in den griechischen Urnen steckten Pfauenfedern. Wo sich einst nur hässliche, orangefarbene Polster und billige braune Plüschsofas befunden hatten, standen nun kostbare, mit Seidenkissen gepolsterte Diwane und andere geschmackvolle Sitzmöbel.

Allerdings wurde dieser Raum jetzt nicht mehr wie früher für diverse Partys und schwarze Messen benutzt. Aufgrund der ungleich verbesserten finanziellen Situation, in der sich Baxter Brittle befand, konnte er es sich inzwischen leisten, den Keller nur noch als Privatgemach für seine persönliche Entspannung zu nutzen. Allenfalls der engste Kreis an Vertrauten kam noch in den Genuss, hierher eingeladen zu werden. Zudem hatte der Verlagschef inzwischen viel zu viel mit Tome Press zu tun, sodass er praktisch kaum noch Zeit fand, in der Bar vorbeizuschauen. Die meiste Zeit verbrachte er nun in den neuen Büroräumen, die er am Ende der Straße angemietet hatte und in der eine ganze Reihe neu eingestellter Mitarbeiter saßen.

Er legte die neueste Planet-Dog-CD auf und schaltete die neu installierte Surround-Anlage ein; im selben Augenblick dröhnte pulsierender Heartbeat durch den Raum. Im Rhythmus des Basses warf Brittle den Kopf hin und her.

»Und jetzt noch einen anständigen Cocktail.«

Er leckte sich über die Lippen und trat an den Altar,

an dem der wirtschaftliche Aufschwung von Tome Press ebenfalls nicht spurlos vorübergegangen war. Längst waren die Zeiten vorüber, in denen er lediglich ein paar billige Accessoires der schwarzen Magie und einen von Motten zerfressenen Ziegenkopf beherbergt hatte. Mittlerweile war er zu einem luxuriösen Schrein für Götter, Heilige und Dämonen wie Adolf Hitler, Shiva und Luzifer geworden, auf dem üppige Votivkerzen brannten. Hinzu kam der süßsaure Geruch, den der aus den umgestürzten Pokalen geflossene Messwein verbreitete.

Brittle zündete weitere Kerzen sowie eine Hand voll Räucherstäbchen an, die er im Schoß eines fetten Buddhas deponierte.

»Pass bloß auf, dass du dir damit nicht die Eier versengst, Bruder«, empfahl Brittle grinsend. Dann versorgte er sich mit einem von ihm bevorzugten Räucherstab: einer kubanischen ›El presedente‹. Darunter tat er es nicht mehr. Nachdem er sie an einer der Kerzen in Brand gesetzt hatte, öffnete er den Schrank unter dem Altar.

Nebeneinander aufgereiht stand eine ganze Batterie von Absinth-Flaschen, auf deren Etiketten sich handschriftliche Vermerke befanden. Brittle wählte eine davon aus und ging zu der ebenfalls neu eingebauten Küchenecke hinüber. Dort goss er sich eine ordentliche Portion der Flüssigkeit in einen Pokal, an dem er genießerisch schnüffelte, bevor er schließlich dem erleuchteten Altar und dem Rest seines Refugiums zuprostete.

»Ich fürchte, es gibt für mich nur einen Weg, mit Versuchungen fertig zu werden«, verkündete er. »Nämlich indem ich mich ihnen hingebe.«

Ein von der Surround-Anlage digital wiedergegebener Trommelwirbel spendete anerkennenden Applaus. Es dauerte nicht lange, bis der hochprozentige Alkohol seine Wirkung tat und ihm zusammen mit den beigemischten Sedativa und Psychodrogen ins Hirn schoss. Natürlich würde er eines Tages damit Schluss machen und sich mit Wein und Bier begnügen müssen. Der Absinth ließ nicht nur sein Herz rasen, sondern würde bei dauerhaftem Genuss unweigerlich zu körperlichen Langzeitschäden und schließlich auch zum Tod führen. Aber vor dieser Gefahr würde ihn schon allein die immer schwerer lastende Bürde des Erfolgs bewahren, dessen war sich Baxter Brittle absolut sicher. Wer hatte schon Zeit, sich jeden Tag die Birne zuzudröhnen, wenn immer mehr höchst lukrative Aufgaben auf einen warteten? Im Augenblick erfreute sich Brittle jedoch der unvergleichlichen Wirkung seines selbstgemischten Gesöffs. Es verlieh seinem Leben erst die rechte Farbe und ertränkte wohltuend den letzten Rest von Schuldgefühlen, die noch immer in einem verborgenen Winkel seiner Psyche schlummerten.

Mit dem Manuskript in der einen und dem Pokal in der anderen Hand ließ sich Brittle in einen komfortablen Sessel fallen, der vor dem feierlich erleuchteten Altar stand. Jetzt fühlte er sich sehr viel besser und gab sich entspannt der hypnotischen Wirkung hin, die nicht nur vom Geruch der Kerzen und Räucherstäbchen ausging, sondern auch von der beruhigenden Gewissheit, dass mit jedem neuen Tag ein größerer Geldsegen auf ihn herniederregnen würde.

Zweifellos war Geld eine schöne Sache, schöner aber waren der Komfort und der Luxus, den man sich damit erkaufen konnte. Darüber hinaus gab es allerdings auch eine Reihe von Dingen, die man für Geld nicht bekommen konnte. Umso glücklicher schätzte sich Baxter Brittle, auch sie zu besitzen.

Direkt neben ihm stand eine weitere Neuanschaffung: ein ausgesprochen stabiler, handgefertigter Bücherschrank aus polierter Eiche, hinter der bleiverglasten Tür Erstausgaben von Gurdjieff und Aleister Crowley. Die erlesensten Bücher, Magazine und sonstigen Dokumente befanden sich jedoch in der oberen Hälfte des Schrankes.

Da Brittle sich in seiner Sparte recht gut auskannte, hatte er in jener schicksalhaften Nacht die sich ihm bietende Chance ergriffen und sich zielsicher einige der kostbarsten Stücke aus William Blessings Bibliothek unter den Nagel gerissen. Obwohl Brittle alles andere als nüchtern gewesen war, hatte er dabei sogar Donald Marquette übertrumpft, der zwar eine größere, aber keineswegs wertvollere Anzahl an Büchern mitgenommen hatte. Nun ließ er seinen Blick versonnen über seine Schätze wandern.

Es war in Brittles eigenem Interesse gewesen, Mick und Theodore, ja sogar dem Marquis beim Verkauf ihrer Anteile behilflich zu sein. Er hatte nur eine kleine Vermittlungsgebühr dafür kassiert, den Handel mit einigen ausgebufften Hehlern an der Westküste abzuschließen, die in bar zahlten und keine Fragen stellten. Auch aus seinen Beutestücken hätte Brittle viele Dollars schlagen können. Allerdings waren einige der Bücher, die Blessing gesammelt hatte, sehr hoch versichert gewesen und zumindest in der Fachwelt so berühmt, dass es möglicherweise verhängnisvoll gewesen wäre, sie jemandem anzubieten. Hier in ihrem neuen Zuhause bekam sie jedoch niemand zu Gesicht, der Brittle hätte gefährlich werden können. Zudem dienten sie ihm hier als eine Quelle steten … nun, er war sich selbst nicht ganz sicher, welche Art Quell sie für ihn waren, da ihm die rechten Worte fehlten. Er wusste nur, dass er sich in ihrer Gegenwart ausgesprochen wohl fühlte. Und er liebte es, die Bücher sowie die gesamte Einrichtung des Kellers im Schein von Kerzenlicht zu genießen. In dieser Atmosphäre konnte man trefflich über Poe sinnieren, an einem Pokal mit Absinth schlürfen und über die Ironie des Schicksals philosophieren.

Poe! Der Mann war zeit seines Lebens ein armer, verzweifelter Schlucker gewesen, und doch hatte er eine neue Art und Darstellungsform der Literatur *erfunden,* die später ausgerechnet denen ein Vermögen bescheren sollte, die seine Kunst einfach nachahmten.

Was hatte Brittle einmal über Poes maßgeblichen Beitrag zur Literaturgeschichte gelesen? Es war etwas gewesen, auf das Brittle selbst niemals gekommen wäre, aber er hatte sofort gewusst, dass jedes Wort stimmte. Der Kritiker hatte besonders hervorgehoben, dass Edgar Allan Poe der erste Schriftsteller gewesen sei, der das gesamte Arsenal an poetischen Ausdrucksformen in die Erzählliteratur eingeführt habe: Sprachrhythmus, bestimmte Metren, Assonanzen, Tropen. Poe hatte in seinen Erzählungen die ganze sprachliche Trickkiste ausgepackt und ein wahres Feuerwerk entfacht. Und obwohl seine Geschichten typische Produkte des neunzehnten Jahrhunderts waren, erschien ihr Stil selbst dem heutigen Leser ausgesprochen modern.

Während er die Bände vor sich betrachtete, kam Baxter Brittle plötzlich auf die Idee, Poe nach langer Zeit wieder einmal zu lesen.

Vielleicht fände er die Zeit dazu, sobald die zunehmende Verlagsarbeit ihm ein wenig Spielraum ließ. Vielleicht würde er dann sogar wieder selbst zu schreiben beginnen? Zurzeit wurde er ja völlig von seinen geschäftlichen Verpflichtungen in Anspruch genommen; die Möglichkeiten, die sich plötzlich boten, waren allerdings auch atemberaubend. Unter Donald Marquettes Obhut als brillantem Herausgeber und mit Hilfe von Mick Prince' unkonventionellen Marketing-Ideen waren sie gerade dabei, eine ganze eigene Industrie aufzubauen.

Aber warum sollte Baxter Brittle sich nicht auch eine Scheibe von dem literarischen Kuchen abschneiden? Zweifellos bevölkerten zum Teil weitaus weniger talentierte Autoren als er die Bestsellerlisten und wurden dennoch von einer weltweiten Fan-Schar als Idol angehimmelt.

Als Idol angehimmelt werden …

Baxter Brittle fragte sich, wie er sich wohl in der Rolle gefallen würde. Die ganze Sache wäre sicherlich reizvoll, ausgesprochen reizvoll sogar.

Mit einem Mal fuhr ein Luftzug durch den Raum und löschte alle Kerzen auf dem Altar. Im selben Augenblick huschten unzählige, flüchtige Schatten durch das eingetretene Halbdunkel.

Brittle drehte sich um, da ihm der kühle Luftzug die Nackenhaare zu Berge stehen ließ, doch er spürte noch mehr. Ihm war, als sei er nicht allein im Raum.

»Wer ist da?«

Brittle versuchte auf die Füße zu kommen, musste jedoch feststellen, dass er offensichtlich sehr viel mehr Absinth konsumiert hatte als beabsichtigt. Auf jeden Fall war er so betrunken, dass er nicht aus dem Sessel kam. Stattdessen sackte er zurück und starrte mit glasigen Augen in die Dunkelheit rings um ihn herum.

Aus einem der Schatten löste sich eine dunkle Gestalt.

»Hallo, Baxter. Gerade damit beschäftigt, die neuesten Errungenschaften zu bewundern?«

»Mick?«, rief Brittle heiser. »Bist du das, Mick?«

Er hatte Prince im Verlauf des Nachmittags angerufen, um mit ihm ein Treffen zu verabreden. Sicherlich war er es, der dort vor ihm stand. Wer sonst wäre auf die verrückte Idee gekommen, ihm diesen makabren Streich zu spielen, wenn nicht dieser völlig durchgeknallte Psychopath?

»Komm, setz dich zu mir, und lass uns etwas trinken, Mick!«, forderte Brittle ihn auf. »Ich weiß zwar, dass du nicht gerade für Absinth schwärmst, aber ich bin mir sicher, dass du im Barfach etwas Passendes finden wirst, das deinem Geschmack entspricht.«

Als die Gestalt näher auf ihn zukam, konnte Brittle erkennen, dass sie tatsächlich einen dunklen Mantel trug, allerdings nicht auf die angeberische und effekthaschende Art, die für Mick Prince typisch war. Befremdlich war auch, dass der Gestalt eine Woge üblen Geruchs vorauseilte. Brittle erinnerte sich daran, wie die Clique auf einer ihrer Sauftouren ein Schlachthaus besucht hatte, das voll von gegerbten Häuten, verfaulenden Kadavern und Bergen von Knochen gewesen war; zudem waren Fotos ausgestellt gewesen, auf denen bizarre Lichtreflexe zwischen dunklen Schatten dem Betrachter eine Ahnung vom Erleben des Todes vermitteln sollten. Am meisten war Brittle jedoch der Geruch im Gedächtnis haften geblieben, der ihm wie eine aus dem Jenseits gesandte Botschaft der Toten an die Lebenden erschienen war. ›Ich bin das Fleisch jenseits des Fleisches‹, schien der Geruch zu sagen. ›Ich bin der Nachgeschmack des Blutes … das Echo dessen, was einstmals war. Lass dir ruhig Zeit. In jedem Fall wirst du bald bei uns sein.‹

Trotz der Weihrauchstäbchen und trotz des intensiven Absinth-Geschmacks nahm Brittle gerade in diesem Augenblick etwas von diesem Geruch wahr.

»Nein, Baxter, ich bin nicht Mick. Und ich möchte auch nichts zu trinken.«

Die Gestalt blieb stehen und verschränkte die Arme. »Ich bin jemand, den Sie einst unbedingt sprechen wollten. Vielleicht hätte ich damals nicht einfach ablehnen sollen, vielleicht wäre dann alles ganz anders gekommen. Aber wer weiß das schon?«

Brittles umnebeltes Gehirn funktionierte nur sehr langsam. »Wie sind Sie hier hereingekommen?«, fragte er, nachdem er gemerkt hatte, dass ein Fremder vor ihm stand.

»Nun, ich verfüge mittlerweile über gewisse Möglichkeiten … Es gibt einige unglaubliche Dinge, die ich nun tun kann … *Nun!* Finden Sie nicht auch, Baxter, dass dieses Wort meistens viel zu sehr unterschätzt wird? Mein ›nun‹ ist jedenfalls nur sehr kurz. Genau genommen ist es eigentlich nur eine Projektion der Vergangenheit, so etwas wie ein hinterherhinkender Schatten.«

Brittle war verwirrt, vor allem der durchdringende Verwesungsgeruch löste instinktiv Angst bei ihm aus. Und diese Angst ließ ihn zumindest so weit zu Verstand kommen, dass er aufstehen konnte, obwohl er mit der linken Hand noch immer den Absinth-Pokal umklammert hielt.

»Wer sind Sie?«

Während er redete, stellte er den Pokal beiseite und trat instinktiv einen Schritt zurück.

»Jemand, von dem Sie bestimmt nicht gedacht hätten, dass Sie ihn jemals wieder sehen würden, Baxter. Und ich bin aus zwei Gründen zu Ihnen gekommen.«

Brittle wich noch weiter zurück, bis er gegen einen alten Sekretär stieß. Unauffällig öffnete er eine der Schubladen und schob seine rechte Hand hinein. Immer schon hatte er unter der Furcht gelitten, dass ungebetene Gäste plötzlich in sein Refugium eindringen könnten, deshalb hatte er gewisse Vorkehrungen getroffen, die sich nun als ausgesprochen hilfreich erweisen konnten. Er spürte sehr wohl die unmittelbare Gefahr, die in der Luft lag, war aber zu betrunken, um in Panik zu geraten.

Du musst sie nur zu fassen kriegen, dachte er in einem klaren Augenblick. *Wenn du sie erst einmal in der Hand hältst, wird sich das Blatt wenden. Dann sind alle Trümpfe auf deiner Seite.*

Der Fremde redete weiter, und Reden kostete Zeit; genau die konnte Brittle gut gebrauchen. Und falls der seltsame Kerl nachher nicht mehr aufstehen würde und Brittle tatsächlich gezwungen wäre, die Polizei zu verständigen, konnte er sich auf Notwehr berufen. Aber er musste ihn noch länger hinhalten.

»Ich weiß wirklich nicht, wovon Sie reden! Außerdem haben Sie mir immer noch nicht verraten, wer Sie eigentlich sind.«

Der Unbekannte trat einen weiteren Schritt auf ihn zu.

Im Zwielicht des Kerzenscheins und der Halogenspots

war zu erkennen, dass das Gesicht des Mannes blass und aschfarben war; außerdem wirkte es irgendwie brüchig und zusammengeschrumpft, aber dennoch durchaus ansehnlich. Die Augen waren hinter einer dunklen Sonnenbrille verborgen, die der Mann beim Näherkommen absetzte.

Die Augen schienen ungewöhnlich dunkel, doch Brittle erkannte sie sofort. Und die Erkenntnis lähmte ihn derart, dass seine Hand einen Augenblick lang die Suche in der Schublade einstellte. Brittles Geist weigerte sich einfach, das ihm vorgegaukelte Bild als Realität zu akzeptieren.

»Blessing?«

»Ich wusste, dass Sie sich erinnern würden, Baxter!«

Brittle stieß ein unkontrolliertes Kichern aus. »So etwas kommt doch nur in banalen Groschenromanen vor. Nein, ich glaube einfach nicht, was ich sehe.«

»Genau das habe ich auch erst gedacht, Baxter. Aber vielleicht sind wir beide nichts weiter als zwei banale Charaktere, hm? Vielleicht sind wir nur zwei Marionetten, die in einer aberwitzigen Geschichte an den Drähten eines Autors zappeln, der noch viel verzweifelter und desolater ist, als wir es sind.«

Noch immer musste Brittle unwillkürlich lachen. »Unsinn! Das ist doch nur ein Hirngespinst!« Er schüttelte ungläubig den Kopf.

»Wirklich, Baxter? Nur ein bisschen unverdauter Haferschleim, wie in Charles Dickens' Weihnachtsgeschichte? Aber ich bin nicht Jacob Marley, der nur deshalb von den Toten zurückgekehrt ist, um als herumirrende Seele Erlösung zu finden. Und Sie, Baxter Brittle, sind nicht Ebenezer Scrooge.«

Die dunkle Gestalt schüttelte traurig den Kopf.

»Nein, hier geht es nicht um Erlösung. Hier geht es nur um eins – Vergeltung!«

Brittle erinnerte sich plötzlich an Donald Marquettes Anruf.

… das Grab …

… verwüstet …

Und hier stand ein Mann vor ihm, der dunkle Kleidung trug und wie William Blessing aussah.

Baxter Brittle war zeit seines Lebens Atheist gewesen. Dass er sich stets mit schwarzer Magie und derartigen Dingen beschäftigt hatte, war nach seiner eigenen Auffassung nichts anderes als der Versuch, sich psychologisch selbst zu manipulieren: nur ein Spaß, eine Methode, sich selbst und andere unter eine Art hypnotische Kontrolle zu bringen. Die eigentliche Macht, die dabei die zentrale Rolle spielte, wurzelte im Kopf und wurde durch die Zeremonien und Rituale lediglich freigesetzt, nicht aber von außen herangetragen. All das metaphysische Brimborium war nichts weiter als Show und stimmungsvolle Dekoration. Kurz und gut, nach Baxter Brittles Überzeugung waren die so genannten ›schwarzen Künste‹ lediglich ein willkommener Anlass, viel zu trinken und jede Menge Drogen zu schlucken.

Jetzt geriet seine Überzeugung jedoch ins Wanken, denn vor ihm stand der unwiderlegbare Beweis, dass er sich offensichtlich getäuscht hatte. Brittles Verstand und seine Selbstsicherheit gerieten mächtig unter Druck, zerbrachen aber nicht.

»Ach du liebe Güte«, flüsterte er. »Von den Toten zurückgekehrt, um Vergeltung zu üben. Aber warum ausgerechnet an mir?«

Seine Hand drang tiefer in die Schublade ein.

»Weil Sie dabei mitgeholfen haben, mir meine Frau zu stehlen … meine Frau, die mir mehr bedeutet hat als mein eigenes Leben. Und weil Sie versuchen, meinen guten Namen zu missbrauchen. Darüber hinaus besitzen Sie etwas, das mir gehört und das ich gern zurückhätte.«

»Und was, Mr. Wurmfraß, soll das sein?«

»Die Bücher, die Sie aus meiner Bibliothek gestohlen haben.«

»Im Ernst? Was haben Sie damit vor? Wollen Sie sie etwa mit ins Grab nehmen?«, kicherte Brittle. »Ist es dort nicht ein bisschen zu dunkel zum Lesen?«

»Sie könnten mir allerdings einen Gefallen tun, Baxter.«

»Einen Gefallen? Aber sicher doch. Soll ich Ihnen frische Blumen aufs Grab stellen?«

»Sie sollen mir nur sagen, wo ich einen Mann namens Mick Prince finde.«

»Wenn's weiter nichts ist.« Brittle nannte ihm die Adresse. »Dort werden Sie auch Theodore Melvins antreffen. Das sind die beiden, hinter denen Sie her sein sollten, Blessing, aber nicht hinter mir. Es war Mick, der Sie niedergeschossen hat, und Theodore hat Ihre Frau vergewaltigt. Ich aber … ich wollte immer nur Ihr Freund sein. Sie sollten auf jeden Fall wissen, dass das alles nur als List gedacht war.«

»Aber es war *Ihr* Plan, Baxter Brittle!«

»Mein Plan? Die anderen haben doch alles versaut! Ich versichere Ihnen, dass ich nur die besten Absichten hatte … wirklich nur die allerbesten Absichten.«

Während Blessing regungslos verharrte, fand Brittle endlich, wonach er gesucht hatte. Seine Hand schloss sich um den Griff des Revolvers, und sein Zeigefinger legte sich um den Abzug. Aber noch zögerte er. Erst wollte er sehen, was dieser … dieser … was immer er war … vorhatte.

»Absichten haben heißt, nur auf dem Gehsteig zu stehen und nach links und rechts zu sehen«, sagte Blessing. »Sie aber, Baxter Brittle, sind schon längst auf die Fahrbahn getreten, die steil bergab führt. Und meine Aufgabe besteht darin, Ihnen ein wenig Schwung zu geben.«

Zur Hölle mit dir, dachte Brittle. Er zog die Waffe und schoss.

Da die beiden Männer nur wenig mehr als einen Meter voneinander entfernt standen, brauchte Brittle nicht einmal genau zu zielen. Er feuerte unmittelbar hintereinander drei Schüsse auf die dunkle Gestalt ab, aus der Fleischstücke und Kleidungsfetzen herausgerissen wurden. Doch aus irgendeinem unerfindlichen Grund ging William Blessing nicht zu Boden. Stattdessen machte er einfach einen Schritt nach vorn, griff nach der Waffe und entzog sie Brittles Hand.

»Tut mir Leid, Baxter. Aber Sie machen es sich selbst nur unnötig schwer.«

Keuchend versuchte Brittle, sich abzuwenden und die Flucht zu ergreifen. Doch blitzartig zuckte die freie Hand der dunklen Gestalt vor und ließ Brittle in einen tiefen, dunklen Schacht fallen.

Als er aus seiner Bewusstlosigkeit erwachte, war es rings um ihn herum dunkel.

In seinem Hinterkopf spürte er einen schwachen Schmerz, der jedoch durch die noch immer anhaltende Wirkung des Absinth gedämpft wurde. Nach wie vor war Baxter Brittle ziemlich betrunken, deshalb hielt seine anfängliche Verwirrung eine ganze Weile an.

Wo war er? Mit dem Rücken saß er gegen eine grob verputzte Mauer gelehnt. Irgendwo in der Dunkelheit war über ihm ein schwacher Lichtschimmer zu erkennen, außerdem hörte er ein schabendes und kratzendes Geräusch. Dann kehrte mit einem Mal die Erinnerung zurück.

Die Bücher von Edgar Allan Poe … der Revolver … und der aus seinem Grab zurückgekehrte William Blessing, der plötzlich vor ihm gestanden hatte …

»Nein!«, stieß Baxter Brittle hervor.

Als er erschrocken aufspringen wollte, wurde er rasselnd und klirrend zurückgehalten. Allem Anschein nach waren seine Hände und Füße an die Mauer gefesselt worden.

»Ketten?«, keuchte er ungläubig. »Wo, zum Teufel, bin

ich nur?« Wieder hörte er das Kratzen, und er bekam einen Spritzer ab. Bei näherem Hinsehen stellte sich heraus, dass der Lichtschein von einer Kerze stammte.

»›Am entfernten Ende der Krypta befand sich ein weniger geräumiges Nebengewölbe‹«, deklamierte eine Stimme, »›an dessen Wänden bis zur Decke menschliche Gebeine aufgestapelt waren wie in vielen der großen Pariser Katakomben. Von einer Wand waren die Knochen jedoch fortgerissen worden, lagen – zumeist wahllos verstreut – auf dem Boden herum und bildeten nur an einer Stelle einen aufgeschichteten Haufen. Dadurch war eine Nische zu erkennen, die sich in der freigelegten Wand befand und etwa vier Fuß tief, drei Fuß breit und sechs oder sieben Fuß hoch war. Sie schien keinem besonderen Zweck zu dienen, sondern stellte lediglich einen Zwischenraum dar, der zwei der mächtigen Gewölbepfeiler trennte, auf denen die Decke der Katakomben ruhte. Auf ihrer Rückseite wurde die Nische von einer Wand aus massivem Granit begrenzt.‹«

»Hören Sie auf!«, schrie Brittle. Verwundert stellte er fest, dass er wie ein Wahnsinniger lachte. »Wo … wo befinde ich mich hier?«, japste er mit Mühe.

Wieder das Kratzen, das sich so anhörte, als werde eine Mauer mit Mörtel verputzt.

»In dem noch nicht fertig ausgebauten Teil Ihres Kellers«, antwortete Blessing.

»Im Keller?« Brittle blinzelte in die Dunkelheit hinein. Ja, jetzt konnte er den feuchten und kühlen Modergeruch wahrnehmen. Und noch etwas …

Es roch nach altem, verwestem Fleisch. Vielleicht lagen hier seit Urzeiten ein paar Rattenkadaver herum?

»Ja. Der Platz war einfach wie geschaffen für mein Vorhaben.«

Wieder das Kratzen und Schaben.

»Haben Sie übrigens die Quelle meines Zitates erkannt, Baxter?«

»Aber sicher«, lallte Brittle lachend. »Poes *Fass Amontillado.*«

»Eine wirklich perfekt konstruierte Geschichte, finden Sie nicht auch? Ich konnte nicht anders, musste die sich mir hier bietende Chance einfach nutzen und die Erzählung in die Tat umsetzen.«

Kichernd versuchte Brittle, die nun doch in ihm aufkeimende Panik einzudämmen. Er war noch immer am Leben, und solange er lebte, bestand auch die Hoffnung davonzukommen. Außerdem hatte er noch einen Trumpf im Ärmel, von dem Blessing nichts wissen konnte. Vorsichtig schob er seine rechte Hand in die Innentasche seiner Jacke, sorgsam darauf bedacht, nicht unnötig mit den Ketten zu rasseln und Blessing auf diese Weise aufmerksam zu machen.

Ja. Da war es.

Baxter Brittle kicherte erneut. *Ein dreifaches Hoch auf Donald Marquette,* dachte er. *Seine Idee war wirklich goldrichtig!* Mit seinem Handy war er in der Lage, jederzeit Hilfe zu rufen.

Er lachte. »Lebendig eingemauert! Wie originell! Ich habe nur eine Frage an Sie, Blessing, oder wer immer Sie sein mögen. Wo ist der Amontillado?«

Brittle spähte nach oben und konnte erkennen, dass in der Mauer nur noch ein Spalt war, dessen Größe gerade dazu ausreichte, einen letzten Stein aufzunehmen. Durch dieses Loch starrten zwei Augen direkt auf den Angeketteten.

»Mit Amontillado kann ich Ihnen leider nicht dienen, Baxter. Aber mit etwas, das Sie sehr viel lieber mögen. Ich habe mir nämlich erlaubt, Ihnen ein paar Flaschen von Ihrem Lieblingsgetränk dazulassen.«

Brittle lachte noch lauter. »Absinth? Sie haben mir tatsächlich Absinth dagelassen? Eine wahrhaft großherzige Geste von Ihnen, Blessing. Leider kann ich in dem dunklen Loch nicht die Hand vor Augen sehen.«

»An Ihrer Seite finden Sie eine Kerze und ein paar Streichhölzer.«

»Sie sind wirklich zu gütig.«

»›Um Gottes willen, Montressor‹«, zitierte Blessing aufs Neue.

»›Ja‹, sagte ich, ›um Gottes willen.‹

Doch umsonst harrte ich einer Erwiderung. Daher rief ich voller Ungeduld: ›Fortunato!‹

Keine Antwort. So rief ich erneut: ›Fortunato!‹

Wieder nichts. Da warf ich eine Fackel durch die noch verbliebene Öffnung in das Innere des Kerkers. Erst jetzt vernahm ich eine Antwort in Form klirrender Ketten. Dann wurde mir plötzlich schlecht, was vermutlich auf die Feuchtigkeit der Katakomben zurückzuführen war. Auf jeden Fall beeilte ich mich, meine Arbeit zu Ende zu führen, und platzierte den letzten Stein an der für ihn vorbereiteten Stelle, die ich anschließend verputzte. Am Ende richtete ich die ehemaligen Skelettstapel wieder auf, deren Ruhe seit einem halben Jahrhundert niemand mehr gestört hatte. In pace requiescat!‹«

»Bravo!«, lobte Brittle. »Wirklich ganz ausgezeichnet. Sehr viel eindringlicher und überzeugender als Vincent Price' Version.«

Seine Ketten schepperten, als er Beifall klatschte.

»Dann wünsche ich Ihnen eine gute Reise, Brittle!«, sagte Blessing und setzte den letzten Stein ein. Doch plötzlich wurde dieser wieder entfernt, und das Paar Augen wurde nochmals sichtbar.

»Ach, noch eine Sache. Ich habe dafür gesorgt, dass Sie ein wenig Gesellschaft haben!«

»Ciao!«, erwiderte Brittle nur.

Der Stein wurde endgültig eingemauert und der letzte Rest an Licht ausgesperrt.

Im selben Augenblick begann Brittle tastend nach der Kerze und den Streichhölzern zu suchen, was wegen der Ketten nicht ganz leicht war. Die Kerze bekam er relativ schnell zu fassen, und als seine Hände einen größeren Radius als zuvor untersuchten, stieß er kurz darauf auch auf eine Schachtel Streichhölzer. Sie klapperte deutlich hörbar, als er sie in Händen hielt.

In der absolut undurchdringlichen Dunkelheit hatte er zum ersten Mal den Eindruck, dass er langsam nüchtern wurde. Dazu mochte auch beitragen, dass das Gefühl unkontrollierbarer Angst unaufhaltsam seine Wirbelsäule hinaufwanderte.

Kein Zweifel – Baxter Brittle brauchte schleunigst einen Drink.

Zunächst einmal würde er die Kerze anzünden, dann würde er einen kräftigen Schluck Absinth nehmen und schließlich das Nötige veranlassen, um aus seinem Gefängnis befreit zu werden. Hierzu musste er nur sein drahtloses Telefon zur Hand nehmen und Donald Marquette anrufen. Was aber, falls Marquette sich nicht melden würde? Was dann? Hhm, als erstes würde er es bei anderen Mitgliedern der Clique versuchen. Und wenn wirklich alle Stricke rissen, konnte er immer noch die Polizei verständigen. Was würden die Bullen wohl sagen, wenn sie seinen Anruf entgegennähmen: ›Hallo, hier spricht Baxter Brittle. Helfen Sie mir bitte. Ich bin nämlich von einem Toten lebendig eingemauert worden.‹

Vorsichtig zog Brittle ein Streichholz aus der Packung und zog es an der seitlich angebrachten Reibefläche entlang. Das Zischen und der Schwefelgeruch kündeten buchstäblich einen Funken Hoffnung an. Erleichtert atmete Brittle auf und verlor keine Zeit, den Docht der Kerze zu entzünden. Im nächsten Augenblick erleuchtete deren heller Schein das fensterlose Gefängnis.

Um den Raum besser ausleuchten zu können und nicht selbst geblendet zu werden, hob Brittle die Kerze in die Höhe und stellte auf den ersten Blick fest, dass Blessing Wort gehalten hatte. Die versprochenen Flaschen Absinth lagen in den Armen einer Leiche, die dem Anschein nach schon ziemlich lange hier unten gelegen hatte. Das Fleisch war verwest und die blanken Knochen hatten zum Teil die lederartig gewordenen Hautreste durchbohrt. Dessen ungeachtet wies die Leiche dennoch genügend Merkmale auf, um von Brittle sogleich wieder erkannt zu werden: Es waren nicht nur die Haare, sondern allem voran das Messer, das aus der Brust herausragte.

Die Punkerin!

Heiliger Strohsack, als er Mick Prince gebeten hatte, das Mädchen auf Nimmerwiedersehen verschwinden zu lassen, hatte er damit ganz bestimmt nicht gemeint, sie im Keller seiner eigenen Bar zu deponieren!

Von den Augen existierten nur noch die leeren, dunklen Höhlen. Über ein paar gebogene Knorpel hinweg, die einst eine Nase geformt hatten, schienen sie ihn herausfordernd anzustarren, so als wollten sie sagen: ›Komm her, Baxter, und hol dir deinen Drink!‹

Ohne Vorankündigung wurde Brittle von einem Panikanfall erfasst und ließ die Kerze fallen. Sie fiel zu Boden und erlosch, woraufhin der Raum erneut in undurchdringliches Dunkel getaucht war. Und es wurde still – so still, dass nur noch das Schlagen von Brittles Herz zu hören war.

Genau wie in Poes Geschichte *Das verräterische Herz:*

… ein leises, dumpfes, rhythmisches Geräusch, wie es eine Uhr verursacht, die man in ein Baumwolltuch eingeschlagen hat.

Es wurde lauter – immer lauter und lauter!

Und hinzu kam der heisere Laut seines eigenen, vor Entsetzen keuchenden Atems!

»Hey, du Partyschreck!«

Baxter Brittle glaubte plötzlich eine Stimme zu hören, die sich direkt aus der unergründlichen Tiefe der Finsternis an ihn wandte.

»Was hältst du davon, wenn wir jetzt eine kleine schwarze Messe feiern?«

Dann drang das Geräusch einer zerbrechenden Flasche an seine Ohren und das Schaben einer Klinge, die an zwei Rippen entlangreibt.

Ich habe dafür gesorgt, dass Sie ein wenig Gesellschaft haben!, hatte Blessing gesagt.

Das Knirschen der morschen Knochen und der ausgedörrten, ledernen Hautfetzen kam immer näher – wie das Flügelschlagen eines Raubvogels, der auf Beutezug geht.

25

Und dann stellte sich, zu meiner endgültigen und unwiderruflichen Vernichtung, der Geist des Perversen ein. Von diesem Triebe nimmt die Philosophie keine Notiz. Und dennoch bin ich nicht überzeugter davon, dass meine Seele lebt, als von der Tatsache, dass Perversion einer der Grundtriebe des menschlichen Herzens ist, eine von jenen unzerlegbaren, primären Fähigkeiten oder Empfindungen, die das Wesen der Gattung Mensch bestimmen. Wer hat sich nicht hundertmal über einer gemeinen oder lächerlichen Handlung ertappt, die er aus keinem anderen Grunde beging, als weil er wusste, dass er es nicht durfte?

Edgar Allan Poe, *Der schwarze Kater*

Donald Marquettes Handy klingelte.

Er stand am Fenster und starrte, nachdenklich an einer Tasse Milchkaffee nippend, hinunter auf die Straße. Während das technologische Wunder in seiner Brusttasche ein nervtötendes Dauersignal von sich gab, das wie der Motor eines künstlichen Herzens klang, fühlte er sich elender als jemals zuvor in seinem Leben.

Es war früher Morgen im Hause der Blessings. Der Tag war schwülwarm mit dunklen Regenwolken am Himmel, die sich drohend verdichteten. Die Luft roch geradezu nach Sturm.

Donald war bereits früh gekommen, um hier in seinem Büro zu arbeiten. Er hatte in der Nacht zuvor nur wenig geschlafen. Und während des wenigen Schlafes, den er gefunden hatte, war er von Albträumen heimgesucht worden, an die er sich allerdings nicht mehr allzu genau erinnern konnte. Er war zeitig zur Arbeit aufgebrochen, da er an diesem Tag sowieso nicht an seinem Buch hätte schreiben können, was er stets nur zu Hause tat. Nein, er hatte am heutigen Tag allerlei Papierkram zu erledigen, vor allem, da er nun den gesamten Nachlass William Blessings verwaltete. Amy kam zum Glück niemals länger in das Büro, in dem einst ihr Mann gearbeitet hatte, da hierdurch nur allzu viele Erinnerungen geweckt wurden. Die Sekretärin war an diesem Tag ebenfalls nicht da.

Da das Handy keine Ruhe gab, meldete sich Donald Marquette schließlich.

»Hallo?«

Am anderen Ende herrschte Schweigen.

Ein kratzendes Geräusch, ein Echo …

»Hallo?«, rief er erneut ins Telefon. Seine Nerven waren so gespannt, dass er die Verbindung am liebsten gleich wieder unterbrochen hätte. Das wäre in der derzeitigen Situation allerdings mehr als unklug gewesen.

»Oh, Entschuldigung! Donald Marquette? Hier spricht Roscoe. Roscoe Mithers!«

Donalds Herz machte einen Sprung. »Hallo und guten Morgen, Mr. Mithers.«

»Nennen Sie mich doch einfach Roscoe, Donald. Ich hoffe, es macht Ihnen nichts aus, dass ich Sie unter dieser Nummer anrufe. Auf den anderen Leitungen habe ich nur den Anrufbeantworter erwischt, und Sie sagten mir, dass dies Ihre Privatnummer sei …«

»Ja, ja, das ist schon in Ordnung. Ich freue mich, so schnell von Ihnen zu hören.«

»Ich habe Ihre Vorschläge erhalten, und ich habe auch noch selbst einige Überlegungen dazu angestellt, will Ihnen jedoch gleich vorab sagen, dass ich überaus interessiert an der Sache bin. Wie Ricardo, der Vampir, sagen würde: Das Ganze ist etwas, in das ich mich verbeißen könnte! Heute Nachmittag habe ich ein Treffen mit einigen wichtigen Leuten, denen ich Ihre Vorschläge und einige meiner eigenen Ideen vorstellen werde. Ich denke, die Chancen stehen sehr gut für ein höchst lukratives Projekt, und mit Hilfe unserer guten Kontakte zu den Medien und zahlreichen Werbeagenturen werden wir ganz bestimmt ein nettes Arrangement treffen können. Die Details werden wir natürlich noch mit Ihrem Agenten durchsprechen müssen, aber ich denke, das alles wird sich problemlos regeln lassen.«

Marquette hätte Blessings literarischen Nachlass natürlich auch von einem anderen Verlag vermarkten lassen können. Darüber hinaus gab es ohnehin noch bereits bestehende Verträge zu erfüllen, doch in der Zusammenarbeit mit Roscoe Mithers sah Donald Marquette ideale Möglichkeiten, was vor allem seine eigene weitere Zukunft betraf.

»Haben Sie Gelegenheit gehabt, sich auch das übrige Material anzuschauen, Roscoe?«

»Ja, das habe ich, Donald. Was soll ich sagen? Es ist großartig. Ich kann nicht leugnen, dass dies auch für meine Karriere einen wichtigen Schritt nach vorne bedeutet. Ich würde natürlich auch sehr gerne Ihre eigenen Arbeiten ebenso wie die vorgeschlagenen Projekte mit den Blessing-Materialien herausbringen …«

Na also!

»… und da die Entscheidung darüber in meiner Hand liegt, werde ich mich auch mit dem gleichen Engagement für Ihre Werke einsetzen.«

Großartig!

»Ich kann natürlich über nichts entscheiden, bevor ich nicht die Zustimmung von oben und das Okay vom Verkauf und von der Marketingabteilung habe.«

»Ich verstehe, Roscoe. Wann werde ich wieder von Ihnen hören?«

»Entweder noch heute am späten Nachmittag oder Morgen früh. Auf jeden Fall nach der Besprechung.«

»Ich danke Ihnen, Roscoe, und erwarte Ihren Anruf.«

»Alles klar. Bis dann, Donald. Und lassen Sie sich nicht von Rupert, dem Zombie, erwischen.«

Die Verbindung wurde unterbrochen.

Langsam fühlte Marquette sich dadurch genervt, dass Mithers die naive Angewohnheit hatte, alles mit der *Dark Sunset*-Welt in Verbindung zu bringen. Die einzigen Gründe, weshalb Marquette sich überhaupt auf dieses Niveau begab, waren Geld und Karriere. Und Roscoe Mithers war genau der Mann, den er brauchte, damit sein Name fortan mit dem von Blessing untrennbar verbunden sein würde. Von diesem überaus lukrativen Startpunkt aus konnte sein eigenes Werk endlich bis in die Stratosphäre abheben.

Donald Marquette.

Ein guter Name, um regelmäßig auf den Bestsellerlisten zu erscheinen!

Der Anruf hatte seine Laune deutlich gebessert. Er machte es sich im Ledersessel bequem und genoss den Rest seines Kaffees. Das Koffein half, ihn in eine tranceartige Euphorie zu versetzen.

Alles ist möglich, dachte er.

Die Zukunft stand ihm offen.

Dann klingelte erneut das Handy. Diesmal fischte er es schneller aus seiner Brusttasche, in der Hoffnung, dass es noch einmal der Verleger war, aber er wurde enttäuscht.

»Marquette?«, meldete sich eine raue, belegte Stimme.

»Ja?«

»Es gibt Probleme.«

»Bist du's, Mick?«

»Ja, Mann! Irgendeine Scheiße geht da vor sich. Der Count und der Marquis, Mann. Einfach hinüber. Und Baxter ist auch nicht aufzutreiben. Er ist einfach ... verschwunden. Keine Spur mehr von ihm, und er hat weder irgendwelche Sachen gepackt noch seinen Ausweis mitgenommen.«

»Einfach hinüber? Ich verstehe nicht«, rief Marquette nervös in den Hörer.

»Tot. Abgeschlachtet. Wie ... genau wie in einer meiner Geschichten.«

Mick Prince' Stimme klang vollkommen fremdartig.

Übernervös.

Panisch.

»Irgendetwas stimmt da nicht, Mann. Ich kann es fühlen«, fuhr Prince fort. »Theodore will die Stadt verlassen, und ich halte das für eine verdammt gute Idee.«

»Tot?«, wiederholte Marquette ungläubig. »Wie ...?«

Prince berichtete ihm, was er wusste.

»Die Polizei wird bei dir nicht so schnell auftauchen«, fuhr er fort. »Ich habe nämlich mitgekriegt, wie sie Baxter suchten, weil wir gerade im Büro von Tome Press waren. Ich habe mich so schnell wie möglich verdrückt. Wir müssen zusehen, hier abzuhauen, bevor sie noch auf die Idee kommen, uns die verdammten Morde anzuhängen. Hey, Mann, hat dir Baxter irgendwann mal von irgendwelchen Feinden erzählt, die er hatte und die Theodore und ich nicht kannten?«

Und wie steht es mit deinen Feinden?, dachte Marquette bei sich. *Du bist schließlich der durchgeknallte Psychopath, der uns das Ganze erst eingebrockt hat.*

»Nicht, dass ich wüsste. Aber du bist doch länger als ich dabei.«

»Scheiße, Mann! Schieb jetzt bloß nicht alles mir in die Schuhe.«

»Pass auf, wir sollten das alles besser nicht am Telefon bereden, hörst du?«

»Verdammt, du hast Recht.« Marquette konnte die Panik in Prince' Stimme hören. »Willst du herkommen?«

»Ja. Aber ich muss erst noch ein paar Dinge erledigen. Verhaltet euch in der Zwischenzeit ruhig!«

»Okay. Aber beeil dich.«

»Mick, bleib jetzt cool. Es steht zu viel auf dem Spiel.«

Die Verbindung wurde unterbrochen.

Marquette fühlte sich schwindelig, und er lehnte sich gegen den Schreibtisch. Im Hintergrund hörte er die Türglocke. Er setzte sich hin. Jemand anderes sollte sich darum kümmern. Jemand anderes ... Er musste das alles erst einmal verarbeiten ...

Er hatte geglaubt, dass es nach dieser grässlichen Nacht zu keinen weiteren Gewalttaten mehr kommen würde. Zwar konnte Marquette mit den höchst einträglichen Konsequenzen des Mordes an William Blessing sehr gut leben, aber von seiner Natur her verabscheute er Gewalt, hatte sie stets als rein instinktiv gesteuertes Verhalten primitiver Naturen betrachtet und sich geschworen, diesen Teil, wenn überhaupt, Baxter und seinen Genossen zu überlassen. Aber in jener Nacht ... er war nicht mehr er selbst gewesen!

Baxter vermisst.

Der Count und der Marquis ... tot?

Und dann das geöffnete Grab ... dort musste des Rätsels Lösung liegen.

Irgendjemand war ihnen offensichtlich auf der Spur. Jemand, der unter Umständen wusste, dass hinter Blessings Tod mehr steckte, als in den Zeitungen zu lesen war.

Marquette hätte natürlich die Polizei verständigen können, aber dann hätte er viele unbequeme Fragen beantworten müssen, die ihn womöglich mit dem Einbruch, der Vergewaltigung und dem Mord in Verbindung bringen konnten ...

Nein. Er musste mit der Situation allein fertig werden.

Und das ausgerechnet jetzt … auf der Schwelle zu allem, was sich ein ambitionierter Schriftsteller nur wünschen konnte. Erfolg, Reichtum … *Ruhm!*

Vielleicht sogar literarische Unsterblichkeit!

Für die Jahrgangszeitung der Dubuque High School hatten ihn damals Mitschüler über sein Lebensziel befragt. Die Antwort, die unter dem Foto des lächelnden jungen Mannes abgedruckt war, lautete: »Ich möchte einmal ein weltberühmter Schriftsteller werden!«

Donald Marquette schlug mit der geballten Faust auf die Tischplatte.

»Nein«, presste er entschlossen hervor.

Sein Ziel war nun so nah, dass er es beinahe schmecken konnte.

Nichts würde ihn jetzt noch aufhalten.

Nichts!

Plötzlich surrte die hausinterne Sprechanlage. »Donald?«, hörte er Amys Stimme. »Bist du oben im Arbeitszimmer, Donald? Gerade ist eine höchst merkwürdige Lieferung eingetroffen.«

»Es tut mir Leid, Amy«, antwortete er. »Ich kann es mir jetzt leider nicht anschauen. Ich muss noch einmal für eine Weile weg, um etwas Dringendes zu erledigen.«

26

Plötzlich dichter ward die Luft
wie von schwerem Weihrauchduft,
Als ob Seraphime schritten
schalenschwingend durch das Zimmer.
»Tor!«, so schrie ich, »Gottes Spende
nimm aus seiner Engel Hände:
Das Vergessen – dass es ende
deiner Sehnsucht Qual für immer –
Trink, o trink, vergiss Lenore –
und sei leidbefreit für immer!«
Doch der Rabe krächzte: »Nimmer!«

Edgar Allan Poe, *Der Rabe*

Er betastete seine Nase, seine Ohren sowie seine sonstigen Gesichtspartien – alles schien wie gewohnt an seinem Platz zu sein.

Das Blut und das Fleisch in der vergangenen Nacht waren offensichtlich so etwas wie ein Jungbrunnen gewesen, denn nun am Morgen war er der lebendigste Untote, den man sich vorstellen konnte. Blessing nahm dies mit Erleichterung zur Kenntnis, als er in Blickweite seines Hauses auf einer Parkbank saß. Er konnte die Frühlingsblumen riechen, die in Reihen angepflanzt worden waren, und die Sonne spüren, die wärmend auf seine brüchige graue Haut schien.

Fast so, als ob ich wieder richtig lebendig wäre, dachte William Blessing. *Als ob ich ein richtiger Mensch wäre und nicht nur eine rachsüchtige Kreatur, die ihre blutige Faust gegen die Mächte der Finsternis erhebt.*

Plötzlich vernahm er ein Flügelschlagen, und schon landete die Krähe neben ihm auf der Bank.

»Was für ein mutiger Bursche!«, spottete der Vogel. »Du hast ihm einen ganz schönen Schrecken eingejagt. Der Mörder Marquette ist jedenfalls auf dem Weg zum Friedhof, wahrscheinlich wird er zuvor noch bei einem Laden vorbeifahren, um sich einen Spaten zu holen, weil ihm die Sache bestimmt keine Ruhe lässt. Du hast also reichlich Zeit, um mit Amy zu sprechen.«

»Ein letztes Mal«, flüsterte Blessing. Er schlug die Hände vors Gesicht. »Ich bin alles so leid. Der Schmerz wird nie vergehen, auch nicht durch das, was ich jetzt tue.«

»Was höre ich da für Geschwätz?«, krächzte der Vogel. »Ist das etwa schon wieder die Nase, die in deinen Drink fällt? Du bist längst zu weit gegangen, um jetzt noch umzukehren! Wetz die Messer, Amigo! Du hast noch längst nicht mit deinen Mördern abgerechnet, geschweige denn mit dem Mistkerl, der deine Frau brutal vergewaltigt hat ...«

Die Stimme der Krähe wurde immer düsterer.

»... oder mit dem Verbrecher, der dasselbe mit deinen Werken vorhat!«

»Marquette«, entfuhr es Blessing. Kalter Zorn erfüllte ihn.

»Hast du denn gar nicht bemerkt, wie er um sie herumgeschlichen ist? Wie er sie zum Lachen gebracht hat ... versucht hat, sie für sich zu gewinnen? Irgendwann musst doch selbst du, Master Blessing, die Geilheit gerochen haben, die dieses Monster in der Nähe deiner Frau verströmt hat. Hmm? Immer das alte Lied: Der Schüler entthront den Lehrer.«

Blessing nickte. »Du hast Recht.«

»Also geh und tue, was du zu tun hast. Und warum?« Die Krähe blinzelte und klapperte mit dem Schnabel. »Ich werde es dir sagen. *Weil du es tun musst!*«

William Blessing erhob sich von der Parkbank und ging in Richtung seines Hauses davon. Die Krähe flatterte indes in die entgegengesetzte Richtung, um nach den Feinden zu sehen.

Die geöffneten Kisten waren überall im Wohnzimmer verstreut.

Amy Blessing stand mit dem Messer in der Hand davor. Sie starrte immer noch vollkommen sprachlos auf den Inhalt der Kisten.

Die Bücher …

Die Zeitschriften …

Die Briefe und anderen Exponate …

Die Poe-Sammlung …

Die Sammlung war damit noch lange nicht wieder komplett, dessen war sie sich instinktiv ziemlich sicher, aber immerhin waren die wichtigsten Stücke wieder da!

Sie waren in Kisten verpackt, zugeklebt und dann von einem örtlichen Lieferservice zugestellt worden.

Als sie Donald nach unten rief, hatte sie geglaubt, dass er ebenso freudig überrascht sein würde wie sie. Stattdessen hatte sie den Eindruck gehabt, als ob er beinahe in Ohnmacht gefallen wäre vor Schreck. Er war kreideweiß geworden, hatte ihr bei einer Kiste geholfen und war dann ins Esszimmer hinübergegangen. Ihr war so gewesen, als ob sie ein Glas klirren gehört hätte. Aber so früh am Morgen schon Alkohol? Das sah Donald eigentlich gar nicht ähnlich, obwohl er in der letzten Zeit eindeutig mehr trank als früher. Aber das taten sie eigentlich alle – auch sie selbst.

Dann hatte Donald gesagt, dass er den Lieferservice

aufsuchen und sich erkundigen wolle, wer die Kisten aufgegeben habe. Danach werde er gegebenenfalls noch zur Polizei gehen. Für Amy hatte das alles durchaus einleuchtend geklungen.

Sie beugte sich über eine der Kisten. Der wohl bekannte Geruch nach altem Papier und Druckerfarbe berührte sie merkwürdig. Dann hörte sie es erneut an der Haustür klingeln. Sie war froh, als sie die Stimme von Williams Cousin über die Sprechanlage erkannte, und bat ihn herein.

»Es ist etwas Unglaubliches passiert«, begrüßte sie ihn. »Schauen Sie nur!«

Der Mann, der ihr gegenüberstand, sah eigentlich wie immer aus. Irgendwie wirkte er jedoch gekräftigt und nicht mehr so schwächlich wie bei seinem letzten Besuch.

Er kniete sich neben den Kisten voller Büchern hin und betastete sie vorsichtig.

»Ja«, sagte er leise. »Das ist gut. Jetzt sind sie wieder da, wo sie hingehören.«

Amy kam das Ganze eigentümlich vor. »Sie scheinen gar nicht überrascht zu sein.«

Er stand vor ihr und streichelte mit einer Hand beinahe zärtlich über eine der Poe-Ausgaben. »Ich habe Ihnen doch erzählt, dass ich etwas in Baltimore zu erledigen hatte, Amy.«

»Sie … *Sie* haben diese Bücher geschickt?«

»Ich habe sie wieder dahin zurückgebracht, wo sie hingehören. Ja, Amy. Und ich bin sicher, dass Sie gut darauf aufpassen werden. Ordnen Sie sie bitte wieder in die Sammlung ein.«

»Aber … natürlich … Wie…?«

»Das kann ich Ihnen jetzt nicht sagen. Nur eins sollen Sie wissen: Ich werde dafür sorgen, dass das, für das Ihr Mann sein ganzes Leben lang gearbeitet hat, nicht mehr gefährdet ist. Und zu diesem Zweck muss ich jetzt noch einiges erledigen …«

»Nun, ich bin jedenfalls sehr, sehr froh, dass die Bücher wieder hier sind. Bill hat sie so geliebt … und auch ich habe inzwischen eine sehr enge Beziehung zu ihnen entwickelt. Außerdem hatte Bill die Absicht, sie irgendwann einer Stiftung zu vermachen …«

»Ja, vergessen Sie das bitte nicht, Amy. Er hat mir davon geschrieben.«

»Kann ich Ihnen nicht wenigstens noch eine Tasse Kaffee anbieten? … Bleiben Sie doch noch ein bisschen … erzählen Sie mir mehr darüber. Vielleicht können Sie sich auch ein wenig mit Donald unterhalten. Er muss Sie kennen lernen.«

»Nein, das geht wohl nicht. Ich muss weiter«, sagte der Mann. »Aber eins muss ich Ihnen noch mitteilen, Amy. Ihr Mann wollte, dass ich es Ihnen mitteile … damit Sie es finden.«

Der Mann im dunklen Mantel beugte sich vor und berichtete ihr, was er zu sagen hatte.

27

Halten wir nun die Punkte fest, auf die ich Ihre Aufmerksamkeit gelenkt habe, nämlich die sonderbare Stimme, die ungemeine Behändigkeit und, was uns am meisten verblüfft, das gänzliche Fehlen eines Motivs für diesen so ausnehmend scheußlichen Mord, und werfen wir einen Blick auf die Metzelei selbst.

Edgar Allan Poe, *Der Mord in der Rue Morgue*

Mick Prince schleuderte eine Lampe in den Wandspiegel. Das Glas zersplitterte und prasselte als Scherbenregen auf die kostbaren Antiquitäten herab; in der Luft des Kellerraums hing der durchdringende Geruch nach kaltem Weihrauch.

»Zur Hölle mit dem verdammten Bastard!«, brüllte Prince aufgebracht, wobei sich sein Brustkorb keuchend hob und senkte. »Ich kann nur in seinem Interesse hoffen, dass mein Geld hier irgendwo ist.«

Theodore Melvins nahm einen Schluck aus einer Weinflasche, die er in einer Ecke gefunden hatte. »Vielleicht ist er zusammen mit dem ganzen Zaster einfach abgehauen.«

»Ich werde ihn auf jeden Fall finden.«

»Möglicherweise … möglicherweise ist es ihm auch nicht anders ergangen als den anderen, und er ist ebenfalls tot?«

»Auch dann werde ich ihn finden«, knurrte Prince, »und ihm nochmals den Hals umdrehen.«

Es muss hier irgendwo sein, dachte er, während er mit seinem Messer die Polster eines Sofas und ein paar Kissen aufschlitzte; außer Füllmaterial förderte er dabei allerdings nichts zutage.

An einem der Abende, an dem Brittle betrunken gewesen war (was oft genug geschah), hatte er beiläufig erwähnt, für den Notfall hier und da ein paar ›Reserven‹ deponiert zu haben. Angesichts der sprunghaft gestiegenen Einnahmen von Tome Press mussten diese ›Notgroschen‹ mittlerweile zu einem ganz ansehnlichen Sümmchen angewachsen sein.

Als Prince am Vortag von Brittle angerufen worden war, hatte dieser ihm empfohlen, zusammen mit Melvins die Stadt erneut zu verlassen. Prince solle jedoch abends in den Club kommen, um sich Geld abzuholen, das Brittle ihm noch schuldete. Nun musste Prince jedoch verärgert feststellen, dass Brittle nirgendwo zu finden war und sich möglicherweise mit dem bisher angesammelten Geld aus dem Staub gemacht hatte. Besonders ärgerlich daran war, dass Prince die Absicht gehabt hatte, bei dem Treffen einen von ihm erdachten Plan zu erörtern, dessen Verwirklichung die bisherigen Verlagsgewinne vervielfachen würde. Verglichen mit den Möglichkeiten, die sich ihnen dabei eröffneten, waren die von Mick Prince eingebrachten Starthilfen aus dem Drogenhandel nur Peanuts, doch nun bildete er mit Theodore Melvins an seiner Seite ein schlagkräftiges Team, das seine Ziele wesentlich höher ansetzen konnte.

»Siehst du, Baxter«, so hatte er sagen wollen, »im Grunde ist die Idee ganz einfach. Zweifellos geht es mit

Tome Press durch unseren guten Freund Donald Marquette und den Nachlass von William Blessing ständig bergauf. Dabei klingelt umso mehr Geld in unseren Kassen, je höher die bei Tome Press verlegten Bücher in den Bestseller-Listen rangieren, stimmt's?«

Vermutlich hätte der von einer Absinthfahne umnebelte Brittle an dieser Stelle nur schweigend genickt.

»Meine Idee ist folgende: Wir könnten unsere Gewinne erhöhen, indem wir die Konkurrenz ausschalten. Bei Theodores und meinen Talenten sollte dies nicht allzu schwer sein. Wir könnten den übrigen berühmten Horrorschriftstellern, deren Bücher sich ebenfalls gut oder sogar besser als die unsrigen verkaufen, nacheinander einen kleinen Besuch abstatten und sie ins Jenseits befördern. Dabei könnten wir uns noch dadurch ein kleines Zubrot verdienen, dass wir die Herrschaften vor ihrem Tod dazu bewegen, uns ein paar Erstauflagen zu signieren, die später ein Vermögen wert sein dürften. Das Hauptziel unseres Feldzuges wäre allerdings die Verwirklichung der klassischen kapitalistischen Regel: ›Räume die Konkurrenz aus dem Weg!‹«

»Eine wirklich wunderbare Idee«, würde Baxter Brittle erwidern. »Bitte denkt daran, auch mir ein paar Souvenirs mitzubringen. Achtet bitte nur darauf, dass keine persönlichen Widmungen mit meinem Namen in den Büchern stehen.«

Mick Prince hatte den Plan ausgeheckt, während er und Melvins auf Antigua am Strand in der Sonne gelegen hatten. Die dortigen Lebensbedingungen waren ideal gewesen, um sich ein paar Gedanken über die Verbesserung der Verlagsstrategien zu machen. Prince hatte sich ernsthaft gefragt, warum niemand vor ihm auf die Idee gekommen war, den Buchmarkt als Betätigungsfeld für organisiertes Verbrechen zu entdecken. Sollte seine Rechnung aufgehen, dann würde dies möglicherweise den gesamten Bereich der Medien auf den Kopf stellen. Was für Aussichten! Drogen, Raub, Mord, Prostitution, Glücksspiel und – Bestseller! Der Plan war einfach genial!

Lief die ganze Sache erst einmal wie geschmiert, dann wäre er auch in der Lage, seine eigenen Romane endlich von einem wirklich großen Verlag herausbringen zu lassen. Das nämlich hatte ihm Donald Marquette versprochen. Prince sah auch schon die Titelseite vor sich: ›Präsentiert von William Blessing – *Aufgeschlitzte Augäpfel* von Mick Prince‹.

O Mann, das Buch würde einschlagen wie eine Bombe!

»Hast du was gefunden?«, rief er quer durch den Raum seinem Partner zu.

»Nein, verdammt!«, antwortete Melvins. »Nur ein paar leere Flaschen und einige alte Videos.«

»Such trotzdem weiter. Er muss es irgendwo hier unten versteckt haben.«

Prince ging zum Altar hinüber. Baxter Brittle war ganz vernarrt in dieses Ding. Vielleicht glaubte er, dass sein Zaster unter der Obhut eines Plastik-Satans besonders gut aufgehoben war.

»Tut mir Leid, Bruder«, sagte er zu dem Ziegenkopf, der vor seinen Augen baumelte, »aber ich kann wirklich keine Rücksicht auf dich nehmen, weil ich es eilig habe und knapp bei Kasse bin.«

Mit einer Bewegung seines Arms schleuderte er die ganzen Bilder, Statuen und Symbole zusammen mit dem roten Altartuch zu Boden, dann widmete er seine Aufmerksamkeit dem darunter verborgenen Schrank, dessen Schubladen er eine nach der anderen aufriss.

Nachdem er seinen Erzfeind erledigt hatte, stand ihm nun die Welt offen, dachte Prince.

Seit ihm in jener Nacht im Hause William Blessings klar geworden war, warum ihn sein Weg nach Baltimore geführt hatte, fühlte Mick Prince sich als freier Mann. Schon in jener Zeit, die er in der Besserungsanstalt verbracht hatte, war er von dem furchtbaren Feind verfolgt worden.

Er hatte nie erfahren, wer seine Eltern waren; seine Mutter war vermutlich eine Hure, die sich nicht um ihn kümmern wollte oder konnte. Mit den verschiedenen Pflegeeltern und Waisenhäusern, denen er zugewiesen worden war, hatte er immer nur auf Kriegsfuß gestanden. Erst nachdem er als Vierzehnjähriger wegen Drogenhandels in San Francisco in die Besserungsanstalt gesteckt worden war, hatte er seine Liebe zum Lesen entdeckt. Vor allem hatte er Texte verschlungen, die durch die Darstellung von extremer Brutalität für einen besonderen Nervenkitzel sorgten – egal, ob es sich dabei um Romane oder Sachbücher handelte. So hatte Prince der Lektüre des Marquis de Sade ebenso viel Vergnügen abgewonnen wie Clive Barkers Reißern. Und Berichte über die Roten Khmer oder den Holocaust hatten ihn nicht weniger fasziniert als die Romane Stephen Kings.

Während andere Gesetzlose (denn für einen solchen hielt sich Mick Prince) ihre Zeit mit Glücksspiel und dahergelaufenen Nutten vergeudeten, las er lieber; zudem konnte man sich mit Büchern innerhalb wie außerhalb von Besserungsanstalten und Gefängnissen beschäftigen, weil es nicht die geringste Rolle spielte, wo man las.

Er riss eine der Schubladen so weit heraus, dass der Inhalt zu Boden fiel und ein paar Kerzen umgeworfen wurden. Eine von ihnen nahm Prince und zündete sie an, um die dunklen Ecken auszuleuchten, die hinter der fehlenden Schublade sichtbar geworden waren.

Nichts!

Gottverfluchter Mist!

Ein Wutanfall kam über ihn, und er trat so lange gegen den Altar, bis das Holz splitterte, doch ebenso plötzlich, wie er in Rage geraten war, beruhigte er sich auch wieder. Nun, da sein Erzfeind tot war, hatte er Besseres zu tun, als sich mit Kleingeld abzugeben. Mittlerweile hatte er *Ziele, große Ziele.*

Und er hatte *Träume*.

Soweit er zurückdenken konnte, hatte der *Andere* ihn bis in seine Träume hinein verfolgt: eine dunkle Gestalt, die sich stets hinter Schatten verborgen gehalten hatte und wegen der Prince immer wieder, bei allem, was er begonnen hatte, gescheitert war.

Von allen Horror- und Fantasy-Geschichten, die er jemals in die Finger bekommen hatte, war er von Edgar Allan Poe am meisten beeindruckt und zugleich auch aufgewühlt worden. Einmal hatte er sogar eine Biografie über Poe gelesen. Der Kerl musste wirklich ein Bastard gewesen sein! Kein Wunder, dass er so viele Feinde gehabt hatte. Prince hatte vor allem die Meinung Rufus Griswolds geteilt; der Nachlassverwalter von Poes Vermächtnis hatte seiner Meinung nach mit der Feststellung den Nagel auf den Kopf getroffen, dass das ›A‹ in der Mitte des Namens Edgar A. Poe nicht für ›Allan‹ stünde, sondern für das Wort ›Arschloch‹.

Zu schade, dass er seinen Anteil an Blessings Poe-Sammlung bereits verkauft hatte. Wie gut hätte er den Erlös gerade jetzt brauchen können.

»Hey, Mick!«, meldete sich Theodore vom anderen Ende des Raumes. »Ich glaube, wir haben Gesellschaft bekommen.«

»Baxter?«

Als Prince den Namen rief, klang seine Stimme halb wütend, halb erleichtert.

Sollte Brittle doch endlich aufgetaucht sein, dann würde dies eine ganze Reihe von Problemen lösen. Er und Theodore könnten das Geld nehmen und erst einmal für längere Zeit verschwinden.

»Tut mir Leid, aber Baxter Brittle ist verhindert.«

Prince wirbelte in seinem langen Mantel herum und zog die Augenbrauen finster zusammen.

Im Schatten neben der Kellertür stand ein ganz in Schwarz gekleideter Mann, dessen Gesicht nicht zu erkennen war. Hinter ihm bewegte sich noch eine andere

Gestalt, die man im Halbdunkel jedoch nur undeutlich sehen konnte.

»Wer sind Sie?«, fragte Mick Prince und trat einen Schritt auf den Fremden zu. Seine Stimme und seine Körperhaltung waren eine einzige, einschüchternde Drohgebärde. »Und wie, zum Teufel, sind Sie hier hereingekommen?«

»Ich bin einfach die Treppe heruntergestiegen«, antwortete die dunkle Gestalt. »Und was Ihre erste Frage betrifft, Mick … das ist doch Ihr Name, nicht wahr? Mick Prince?«

»Ja«, gestand der Gefragte, während er sich den Kopf darüber zerbrach, wie er die Situation einschätzen sollte.

Der Fremde deutete mit dem Zeigefinger auf Prince' hünenhaften Partner mit dem narbigen Gesicht. Während ihres letzten ›Urlaubs‹ hatte er sich noch mehr Tätowierungen und Piercings verpassen lassen, sodass er mittlerweile wie ein übertrieben behängter, muskelbepackter Weihnachtsbaum aussah.

»Und Sie … Sie sind Theodore.«

»Wer will das wissen?«

»Ja, ich erkenne Sie beide wieder. Aber ich muss auf Nummer Sicher gehen, damit ich meine knappe Zeit nicht mit den falschen Leuten verschwende.«

»Was soll das ganze Gerede?«, ergriff Prince wieder das Wort. »Mein Partner und ich sind nämlich ebenfalls sehr beschäftigt. Was also wollen Sie hier?«

»Sieht so aus, als würden Sie beide mir die Arbeit abnehmen«, sagte die dunkle Gestalt und trat aus dem Schatten der Tür.

Trotz des schwachen Lichts trug er eine dunkle Sonnenbrille; seine Hände hielt er unter seinem dunklen Mantel verborgen. Als sie plötzlich zum Vorschein kamen, befand sich eine Heckler-und-Koch-Maschinenpistole in ihnen.

»Ich bin der Tote, dessen Frau Sie vergewaltigt haben,

Theodore«, verkündete der Fremde. »Und ich möchte mich im Voraus bei Ihnen dafür entschuldigen, dass mir nichts Fantasievolleres eingefallen ist, um Sie zur Rechenschaft zu ziehen.«

William Blessings schorfiger Finger krümmte sich um den Abzug und jagte eine Kugel in Melvins Genitalien.

Mit einem Aufschrei stürzte der Getroffene vornüber und wand sich stöhnend am Boden.

»Was zur Hölle ...!«, knurrte Prince und wollte nach seiner Waffe greifen.

Der Lauf der Maschinenpistole schwenkte in seine Richtung.

»Wäre ich an Ihrer Stelle, Mick, würde ich das nicht tun. Ich bliebe erst einmal einfach stehen und würde abwarten, wie sich die Dinge entwickeln. Ich bin mir nämlich noch nicht ganz im Klaren darüber, ob ich Theodore am Leben lasse, nachdem ich ihn seines Schwanzes beraubt habe, oder ob ich ihn gleich weiter in die Hölle expediere. Aber hören wir doch erst einmal, was der Betroffene dazu meint.«

Von dem am Boden Liegenden war nur unterdrücktes Stöhnen zu hören.

»Ganz wie Sie wollen, mein Herr!«

Die Waffe richtete sich erneut auf Theodore Melvins. Diesmal zerriss die Kugel den Kopf des Opfers; Blut und Hirnmasse spritzten auf den Boden und sahen so unappetitlich wie frisch Erbrochenes aus.

»Das verstehe ich unter einem gelungenen Piercing, Theodore«, kommentierte der Schütze.

Melvins' Körper bäumte sich noch einmal auf, zuckte und sackte dann schlaff in sich zusammen.

Fluchend wich Mick Prince einen Schritt zurück und überlegte fieberhaft, was er tun konnte.

Der Tote? Der Kerl hat gesagt, er sei ein Toter! Was, zum Teufel, meinte er damit?

Prince konnte sich keinen Reim auf das Gerede machen. Er wusste nur, dass der Fremde gerade kaltblütig seinen Partner umgelegt hatte. Nicht, dass dieser Umstand ihn besonders mitnahm, schließlich war Prince durch eine harte Schule gegangen und hatte oft genug mit dem Tod Bekanntschaft gemacht. Hieß es außerdem nicht, dass man gerade dann einen kühlen Kopf bewahren sollte, wenn andere ihn verloren?

Deshalb hob er nur die Hände, um zu zeigen, dass er keine Waffe darin verborgen hielt. Zunächst einmal musste er Zeit gewinnen, um sich etwas ausdenken und den Spieß umdrehen zu können.

»Hey, was soll das ganze Theater?«, rief er. »Wer immer Sie sind, ich wüsste jedenfalls nicht, dass wir beide ein Hühnchen miteinander zu rupfen hätten!«

»Nicht? Warum haben Sie mich dann erschossen?«

Plötzlich fiel der Groschen.

Das Ganze machte zwar nicht viel Sinn, aber offensichtlich hielt sich dieser Wahnsinnige für William Blessing!

So musste es sein, denn der gottverdammte Kerl dort vor ihm konnte unmöglich wirklich Blessing sein. Schließlich hatte er selbst ihn mit zwei Kugeln auf die Bretter geschickt und dann dabei zugesehen, wie Marquette ihm den Schädel zerschmettert hatte.

»Jetzt hören Sie mir mal zu, Sie Komiker. Wenn ich Leute erschieße, sind sie auch tot. Und zwar *richtig tot*.«

»Sie haben es noch nicht richtig kapiert, Mick. Ich *bin* tot, und zwar *richtig tot!*«

»Sie? Sie wollen William Blessing sein?«

»Ich *bin* William Blessing. Wer sonst sollte die Täter in einem ungelösten Mordfall kennen, wenn nicht das Opfer selbst?«

»Aber …?« Allein der Gedanke daran, dass der Mann die Wahrheit sagte, raubte ihm fast den Verstand, doch irgendwie gelang es Mick Prince, sich zusammenzureißen und weiterhin kühl und gelassen zu wirken, da er tief in seinem Inneren noch immer die Hoffnung hegte, das Ganze lasse sich auf natürliche Weise erklären. Zunächst einmal ging es aber nur darum, weiter am Leben zu bleiben.

»Dann … dann sind Sie also einfach … aus Ihrem Grab gestiegen, haben sich die Knarre besorgt und dann damit begonnen, die Leute zu jagen, die Ihrer Meinung nach für Ihren Tod verantwortlich sind …?«

Mit einem Mal nahm Mick Prince es wahr.

Es war in der Luft …

Und er spürte jenen elektrisierenden Schock, der ihn jedes Mal traf, wenn nachts seine übernatürlich geschärften Sinne Wind von diesem Geruch bekamen …

Diesem Geruch des *Anderen*.

Dem Geruch des Erzfeindes!

Prince erstarrte, unfähig, auch nur den kleinen Finger zu rühren, selbst wenn er es gewollt hätte. Er stand nur regungslos da, den Blick auf den Mann gerichtet, der gerade seinen Partner erschossen hatte und behauptete, ein Toter zu sein, der aus seinem Grab zurückgekehrt war.

Schlagartig realisierte Mick Prince mit jeder Faser seines Körpers, dass dies die Situation war, vor der er sein ganzes Leben lang Angst gehabt hatte. Nun stand er der Macht gegenüber, von der er bis in seine Träume hinein verfolgt worden war und die als strafende Gerechtigkeit Genugtuung von ihm forderte.

Trotz dieser Erkenntnis bewahrte er Haltung.

Noch nie in seinem Leben hatte er offen seine Angst gezeigt, und er hatte nicht vor, es jetzt zu tun.

»Na schön«, stieß er heiser hervor, »Sie sind also von den Toten zurückgekehrt, sagen Sie. Wie auch immer, die Knarre in Ihren Händen sieht für mich jedenfalls echt aus.«

»Sie funktioniert. Das ist das Entscheidende.«

Wieder machte es Klick bei Mick Prince.

»Dann haben Sie also auch Graf Mishka und den Marquis erledigt.« Es klang mehr wie eine Feststellung als nach einer Frage.

»Ja, denn ich habe eine Mission zu erfüllen.«

»Und Baxter Brittle? Was ist mit ihm?«

»Es tut mir Leid, aber auch er ist den Weg allen Fleisches gegangen.«

»Zur Hölle mit dir«, knurrte Mick Prince. »Aber endlich ist die Zeit des Versteckspielens vorbei. Ich habe diesen Augenblick mein ganzes Leben lang erwartet. Schon als Kind spürte ich, wie du um meinen Geist herumgeschlichen bist. Ich weiß zwar nicht, warum du es ausgerechnet auf mich abgesehen hast, aber sei es, wie es sei. Auf jeden Fall hast du mich zu dem gemacht, was ich bin. Doch ich habe noch eine letzte Frage an dich.«

Die dunkle Gestalt erwiderte nichts.

»Sag mir nur eins, Schattenmann. Wer ist meine leibliche Mutter und warum hat sie mich fortgegeben? Du weißt doch die Antwort.«

Seine Augen verrieten seine eigene Überraschung darüber, dass ihm diese Frage über die Lippen gekommen war.

»Das waren zwei Fragen«, stellte Blessing fest. »Und Sie scheinen mich irrtümlicherweise für Ihren Psychiater zu halten. Ich aber bin nur Ihr Henker.«

»Worauf wartest du dann noch? Bringen wir es endlich hinter uns, denn du verschwendest nur meine Zeit.«

»Sie sind wirklich ein tapferer Mann, nicht wahr, Mick?«

»Allerdings.«

»Und Sie haben keine Angst vor dem, was Sie erwartet?«

»Verflucht noch mal, nein!« Er spie ihm die Worte förmlich entgegen.

»Ich habe etwas für Ihren Mut und Ihre aufrechte Haltung übrig«, erklärte Blessing. »Deshalb werde ich Ihnen noch eine letzte Chance geben, denn schließlich sehen Sie wie ein Mann aus, der es gewohnt ist, zu kämpfen.«

Prince spürte, wie sein Stolz ihm wieder das Rückgrat stärkte. »Das kann man wohl sagen.«

»Ich werde Sie laufen lassen – sofern es Ihnen gelingt, meinen Freund hier zu besiegen.«

»Ihren Freund?«

»›Als der Seemann in den Raum blickte‹«, zitierte Blessing, »›sah er, dass das riesige Tier Madame L'Espanaye bei den Haaren gepackt hielt (die sie offen trug, da sie sich gerade gekämmt hatte) und ihr mit dem Messer über das Gesicht fuhr, so als imitiere es die Arbeit eines Barbiers, der gerade einen Kunden rasiert. Die Tochter der Frau lag reglos am Boden, sie hatte offensichtlich das Bewusstsein verloren. Unterdessen bewirkten die Schreie und der Widerstand der alten Dame nicht nur, dass ihr die Haare vom Kopf gerissen wurden, sondern auch, dass die unbeholfene Friedfertigkeit des Orang-Utans in blanke Wut umschlug. Mit einem einzigen Hieb seines kräftigen Arms, trennte er beinahe den Kopf vom Rumpf seines Opfers.‹

Erster Teil der Bewährungsprobe: Wissen Sie, aus welchem Text dieses Zitat stammt?«

»Sicher. Schließlich habe ich alles von Poe gelesen. Das Zitat stammt aus *Der Mord in der Rue Morgue*.«

»Sehr gut. Dann haben Sie ja bereits von meinem Freund gehört.«

Mit diesen Worten trat Blessing etwas beiseite.

Im Halbdunkel hinter ihm war wie schon zuvor wieder eine Bewegung zu sehen. Es musste sich um einen ziemlichen Koloss handeln, scheinbar war er von Kopf bis Fuß behaart.

Kein Zweifel – es handelte sich um einen Affen … einen großen Primaten. Genauer gesagt, um einen Orang-Utan.

Das Tier wirkte ebenso mächtig und ungeschlacht wie hässlich und abstoßend; alles in allem war das Exemplar selbst für einen Orang-Utan ungewöhnlich groß und Furcht einflößend.

»Also, Mick! Wenn es Ihnen gelingt, meinen Freund zu besiegen, können Sie gehen, wohin Sie wollen.«

»Fangen wir an. Ich will hier nicht länger bleiben als unbedingt nötig.«

Blessing machte den Weg frei für seinen Begleiter.

Schwerfällig und massig stampfte der Orang-Utan mit ausgestreckten Armen vorwärts; er roch nach rohem Fleisch und nach Wildnis. Angesichts eines solchen Gegners war Mick Prince froh, dass er sein Springmesser im Stiefel hatte.

Der riesige Menschenaffe fletschte seine gelben Zähne und schien ihn anzugrinsen. Dann wandte er sich dem Mann zu, der sich selbst als William Blessing bezeichnete, als erwarte er von ihm irgendwelche Anweisungen. Diesen Augenblick nutzte Prince, um in einer einzigen fließenden Bewegung sein Messer zu ziehen und die Klinge herausschnappen zu lassen.

Doch mit einer wahrhaft blitzschnellen Bewegung seines massigen Armes schlug der Koloss seinem unterlegenen Gegner das Messer aus der Faust und brach ihm dabei zugleich das Handgelenk.

Während Mick Prince mit der unverletzten Hand das lädierte Gelenk umfasste und einen Schmerzensschrei unterdrückte, trat der Orang-Utan noch einen Schritt näher. Wie Prince erst jetzt bemerkte, hielt das Tier ein großes, funkelndes Rasiermesser in seiner mächtigen Pranke.

Dann glaubte Mick Prince, den Orang-Utan sprechen zu hören. Es war nicht mehr als ein leises, dumpfes Grollen, das scheinbar direkt aus einer anderen Welt zu ihm herüberhallte und das Letzte war, was er bewusst mitbekam.

Mick, mein Freund, schien der Affe zu sagen, *ich werde dich jetzt aufschlitzen und zur Hölle fahren lassen!*

Als er seine Aufgabe erledigt hatte, trat der Orang-Utan von dem zurück, was einmal ein Mensch gewesen war, warf das Rasiermesser beiseite und wich in das Halbdunkel zurück.

Dort verschwammen die Schatten des hünenhaften Wesens mit denen seiner Umgebung; plötzlich wurde aus dem Primaten ein Raubvogel – eine Krähe.

»Falls du wieder einmal eine kleine Schönheitsoperation nötig haben solltest, so verfügen wir im Augenblick über genügend Rohstoffe«, krächzte der Vogel.

»Ich werd's mir überlegen«, erwiderte William Blessing.

»Überlege lieber nicht zu lange. Du siehst nämlich, ehrlich gesagt, ziemlich mitgenommen aus.«

»So fühle ich mich auch.«

»Du hast ja nur noch eine einzige Aufgabe vor dir, bevor du dich endgültig zur Ruhe legen kannst.«

Blessing nickte.

Ja, bald würde er seine Mission erfüllt haben. Nur einer der Schurken wartete noch darauf, dass ihn die Vergeltung ereilte. Und Amy hatte er alles gesagt, was es zu sagen gab.

Als sie noch ein Paar gewesen waren, hatte er von Zeit zu Zeit Gedichte für sie geschrieben. Einige davon hatte er ihr gezeigt, andere jedoch hatte er zurückbehalten und in einem Bändchen gesammelt, von dessen Existenz Amy nicht das Geringste geahnt hatte. Sie hätte vermutlich niemals auch nur eine Zeile davon zu lesen bekommen, zumal das Büchlein hinter den gesammelten Werken von William Shakespeare und einigen Bänden von Keats und Shelley versteckt lag. Diese Information hatte er Amy noch in der Rolle des mysteriösen Cousins mitgeteilt, bevor er von ihr Abschied genommen hatte.

»Nun mach schon«, drängte die Krähe. Sie flatterte zu der übel zugerichteten Leiche von Mick Prince, trank ein wenig aus der riesigen Blutlache am Boden und verschlang ein kleines Stück Fleisch. »Falls du Amy noch einmal wieder sehen willst, musst du dir wirklich Mühe geben. Also sieh zu, dass du ein bisschen Farbe auf die Wangen bekommst.«

Während der Vogel sein Mahl fortsetzte, kniete William Blessing am äußersten Rand der Blutlache nieder – allerdings nicht, um ein Gebet zu sprechen.

28

»Still, Prophet! Du Sohn der Zweifel –
o Prophet, ob Tier, ob Teufel!
Ob du kamst im Sturm der Himmel –
ob aus Höllengleiß und -glimmer
Her an freudelosen Strand,
in dies trauerdüstere Land,
Wo der Schrecken Heimstatt fand,
sag', bevor du fliehst dies Zimmer:
Gibt's – o gibt's in Gilead Balsam?
Winkt mir dort ein Hoffnungsschimmer?«
Doch der Rabe krächzte: »Nimmer!«

Edgar Allan Poe, *Der Rabe*

Das Grab war leer.

Donald Marquette starrte fassungslos auf den von ein paar Arbeitern freigelegten Sarg hinab. Er war nur mit Erde gefüllt, die offensichtlich durch den zersplitterten, beinahe in zwei Teile geborstenen Deckel eingedrungen war.

»Das ist die verrückteste Sache, die ich je in meinem Leben gesehen habe«, sagte einer der Arbeiter und kratzte sich am Kopf. »Sieht beinahe so aus, als ob die Leiche sich selbst von innen nach außen freigearbeitet hätte.«

Die Sonne war gerade untergegangen, und eine leichte Brise bewegte die Blätter eines neben dem Grab stehenden Baumes. Der Geruch nach feuchter Erde und Dieselabgasen, die von einem überladenen Lastwagen herüberwehten, lag schwer in der Luft.

»Das ist doch völlig unmöglich«, meinte ein anderer Arbeiter, der nach biergetränktem Schweiß und Zigaretten roch.

»Hoffentlich«, kommentierte ein dritter Mann, der einen Schritt zurücktrat.

»Natürlich ist das unmöglich«, sagte Donald Marquette. »Offensichtlich ist das Grab von Unbekannten geöffnet und die Leiche gestohlen worden.«

Er drehte sich zu dem Friedhofswärter um, der für die Nachtschicht eingeteilt war. Der alte Mann hatte nur noch einen spärlichen grauen Haarkranz und war sonst kahlköpfig. Während Marquette ihn anredete, kaute er auf einem Sandwich herum, das mit Schinken, Salat und Tomate belegt war.

»An wen kann ich mich in dieser Sache am besten wenden, wenn ich nicht wieder mit diesem verblödeten Cop von gestern reden will?«

Der alte Wärter wischte sich einen Klecks Mayonnaise aus seinem buschigen Schnauzbart. »Keine Ahnung. So etwas ist bis jetzt noch nie vorgekommen, jedenfalls nicht, solange ich zurückdenken kann.« Er setzte seine Stoffmütze ab und kratzte sich den kahlen Schädel. »Aber ich schätze, dass die Polizei schon mit den Lebenden alle Hände voll zu tun hat. Wegen eines verschwundenen Toten wird sich heute kaum noch ein Streifenwagen auf den Weg machen.« Er zuckte mit den Achseln. »Vermutlich ist es das Beste, wenn Sie Ihre Anzeige morgen Vormittag machen.«

Es hatte Marquette sehr viel Überredungskunst und eine ansehnliche Stange Geld gekostet, damit das Grab noch an diesem Tag geöffnet werden konnte. Und trotz seiner Verärgerung über den Polizisten, mit dem er am Vortag gesprochen hatte, war er sich jetzt keineswegs mehr so sicher, ob es wirklich eine gute Idee war, wenn am Ende ein ganzes Rudel von Ermittlungsbeamten ihre Nasen in das mysteriöse Geschehen steckten. Zwangsläufig würden dabei erneut Fragen über die Umstände des Mordes an William Blessing aufgeworfen werden: Fragen, auf deren Beantwortung Donald Marquette gewiss keinen Wert legte.

Sein inneres Unwohlsein wurde noch dadurch verstärkt, dass der kühle, feuchte Abendwind ihm unangenehm frisch unter die Kleidung fuhr, so als handle es sich dabei um schleimige Tentakel. Und noch etwas machte ihm zu schaffen: ein unliebsamer Gedanke, der sich unablässig in seinem Hinterkopf regte.

Und wenn es Blessing tatsächlich gelungen sein sollte, sich aus seinem Sarg und seinem Grab zu befreien?

Was, wenn er tatsächlich von den Toten zurückgekehrt ist, um seine Frau zu rächen, seine zerstörte Poe-Sammlung wieder zu komplettieren und jene in die Hölle zu schicken, die ihn getötet haben?

Das war natürlich alles purer Unsinn.

Nichts als Hirngespinste.

Sicher, irgendetwas war faul an der Sache, zumal Graf Mishka und der Marquis getötet worden waren. Hinzu kam, dass mittlerweile auch Baxter Brittle von der Bildfläche verschwunden war. Und jetzt *das* hier! Dass zwischen all dem vermutlich irgendein Zusammenhang bestand, lag auf der Hand.

Aber Marquette zweifelte nicht daran, dass es sich um das Werk eines Lebenden handelte. Vielleicht steckte eine rivalisierende Gruppe dahinter, die es mit den Schwarzen Dämonen aufnehmen wollte? Möglicherweise hatte auch Baxter Brittle höchstpersönlich seine Hände im Spiel. Wie auch immer, wenn man sich quasi von Berufs wegen mit schwarzer Magie beschäftigte, durfte man sich dann wundern, wenn von Zeit zu Zeit mal eine Leiche ausgegraben wurde und einfach verschwand? Ha, ha – wirklich ein toller Witz. Es war sogar denkbar, dass Blessings eigener Verleger hinter der ganzen Sache steckte. Marquette sah schon die Schlagzeile vor Augen: DIE VERWESTE LEICHE EINES BERÜHMTEN HORRORSCHRIFTSTELLERS IN NEW YORKER VERLAGSBÜRO ENTDECKT!

Ein wirklich toller Werbegag, der viel Publicity bringen würde.

Wie hatte doch der große Gelehrte William von Ockham über das Prinzip allen wissenschaftlichen und philosophischen Denkens gesagt? Die einfachste Lösung für ein Problem ist zumeist auch die Richtige. Zwei Schüsse hatten bei William Blessing lebenswichtige Organe zerstört, sein Schädel war zertrümmert worden, ein Arzt hatte ihn für tot erklärt und schließlich waren seine Blutgefäße mit einer konservierenden Flüssigkeit gefüllt worden. Nein, es war mehr als unwahrscheinlich, dass Blessing sich aus seinem massiven Eichenholzsarg befreit und durch eineinhalb Meter Erde und festes Gestein freigegraben hatte.

»Sie meinen also, ich kann heute Abend nichts mehr unternehmen?«, fragte Marquette den Friedhofswärter.

»Ich fürchte nicht«, sagte dieser und spuckte ein Stück Kautabak auf den Boden. »Er war doch auch Horrorschriftsteller, stimmt's? Ist schon 'n seltsamer Beruf, um sein Geld zu verdienen.«

»Da haben Sie Recht«, bestätigte Marquette.

Mittlerweile hatte der Wind so stark zugenommen, dass die Äste der Bäume gegeneinander schlugen. Sturmwolken jagten über den Himmel und verdunkelten den Mond. Das Wetter war keinesfalls ungewöhnlich für die Jahreszeit, animierte jedoch nicht gerade dazu, länger als notwendig auf einem Friedhof zu bleiben.

»Mr. Poe liegt nun schon seit einhundertfünfzig Jahren hier und hat noch nie einen Ausbruchsversuch unternommen«, fuhr der Wärter fort.

»Vielleicht hast du nur nichts davon mitbekommen«, stichelte einer der Arbeiter. »Aber warum sollte Poe auch noch einmal versuchen, zu den Lebenden zurückzukehren?«

»Höchstens, um im Nachhinein etwas von den Tantiemen für seine Bücher zu haben«, erwiderte der Wärter. »Poe ist nämlich als armer Schlucker gestorben. Ganz anders dagegen unser Mr. Blessing. Ich habe die Beerdigungsfeierlichkeiten gesehen. Er war ein wirklich reicher Mann und hatte es bestimmt nicht nötig, nach seinem Tod noch einmal aufzuerstehen, weil er zu Lebzeiten zu kurz gekommen war. Dafür muss es einen anderen Grund geben!«

»Schluss jetzt mit dem Unfug«, fuhr Marquette dazwischen. »Dies hier ist der Schauplatz eines Verbrechens. Offensichtlich wurde das Grab von William Blessing geschändet und die Leiche entwendet. Ich weiß nicht, welches kranke Hirn sich diese Geschmacklosigkeit ausgedacht hat, aber ich werde es herausfinden und den Schuldigen zur Rechenschaft ziehen.«

Seine Stimme klang entschlossen und scharf. O ja, in den vergangenen Monaten hatte er mächtig an Autorität und Durchsetzungskraft gewonnen; durch den Mord an Blessing war er sehr viel reifer geworden.

»Es sieht nach Regen aus. Ich möchte deshalb, dass Sie das Grab mit einer Plane abdecken und mit einem Band großflächig einzäunen. Vielleicht gelingt es der Polizei ja noch, morgen bei Tageslicht ein paar wichtige Spuren zu sichern.«

»Sie haben Recht«, erklärte der Wärter. »Und außerdem werde ich heute Nacht verstärkt nach umherwandernden Leichen Ausschau halten.«

»Sollte Blessing reumütig zurückkehren, kannst du ihm ja den Weg zeigen«, spottete der Spaßvogel.

Gereizt fuhr Marquette herum und eilte zurück zu seinem Wagen. Ein Schauer lief ihm über den Rücken. Was immer sich hier zugetragen haben mochte, es bedeutete zweifellos Ärger. Er konnte förmlich spüren, dass Gefahr in der Luft lag. Vorsichtshalber hatte er Mick Prince und Theodore Melvins deshalb schon angewiesen, schleunigst die Stadt zu verlassen.

Ein erster dicker Regentropfen traf ihn im Nacken. Auch für ihn selbst wurde es höchste Zeit, sich in Sicherheit zu bringen und ein wenig Urlaub zu gönnen. Schließlich konnte er seine Geschäfte, unabhängig von seinem Aufenthaltsort, auch telefonisch und per Fax erledigen, zumindest so lange, bis der ganze Spuk vorüber war.

Das größte Problem bestand nur darin, auch Amy zu einer kleinen Reise zu überreden. Falls ihm tatsächlich Gefahr drohte, dann möglicherweise auch ihr. Und es gab viele Gründe, warum Donald Marquette daran gelegen war, dass Amy nichts zustieß.

Weil er sie *liebte?*

War vor allem das der Grund für seine Besorgnis?, fragte er sich, während er im Laufschritt das Friedhofstor passierte und anschließend durch den herniederprasselnden, kalten Regen zu seinem Wagen spurtete. Als er die Tür seines brandneuen BMW öffnete und auf den Fahrersitz schlüpfte, grinste er grimmig in den Rückspiegel.

Ach ja.

Liebe war wirklich immer ein ausgesprochen nützliches Wort.

Durch das laute Donnern des Gewitters erwachte Amy Blessing.

Sie saß inmitten der Poe-Sammlung an einem Tisch und hielt das Buch fest an ihre Brust gedrückt. Über ihre Wangen liefen bittere Tränen. Die von William eigenhändig zu einem Buch gebundenen Seiten waren noch gänzlich unberührt. Amy trug ihr Haar offen und ungekämmt, und ihr natürlicher Duft mischte sich mit dem der Kerzen, die sie um sich herum angezündet hatte. Auf dem

Tisch lag noch die Sonntagsausgabe der *Sunday Times,* die sie vor einer Woche hier gelesen hatte, um William und den Dingen, die ihm etwas bedeutet hatten, nahe zu sein. Dafür hatte sie selbst die grässlichen Erinnerungen in Kauf genommen, die untrennbar mit diesem Raum verknüpft waren.

Irgendwann war Amy eingeschlafen.

Sie hatte das Buch mit den Gedichten gefunden, das William ihr zugedacht hatte, und es mit an diesen Ort gebracht, denn hier hatte William die Werke des Mannes gesammelt, der ihm so wichtig gewesen war.

Die nach Lavendel duftenden Kerzen waren inzwischen beinahe heruntergebrannt; Amy war nur kurz eingeschlafen, aber weshalb? Dann fiel es ihr wieder ein.

Sie schaute auf die Seite, auf der das Buch aufgeschlagen war. Das dort niedergeschriebene Gedicht bestand nur aus wenigen Zeilen und beschrieb einen gemeinsamen Aufenthalt in einer rustikalen Waldhütte an einem wunderschönen See. An einem Morgen hatte sie ihm nach einem köstlichen Frühstück mit Blaubeer-Muffins die Haare geschnitten. Danach war die Hütte noch immer von dem Duft nach dem frischen Backwerk erfüllt gewesen, und Amy hatte sich herrlich gefühlt, während sie an einer Tasse des von ihr so geschätzten Earl Grey-Tees genippt hatte. William hatte seinen Blick über den blauen See, die Tannen und über Büsche mit leuchtend roten Beeren schweifen lassen, die die Veranda schmückten. Plötzlich hatte er ihr gesagt, dass er in diesem Moment die wahre Bedeutung des Wortes Ewigkeit erkannt habe. Die Ewigkeit habe nichts mit dem linearen Zeitbegriff zu tun, mit dem man die Spanne zwischen Geburt und Tod messe; ein Mensch gehe bereits in die Ewigkeit ein, wenn es ihm gelinge, ein wirklich erfülltes Leben zu leben. Dann sei jede Sekunde des Jetzt identisch mit der Ewigkeit. Der Schlüssel hierzu liege in der wahren Liebe, sie allein ermögliche es den Liebenden, in jenen Momenten vor

Glück eins zu sein mit dem anderen und der Ewigkeit. Und zwar für immer.

Er liebe sie für immer und ewig, hatte William ihr dann gesagt.

Diese Stimmung von damals hatte er in seinem Gedicht wunderschön eingefangen, und es hatte sie einfach überwältigt. Sie hatte geweint und geweint und das Buch ganz fest an sich gedrückt.

Dann war ihr Kopf auf die verschränkten Arme gesunken und sie war eingeschlafen. Nun schloss sie das Buch und rieb sich die Augen.

»Genug für heute Abend«, sagte Amy zu sich selbst. Sie würde das Bändchen mitnehmen und es auf das leere Kissen neben sich legen. Auf Williams Kissen. Morgen, wenn es ihr wieder besser ging, würde sie weiter darin lesen.

Die Nacht draußen war finster und ungemütlich. Erst jetzt bemerkte sie, dass es regnete und dass es der Donner war, der sie geweckt hatte. Plötzlich flackerte ein Blitz vor dem Fenster auf und erleuchtete den Raum für eine Sekunde.

Einen Moment lang war Ruhe, dann donnerte es erneut.

Vor ihr standen eine Kanne und eine Tasse mit Tee; er war inzwischen kalt geworden. Nachdenklich führte sie die Tasse zum Mund.

Irgendwie war ihr merkwürdig zumute. Ziemlich merkwürdig sogar. Sie hatte verqueres Zeug geträumt, an das sie sich jedoch nicht mehr genau erinnern konnte. Es war so, als ob hinter einem halb transparenten Vorhang verschwommene Schatten zu sehen waren, die sich jedoch in unerreichbarer Entfernung befanden.

Amy fühlte sich William immer noch sehr *nah*, und es schien ihr, als sei all das Schreckliche, was sie erlebt hatte, in Wirklichkeit nur ein Traum, aus dem sie irgendwann wieder erwachen werde.

Der Schmerz bei der Vergewaltigung, das Trauma des ganzen Abends – sie hatte teilweise Erinnerungslücken, ähnlich wie nach einem Alkoholrausch.

Sie verdränge das Geschehen, hatte der Psychiater diagnostiziert, der sie behandelte. Eine vollkommen normale Reaktion des Verstandes, um Erlebnisse zu vergessen, mit denen man sonst nicht fertig werde. Sie hatte weder die Schüsse gehört, die William getötet hatten, noch gesehen, welcher dieser Kerle die Pallasbüste genommen und damit den Schädel ihres Mannes eingeschlagen hatte.

Als sie aufgewacht war, hatte sie sich bereits im Krankenhaus befunden und unter medikamentöser Behandlung gestanden. Noch immer nahm sie regelmäßig Antidepressiva. Ihre Angehörigen und Freunde hatten überaus einfühlsam und verständnisvoll reagiert, aber dennoch fühlte Amy sich seit Williams Tod, als treibe sie auf dem Grund eines unbekannten, nur spärlich beleuchteten Ozeans. Manchmal wünschte sie auch, sie hätte sich nicht dazu entschlossen, in ihrem Haus wohnen zu bleiben, aber andererseits konnte sie es sich genauso wenig vorstellen, das Haus zu verlassen.

Wieder zuckte ein Blitz vor dem Fenster. Er war noch greller als der letzte und erleuchtete für einige Sekunden das andere Ende des Raums, das bis dahin in Dunkelheit getaucht gewesen war.

Dort stimmte etwas nicht.

Irgendetwas stimmte dort *absolut nicht!*

Amys Melancholie und Traurigkeit waren durch den Adrenalinstoß auf einmal wie weggefegt. Sie stand auf und ging zum Lichtschalter hinüber. Die Deckenbeleuchtung war so angebracht, dass sie die wichtigsten Teile der Sammlung wirkungsvoll ins Licht setzte. Am anderen Ende des Raums war daher eine Leuchte so ausgerichtet, dass sie die Pallasbüste mit dem ausgestopften Raben beleuchtete. Die Polizei hatte die Büste allerdings mitgenommen, um Fingerabdrücke von ihr abzunehmen und sie als Beweismittel sicherzustellen; auch den Raben hatten sie mitgenommen. Amy hatte sich keine weiteren Gedanken darüber gemacht und auch nicht gefragt, wohin sie die Sachen gebracht hatten.

Jetzt aber waren sie plötzlich wieder da!

Dort stand der weiße Marmorkopf von Pallas Athene, der griechischen Göttin der Weisheit. Und auf ihrem Haupt der schwarze Vogel.

Vollkommen unversehrt, beinahe herausfordernd.

Als sie noch verblüfft vor der Büste stand (Hatte Donald sie vielleicht zurückgestellt, und wenn ja, warum?), hörte sie eine Tür im ersten Stock laut zuknallen. Dann eilten schnelle Schritte die Treppen herauf.

»Amy! Amy, bist du da?«

Es war Marquette, der mit lauter Stimme nach ihr rief.

Sie eilte zur Tür und öffnete sie.

»Ich bin hier, Donald«, meldete sie sich.

Das ganze Haus war hell erleuchtet. Er hatte sämtliche Lichter eingeschaltet. Als er die Treppen heraufgerannt kam, sah sie, dass er vollkommen außer sich war.

»Amy! Geht es dir gut?«, erkundigte er sich hastig.

»Doch, doch … aber ich bin ziemlich verwirrt.«

Er packte sie an den Schultern und fragte atemlos: »Was ist denn passiert?« Dann schaute er über ihre Schulter hinweg in die Bibliothek. »Was machst du denn nur hier in diesem Zimmer, Amy?«

»Die Pallasbüste! Der Rabe …! Hast du sie an ihren Platz zurückgestellt?«

»Wie bitte?«

Donald Marquette stürmte an ihr vorbei in den Raum. Amy entging nicht, wie er die Büste schockiert anstarrte. Dann fiel sein Blick auf die Kisten, die sie in den Raum gebracht hatte. Sie waren geöffnet, aber noch nicht ausgepackt.

Er ging zu ihnen hinüber, beugte sich hinunter und ließ seine Hand über einige der Buchrücken gleiten. Als er sich umdrehte, war in seinen Augen nicht nur Überraschung, sondern regelrechte Panik zu lesen.

»Diese Bücher … Sie sind …!«

Marquette schüttelte den Kopf, so als wolle er eine Blockade in seinem Gehirn lösen.

»Ich meine, sie gehören doch zu den gestohlenen Bänden …?«

»Ja. Das ist ja das Unerhörte. Sie sind geliefert worden, kurz bevor du heute Morgen das Haus verlassen hattest«, sagte sie. »Sie sind dorthin zurückgekehrt, wo sie hingehören. Aber ich habe keine Ahnung, wie die Büste und der Rabe hierher gekommen sind. Du hast nicht zufällig …?«

Er schüttelte den Kopf, immer noch bemüht, sich einen Reim auf all das Unerklärliche zu machen.

»Nein, Amy.«

Er ging zu ihr zurück und berührte ihren Arm. »Diese Bücher, die heute Morgen gekommen sind. Hast du eine Idee, wer …«

In diesem Moment bemerkte Marquette den Gedichtband, der neben den Kerzen auf dem Tisch lag. Er nahm ihn und drehte ihn um.

»Ein Buch mit Gedichten von William Blessing? Davon habe ich gar nichts gewusst.«

»Nein, wie könntest du auch. William hat die Gedichte für mich geschrieben … sein Cousin hat es mir erzählt.«

»Cousin?«, hakte Donald nach. »Ich wusste gar nicht, dass du in Kontakt zu irgendeinem Cousin stehst?«

»Sein Name ist Delmore Blessing. Er und William hatten sich in letzter Zeit aus den Augen verloren, aber er weiß eine ganze Menge über Bill, was nicht einmal ich gewusst habe«, berichtete Amy. »Delmore hat auch die Bücher zurückgeholt.«

»Zurückgeholt …?«, wiederholte Marquette. »Aber … wie?«

»Das weiß ich auch nicht.«

»Woher kennst du denn diesen … Mann?«

»Er kam gestern hierher und hat sich mir vorgestellt. Wir haben uns unterhalten. Ich wollte dir gleich von ihm erzählen, aber er hatte mich gebeten, es nicht zu tun. Nicht sofort. Er sagte, er würde sich schon zur rechten Zeit bei dir melden.«

Donald Marquette packte Amy an beiden Oberarmen. Er schaute ihr so direkt in die Augen, wie er es noch nie zuvor getan hatte.

»Amy«, sagte er. »Hör mir jetzt gut zu. Du befindest dich in großer Gefahr! Und vielleicht auch ich.«

»In Gefahr? Aber weshalb?«

»Irgendein Geistesgestörter – vielleicht sogar der Mann, der dich besucht hat – verübt hier in Baltimore schreckliche Untaten. Und all das hat mit William Blessing zu tun.«

»Untaten? Was meinst du damit?«

»Es hat … Morde gegeben! Und Williams Leiche …!« Er biss sich auf die Lippen und wandte sich unentschlossen von ihr ab. »Sie ist …«

»Die Leiche meines Mannes? Was ist damit? Sag es mir!«, forderte sie ihn in höchster Erregung auf.

»Sie ist aus dem Grab gestohlen worden.«

»Was?«

»Ja. Ich habe es selbst gesehen. Aber hör mir jetzt zu! Wir dürfen heute Nacht nicht hier in diesem Haus bleiben! Ich habe das Gefühl, dass du hier nicht sicher bist.«

Sie konnte immer noch nicht fassen, was Marquette ihr mitgeteilt hatte.

»Gestohlen? Aus seinem Grab gestohlen? Aber warum denn? Wer sollte so etwas tun?«

»Amy, du hast deinen Mann erst spät kennen gelernt. Vielleicht gab es irgendwelche Geheimnisse in seinem Leben, die er für sich behalten hat. Weiß der Himmel, in welchen Kreisen er sich einmal bewegt haben mag. Vielleicht hat er jemandem Unrecht angetan. Vielleicht lag irgendein ... wie soll ich sagen ... *Fluch* auf ihm. Aber das werden wir später herausfinden. Ich bin der Ansicht, du solltest schnellstens deine Sachen packen. Ich bringe dich dann ins Hotel und werde das Zimmer neben dir belegen. Vielleicht sollten wir zu unserer Sicherheit auch die Polizei informieren. Auch ich bin zurzeit ziemlich ratlos, aber einer Sache bin ich mir absolut sicher: *Wir müssen schnellstens aus diesem Haus verschwinden!*«

»Aber ich lebe hier ... und ich muss auf die Sachen aufpassen ...!«

»Ich werde die Polizei anrufen. Wir können auch einen Wachdienst engagieren, Amy. Die Sachen werden sicher sein. Aber *wir* müssen hier verschwinden!«

Irgendetwas tief in ihr lehnte sich nicht nur gegen den Vorschlag auf, das Haus zu verlassen, sondern ließ sie auch Donald Marquette mit anderen Augen betrachten.

Eine leise, innere Stimme sagte ihr: *Wer hat hier wirklich etwas zu verheimlichen?*

»Wenn du dir Sorgen machst, warum können wir dann nicht einfach direkt die Polizei anrufen und um Schutz bitten?«

»Das erscheint mir immer noch zu riskant, Amy«, erwiderte er mit einem entschlossenen Kopfschütteln.

»Nun, und wenn wir einfach einen Sicherheitsdienst ordern, Donald? Ein paar Männer, die direkt hierher kommen?« Sie machte eine ausladende Bewegung mit dem Arm. »Diese Sammlung, die Bücher – sie waren für William so wichtig. Nun, wo sie wieder da sind, möchte ich nicht riskieren, dass sie noch einmal verschwinden.«

»Aber all diese Sachen sind nichts wert, wenn es um dein Leben geht.«

Marquette sah fix und fertig aus, so als ob eine große Sorge, die schon einige Zeit auf ihm lastete, ihn nun ganz zu Boden drücke.

Amy schüttelte den Kopf. »Weshalb sollte mein Leben bedroht sein? Ich verstehe das nicht, Donald. Bevor ich das Haus verlasse, muss ich wissen, weshalb du die Gefahr siehst, dass mir etwas zustoßen könnte.«

Einen Augenblick lang rang Marquette nach einer Antwort.

»Dieser Mann – dieser angebliche Cousin von William … er kommt mir verdächtig vor. Er könnte eine Gefahr für dich bedeuten. Womöglich ist er *verrückt!*«

»Aber falls er wirklich die Absicht hegen sollte, mir etwas anzutun, hätte er bereits zweimal die Chance dazu gehabt, Donald«, beharrte Amy. »Du musst mir die Wahrheit sagen. Weshalb glaubst du, dass ich heute Nacht in Gefahr schweben könnte?«

Es kam Amy so vor, als ob der Nebel, der bisher über ihren Erinnerungen gelegen hatte, sich langsam lichtete. Und was sie auf einmal sah, war etwas anderes, als sie erwartet hatte. In den letzten Monaten hatte sie es vorgezogen, sich lieber von den Medikamenten betäuben zu lassen und sich mit der Melancholie abzufinden, die nun ihr Leben bestimmte. Jetzt aber fühlte sie, wie sie langsam aus dem Tiefschlaf erwachte und die Wahrheit zu erkennen begann. »Sag es mir! Ich muss es wissen!«

Donald öffnete den Mund, brachte aber kein Wort hervor. Auch in seinen Augen, die wie in Panik wild hin- und herrollten, war keine Antwort zu lesen.

Dann meldete sich eine Stimme von der Tür her.

»Ja, Donald. Vielleicht sollten Sie es ihr doch besser sagen.«

29

Herr Valdemar, können Sie uns erklären, was
für Gefühle und Wünsche Sie jetzt haben?

Edgar Allan Poe,
Der wahre Sachverhalt im Falle Valdemar

»Dieses Wort dein letztes sei!«
        sprang ich auf mit schrillem Schrei.
»Fort von hier in Plutos Nächte,
        in des Schattenreichs Gewimmer.
Heb' dich, düstrer Gast von hinnen,
        lass dein Schreckensbild zerrinnen.
Lass mich einsam weiter sinnen.
        Fort, verlass der Lampe Schimmer.
Deine Kralle nimm aus meinem Herzen,
        und entfleuch aus meinem Zimmer.«
        Doch der Rabe krächzte: »Nimmer!«

Edgar Allan Poe, *Der Rabe*

Das Herz schlug ihm bis zum Hals, und in seinen Ohren rauschte es gewaltig, als wolle eine riesige Woge unkontrollierbarer Ängste und Emotionen über ihn hinwegbranden.

Die von der Tür aus gesprochenen Worte hatten ihn aus heiterem Himmel wie ein Schlag ins Gesicht getroffen und im ersten Augenblick völlig gelähmt.

Er fuhr ruckartig herum und fixierte den vor ihm stehenden Mann im dunklen Mantel. Der Fremde trug einen Hut, den er tief in die Stirn gezogen hatte. Der untere Teil seines Gesichts wurde von dem hochgeschlagenen Kragen seines Mantels verdeckt; auch die Augen blieben hinter einer dunklen Sonnenbrille unsichtbar.

»Wer sind Sie?«, stieß Donald Marquette hervor, als er die Sprache wieder gefunden hatte. »Und wie sind Sie ins Haus gekommen?«

Panik und Furcht waren einem gewaltigen Adrenalinstoß gewichen. Marquette hatte sich wieder im Griff, auch wenn er deutlich die Bedrohung spürte, die von der seltsamen Gestalt an der Tür ausging. Doch sein tief in ihm wurzelnder Überlebensinstinkt hatte die Oberhand gewonnen.

Seltsamerweise schien Amy keineswegs beunruhigt.

»Delmore«, sagte sie lächelnd und eilte auf den Mann zu. »Ich bin ja so froh, dass ich mich bei Ihnen bedanken kann. Sie hatten wirklich Recht. Ich habe das Gedichtbändchen gefunden ...!« Sie eilte zum Schreibtisch zurück und zeigte dem Fremden das Büchlein. »Sehen Sie!«

»Das freut mich!«, erklärte der Mann. »Hatten Sie schon Gelegenheit, darin zu lesen?« Seine Stimme klang nun merklich milder.

»Aber ja. Die Gedichte sind einfach wunderbar. Es ist so, als ob sie ... als ob sie mir William zurückgebracht hätten. Erst jetzt weiß ich, wie er wirklich empfunden hat. Und er wird für immer in meinem Herzen bleiben.«

Der mysteriöse Mann nickte. »Darüber wäre er ... wäre William ... bestimmt sehr glücklich, Amy ...!«

Donald Marquette entging nicht, dass die Stimme des

seltsamen Fremden gebrochen klang – fast so, als sei er den Tränen nahe.

»Sie sind vermutlich der geheimnisvolle Cousin«, ergriff Marquette das Wort, ohne sein Misstrauen zu verhehlen.

»Ja«, antwortete Amy. »Ich bitte um Entschuldigung, dass ich euch noch nicht miteinander bekannt gemacht habe. Delmore, das hier ist Donald Marquette, Williams früherer Mitarbeiter. Er hilft mir zum Glück dabei, Williams Vermächtnis zu verwalten, und auch bei vielen anderen Dingen.«

»Aber ja. William hat Mr. Marquette in seinen Briefen erwähnt.« Die Stimme des Fremden hatte wieder deutlich an Schärfe und Strenge zugenommen. »Und ehrlich gesagt ist er es, mit dem ich gern gesprochen hätte. Deshalb bin ich heute Abend noch einmal vorbeigekommen, Amy. Aber ich wollte Sie nicht stören. Vielleicht ziehen Sie es ja vor, sich nach oben in Ihr Musikzimmer zurückzuziehen? Schade, dass das Wetter so schlecht ist, sonst hätte es sich vielleicht angeboten, eine Bekannte zu besuchen? Aber ich bin auch gerne bereit, Ihnen ein Taxi zu rufen.«

Marquette hegte immer größere Zweifel an den Absichten des seltsamen Besuchers. »Soll es bei unserem Gespräch um das Blessing-Erbe gehen?«

»In gewisser Weise«, erklärte der Fremde.

»Dann sollte Amy doch besser dabei sein. Schließlich ist sie unmittelbar betroffen und ich habe vor ihr nichts zu verbergen.«

Der düstere Mann schüttelte den Kopf. »Ich würde es vorziehen, mit Ihnen unter vier Augen zu reden …«

»Amy!«, unterbrach Marquette ihn plötzlich mit ebenso angespannter wie eindringlicher Stimme. »All diese Dinge, die ich dir gegenüber vorhin erwähnt habe und die der Grund dafür sind, warum wir lieber eine Zeit lang woanders wohnen sollten, haben erst begonnen, seit dieser Mann hier auf der Bildfläche erschienen ist. Ich bin mir sicher, dass er hinter allem steckt und wir allen Grund haben, uns vor ihm in Acht zu nehmen.«

»Aber ... aber wie kommst du denn darauf?«, fragte Amy ungläubig. »Er hat mir so viel über William erzählt. Und außerdem ist es ihm irgendwie gelungen, die meisten der gestohlenen Bücher zurückzubringen.«

Marquette wandte sich wieder dem Mann zu, der sich Delmore Blessing nannte. »Die Leiche von William Blessing wurde aus dessen Grab gestohlen. Ist das Ihr Werk?«

Der düstere Mann flehte Amy beinahe an: »Amy, bitte! Es ist wirklich besser, wenn Sie gehen.«

Sie schüttelte den Kopf, und ihre Augen nahmen plötzlich einen harten Ausdruck an. »Was höre ich da? Ist das wahr? Haben Sie Williams Leiche gestohlen? Und sind Sie derjenige, der Donald an den Kragen will? Stimmt das?«

»Vertrauen Sie mir, Amy!«, verlangte der Mann in dem langen schwarzen Mantel, der immer verzweifelter klang. »Gehen Sie! Gehen Sie auf der Stelle!«

»William hat immer gesagt, dass kein Weg an der Wahrheit vorbeiführe, auch wenn sie am schwersten zu ertragen sei. Denn die Wahrheit verbinde das Gute miteinander und zerschlage das Böse«, flüsterte Amy. »Auf welcher Seite stehen Sie, Delmore? Stehen Sie auf der Seite des Bösen?«

Der Fremde hob abwehrend beide Hände. »Nein, Amy. Das schwöre ich Ihnen von ganzem Herzen.«

»Dann verstehe ich nicht, warum Sie sich nicht frei vor mir äußern wollen?«

Donald Marquette bemerkte plötzlich eine Unbeugsamkeit in Amy Blessings Stimme, die ihm nie zuvor aufgefallen war.

»Ich allerdings auch nicht!«, fügte Marquette hinzu, während er darüber nachsann, wie er genug Zeit gewinnen konnte, um mit seinem Handy die Polizei zu rufen. Er wünschte, er hätte jemanden von einem privaten Sicherheitsdienst hierher bestellt, bevor er zum Haus zurückgekehrt war. »Was wollen Sie Amy gegenüber unbedingt verschweigen?«

Der düstere Mann wirkte mit einem Mal so kalt und reserviert wie eine Statue, in der allerdings eine verborgene Glut schwelte.

»Also gut. Du lässt mir keine Wahl, Amy. Ich hätte dir das hier gerne erspart, aber mir bleibt nicht mehr viel Zeit.«

Langsam setzte der Mann den Hut ab und lockerte seinen Kragen. Dann nahm er die Sonnenbrille ab.

Seine Züge wirkten seltsam vage und leblos, wie aus Wachs geformt, so als handle es sich bei ihnen um das impressionistische Werk eines Bildhauers, nicht aber um das Gesicht eines lebenden Menschen. Einzelne Hautfetzen fielen zu Boden, und schorfige Stellen breiteten sich beinahe zusehends auf Wangen und Hals aus. Außerdem konnte Marquette erkennen, dass ein halbes Ohr fehlte und das andere in einem unnatürlichen Winkel am Kopf saß. Die Augen wirkten ein wenig milchig trüb, verrieten auf den zweiten Blick allerdings ein Feuer, das auf einen starken Charakter hindeutete.

Marquette konnte sich des Eindrucks nicht erwehren, diese Augen zu kennen, war jedoch nicht in der Lage, einen konkreten Bezug herzustellen.

»Ich wünsche mir, dass du in Zukunft an den heutigen Tag nur wie an einen Traum zurückdenkst«, sagte William Blessing. »Hörst du, Amy? Ich möchte nicht, dass du mich als ein reales Wesen in Erinnerung behältst!«

»Ich verstehe nicht …«, stammelte sie, schwer atmend und sichtlich verunsichert. »Sie sehen … Ihrem Cousin wirklich sehr ähnlich, und …«

»Es gibt keinen Cousin, Amy. Ich bin William Blessing, dein Mann. Und ich muss eine noch nicht ganz erfüllte Mission zu Ende bringen. Ich habe nämlich so etwas wie eine zweite Chance erhalten.«

Er lenkte seinen brennenden Blick auf Donald Marquette.

»Eine zweite Chance, um einige Dinge ins rechte Lot zu bringen: nämlich dich vor meinen Mördern zu schützen und mein Vermächtnis vor Missbrauch zu bewahren.«

Donald Marquette schüttelte hektisch den Kopf. Einen Augenblick lang hatte er das Gefühl, wahnsinnig zu werden, doch dann gewann jener starke Selbsterhaltungstrieb, der ihn schon zuvor vor dem Zusammenbruch bewahrt hatte, erneut die Oberhand.

»Glaub ihm kein Wort, Amy. Das ist alles nur ein schmutziger Trick. Dieser Mann hier kann nicht William Blessing sein, denn William Blessing ist tot.«

Der Verleugnete korrigierte mit einem traurigen Lächeln seinen ehemaligen Mitarbeiter: »Ich habe auch nie behauptet, wieder zu den Lebenden zu zählen!«

Blessing trat einen Schritt auf seinen Mörder zu und richtete anklagend seinen Zeigefinger auf ihn.

»Ich habe alle deine Komplizen zur Strecke gebracht, Donald: deine gesamte Clique. Ich habe dem üblen Spuk ein Ende gemacht, der nicht nur mein Haus, sondern vielleicht sogar die gesamte Literatur zu verpesten drohte. Nenne es Vergeltung oder Gerechtigkeit oder wie auch immer! Fest steht nur eins: Du bist der Letzte auf meiner Liste. Dann ist mein Auftrag erfüllt!«

»William ...?«, fragte Amy mit zitternder Stimme. »Bist du es wirklich, Bill?«

Marquette versuchte einen Schritt nach hinten zu machen, doch Blessing kam ihm zuvor und packte ihn mit seiner kalten Hand bei der Kehle.

»Nein!«, schrie Amy auf. »Nicht!«

Der Arm und die Hand, die seinen Hals umklammerte, besaßen eine ungeheure Kraft. Dies und die Tatsache, dass Marquette nun aus unmittelbarer Nähe den erdigen Grabgeruch seines Angreifers wahrnehmen konnte, räumten trotz der Unerklärlichkeit des Geschehens jeden Zweifel aus: Dieser Mann war William Blessing.

Röchelnd streckte Marquette seine linke Hand aus und langte nach Blessings Gesicht, wobei er ihm ein Stück Haut herausriss. Dann versuchte der vom Erstickungstod Bedrohte, mit aller Kraft den Griff der Finger um seine Luftröhre zu lösen, doch vergebens.

»Dieser Schurke hier hat mich getötet, Amy«, knurrte William Blessing, »dieser elende Verräter, den wir in unserem Haus aufgenommen haben, dem wir vertraut haben, und der uns zum Dank die Mächte des Chaos und des Untergangs eingeschleppt hat.«

»Amy ... Hilfe!«, flüsterte Marquette mit größter Mühe. »Ruf die Polizei!«

Während er sich nach wie vor verzweifelt wehrte, wurde das Bild vor seinen Augen immer rotstichiger und dunkler. Nur verschwommen konnte er verfolgen, dass Amy einen antiken Stuhl packte, von dem es hieß, dass auf ihm einst Edgar Allan Poe gesessen habe. Ihr Gesicht verriet die widerstrebenden Gefühle, die in ihr miteinander kämpften. Dann schmetterte sie den Stuhl gegen den Rücken des Mannes, der behauptet hatte, von den Toten zurückgekehrt zu sein; mit lautem Krachen zerbarst das antike Möbelstück.

Als sich der Griff um seine Kehle mit einem Mal lockerte, nutzte Marquette die Chance, rasch zurückzuweichen, um sich von seinem Peiniger zu befreien. Keuchend sog er Luft in seine gierigen Lungen und stolperte gegen einen Tisch.

Warum, zum Teufel, hatte er nicht daran gedacht, sich einen Revolver zu besorgen?

Und dieser Blessing schien völlig unverletzt geblieben zu sein; Amys Angriff hatte ihn jedoch sichtlich irritiert.

»Amy!«

»Niemand kehrt von den Toten zurück!«, kreischte sie. »So etwas gibt es einfach nicht!«

»Aber ich bin es, Amy. Ich … Bill!«

Ihre Stimme überschlug sich vor Anspannung und Ungläubigkeit. »Wenn du wirklich mein Mann bist, dann wurdest du nicht getötet. Schließlich habe ich den angeblichen Mord an dir nicht mit eigenen Augen gesehen. Aber solltest du tatsächlich Bill sein, dann … dann bist du ein Bill, der wahnsinnig geworden ist. Bill Blessing hätte niemals im Leben einem anderen Menschen ein Haar gekrümmt. Dazu war er ein viel zu zivilisierter Mensch, und nicht so ein … so ein *Monster!*«

Die unheimliche Gestalt wankte hin und her und bewegte ihre Arme auf eine steife, krampfhafte Weise, die Unsicherheit verriet. »Amy … du kannst das alles … nicht verstehen …!«

Marquette fühlte sich an Boris Karloffs Darstellung des Frankenstein-Monsters erinnert, als dieses auf geradezu rührende Weise nach dem Licht und nach etwas Zuneigung strebt.

Wieder löste sich ein Streifen Haut aus Blessings Gesicht.

Ein Teil von Marquettes Unterbewusstsein verstand auf subtile Weise, was sein Geist sich zu akzeptieren weigerte. Es *erkannte* das wahre Wesen der wankenden Kreatur, die von ihr ausgehende Gefahr und das verschlungene Bauprinzip des Universums, das sich William Blessing als Instrument für die Erhaltung der kosmischen Gesetze auserkoren hatte. Doch Marquette verstand und erkannte noch mehr: nämlich, wie er sich selbst retten konnte! Sein mächtiger Überlebenstrieb drängte die Panik zurück, die mit ihren tödlichen Krallen nach ihm griff, und er ging zum Gegenangriff über.

»Sie hat Recht!«, krächzte er. »Wer immer Sie sind, Sie können auf keinen Fall William Blessing sein. Blessing hätte niemals vorsätzlich einen Menschen getötet und anderen Leid zugefügt, das kann man schon allein in seinen Werken erkennen. Ohne Zweifel spielen Tod und Zerstörung darin eine wichtige Rolle, aber nur, um die tragischen Aspekte des menschlichen Lebens in seiner höchsten Erfüllung darzustellen. Nirgendwo aber findet man in seinen Werken simple melodramatische Effekthascherei und reine Rachsucht, wie man sie von zweitklassigen Trivialautoren kennt.«

Die unheimliche Gestalt wandte sich wieder Marquette zu, der in den Augen der zusehends dem Verfall preisgegebenen Kreatur den Funken eines Zweifels zu erkennen glaubte. Ein großer Teil der rechten Schläfe löste sich, dahinter begann eine rötliche Flüssigkeit durchzusickern, die den Eindruck vermittelte, man habe es mit dem entstellten Gesicht eines Pestkranken zu tun.

Du bist auf dem richtigen Weg!, wurde Marquette von seinem Instinkt angefeuert. *Lass jetzt nicht nach!*

»Aber es muss doch Strafe geben!«, sagte Blessing. »Und weitere Verbrechen müssen verhindert werden können.«

»Sie haben den Verstand verloren! Von welchen Verbrechen sprechen Sie denn?«, höhnte Marquette. Er trat an Amys Seite und legte scheinbar schützend seinen Arm um ihre Taille. Entsetzt von dem grässlichen Anblick, den die verunstaltete Kreatur bot, presste sie sich eng an Marquette.

»Sie brauchen Hilfe«, sagte sie leise. »Wer immer Sie auch sein mögen, Sie brauchen dringend Hilfe.«

»Strafe«, knurrte der gekrümmt dastehende William Blessing, nunmehr ein grausiger Schatten des von Basil Rathbone gespielten Richard III. Er bewegte sich langsam auf die beiden vor ihm Stehenden zu, doch das Gehen schien ihm große Mühe zu bereiten, denn er hinkte stark. »Strafe und Prävention!«

»Ich habe Amy doch nicht das Geringste angetan. Stattdessen habe ich alles Menschenmögliche unternommen, um das Andenken an William Blessing und seinen materiellen Besitz zu wahren. Durch meine Arbeit werden seine Bücher auch in Zukunft Millionen von Fans begeistern.

Sein Name wird auch weiterhin auf den Bestsellerlisten stehen und seine Romane und Erzählungen wird man sogar in den Schulen lesen. Die in seinen Werken vermittelte Botschaft, dass das Gute, die Liebe und die Tugendhaftigkeit siegen werden, ist ein Garant für seine Unsterblichkeit in den Herzen der Menschen«, schwärmte Donald Marquette. »Sie hingegen sind nichts weiter als eine entartete Kreatur der Finsternis, die gekommen ist, um Elend und Vernichtung über die wahren Freunde William Blessings zu bringen.«

Die erbärmliche Gestalt streckte eine Hand aus.

»Bitte tun Sie uns nichts«, bettelte Amy. »Wer immer … was immer … Sie sind, Sie sollen wissen, dass William Blessing ein Mensch voller Liebe und Güte war. Aber kein Mörder und Rächer.«

Zwei Finger der ausgestreckten Hand fielen in mehreren Stücken zu Boden.

»Amy … meine Mission! Es gibt Mächte … Mächte wie die Liebe, die Gerechtigkeit, das Schicksal … Mächte, die dazu dienen, im Kampf gegen das Böse, die Finsternis zu bestehen … Ich bin nur zurückgekehrt, um diesen Kampf aufzunehmen … und aus *Liebe!* Aus Liebe zu dir. Aus Liebe zu meiner Kunst … und zu dem, wofür mein Werk steht. Nämlich für eine edle Gesinnung des Menschen! Für die Schönheit! Für die Kunst!«

Er blickte verzweifelt gen Himmel und stieß einen tiefen Seufzer aus.

»Ihr Musen! Ich rufe euch an, mir die Worte zu senden, mit denen ich meine über alles geliebte Frau überzeugen kann!«

»Haben Sie noch nicht mitbekommen, dass Horrorschriftsteller nette, zivilisierte Menschen sind?«, fragte Donald Marquette mit der nötigen Portion Ironie in der Stimme, um möglichst gehässig zu wirken. »Es sind Menschen, die die Finsternis nur beschreiben, um das Licht der Erkenntnis weiter voranzutragen. Und darüber hinaus ist diese ekelhafte Show, die Sie hier abziehen, Mr. Blessing – oder was immer sich in Ihnen für William Blessing hält –, nichts anderes als eine monströse Inszenierung von Geschmacklosigkeiten, die Sie an Schundliteratur stets kritisiert haben. Waren Sie nicht eher ein Freund des Tiefgründigen, des subtilen Horrors? Aber das hier …? Bei aller Liebe, Blessing, aber das hier ist unterstes Groschenroman-Niveau!«

Die Kreatur röchelte, begann unkontrolliert zu zucken. Ein Teil ihres Gesichtes fiel ein und gab den Blick frei auf den darunter liegenden, schwarzen Schädelknochen. Kleine weiße Maden wurden sichtbar, die sich durch die Augäpfel bohrten.

Er verliert seinen Willen!, sagte Marquettes innere Stimme.

»Amy«, japste die Kreatur, wobei schleimige Blasen aus der Öffnung sprudelten, die einst ein Mund gewesen war. »Ich …«

Der Unterkiefer klappte ab, fiel zu Boden und zersprang in mehrere Teile, gefolgt von der Nase. Durch das entstandene Loch floß immer mehr an verfaulter und zersetzter Materie; der davon ausgehende Gestank war unerträglich.

Amy stieß ein Stöhnen aus, dann brach sie bewusstlos in Marquettes Armen zusammen. »Sehen Sie nur, was Sie ekelhafter Bastard angerichtet haben!«, rief er voller Verachtung.

Der Blick des einen, noch verbliebenen Auges richtete sich nach unten auf den Boden, auf dem die junge Frau lag und daraufhin ging ein klagendes, jammervolles Heulen von der Kreatur aus.

»Blessing, wissen Sie eigentlich, dass Amy Sie niemals wirklich geliebt hat? Sie hat mir nämlich einmal gestanden, dass sie lediglich … so eine Art Vater in Ihnen verehrt hat. Sonst nichts. Sie haben sich also die ganze Zeit über nur selbst etwas vorgemacht.«

Du musst seinen Willen brechen!, verlangte die innere Stimme. *Vernichte endgültig seinen Willen!*

»Ja, Blessing. Das hat sie mit eigenen Worten zu mir gesagt. Wir haben hinter Ihrem Rücken regelrecht miteinander geflirtet und über Sie gelacht. Geküsst haben wir uns auch. Wie, das wussten Sie nicht? Sie haben wirklich nicht gewusst, dass diese süßen roten Lippen mit meinen verschmolzen sind?« Marquette stieß ein höhnisches Lachen aus. »Und ich könnte Ihnen Dinge erzählen …! Amy war schon zu Ihren Lebzeiten hinter mir her, sie war von Anfang an scharf auf mich, müssen Sie wissen. Deshalb hatte sie auch keine Angst davor, dass ihr Gemahl aufgrund seines höheren Alters eines Tages keinen mehr hochkriegen würde. Das war ihr ohnehin egal, denn sie wollte immer nur eins, nämlich dass ich es ihr besorge!«

»Neeeiin!«

Der Auflösungsprozess des Toten schritt nun immer schneller voran.

»Wissen Sie, Blessing, dass Sie für die Show hier Eintritt nehmen könnten? Sie erinnern mich an diese widerliche Hexe aus dem *Zauberer von Oz*. Um Sie unschädlich zu machen, brauchte ich allerdings kein Wasser, sondern lediglich die *Wahrheit!*«

Mit einem Zischen der entweichenden Gase brach das Skelett des Toten zusammen und wurde unter der Kleidung begraben; ansonsten blieb nichts weiter übrig als ein widerwärtiger Mischmasch aus Knorpelmasse und diversen Körperflüssigkeiten, die den teuren Teppich auf dem Boden ruinierten.

Im ersten Augenblick starrte Donald Marquette fasziniert und ungläubig auf den abstoßenden Haufen zu seinen Füßen.

Erledigt!, jubelte seine innere Stimme. *Die Luft ist raus! Pffft!*

Dann brach er in lautes Lachen aus, lachte wie ein Wahnsinniger aus vollem Hals: ein Lachen, das aus jeder

Faser seines Körpers und aus jedem noch so finsteren Winkel seines Geistes gespeist zu werden schien.

Der berühmte Horrorschriftsteller …!

… von den Toten wiederauferstanden!

Da lag er nun! Ein Haufen Müll auf dem Orientteppich!

Das Ganze nicht mehr als ein kosmischer Scherz auf Blessings Kosten!

»Ich habe endgültig gewonnen!«, lachte Marquette. »Das war für einen Jungen aus dem Mittelwesten bisher doch gar nicht so schlecht, oder?«

Der am Boden liegende, schleimige Haufen erwiderte nichts.

Ausgelassener Übermut breitete sich in Marquette aus.

»Und weißt du, was der größte Witz an der ganzen Sache ist, Blessing? Du bist selbst zum größten Klischee aller Horrorszenarien geworden. Was sagst du dazu, dass du zu einem unappetitlichen Monster aus einem drittklassigen Gruselstreifen degeneriert bist, das allenfalls als Witzfigur taugt?«

Wie nicht anders erwartet, erfolgte auch jetzt keine Reaktion des maroden Knochenhaufens.

Donald Marquette hatte vor Erleichterung das Gefühl zu schweben, als befinde er sich in einem Drogenrausch. Und er war zu einer wesentlichen Selbsterkenntnis gelangt, die den Kern seines Wesens, ja seines Schicksals betraf: Mochten andere durch Alkohol die höchsten Höhen erreichen, so verfügte er selbst doch über eine Kraft, die er aus seinen tiefsten Tiefen gewann und die noch immer in ihm nachhallte wie ein Lied, das endlich seinen Sänger gefunden hatte. Das Bewusstsein der daraus gewonnenen Macht erfüllte Marquette mit unglaublicher Euphorie – doch nicht nur damit. Auch unersättliche Lust und brennendes Verlangen waren in ihm geweckt worden, offenbar als Gegenreaktion auf den tödlichen Verfallsprozess, der vor seinen Augen stattgefunden hatte.

Voller Verachtung wandte er sich von dem ekligen Mahnmal des Todes ab. Die Perspektiven, die sich ihm nun eröffneten, umfassten weit mehr als nur Reichtum und die Möglichkeit, sich kreativ verwirklichen zu können.

Sein Blick fiel auf die am Boden liegende Amy Blessing. Trotz ihrer Bewusstlosigkeit erschien sie Marquette wie die Versuchung selbst, vor allem wegen ihrer halb geöffneten, sinnlichen Lippen und wegen des langen Haares, das auf höchst erotisch wirkende Weise ihre anmutigen Gesichtszüge hervorhob.

Er streckte seine Hand aus und ließ sie über den Stoff gleiten, der sich an die sanften Rundungen ihrer Hüften schmiegte. Dies steigerte jedoch nur seinen Appetit ins Unermessliche und er verlangte nach mehr. Seine Hand schob sich unter ihren langen Wollrock, tastete sich bis zu ihren Schenkeln empor und stahl sich unter dem Gummiband ihres Höschens hindurch. Dann machten seine Finger mit etwas Bekanntschaft, das zarter und zugleich erregender war als alles, was sie jemals zuvor berührt hatten. Nun hatte Blessing ihm nichts mehr voraus, denn nun kannte auch Marquette Amys intimstes Heiligtum, ihren größten Schatz!

»Siehst du, Bill«, sagte er leise, »das Schicksal ist doch unberechenbar. Jetzt werde ich zu einem berühmten Schriftsteller, indem ich dich von deinem Thron gestürzt habe und deine Rolle übernehme. Ich möchte dir nochmals dafür danken, dass du mir großherzig deine Hilfe als Sprungbrett für meine Karriere gewährt hast, aber ich fürchte, dass bald niemand mehr von dir sprechen wird. Doch meiner Werke wird man sich erinnern, dafür werde ich schon sorgen! Ich werde sie, umgeben von allem erdenklichen Luxus, schreiben und zu einer einzigartigen Erfolgsgeschichte machen.«

Marquette spürte, wie sein Puls vor Erregung gegen die Schläfen hämmerte. Amys Duft schien allgegenwärtig, und er spürte, wie das Verlangen in ihm immer mehr zunahm und jede Faser seines Körpers erfasste.

Wieder lachte er laut auf.

Es war kaum anzunehmen, dass Amy allzu bald wieder aus ihrer Bewusstlosigkeit erwachen würde. Und Marquette konnte jetzt nicht einfach aufhören, ihren Körper weiter zu erkunden, zumal die dunkle, abgründige Seite seines Wesens danach verlangte, den ohnehin schon besiegten Gegner noch weiter zu demütigen. Was hätte ihn auch davon abhalten sollen?

»Ach, und vielen Dank auch, Bill, dass du Amy für mich gefunden hast. Ich bin mir wirklich nicht sicher, ob es mir selbst nach jahrelanger Suche gelungen wäre, ein solch süßes Kätzchen zu finden, das mir bald mein Bett wärmen wird.«

Marquette schob Amys Pullover so weit hoch, dass ihr schwarzer Spitzenbüstenhalter sichtbar wurde. Wie oft hatte er sich voller Unruhe nachts in seinem Bett hin und her geworfen und von diesem Augenblick geträumt? Nur ein bisschen gucken und ein wenig die Finger spielen lassen, danach würde er sie wieder hübsch zurechtmachen und sie zu Bett bringen. Ein paar Tabletten und ein Glas Wein, dann würde ihr morgen alles nur wie ein böser Traum erscheinen, vor allem, wenn Marquette ihr erklären würde, dass sie ein paar Pillen zu viel geschluckt und im Schlaf schrecklich geschrien hätte.

»Was musst du doch für ein glücklicher Mensch gewesen sein, Billy, dass du von so süßen Früchten naschen durftest. Wahrhaftig, was haben wir denn hier für ein entzückendes Pärchen? Bill, du hast doch bestimmt nichts dagegen, wenn ich mir einen persönlichen Eindruck verschaffe?« Er kicherte albern vor sich hin. »Aber nein, wie solltest du denn auch? Nachher werde ich deine widerlichen Reste einfach zusammenfegen und endgültig beseitigen. Und die Polizei wird niemals herausfinden, was es mit dem rätselhaften Verschwinden deiner Leiche auf sich hatte. Aber ich werde die Sache an die große Glocke hängen, damit sie dazu beiträgt, dich zu einer Legende zu machen. Sogar der *National Inquirer* wird die Geschichte bringen. Ich sehe schon die Schlagzeile vor mir: GRAB DES BERÜHMTEN HORRORSCHRIFTSTELLERS WILLIAM BLESSING GESCHÄNDET! Danach wird man deine Bücher landesweit an jeder Supermarktkasse verkaufen.«

Er schob den Büstenhalter so weit hoch, dass Amys rechte Brustwarze sichtbar wurde: Sie war einfach perfekt, absolut perfekt – rosafarben und keck reckte sie sich ihm geradezu entgegen.

Als er seine Hand ausstreckte, um sie zu berühren, zitterten seine Finger. Sie fühlte sich genauso erregend an, wie er gehofft hatte, und das Blut schoss ihm in die Lenden.

»Bald, Blessing ... bald werde ich an diesen Rosenknospen saugen«, stieß er heiser hervor. »Und bald schon ...«

Irgendetwas berührte ihn am Knöchel.

Genauer gesagt, packte etwas seinen Knöchel und umschloss ihn sogar ausgesprochen grob.

»Was, zum Teufel ...!«

Marquette warf sich herum – und erstarrte.

Auf dem Saum seines Hosenbeins lag eine menschliche Hand: halb Skelett, halb Fleisch. Doch sogar in der kurzen Zeit, die er wie gebannt auf die geisterhafte Erscheinung blickte, konnte er verfolgen, wie sich die Sehnen, Muskeln und alles übrige in Windeseile zu einer vollständigen Hand regenerierten.

Dahinter vollzog sich derselbe Prozess an einem grinsenden Totenschädel, der plötzlich von Haut überzogen wurde, in der sich wie in Zeitraffer Venen und Arterien herausbildeten und aus der sogar Haare sprossen.

»Nein!«, schrie Marquette auf.

Er hob die Faust und schlug auf die grinsende Fratze ein. Als Reaktion darauf gab die Wirbelsäule ein hässliches Krachen von sich, woraufhin der Schädel nach hinten abknickte. Marquette war gerade im Begriff, mit dem linken Fuß gegen die Hand zu treten, die seinen rechten Knöchel umklammert hielt, als er plötzlich ein Krächzen über sich hörte.

Donald Marquette blickte verwundert auf.

Unerklärlicherweise befand sich die Büste der Athene scheinbar unversehrt wieder an ihrem alten Standort! Noch wesentlich beunruhigender war jedoch das, was sich auf der Büste abspielte: Der ausgestopfte Rabe wurde mit jedem Augenblick größer, wirkte sehr viel schwärzer und unheimlicher als zuvor, spreizte jetzt sogar seine Flügel – und verwandelte sich in eine Krähe, deren rotbraune Augen Furcht erregend funkelten.

Mit einem Mal stürzte sich der Vogel auf Marquette herab und hieb mit seinen Schwingen auf ihn ein, bevor er eine Runde durch den Raum flog, um einen weiteren Angriff zu starten. Marquette nutzte die Zeit, um sich von dem Griff des Toten zu befreien, auf die Seite zu werfen und dann auf allen vieren in Richtung Tür davonzukriechen.

Nun aber schnitt ihm die Krähe den Fluchtweg ab. Anstatt Marquette direkt zu attackieren, landete der Vogel zwischen der Tür und dem Fliehenden.

Diesmal kommst du nicht davon!, schien die Krähe sagen zu wollen.

Marquette zögerte nur einen Augenblick. Angetrieben durch seine innere Stimme, setzte er seinen Fluchtversuch fort, indem er aufsprang und mit dem Fuß ausholte, um nach der ungerührt am Boden hockenden Krähe zu treten. Aber bevor er den Vogel traf, schlang sich von hinten ein Arm um seine Brust, an dem ganze Hautstreifen fehlten, sodass man die darunter liegenden, enormen Muskelstränge sehen konnte. Während Marquette von dem Arm immer weiter nach hinten gezerrt wurde, stieg ihm erneut Grabgeruch in die Nase. Doch diesmal war der

Geruch anders als zuvor. Offensichtlich gehörte er zu einem anderen Grab – nämlich zu seinem, wie Donald Marquette voller Panik spürte.

Er wurde gegen den Schreibtisch geschleudert, wobei Stapel von Büchern und Papieren zu Boden fielen. Mit einem letzten, beinahe übermenschlichen Aufbäumen, bei dem er alle letzten Kraftreserven mobilisierte, versuchte Marquette, sich von der Umklammerung des Toten zu befreien, doch die unmenschliche Kreatur behielt die Oberhand.

»Ich habe dir ein Souvenir von deinem Freund Baxter Brittle mitgebracht«, zischte die Stimme des Wiederauferstandenen in Marquettes Ohr. Vor dessen Augen funkelte die Klinge eines Messers, das er früher auf Brittles Altar gesehen hatte. Es handelte sich um einen verzierten Dolch, den sie eine Zeit lang für das rituelle Opfern von Tieren benutzt hatten.

»Nein!«, schrie Marquette. »Du kannst mich doch nicht einfach … Bitte! Ich flehe dich an … *Bitte!*«

»Aber was ist denn mit dir, Donald?«, herrschte ihn die heisere Grabesstimme an. »Ich will dir doch nur einen Wunsch erfüllen. Ich verspreche dir, dass du genau das bekommst, was du dir immer am sehnlichsten gewünscht hast!«

Der Dolch hinterließ eine metallisch glänzende Spur in der Luft, während Blessing ausholte und ihn tief in Marquettes Unterleib stieß. Wie glühendes Feuer fraß sich der Schmerz in seinen Leib, während der tödlich Verwundete mit fassungslosem Staunen verfolgte, wie sein Blut auf die auf dem Tisch ausgebreiteten Papiere sprudelte.

Langsam begannen die Bilder vor seinen Augen ineinander zu verschwimmen, doch sah er deutlich, wie die grässliche Hand den Dolch nach oben riss und dadurch den Schnitt vergrößerte, woraufhin Marquettes Eingeweide herausquollen. Überdies erkannte er voller Unglauben, dass es sich bei der Zeitung, die aufgeschlagen auf dem Tisch lag, um die Literaturbeilage der *New York Times* handelte, und zwar um eine ihm nur allzu vertraute Seite.

»Ich halte mein Versprechen, Donald«, raunte ihm die grauenhafte Stimme ins Ohr. »Du hast doch immer gesagt, gute Geschichten müsse man aus dem Bauch heraus aufs Papier bringen. Nur so könne man auf die Bestsellerlisten kommen! Das ist dir jetzt gelungen!«

Dies war das Letzte, was Donald Marquette mitbekam, bevor der finstere, instinktgesteuerte Teil seines Wesens die Oberhand über seinen Geist gewann und sich aus seinem Körper verflüchtigte wie der Nebel, der über dem Hafen lag.

William Blessing lockerte seinen Griff nicht, bevor er sicher war, dass alles Leben aus Donald Marquette gewichen war. Der Tote sank mit dem Dolch im Leib auf den Tisch und von dort auf den Boden.

Die Krähe flatterte herbei und landete auf dem Tisch.

»Das war der Letzte«, sagte Blessing.

»Ja, der Letzte«, bestätigte die Krähe.

»Jetzt kann ich mich endlich ... zur Ruhe legen«, seufzte Blessing.

»Ja«, meldete sich die Krähe. »Und ich kann weiterfliegen ... zu meinem nächsten Auftrag.«

Blessing schaute auf seine Hand. Die Haut hatte sich wieder gebildet, und auch wenn seine Hand noch recht schlimm aussah, so war sie doch wieder als Hand zu erkennen. Er betastete vorsichtig sein Gesicht.

Ja, auch hier schien alles wieder am rechten Platz zu sein.

Nun, da er seine Mission erfüllt hatte, spürte er, wie seine Energien langsam wieder zu schwinden begannen. Noch hatte er Reserven und er wollte auf keinen Fall als ekelhafter Knochenhaufen hier in seinem eigenen Haus zurückbleiben. Nein, er hatte nun ein anderes Zuhause. Auf dem Friedhof – da, wo er hingehörte.

»Ich muss zu meinem Grab zurückkehren«, sagte Blessing zu der Krähe.

»Wie wir alle irgendwann«, spottete der Vogel. »Aber nichts währt auf immer. Du wirst schon sehen.«

William Blessing drehte sich um und warf einen zärtlichen Blick auf seine Frau, die immer noch bewusstlos auf dem Boden ausgestreckt lag.

»So möchte ich sie hier nicht zurücklassen, mit solch schrecklichen Erinnerungen.«

»Nein«, bestätigte die Krähe. »Und du hast die Macht, es in Ordnung zu bringen.«

William Blessing nickte.

Dann ging er zu Amy hinüber. Er beugte sich über sie, zog ihr die Strickjacke wieder an und knöpfte sie zu. Dann hob er Amy vorsichtig auf und trug sie die Treppe hinauf.

Er legte sie sanft aufs Bett und lagerte ihren Kopf bequem auf dem Kissen. Nun, da alle Wut von ihm gewichen war, fühlte er nur noch endlose Liebe, die ihn wie ein warmes Feuer ganz und gar durchloderte.

Amys wunderschönes Haar fiel in sanften Wellen über das bestickte Kissen. Ihr Anblick raubte ihm den wenigen Atem, der ihm noch verblieben war. Wie sie so vor ihm lag, sah sie aus wie eine Prinzessin, die auf den erlösenden Kuss wartete.

Er legte ganz leicht seine Hand auf ihre Stirn.

»Ruh dich aus, Amy. Einen ganzen Tag lang. Träume. Und erinnere dich an mich, wie ich als Lebender war, und nicht an das Scheusal, zu dem ich werden musste.«

Er konnte fühlen, wie die Kräfte, die ihn die ganze Zeit vorangetrieben hatten, auf Amy übergingen. Und starke Emotionen wühlten ihn bis in sein Innerstes auf.

»Ich werde dich nun verlassen müssen, Amy«, flüsterte er. »Wenn du wieder aus deinem Schlaf erwachst, wirst du die ganzen Schrecken vergessen haben, und bald wird es dir wieder richtig gut gehen. Sehr bald. Und dann …

dann wirst du für immer meinen Namen tragen, wenn du ihn dann noch willst. Er bedeutet so viel wie ›Segen‹ … meinen Segen für dein zukünftiges Leben. Und du sollst wissen, wie viel Schönheit und Sinn du meinem Leben gegeben hast.«

William Blessing beugte sich über Amy und küsste ihre sanft geröteten Wangen.

Sie wollten sich gerade auf den Weg zurück zum Friedhof machen, und die Krähe hatte bereits auf Blessings linker Schulter Platz genommen, als im Arbeitszimmer plötzlich das Telefon läutete. Automatisch blieb William Blessing stehen und lauschte.

»Hier ist Blessing Enterprises!«, hörte man Donald Marquettes geschäftig klingende Stimme auf dem Anrufbeantworter. »Wir sind momentan nicht erreichbar, aber bitte hinterlassen Sie nach dem Pfeifton eine Nachricht.«

Biieep.

»Donald!«, meldete sich eine Stimme. »Hier spricht Roscoe Mithers! Ja, ja, ich weiß, dass es schon spät ist, aber unser Treffen hat ziemlich lange gedauert, und ich hatte hinterher noch ein Abendessen unter vier Augen mit dem Verleger. Dies ist der aufregendste Tag in meinem Leben! Sie waren von *all* Ihren Ideen begeistert! Alle wichtigen Köpfe waren da, und zufällig befanden sich die Top-Manager von einigen der größten der Medien-Konzerne geschäftlich in New York. Es gibt ein *riesiges* Interesse daran, den Namen William Blessing auszuschlachten. Wir reden dabei nicht etwa nur über Bücher, sondern auch über Film- und Fernsehrechte, Videos, Werbemittel, Lizenzen … allein die Rechte für die Action-Figuren sind ein Wahnsinnsgeschäft! Ihre Idee einer gemeinsamen Vermarktung des Blessing-Namen war wirklich genial und hat alle infiziert. Und mir ist dabei ein wesentlicher Posten zugedacht!

Das Beste an der ganzen Sache ist jedoch, dass mir inzwischen noch etwas eingefallen ist, was der Verleger bei unserem Arbeitsessen auch sofort befürwortet hat: eine *Dark Sunset*-Buchreihe unter dem Namen von William Blessing, von Ihnen geschrieben. Bingo, Donald! Synergieeffekte! Brillante Marketing-Idee, oder etwa nicht? Die Möglichkeiten sind schier endlos. Also, ich muss Sie dringend sprechen. Rufen Sie mich morgen so bald wie möglich in meinem Büro an, oder gern auch noch heute Abend zu Hause, Sie haben ja meine Nummer. Wecken Sie mich ruhig auf, kein Problem, Donald! Mannomann, ich hatte ja keine Ahnung, zu was für einem Geschäft sich das Ganze entwickeln würde! Sie sind wirklich ein Genie! Ich stehe tief in Ihrer Schuld. Mögen Ihre *Sunsets* …«

Blessing nahm den Hörer ab.

»Hallo, hallo?«, fragte Mithers. »Sind Sie's, Donald? Ich wusste, dass ich nur lang genug ausharren muss, um Sie noch persönlich ans Telefon zu kriegen. Haben Sie alles mitbekommen?«

»Jedenfalls genug«, antwortete der Tote.

»Hey, das sind Sie ja gar nicht, Donald! Wer spricht dort bitte?«

»Ich bin der Verwalter von William Blessings Nachlass. Donald Marquette musste diesen Job leider abgeben.«

»Das muss aber sehr plötzlich geschehen sein«, erwiderte Mithers, ohne seine Irritation zu verbergen.

»Es ist etwas Schwerwiegendes vorgefallen, und er sah sich nicht mehr in der Lage, dieser Aufgabe weiter nachzugehen.«

»Aber wir hatten bereits verhandelt, es war alles schon so gut wie geregelt«, beklagte sich Mithers.

»Haben Sie das schriftlich? Irgendeinen Vertrag?«

»Das nicht, aber Absprache ist Absprache.«

»Das mag wohl sein. Sogar eine Absprache mit dem Teufel behält ihre Gültigkeit, vor allem die.«

Eine längere Stille trat ein, während der Mithers um eine Antwort rang. Die Sache kam ihm mehr als sonderbar vor, denn die Stimme am anderen Ende der Leitung klang sehr merkwürdig, so als ob der Sprechende den Mund voller Schlamm hatte. Verdammt *gruselig,* dachte Mithers. Vor seinem geistigen Auge sah er am anderen Ende der Telefonleitung irgendeinen Zombie oder einen Untoten aus dem *Dark Sunset*-Pantheon.

»Mr. Mithers«, fuhr die unheimliche Stimme fort, »jegliche Abmachungen, die Sie bezüglich des Blessing-Nachlasses mit Mr. Marquette getroffen haben, sind hiermit ungültig. Haben Sie verstanden?«

»Um ehrlich zu sein, nein. Wer sind Sie eigentlich? Und wo steckt Marquette? Das macht doch alles keinen Sinn.«

»O doch, das tut es, Mr. Mithers. Sogar sehr viel Sinn. Lassen Sie es mich Ihnen beweisen.«

Eine Schockwelle puren Grauens breitete sich durch die Telefonleitung und die digitalen Glasfaserkabel aus und ergriff Mithers, noch bevor er überhaupt reagieren konnte. Bilder von Toten rasten durch sein Hirn und seine Hand krampfte sich so stark um den Telefonhörer, dass das Plastikmaterial brach. Ein Zittern schüttelte seinen Körper, als der Tod in all seinen Formen durch ihn hindurchströmte und sein Blut zum Gefrieren brachte. Er wimmerte und Speichel trat aus seinen Mundwinkeln, als heiße und eiskalte Angstblitze seine Seele durchzuckten.

Jetzt verstehen Sie zweifellos, weshalb es unmöglich ist, Ihre Projekte zu realisieren!, schien eine Stimme an seinem rechten Ohr zu sagen. *Es würde Ihrer Gesundheit alles andere als zuträglich sein. Und jetzt gehen Sie besser schlafen.*

Mithers schnappte nach Luft und stürzte bewusstlos zu Boden.

In Baltimore flatterte die Krähe währenddessen auf den Schreibtisch; sie zeigte sich höchst beeindruckt.

»Mein Kompliment«, krächzte sie. »So langsam hast du es aber richtig raus. Jammerschade, dass du nicht von einer ganzen Verbrecherbande gelyncht worden bist.«

»Ob er die Botschaft verstanden hat?«, fragte Blessing und legte den Telefonhörer auf.

»Er wird zwar nicht mehr genau wissen, warum«, erwiderte der Vogel, »aber allein der Klang deines Namens wird ihn von nun an in Angst und Schrecken versetzen. Er wird wohl einen baldigen Berufswechsel erwägen.«

»Ja, einen Berufswechsel. Den könnte ich allerdings auch gebrauchen«, seufzte Blessing.

Beim Raum mit der Poe-Sammlung machte er noch einmal Halt, um sich zu vergewissern, was diesseits in der Welt der Sterblichen von Donald Marquette übrig geblieben war.

Nicht der Rede wert.

Dann machte William Blessing sich auf den Weg hinaus in die Nacht, wo ihn sein Grab erwartete.

Epilog

Und der Rabe rührt sich nimmer,
sitzt noch immer – sitzt noch immer
Auf der bleichen Pallasbüste
in dem düster-stillen Zimmer.
Wie ein böser Dämonstraum
glüht sein Auge durch den Raum,
Hüllt mich ein in Schattensaum;
trüb erstirbt der Lampe Schimmer.
Hebt aus diesem Schattengrab
meine Seele sich denn nimmer?
Nimmermehr, o nimmer, nimmer.

Edgar Allan Poe, *Der Rabe*

1849

In der Fells Point-Allee mitten auf der Straße liegend, spürte er den dichten Nebel, der von der Bucht heraufzog und immer undurchdringlichere Schwaden bildete.

Er erwachte, begleitet von einem heftigen Zittern. Diese Kälte, diese entsetzliche Kälte! Unbarmherzig schüttelte sie seinen Körper durch und durch; mühsam erhob sich der Mann und schleppte sich über das Kopfsteinpflaster.

Seine Zähne klapperten.

Ein strenger Geruch nach Meer und Feuchtigkeit lag in der Luft. Heiße und kalte Schübe durchfuhren ihn in ständigem Wechsel – heiß und kalt, heiß und kalt …

Zitternd stakste er weiter und beobachtete, wie der Nebel sich über den alten Häusern und den Piers ausbreitete. Das dunkle Wasser bewegte sich gleichmäßig auf und nieder …

Über einer Pferdekutsche sah er einen mächtigen schwarzen Vogel in dem undurchdringlichen Nebel verschwinden.

Vor ihm schritt ein Mann, der mit einem Zylinder und einem Anzug mit Weste bekleidet war, Arm in Arm mit einer Dame. Sie trug ein Häubchen und einen Regenschirm mit einem Rüschenrand. In der Straße roch es nach Pferden und den Verkaufsständen auf dem Marktplatz.

Als er auf die beiden Passanten zuwankte, gaben seine Knie nach und er fiel hilflos der Länge nach in eine große Regenpfütze.

Er musste mit der drohenden Bewusstlosigkeit kämpfen, die sich seiner bemächtigen wollte.

Mein Name!, hörte er eine Stimme fragen. *Wie lautet mein Name?*

Er konnte hören, wie eine andere Stimme antwortete, konnte aber die Antwort nicht verstehen.

»Sir! Ist alles in Ordnung?«, erkundigte sich der Mann mit dem Zylinder.

»Ja«, versicherte der Gestürzte und zog sich mühsam hoch. »Ich bin nur … vollkommen durchnässt. Dieser verfluchte Regen hat mich durch und durch unterkühlt. Ich könnte dringend einen Drink gebrauchen, um mich aufzuwärmen. Könnten Sie mir weiterhelfen, Sir?«

»Natürlich. Da drüben befindet sich Gunner's Hall. Da heute Wahltag ist, werden sich zahlreiche Menschen dort befinden«, erklärte der Mann. »Sie werden sicherlich etwas zu trinken bekommen … und Hilfe, falls Sie welche benötigen.«

»Ja«, murmelte der vollkommen Durchnässte, während er sich mit bleiernen Schritten auf das Gebäude zubewegte, das der Mann ihm gewiesen hatte. »Nur weg von meinen Feinden …«

Während er auf das Haus zustolperte, hatte er das Gefühl, als ob der dichte Nebel von Fells Point sich wieder in seinem Kopf breit machen wollte …

»Mr. Poe«, rief eine Stimme. »Trinken Sie das Wasser, Mr. Poe. Es wird Ihnen gut tun.«

Wieder zu sich kommend, sah er in das verschwommene Gesicht eines schwarz gekleideten Mannes mit dichten Koteletten, der ihm ein Glas mit Wasser reichte. In diesem Moment meldeten sich auch seine Schmerzen und sein Fieber wieder. Der Arzt hielt ihm das Glas an die Lippen und ließ etwas von der Flüssigkeit auf seine ausgetrocknete Zunge fließen. Ein Teil des Wassers lief jedoch an seinen Mundwinkeln hinunter auf das Bettlaken.

Poe!, schoss es ihm durch den Kopf. *Mein Name ist nicht Poe!*

Aber wenn er nicht Poe war, fragte er sich, während ihn die Schmerzattacken und der Schüttelfrost quälten, wer war er dann?

Noch ein weiterer Schluck Wasser wurde ihm eingeflößt, dann durfte er sich wieder auf das Kissen zurücklegen. Die Luft roch nach Medizin und Krankheit: Er befand sich in einer Art primitivem Krankenhaus.

Schon wieder begannen ihm die Sinne zu schwinden, und gleichzeitig suchten ihn Fetzen der Erinnerung heim … begleitet von Schmerzkrämpfen und Anfällen von Melancholie.

Virginia, die qualvoll an Tuberkulose gestorben war.

Der lange und aussichtslose Kampf gegen den Alkohol, den einzigen Engel, der die Tortur seines Lebens linderte, das durch Desillusionierung und Verlust gekennzeichnet war …

Alkohol, dieser Teufel, der einen von Kopfschmerz zu Herzschmerz trieb, und der schuld war an seinen seelischen Qualen und tiefen Depressionen …

Nur ab und zu erreichte er inmitten dieses Meeres von Schmerzen und Sorgen durch seine Gedichte und Erzählungen, Kritiken und Aufsätze auch einmal Inseln der Freiheit.

Das war sein bedauernswertes Dasein.

Und es wurde ihm klar, dass dies gleichzeitig das Leben Edgar Allan Poes war.

Der Mann schreckte in seinem Bett hoch. »Aber ich bin nicht Poe!«, rief er in Panik aus. »Was in aller Welt tue ich hier?«

»Ich bin Dr. John Moran. Sie befinden sich im Washington Medical College in Baltimore«, erklärte ihm der Mann, der an seinem Bett stand. »Sie sind in halb bewusstlosem Zustand aufgefunden worden. Sie sind sehr krank und reden wirres Zeug im Fieber.«

Hastig bemühte er sich, aus dem Bett aufzustehen, doch sogleich war er von Pflegepersonal umgeben. Aber er musste doch nach Hause zurück, nach Iowa … zu seiner Arbeit.

»Ich muss zu meiner Arbeit!«, schrie er laut. »Meiner Arbeit! Ich muss an meiner Karriere als Schriftsteller arbeiten! Das ist mein Lebensziel!«

Die Pfleger drückten ihn wieder auf das Bett zurück. »Aber Sie *sind* doch bereits Schriftsteller, Sir. Und zwar ein sehr bekannter. Beruhigen Sie sich! Sie müssen jetzt zur Ruhe kommen, denn in Ihrem Zustand ist es nicht gut, wenn Sie sich so aufregen!«

Mit festem Griff banden ihn die Pfleger am Bett fest, sodass er sich kaum mehr zu bewegen vermochte.

Als es im Zimmer dämmrig wurde, hörte er den Doktor flüstern: »Der Dämon Alkohol hat ihn in seinen Klauen.«

Nein!, dachte er. *Die Tollwut! Poe ist an der Tollwut gestorben!*

Und ich bin nicht Poe!

Nein, ich bin Donald Marquette!

Aber er konnte diese Worte nicht über die Lippen bringen; er war bereits wieder halb bewusstlos und lallte nur noch.

Es war ihm, als treibe er in einem Meer der Dunkelheit und der Verwirrung dahin.

Und er war viel zu betäubt und durcheinander, um ein Gefühl der Reue oder des Entsetzens wegen des Blutes zu empfinden, das an seinen Händen klebte.

Nur noch ein einziges Mal wachte er kurz aus seinem Delirium auf.

»Gott sei meiner armen Seele gnädig!«, stieß er atemlos hervor, wobei er mühsam den Kopf anzuheben versuchte.

Im selben Augenblick wurde ihm bewusst, was er da gesagt hatte. Es waren Poes letzte Worte gewesen. Beinahe bereitwillig machte er sich nun für das erlösende Ende bereit.

Doch der Tod kam auf dunklen Schwingen.

Er trug ihn fort und wirbelte ihn herum, wie einen Matrosen, der sich am Teil eines Schiffswracks festklammerte und den der Mahlstrom erbarmungslos mit sich riss. Tief, tiefer, immer tiefer in sein dunkles Zentrum …

Und plötzlich erwachte dieses Zentrum zum Leben.

Er blinzelte und bemerkte, dass er aus einem Fenster starrte. Jenseits der Scheibe sah man auf entlaubte Wälder und spätherbstliche, kahle Felder. Am Himmel sammelten sich düstere Wolken, ein Geruch nach Kampfer und staubiger Tristesse umgab ihn. Ihm war, als laste ein schweres Gewicht auf seiner Brust.

Der schwarze Vogel, der ihn hierher gebracht hatte, landete auf der Veranda, blieb dort sitzen und starrte ihn aus seinen glänzenden, rötlichbraunen Augen an.

»Ein Vogel!«, hörte er sich sagen. »Wie ich gesagt habe! Schau nur, der schwarze Vogel!«

In der Fensterscheibe spiegelte sich das Abbild eines kleinen Jungen.

Er schaute also aus den Augen eines Kindes in die Welt!

»Edgar!«, hörte er eine Frauenstimme sagen. »Komm da weg. Setz dich zu deiner armen toten Mutter.«

»Verdammt!«, meldete sich eine barsche Männerstimme zu Wort. »Ich sehe schon, dass wir mit dem viel Freude haben werden!«

Er drehte sich um.

Auf dem Bett, umgeben von Leuten, die in der Manier des frühen neunzehnten Jahrhunderts gekleidet waren, lag eine tote Frau.

Marquette wurde sofort klar, dass es sich um Poes Mutter handeln musste.

Um *seine* Mutter …

Sein wiederkehrender Traum fiel ihm ein … sein Albtraum.

Dieses Jahr musste also – schoss es ihm unwillkürlich durch den Kopf – das Jahr … 1811 sein? Oder 1812?

Aber was hatte er hier zu suchen?

Im gleichen Augenblick wusste er die vernichtende Antwort.

Eine Frau trat an seine Seite. »Es ist eine Krähe, John, die da sitzt. Eine große schwarze Krähe.«

»Scheuch das verfluchte Tier bloß weg!«, hörte er den unfreundlichen Mann mit der barschen Stimme sagen. »Es ist ein schlechtes Omen!«

Donald Marquettes Seele blickte mit den Augen des kleinen Jungen zu der Kreatur, die ihn hierher gebracht hatte.

In der Falle!

Er war im Körper eines anderen Menschen gefangen, und es erwarteten ihn unvorstellbare Sorgen, endlose Melancholie und tiefes Unglück!

Gefangen in einer Art höllischem Teufelskreis!

Zu leben und zu sterben … und wieder zu leben …

Sein verfluchtes Dasein zu fristen …

Dies war die endgültige Rache …

… die Strafe für seine Sünden …

Es war ihm, als ob die Krähe zu ihm sprach.

»Nun bist du ein weltberühmter Schriftsteller, Donald«, krächzte sie mit beißendem Spott. *»Ganz so, wie du es dir immer gewünscht hast!«*

Er lehnte sich gegen die dunkle und eiskalte Fensterscheibe, und für einen Moment gelang es ihm, durch das Kind zu sprechen. Es war ihm bewusst, dass er dies nie wieder würde tun können und dass er auch nie wieder in der Lage sein würde, Einfluss auf die Welt um ihn herum auszuüben.

Er war fortan zum Leiden verdammt!

»Bete für mich«, flehte Donald Marquette das Schicksal an, das ihn in diese Lage gebracht hatte, »denn meine Seele ist verdammt, wie noch nie die Seele eines Sterblichen verdammt war!«

Die Krähe zeigte keine Reaktion.

»Wie lange bin ich hierzu verdammt?«, bohrte er verzweifelt nach, denn ihm war klar, dass sich die Zeit, in der er sich seiner Lage bewusst war, dem Ende zuneigte. »Wann werde ich erlöst, Krähe?«

Einen Moment lang wirkten die Augen der Krähe beinahe menschlich.

Wann?, schrie Donald Marquettes aufgewühlte Seele. *Sag mir, wann werde ich erlöst?*

Der Vogel öffnete den Schnabel.

Doch der Rabe krächzte:

»Nimmer.«